KB038253

미운 노새 이야기

Tales of
the ugly mule

V

대삶 장편소설

미운 노새 이야기 5

초판 1쇄 인쇄 2023년 8월 11일
초판 1쇄 발행 2023년 8월 31일

지은이 대삶
발행인 오광백
편집 편집부
표지·내지디자인 우물
지도·본문편집 오정인
제작 조하늬

펴낸곳 (주)삼양출판사 · 피오렛
주소 서울시 강북구 솔샘로159
대표 전화 02-980-2112 **팩스** 02-983-0660
블로그 blog.naver.com/dreambookss
출판등록 1999년 3월 11일 제9-00046호

ISBN 979-11-283-9682-3 (04810) / 979-11-283-9677-9 (세트)

fioret 은 (주)삼양출판사의 로맨스 판타지 문학 브랜드입니다.

V

미운 노새 이야기

대삶 장편소설

fioret

Tales of the ugly mule

Contents

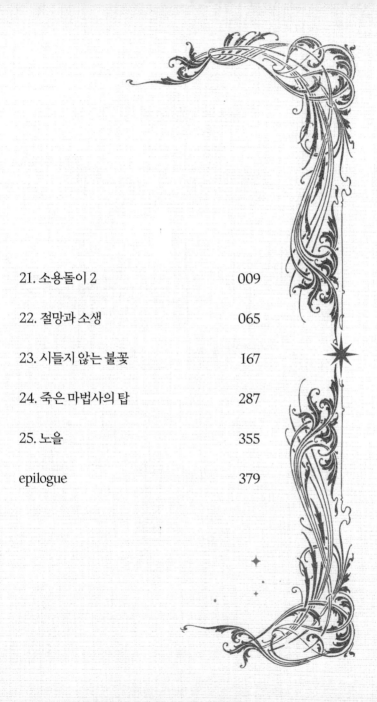

21. 소용돌이 2   009

22. 절망과 소생   065

23. 시들지 않는 불꽃   167

24. 죽은 마법사의 탑   287

25. 노을   355

epilogue   379

21

소용돌이 2

마레사. 쥬다에게 있어 타라 외에 그의 남은 생을 송두리째 뒤흔든 자라면 그가 유일할 것이다. 그의 미래, 사고방식, 마법적 역량, 끝내 다가오고 말 최후까지.

고귀족 태생의 마법사 중에서도 최고의 자질로 평가받아 온 소년 쥬다가 아이러니하게도 스승으로 선택한 건 고귀족의 피는 한 방울도 섞이지 않은 평민 출신의 이단아였다. 마레사는 그것을 퍽 재밌어했다.

―나를 돌연변이, 괴물로 불렀던 이들이 이 사실을 안다면 뭐라고 할까 궁금한데.

―그딴 게 왜 궁금해. 열등감이라도 있었나?

말이 사제지간이지, 공경심 따위 조금도 없는 제자를 그는 흥미로운 눈으로 바라보았다. 그리고 가끔 생각난다는 듯 말했다.

─넌 누구를 닮아 그렇게 싸가지가 없니.
─남이사.

마레사는 턱을 괸 채 처음 보았을 때보다 키가 자라고 성숙해진 소년을 구경했다. 그가 알기로 쥬다의 친부모는 고귀족치고 성품이 곧고 고결한 이들이었다. 그런 훌륭한 이들 사이에서 태어난 저것은 지금은 물론이고 앞으로도 악명을 쌓아 갈 거라는 게 안타까운 일이었지만.

그의 그런 말에 쥬다는 코웃음 쳤다.

─그렇게 치자면 그 여자는? 부모 이름에 먹칠하는 건 그쪽이야.
─그 여자라니.
─누구겠어? 당신이 애지중지하는 그 계집애.

그가 짐짓 모른 척 되묻자, 쥬다는 가차없이 퇴로를 차단했다. 쥬다가 마레사의 제안을 수락하고 그를 따라 벨벳 성으로 온 이후로도 예상하지 못했던 복병이 있다면 소년이 가장 질색하는 상대 아델하이트와 마레사의 묘한 관계였다.

그들은 아주 오래전부터 알던 사이인 것 같았다. 물론 아델하이트의 어머니 아나이스가 마레사와 고향 친구였다는 어울리지 않는 과거는 알고 있었다만, 쥬다가 보기에 그들은 그저 그런 수준이 아니었다.

그는 아델하이트가 누군가를 향해 그런 표정을 지을 수 있다는 걸 처음 알았다. 저에게 자주 내보이는 달콤하게 위장된 소유욕이나 방글거리는 웃음이 아니라, 진심으로 절절히 신뢰하고 의지하는 맹목성.

애틋함이 절절해서 그 간교한 여자가 찰나 순진한 계집애처럼 착각될 지경이었다.

쥬다는 그녀가 정확히 어떤 감정을 가지고 제 스승을 보고 있는지도 조금쯤 흥미로웠지만, 어떻게 그 이기적이고 교활하며 저밖에 모르는 괴물을 그리 길들였는지가 더 궁금했다. 아델하이트는 지독하게 결핍되어 있지만 그래서 더더욱 '사랑' 같은 건 못 할 부류였다.

잠시 침묵하던 마레사가 입을 열었다.

―그들은 알려진 것처럼 좋은 부모가 아니야.
―누구?
―아나이스. 그리고 죽은 남자.

동부의 성군이었던 청년 왕 존은 요절했다. 오래전 일이라 아델하이트와 이드 남매의 친부인 그를 쥬다가 직접 본 일은 없다. 남은 건 명예와 살아생전의 평판 정도.

죽은 남자, 라고 일컫는 마레사의 뉘앙스가 미묘했지만 쥬다는 그냥 넘겼다. 그는 처음 의붓어머니와 그녀의 아이들을 보았을 때부터 느꼈던 위화감을 상기하고 있었다.

사실 아나이스와 이드는 무난하고 멀쩡해 보였다.

정상적이고 건강한 그들 사이에서 텅 빈 눈을 한 아름다운 소녀는 그래서 더 도드라졌다. 희고 깨끗한 눈 위에 떨어진 단 하나의 얼룩처럼.

쥬다는 무심하게 과거에서 빠져나와서 툭 질문했다.

―당신 그 여자 좋아하나?
―쥬다.
―아니면 왜 항상 봐주지?
―…….

그의 말에 마레사는 굳이 부정하지 않았다. 무감한 듯 굴어도 그는 가끔 사람 아닌 듯 잔인하고 불안정한 그녀의 사정을 지나치게 봐주는 경향이 있었다. 덮어 두고 보면 눈치채지 못할 만큼 미세한 편애였으나, 쥬다의 눈에는 너무 적나라해서 모른 척해 주기도 짜증날 정도였다.

아델하이트는 겉보기에는 화려하지만 내면은 어린아이처럼 모순적이고 유치하며 잔뜩 뒤틀려 있는, 정신머리가 이상한 계집이었다.

그녀가 남모르게 저지른 끔찍한 일들은 강바닥의 자갈처럼 많다. 당사자는 아는지 모르겠지만 쥬다의 앞에서 고상한 척 앉아 있는 저 속 모를 남자가 그 뒤처리에 관여해 온 것도 적지 않다.

그러므로, 쥬다가 지켜본 바로는 아델하이트는 꼭 처량맞은 짝사랑만 해 오고 있는 건 아니었다. 그렇게 귀하면 갖고 말 일이지 왜 안 그런 척하는데? 그들의 관계가 이상해 보이는 건 마레사의 모순적인 태도 때문이기도 했다.

그는 살갑게 다가오고 주변을 맴도는 아델하이트를 시종 거리를 두고 냉정하게 대하는 듯하면서도, 어느 순간에는 목이 말라 슬픈 짐승의 눈을 하고 그녀의 뒷모습을 응시했다. 우울하고 고단하며 나약한 낯짝이었다. 서로를 보면서 서로를 못 본다. 우스운 꼴이었다.

쥬다의 반쯤 한심하고 몰이해한 눈을 한참 바라보던 마레사는 슬쩍 입술만 움직여 웃었다.

─하루살이가 사철 푸른 소나무를 사랑할 수는 없는 것 아니겠니.

반쯤은 예상했던 답이었지만 이해가 가는 건 아니었다. 쥬다는 미간을 찡그렸다. 아마도 이리 말했던 것 같다. 겨우 그런 이유 때문이라면 생에 무슨 이유가 있냐고.

짧은 생을 살다 가는 평범한 인간도 그 시간 동안 할 수 있는 욕망에는 저마다 추하게 몸부림치다 간다. 영생이 아니라면 살 가치가 없는가? 죽기 싫어 금지된 마법에도 손을 댄 주제에 겁쟁이처럼 구는 꼴이 어처구니없다. 아니지, 겁쟁이라 오래 살고 싶은 건가.

신랄한 비아냥거림에 불쾌할 법도 한데 마레사의 창백한 낯에는 큰 변화가 없었다. 외려 짙어진 희끄무레한 미소가 거슬린 쥬다가 물었다.

― 왜 웃지?

― 감정이란 원래도 인간을 어리석게 만들지. 네가 나를 이해하지 못해서 다행이다.

바라건대 네가 죽을 때까지도 나를 몰랐으면 한다.

항상 언제고 이상한 인간이었지만 그와 자신이 근본에서부터 종이 다르다는 걸 그때 알았다. 그의 바람대로 쥬다는 제 손으로 그를 죽일 때까지도 마레사를 이해하지 못했다.

그러나 지금은…….

"쥬다! 깨어났냐?!"

정신을 차리자마자 쥬다는 불쑥 들이밀린 화려한 낯짝을 물끄러미 보다가 손을 들어 그걸 걷어 냈다. 옆으로 떠밀린 레오니다스는 그 상태로도 허어엉 눈물을 쏟아 냈다. 선이 굵은 사내놈이 훌쩍이는 게 매우 꼴불견이었다. 눈을 뜨자마자 보기에는 좋지 않은 광경이기도 했다.

쥬다는 정신 사납게 앵앵거리는 친우를 무시하며 일어나 앉다가 와락 인상을 썼다. 심장께가 쪼개지듯 아렸다. 곧바로 제 심장에 칼을 쑤셔넣던 개자식이 떠오른다.

제기랄. 미친놈 같으니라고.

당장에라도 쫓아가 머리를 불구덩이에 거꾸로 처박고 싶었지만, 현저히 저하된 신체에 남은 마력이 얼마 되지도 않았다. 이래저래 짜증스러운 상황이었다.

"야, 괜찮냐? 앙리펠 녀석이 절대 안정이랬어! 다시 누워!"

"네놈을 때려눕히기 전에 눈물이나 닦아."

"짜식, 배신당하고 심장 너덜너덜해지고 병자 다 된 주제에 싸가지 없는 건 여전한 거 보니 죽지는 않겠구나. 진짜 걱정했다. 쪽팔리게 부하한테 칼 맞고 죽을까 봐."

"......."

비제 놈을 죽이기 전에 우선 이놈부터 죽일까. 쥬다는 진심으로 고심했다.

"일단 이것부터 쭉 들이켜고 진찰받아."

불쑥 들이밀어진 사막초 달인 물을 빤히 내려다보던 쥬다가 순순히 그것을 받아 마시자, 레오니다스는 푹 한숨을 내쉬었다.

"이게 다 무슨 일이래. 너나 나나 이런 거지같은 일 겪기에는 나이도 퍽 많이 먹지 않았냐?"

"그놈은 어디 있지?"

"누구."

레오니다스는 반사적으로 툴툴거렸다가 쥬다의 표정을 보고는 바로 이해했다.

"너 찌른 미친놈은 지금 겨울 성에 있을 거야. 타라한테 쫓겨서

바로 달아났으니까."

"타라."

다른 의미로 심장이 쿵쾅거리고 날뛰었다. 쥬다가 튕기듯 일어
나자 레오니다스가 재빠르게 앞을 막아서고 어깨를 짓눌렀다. 평
소라면 모를까 몸 상태가 정상이 아닌 쥬다는 간단하게 다시 침상
에 앉혀졌다. 사납게 올라간 눈초리가 서늘하게 레오니다스를 노
려보았다.

"이게 무슨 짓이야."

"무슨 짓이긴. 환자 보호다. 당분간 입 닥치고 쉬고 있어. 너 정상
아니야."

"알았으니 비켜."

"알긴 개뿔. 일어났으면 거울이나 봐 봐라. 시체 꼴이 따로 없으
니."

그 꼴로 타라를 보려고? 레오니다스가 끌끌 혀를 차자 쥬다는 놀
랍게도 언제나처럼 그를 걷어차는 대신 침묵했다. 그가 낮게 욕지
거리를 하며 짜증스럽게 머리칼을 쓸어올리자, 레오니다스는 내심
흉흉한 눈빛에 조금 긴장하고 있다가 안도의 한숨을 내쉬었다.

타라가 옛적에 벨벳 성을 떠나서 동부로 가고 있다는 사실을 알
게 되면 몸 상태가 바닥이라도 당장 쫓아갈 게 뻔했다. 마침 적절한
시기에 들어온 앙리펠이 기뻐하며 부엉부엉거리다가 얼른 이리저
리 날아다니며 진료를 시작했다.

레오니다스는 혹시나 해서 문 앞에 기대서서 그 모습을 지켜보
았다. 매끈하게 떨어지는 벗은 상체만 봤을 때는 그림처럼 흠이 없

었으나, 심장께의 유일한 붉은 상흔은 어딘가 섬뜩했다. 검붉은 피멍과 검푸르게 도드라진 핏줄이 서서히 아물어 가는 살결과 맞물려 색이 다른 괴물들이 뒤엉켜 싸우고 있는 것만 같았다.

그는 살벌할 만치 표정이 없는 쥬다의 눈치를 슬슬 살피며 말했다.

"비제 놈 행방을 묻는 걸 보니 다 기억나는 거냐? 어떻게 된 거야?"

"어떻게 된 일이긴. 네놈 말대로다."

부하에게 뒤통수 맞고 골로 갈 뻔했지.

앙리펠이 괜히 커다란 호박색 눈을 데굴데굴 굴리며 켈록켈록 재채기를 했다. 팔짱을 낀 레오니다스가 심각하게 되물었다.

"대체 그 자식이 왜 그런 거지? 무슨 이유로?"

"……."

쥬다는 아무 대꾸 없이 눈을 감아 버렸다. 차가운 얼굴에서 처음으로 짙은 피로를 발견한 레오니다스는 얕은 한숨과 함께 입을 다물었다.

잠깐 침묵이 돌았다. 쥬다가 예상보다 일찍 깨어난 건 다행이었으나 그들이 처한 사태는 절대 가볍지 않았다. 레오니다스는 어렵사리 말을 꺼냈다.

"사실 그보다 큰일은 따로 있어."

"왜. 아델하이트가 전쟁이라도 일으켰나 보지?"

"……어떻게 알았냐?"

사실 슬슬 타라 얘기를 꺼내 보려던 레오니다스는 간신히 어색하지 않게 긍정했다. 차근차근 순서대로 하자고, 순서대로.

"지금 대륙이 난리야. 대체 무슨 술수를 부렸는지 막⋯⋯."

"구울들이 나타났나."

"⋯⋯어떻게 알았어?"

이쯤 되면 누워 있던 건 자신이고 눈 시퍼렇게 떠 있었던 사람은 저놈인 듯하다. 레오니다스가 신기해하든지 말든지 쥬다는 잔뜩 찡그린 미간을 문질렀다.

상황은 예상했던 수순대로 돌아가고 있는 듯했다. 마레사의 눈은 사용하기에 따라 그만한 위력을 지니고 있는 물건이었고, 아델하이트는⋯⋯.

아까 전 유영하던 과거의 기억들이 새삼 떠올라, 생과 사의 기로에서 간신히 생으로 돌아온 남자는 눈을 감았다. 그래⋯⋯ 아델하이트가 무엇을 원하고 있는지 이제 알 것도 같았다.

"지금 북부 전선도 엉망이야. 세냐가 잘해 주고 있기는 할 테지만."

"그런데 왜 아직 여기 있는데."

"이게, 걱정돼서 붙어 있었더니만."

레오니다스가 이마를 짚고 있는 쥬다를 부리부리한 눈으로 째려보았다. 하지만 뭐라 더 하려다가도 다 죽어 가는 몰골을 마주하자 입을 다물었다. 그가 나직하게 한숨을 쉬었다.

"생각보다 상황이 좋지 않은가 봐. 계속 급보가 도착하고 있어."

"네 식구들이야 당연히 왕이 필요할 테지. 가 봐라. 이제 괜찮으니까."

괜찮기는 개뿔. 레오니다스는 속으로 투덜거렸지만 이게 쥬다식의 감사 표시라는 걸 알고 있었다. 오지랖 그만 떨고 가서 제 종족이나 챙기라는 거겠지.

그의 말이 맞기도 했다. 이제 더 자리를 비울 수 없었다. 나중에 성질은 내더라도 두말없이 맡은 일은 해내는 세냐가 계속 연락해 온다는 것 자체가 상황의 시급함을 암시했다.

"이제 어떻게 할 거냐?"

"어떡하긴."

막아야지.

얼마 전에 심장에 구멍난 인사가 할 말로는 지나치게 무덤덤해서 그가 혀를 끌끌 찼다.

"그 몸으로?"

"되든 안 되든."

하기야 별다른 수가 없기도 했다. 레오니다스가 머리를 벅벅 문질렀다.

"아델하이트가 되바라진 계집이기는 했지만, 이 정도로 세지는 않았는데. 뭔 수를 썼겠지. 단도직입적으로 묻자. 해결 방법이 뭐냐."

그 순간 상반신에 가운을 걸친 쥬다가 휙 그를 돌아보았다. 긴 손가락에 찻잔이 들려 있었다. 일생 그가 입에 댈 일도 없던 사막초 달인 물을 입가로 가져가며 대꾸한다. 뭐긴.

"죽여야지."

그것참 명쾌한 해결책이었다. 레오니다스는 팔짱을 낀 채 헛웃음을 지었다. 누가 보면 여전히 지가 대륙 최강인 줄 알겠군. 스무 살짜리 여자애보다 약한 주제에.

"타라에게는 당분간 말하지 마. 걱정할 테니."

"음, 저기, 그게 말인데……."

"……?"

휙 돌아보는 은청안에 식은땀이 비질 나왔다. 용맹한 사자 왕은 말을 더듬지 않으려 애쓰며 기어가듯 말했다.

"타라가 벨벳 성을 떠났어."

그것도 넉넉히 보름도 전에…….

쨍그랑, 쥬다의 손에 있던 잔이 바닥에 떨어져 산산조각이 났다.

*　　*　　*

퍼석, 얼음 연못이 깨졌다.

타라는 흠칫 주변을 둘러보며 경계했다. 허연 서리가 내려앉은 물가와 이름 모를 검은 새들이 푸드덕 날아가는 녹회색 숲 머리는 적막했다. 아직까지는.

그녀는 그제야 가쁜 숨을 내쉬며 젖은 발을 뒤로 물렸다. 뽀얗게 안개로 화한 입김이 색 없는 하늘에 뒤섞였다. 어차피 안개가 자욱해서 이 거대한 숲에 자그마한 그녀 따위 찾기도 힘들성싶었지만, 지난 급박한 시간 동안 그것은 희망 사항에 불과하다는 것이 증명되었다.

갈랑과 헤어져 남쪽 화산 지대로 이동한 지 이틀째 되는 날이었다. 그날 밤, 새벽 늦게까지 추격이 계속되었다. 잿빛 표범들은 냄새와 기척에 민감했고, 얼어붙은 설원에서 기민하고 빠르게 움직였다.

눈보라가 맹수의 형상을 하고 뒤를 쫓아오는 것만 같았다. 그때 그때 적절한 마법을 써 가며 달아나던 타라와 준은 점점 지쳐 갔다.

그들은 겨울의 땅의 지형을 잘 아는 것 같았고, 마치 떼 지어 사냥하듯이 점점 타라 일행을 몰아세웠다. 아슬아슬하게 마주치지 않고 숨어 있거나 도망친 적도 몇 번 되었다.

도망 중 공격받아 부상을 입은 준은 타라가 옷과 지푸라기를 긁어모아 만든 임시 보금자리에 누워 쉬고 있었다. 왠지 준은 날이 갈수록 잘린 다리가 아픈지 힘들어했다.

하루치의 마법을 준의 상처 치료에 다 써 버린 타라는 제 부주의로 젖은 발을 내려다보다가 작게 피운 모닥불 곁에 앉아 조심스레 부츠를 말렸다.

이 추운 겨울의 땅에서는 잘못하면 동상에 걸린다. 아픈 것도 아픈 거였지만 지금 상황에서 조금이라도 기동력이 떨어지면 큰 대가를 치러야 할지도 모른다.

갈랑이 있다면 모를까. 이제 더 이상 듬직한 늑대 청년은 곁에 없다. 그들끼리 이 무섭고 사나운 겨울의 땅을 헤쳐 나가야 한다.

그녀는 선잠이 든 검은 개를 가만히 바라보다가 나무에 기대 등을 둥글게 말고 웅크렸다. 외딴곳에 떨어진 부푼 섬, 외톨이 번데기 같았다. 보온이 되는 망토를 걸쳤음에도 아득하게 추웠고, 젖은 발이 시렸다.

이 땅은 항상 타라를 춥고 외롭게 만들었다. 언제나.

쥬다가 보고 싶다. 사무치도록.

그녀는 제 안으로 더, 더 깊숙이 파고들어 약한 한숨을 쉬었다. 제 온기에 스스로 위로받고 싶은 것처럼. 잠깐 쉬었다가 다시 이동할 참이었던 그녀는 그렇게 그만 깜박 잠에 들고 말았다.

'얘. 자?'

익숙한 목소리였다. 번쩍 눈을 뜨자 컴컴한 어둠이 그녀를 반겼다. 타라는 눈을 깜박이다가 벌떡 일어났다.

"슈?"

'너, 이제 보니 참 무모하기 짝이 없는 애구나. 대체 겨울의 땅까지는 왜 온 거야?'

타라의 안에 내재되어 있는 언령의 자아, 슈가 딱딱하게 따져 물었다.

타라는 눈을 비비고는 주변을 이리저리 둘러보았다. 역시나 무중력의 형체 없는 어두컴컴함뿐이었다.

"그야 당연히, 쥬다와 이델을 구하려고요."

'그러다가 네가 죽을 거야.'

무형의 목소리가 새침하게 이죽거렸다. 타라가 다시 대답이 없자 그것이 다시 되풀이해 말했다.

'알아들었어? 네가 죽을 수도 있다고.'

"알아요."

'그런데?'

"그야 당연하잖아요."
나는 내가 죽는 것보다 그들이 다치거나 죽는 게 더 두려운걸요.
생존을 말하는데 지나치게 간결하고 산뜻한 태도라 더 할 말이 없었는지 슈가 기가 막혀 옥박질렀다.

'넌 최소한의 자기애가 없어? 말은 번지르르하게 말하는 사람은 많아도 정말 그렇게 생각하는 사람은 없다고.'

"음, 거짓말 아닌데."

'아니겠지, 당연히! 나야 네 속내가 뻔히 보이는데!'

짜증스럽게 대꾸하고는 이내 시근덕거리는 소리가 났다. 슈의 화난 목소리는 처음 듣는 타라가 조금 고심하다 물었다.

"화났어요?"

　'내가 너한테 화를 내서 뭐하겠니.'

자포자기한 목소리다. 타라는 약하게 웃었다.
"미안해요. 슈한테는 내 생명이 본인의 것과 마찬가지일 텐데."

　'…….'

아무 대답 없이 조용했다. 곧이어 물처럼 가라앉은 뒷말이 이어
졌다.

　'너는 진심으로 적대하거나 화를 내는 사람을 바보로 만드는 재
　주가 있어.'

"언젠가 쥬다가 비슷한 말을 했던 것도 같아요."

　'그러시겠지.'

슈는 다시 침묵했다.

　'너 알고 있니? 내가, 우리가 점점 강해지고 있다는 걸.'

마력이 점차 팽창한다. 위력도 점차 강해진다. 타라도 막연하게 자신의 의지가 행사하는 영역이 기하급수적으로 넓어지고 있다는 걸 느끼고 있었다. 날이 갈수록, 점점 더, 위험에 처할 일이 많아지면 많아질수록.

'네가 하고자 한다면 내가 무슨 수로 막을 수 있겠어. 다만 알아 둬. 우리가 강해질수록 그 남자는 점점 약해질 거야.'

"어떻게 해야 하는지 모르겠어요."
지독한 희망과 잔인한 절망이 매일매일 엎치락뒤치락 타라를 괴롭혔다. 타라는 언제 끊어질지 모를 가느다란 실 위에 서 있는 기분이었다.
내 존재 자체가, 사랑하는 모든 이들을 위험에 빠뜨리고 있다······.

'아이러니하게도, 정답은 어쩌면 가장 가까이에 있을지도 몰라.'

"무슨 말이죠?"

'네 사람들을 믿어. 네 진심과 사랑을 의심하지마.'

슈는 수수께끼처럼 속삭였다.

'열쇠는 과거 속에 있어.'

서둘러. 모두를 구하고 싶다면.

번쩍 뜨인 눈동자 바로 위에서 날카로운 짐승의 이빨이 번뜩이고 있었다. 크르르, 사방에서 위협적인 짐승 소리가 났다.

타라는 곧장 상황을 알아차렸다. 표범들이었다. 기어코 따라잡힌 것이다!

[타라!]

준의 고함에 이를 악문 타라가 손을 내뻗었다.

무형의 막에 막힌 듯 버둥거리던 표범이 거대한 힘에 밀려 얼음 연못에 우당탕탕 던져졌다. 그뿐만이 아니라 대부분의 표범들이 일제히 부웅 허공에 뜨더니 차가운 물에 빠졌다. 얼음물이 기하급수적으로 빠르게 얼기 시작했다.

그들은 꼼짝없이 사지가 얼어 갇혀 버렸다. 그저 자신들을 위협할 수 없게 얼음물에 빠뜨리는 상상만 했던 타라는 그보다 더한 결과에 놀랐지만 머뭇거릴 틈이 없었다.

표범들의 울부짖음에 근방의 다른 무리가 몰려오는 게 느껴졌다. 숲 속에서 황급히 날아오르는 새들이 저마다 떠들어 대었다. 무서운 맹수들이 몰려오고 있어. 무서워. 무서워! 그 목소리들을 귀담아들은 타라가 퉤, 물어뜯은 살점을 뱉는 준의 등 뒤에 올라탔다.

"준! 어서 가요!"

[알았어!]

검은 개가 맹렬히 달리자마자 숲 속에서 허연 몸집의 표범들이 튀어나왔다. 칼날 같은 발톱으로 언 바닥을 긁은 짐승들이 앞다투어 쫓아왔다.

헐떡이는 생존 본능, 두방망이질하는 심장 소리, 짐승의 괴이한 울음이 고막을 할퀴었다. 언 피부에 다닥 소름이 돋았다.

정신없이 내달리는 시야에 가득 찬 건 절망적일 정도로 하얗기만 한 눈밭과 하늘에서 떨어지는 눈보라뿐이었다. 어떤 것도 없다. 그래서 더더욱 갈피 없는 공포가 치밀었다. 뒤를 돌아보자 벌써 바짝 추격해 온 표범이 이를 드러냈다.

"순순히 잡히지그래, 공주님!"

비웃음과 듣기 싫은 킬킬거림이 찬 공기에 뒤섞였다. 그들은 긴 협곡에 접어들었다. 겨울 산맥에서 뻗어 나온 산줄기와 연결되어 있으리라.

타라는 마치 장벽처럼 장엄하게 늘어선 얼음과 바윗덩어리들을 노려보다가 획기적인 계책을 짜냈다. 정확히 말하면 미친 짓이었지만.

"쥰, 계속 달려요!"

[어쩌려고?]

"우선은 내 말대로 해요!"

타라는 잇새에 빠득 힘을 주며 정신을 집중했다. 그녀는 충분히 강했다. 그저 필요한 건 의지, 확고한 의지, 그뿐.

붉은 눈매가 와락 찡그려지자 그녀의 시선이 닿아 있던 거대한 설산이 부르르 떨리기 시작했다. 하얀 눈, 만년설이 쌓여 굳어진 저 지반. 상황의 다급함이 어울리지 않게도 타라는 쥬다와 함께 먹던 아이스크림을 생각했다.

아삭, 여름날 베어 물던 그 차가움, 뽀드득 씹히던 단단함. 붉은 눈이 반짝 빛났다.

부서져라.

부서져!

"무너져!"

단호한 외침이 메아리로 울려 퍼졌다. 원을 그리며 투명한 파동을 그리면서. 그것이 이곳에 실재하는 모든 물질의 표면에 닿는 순간, 쩌저적 거짓말처럼 금이 가기 시작했다.

그리고 검은 개가 훌쩍 도약하는 찰나, 이후 일제히 사방의 얼음들이 무너져 내렸다. 수백 년의 견고함이 부질없이 산산조각 부서져 지상을 덮쳤다. 눈과 얼음조각들이 파도처럼 모든 것을 휩쓴다.

타라와 쥰을 쫓던 표범들은 비명도 지르지 못한 채로 얼음과 눈덩이에 깔렸다. 우르르 콰쾅, 대지와 사방이 진동한다. 경이적일 만큼 강대한 마법이었다.

아! 심장이 쿵 내려앉았다. 찰나 타라의 머릿속을 잠식한 건 피를 토하던 쥬다였다.

그러나 추격자들은 무찌른 그들에게도 남은 결과가 썩 좋지는 않았다. 연속으로 밀려오기 시작한 눈더미를 피해 정신없이 앞으로 뛰면서 준이 악을 썼다.

[으아아! 무슨 짓을 한 거야, 타라!]

"모, 모르겠어요. 이렇게 커질 줄은 몰랐다고요!"

[마법으로 어떻게 해 봐!]

"오늘 마법을 너무 많이 써서 곤란…… 준! 앞에요!"

[으악?!]

미처 앞에 있는 전나무를 못 보고 방향을 틀려 애쓰던 준의 다리가 삐긋했다. 요새 아프다고 호소하던 바로 그 다리였다. 튼튼한 검은 개의 신형이 일순 앞으로 쏠렸다. 휘청, 한 것도 잠시, 그들은 이내 끝없이 떨어져 내렸다.

맙소사! 앞은 낭떠러지였다!

"준!"

안 돼! 어쩔 수 없나. 마법을 써야……!

눈을 질끈 감는 순간, 추락하는 그들의 머리 위로 그림자가 드리웠다. 일순 세상의 모든 해가 없어진 것만 같았다. 그리고 기이하게도 더 이상의 추락감이 없었다.

마치 강렬한 바람이 아래에서 뿜어져 올라오는 것 같은 괴이한 부유감이 전신을 건드렸다. 날벌레가 온 피부에 들러붙는 감각이었다.

타라는 본능적인 섬뜩함을 느끼며 위를 올려다보았다. 하늘을 반쯤 가린 거대한 날개, 번뜩이는 두 구멍이 그녀를 정면으로 주시한다. 아니…… 구멍이 아니었다. 그건 불구덩이 같은 눈동자였다!

이내 새카만 그것이 그들을 삼켰다.

*　　　*　　　*

갈랑은 자신이 생각보다 명줄이 긴 건지도 모르겠다고 생각했다. 팔뼈는 부러지고 어금니 한쪽은 금이 간데다 사지 이곳저곳 성한 곳이 없으면서도 퍽 긍정적이었다.

신체 강건한 수족의 기준에서는 이 정도야 잘 먹고 잘 자면서 며칠을 뒹굴거리면 잘 나을 수 있는 정도였으니, 그가 그리 여기는 것도 무리가 아니었다. 특히 갈랑은 아버지를 닮아 일족 중에서도 가장 회복력이 빠르고 신체 내구력이 강했다.

다만 이게 문제로군.

그는 무덤덤하게 제 몸을 칭칭 휘감고 있는 쇠사슬을 훑었다. 꼼짝 못 할 정도로 꼼꼼하게도 감았다. 마법적인 처리까지 했는지 수족화하여 본체로 변할 수도 없었다.

갈랑은 지그시 눈을 감았다. 곤란하군. 여기서 빨리 탈출해서 타

라를 쫓아가려던 계획에 차질이 생길 듯하다. 그는 예민하게 날이
선 감각으로 질질 끌려왔던 짐마차와, 겨울 숲보다 더 서늘한 냉기
가 풀풀 풍기던 돌계단, 대리석 벽을 떠올리며 최악의 수를 가정했
다.

사실 가정하고 말 것도 없이 감옥인데, 이 추운 땅에 감옥 있는
곳이 한 군데밖에 더 있겠는가. 아무래도 결국 그는 겨울 성까지 잡
혀 온 모양이었다.

"늑대 수족이 잡혀 왔다고?"

이런. 갈랑의 표정이 변했다. 얄궂게도 그에게 퍽 익숙한 이의 음
성이었다.

뚜벅뚜벅 청각을 갉아먹어 오듯 발소리가 다가온다. 갈랑은 어
느샌가 부릅뜬 눈을 꺾어진 통로로 향한 채 손톱을 세웠다.

그는 부질없이 두꺼운 쇠사슬을 벅벅 긁어내렸다. 점점 기척이
가까워지고 신경이 점차 바짝 곤두선다. 철로 된 수갑에 희게 긴 홈
집이 그어진 후 간결하고 차분한 인사가 들려왔다.

"안녕, 갈랑. 오랜만이네."

갈랑이 눈을 든 앞에는 비제가 서 있었다. 말쑥하니 단정하게 떨
어지는 망토는 그의 눈동자 빛깔과 똑같은 푸른빛이었다.

부드럽게 굽이치는 살구색 머리카락과 수려한 상앗빛 낯짝은 말
끔하다. 그가 이룬 난장에 비하면 정말이지 뻔뻔할 만큼 멀쩡해 보
였다. 갈랑은 물끄러미 그를 바라보다가 딴말을 했다.

"좋아 보이는군."

"칭찬 고마워. 넌…… 아닌 것 같네."

비제는 꿇어앉은 갈랑을 쭉 훑더니 중얼거렸다. 근처에 걸터앉는 그의 움직임을 늑대 청년의 개암나무 빛깔 눈이 집요하게 쫓았다. 비제는 제법 호의적인 태도로 손을 내밀었다.

"아파 보이는데, 치료를 부탁해 볼까?"

"아니. 됐습니다."

단호한 거절에도 그는 여전히 친근감 있는 표정을 유지했다.

"아, 그렇지. 쓴 약을 싫어한다고 했었나."

"상관없습니다. 거기에 독만 없다면."

딱딱하고 직설적인 말은 빈정거림보다는 솔직함에 가깝다. 제 친우의 아들을 웃지 않은 채 빤히 보던 비제가 피식 바람 빠지는 소리를 냈다.

"네가 그런 말도 할 줄 알다니, 역시 오래 살고 볼 일이구나."

"그러게 말입니다."

갈랑이 그리 대꾸하자 비제는 다시 웃음을 터뜨렸다. 빈 감옥에 말간 소리가 물방울이 떨어지듯 짜랑하니 울려 퍼진다. 한참 키득거리더니 그가 눈가를 문지르며 중얼거린다.

"이걸 이델이 봤어야 했는데."

"당신, 이런 사람이었습니까."

"뭐가?"

"어찌 그리 뻔뻔한지 나로서는 이해가 가지 않습니다. 당신은 우리 모두를 배신했습니다."

쥬다가 그리 쓰러진 이후 특히 괴로워하던 타라의 모습은 전부 배신감을 느끼는 와중에 숙연해질 정도였다. 타라가 얼마나 비제를 믿고 있었는지, 그들의 사이가 보통이 아니었다는 걸 보여 주는 반증이었다.

그러나 슬퍼하고 상처받은 이들과 달리 당사자는 그저 멀끔하게 만 보였다. 갈랑은 그것이 화가 났다. 아무런 죄책감도 없는 듯한 저 평온함이.

"배신이라……."

비제는 잠시 음미하듯 뇌까렸다. 물빛 눈이 어스름 속에서 파르스름하게 빛난다. 이내 그는 고개를 끄덕였다.

"그래, 나는 배신자지."

마치 연극에서 어떤 배역을 받은 것처럼 대수롭지 않은 말투였다. 갈랑이 짙은 눈썹을 찡그리자 그는 한술 더 떠서 가볍게 질문했다.

"타라는? 그 애는 잘 지내?"

"대체 당신이란 사람은……."

왜 어머니는 이런 사내를 친구라며 진솔하게 대하고 마음을 주었을까. 항상 일족의 수장인 어머니의 곧은 성품과 지혜를 존경해왔지만, 이번만큼은 큰 실수를 한 게 분명하다고 갈랑은 생각했다.

어쩌면 그녀가 의식불명일 때 이런 일이 일어난 것만은 다행일지도 모른다. 분명 무척 상심하셨을 테니. 사실 어머니의 성격대로라면 직접 죽여 버리겠다고 벼를 가능성이 높지만 말이다.

"어머니가 이런 당신을 본다면 실망하실 겁니다."

"그럴지도."

"겨울의 여왕이 무엇을 약속했기에 주군을 저버린 겁니까?"

"쥬다가 줄 수 없는 걸 약속했지."

"타라 님이 얼마나 상처받았는지 아십니까."

"……."

양심이라는 게 있다면 답하기 껄끄러운 질문도 착착 매끄럽게 답하던 비제가 처음으로 입을 열지 않았다. 그의 표정에는 어떤 변화도 없었지만 수면 위로 일몰이 드리운 것처럼 눈빛이 약하게 변했다.

그를 모르는 자라면 알아채지 못할 아주 미세한 변화였다. 갈랑은 그 사실이 조금 놀라워 눈썹 사이를 좁혔다.

착각인지도 모르겠지만 비제는 저가 찌르고 온 주군보다 타라에게 더한 죄책감을 가지고 있는 것처럼 보였다.

곧바로 평이하게 낯빛을 바꾼 남자는 얄팍하게 웃었다.

"그래, 그럴 거라고 생각했어."

"……."

"그렇게 화낼 것 없단다. 넌 사실 쥬다를 그리 좋아하지도 않았잖아. 난 오히려 네가 이렇게 감정적으로 나온다는 게 놀라운걸. 그새 진심 어린 충성심이라도 생긴 거니?"

그는 역시 갈랑의 속내를 꿰뚫어 보고 있었다. 갈랑이 입을 다물었다. 최소한의 도의적인 관점에서라도 배신한 동료에게 화가 나는 건 당연한 거였다. 그러나 이다지도 격렬한 혐오와 경멸이 이는 이유는, 그의 말대로 감정이 섞였기 때문이었다.

타라와 함께 여행을 해 오며 갈랑은 그녀가 어떤 사람이라는 것을 더 세세히 자세하게 알게 되었고, 그녀가 갖고 있는 필수적인 부채 의식과 죄책감, 고통 같은 것들을 은연중에 보고 느끼게 되었다.

그녀는 너무도 순수하고 속이 다 비치는 사람이었기에 굳이 알려고 하지 않아도 함께하다 보면 자연히 알게 된다. 어떤 상황에서건 사람을 대할 때 최선을 다해 진솔히 대하고 단점보다 장점을 먼저 보는 선한 사람. 그게 타라였다.

"그럴지도."

아 그래. 그래서 화가 나는 거였다. 갈랑이 보기에 그런 사람의 신뢰를 배반하고 상처 주는 건 비열하고 불합리한 일이었다.

"그래, 그 진심이 쥬다의 것은 아니라는 건 잘 알겠어."

비제는 반듯이 허리를 펴고 서서 꿇어앉은 늑대 청년을 내려다보았다. 정수리부터 늘씬하게 뻗어 온 그림자가 감옥 바닥에 늘어졌다. 푸른 눈이 가늘게 휘어졌다.

"타라와 같이 있었다지?"

"……."

"그녀가 왜 이곳에 온 거지? 무슨 목적으로?"

설마 제 어머니란 여자를 보기 위해 그렇게 싫어하던 땅으로 다시 돌아왔을 리는 없고. 비제가 턱을 쓸며 중얼거렸다. 그 어느 때보다도 진지해 보이는 그를 가만히 응시하던 갈랑이 물었다.

"당신이야말로 무슨 목적입니까."

"나?"

비제는 고개를 기울였다. 어두컴컴한 음영이 진 탓에 그의 나른한 선을 그리는 입술만 보였다.

"걱정돼서."

"……?"

"그리고 일단은, 나더러 그 애를 잡아오라더군."

이를 악문 갈랑이 뭐라 입을 열려던 순간 저벅저벅 다른 이의 인기척이 추가되었다. 알 굵은 모래알이 떨어지듯 희미한 기척이었지만 갈랑과 비제 둘 다 동시에 대화를 멈췄다. 머리를 삐딱하게 세우던 비제가 약한 미소를 흘렸다.

"의심 많은 살쾡이가 오셨군."

"무슨……."

"쉿."

그가 장난스럽게 검지로 입술을 누르자 갈랑은 다시 인상을 썼다. 처음으로 제 동생들의 평가에 동의했다. 묘하게 짜증나는 인간이었다, 이 남자.

"지금 뭐하는 겁니까, 경?"

그리고 살쾡이라 불린 이가 등장했다. 화사한 금발에 잘생긴 얼굴을 한 청년이었다. 귀부인이 수집하는 도자기 인형 같기도 했다. 왼쪽 눈을 가로지르는 엷은 흉터만 아니라면 말이다. 흠 없는 이목구비에 자리 잡은 흉터 탓에 곱상함과 독 오른 사나움이 공존하고 있었다.

보아하니 고귀족이 분명한데 마법 치료에도 불구하고 저런 흉이 남을 정도라면 얼마나 큰 상처였을지 짐작이 되었다. 갈랑은 곰곰이 생각에 잠겼다. 어디선가 본 얼굴인데…….

"여어, 아인츠."

"질문했습니다, 미메시스 경."

"뭐긴, 조사하고 있잖아."

"사이 좋게 만담을 나누면서요?"

아인츠가 인상을 썼다. 덕분에 흥이 좀 더 짙어진다. 다시 기시감이 강해졌다.

비제는 어깨를 으쓱했다.

"실례야. 이 친구는 나를 무척 싫어하거든."

"놀랍지 않군요."

흥 코웃음을 친 아인츠가 잡혀 온 포로를 흘겨보았다. 그는 시종 딱딱한 예의를 갖추고는 있었지만 굳이 비제에 대한 적대감과 의심을 숨기지 않았다.

그러함에도 넉살이 좋은 건지 무신경한 건지 비제는 어린 손주의 재롱을 보듯 연신 웃고만 있었다. 속없고 나태하게 보인다.

그러나 앞선 쓰디쓴 교훈으로 갈랑이 얻은 정보가 있다면 저 비제만큼 자신의 이미지를 능수능란하게 상대에게 인지시키는 자는 없다는 것이다.

"여왕 폐하께서 그녀를 하루빨리 데려오시길 원하십니다."

"그런데 말이야……."

비제가 우연히 생각났다는 것처럼 입을 열었다.

"아델하이트가 왜 딸을 찾는 거야? 모녀 상봉 때문은 아닐 테고. 아, 잡아먹으려 그러나?"

"그분의 뜻을 알려 하지 마십시오. 우리는 복종하면 됩니다."

세상 둘도 없는 열렬한 추종자 같은 대답에 비제는 픽 재미있다는 듯 고개를 갸웃거렸다.

"정말? 너는 어떤 의문도 없는 것처럼 말하네."

"……."

"생존 욕구니, 홀린 거니? 내가 보기엔 둘 다인 것 같은데."

"경."

조금쯤 경박스러울 만치 가벼운 말투에 아인츠가 적나라하게 눈가를 일그러뜨렸다. 차가운 눈이 힐끗 갈랑 쪽을 향했다. 눈이 마주쳤다. 그 순간, 그의 머릿속에서 어떤 기억이 떠올랐다.

"아 참, 갈랑."

천둥 번개와 벼락, 짐승들의 비명이 쩌렁쩌렁 울리던 그 끔찍한 밤. 피투성이가 되어 미동이 없던 이델의 형상이 어른거렸다. 팔짱을 낀 비제가 검지로 아인츠를 가리키며 의심을 정확히 재확인시켰다.

"이 녀석이야. 네 어머니를 그렇게 만든 원수."

몇 초간의 망연한 정적, 번개 같은 자각이었다. 낯빛이 돌변한 두 사람이 동시에 상대방을 응시했다. 아인츠는 핏기가 싹 가신 채 귀신 본 듯 점차 흉악해지는 갈랑을 바라보다 흠칫 뒷걸음질쳤다.

그날 밤의 공포스러운 기억은 아직도 그를 좀먹고 있었다. 분노로 시뻘겋게 달아오른 붉은 눈동자, 광포하게 울부짖던 대자연. 마치 신의 분노를 산 유일한 죄인이 된 기분이었다.

그는 살아남은 게 기적이었다. 시시때때로 붉은 눈이 악몽 속에서 튀어나와 제대로 잠을 이룰 수도 없었다. 그는 무력했고, 비굴했으며, 아무 의미 없는 미생물이었다. 밟힌 개미처럼 눈가를 실룩거리던 아인츠가 발작적으로 소리를 질렀다.

"이게, 이게 무슨 개수작이야?!"

비제는 빙그레 대꾸했다.

"뭐긴, 애송아. 세상에 아무런 의미도 없는 일은 없다는 걸 가르쳐 주는 거야."

정신없이 뒤로 물러서다 비제에게 툭 부딪친 아인츠가 본능적으로 달아나려 버둥거리자, 커다란 손이 어깨를 부서뜨릴 듯 짓눌렀다.

헉, 비명이 터지다가 말았다. 소리조차 낼 수 없게 짓누르는 잔인한 악력이었다. 꺽꺽거리는 청년의 뒤에서 그의 귓가에 입술을 드리운 비제가 킥 비웃었다.

"네가 어떤 죄의식도 없이 저지른 일이 지금 이렇게 다시 되돌아왔잖아. 늑대들이란 자기 혈육에게 끔찍해서, 가족을 해친 이가 있다면 대륙 끝까지 쫓아가서 되갚아 주거든. 저 녀석이 쇠사슬을 못 끊기를 기도해. 그렇지 않다면 당장에라도 네 목덜미를 따 버릴 테니까."

"헉!"

거칠게 뒷덜미가 잡혀서 앞으로 내던져질 듯 몸이 기운 그를 짐승의 그것으로 변한 눈이 무섭도록 노려보고 있었다. 그 위로 타라의 붉은 눈이 겹쳐졌다. 순간 아인츠는 오금이 저려 왔다. 다시금 온 세상이 그를 적대하는 듯한 착각에 휩싸였다.

"아니면 내가 그럴 수도 있고."

"으악!"

맹수에게 던져 줄 고깃덩이처럼 멱을 쥐고 있던 비제가 후들거리는 무릎을 걷어찼다. 비명과 함께 주륵, 더 갈랑 쪽으로 상체가 숙여진 아인츠가 벌벌 식은땀을 흘렸다. 살기가 당장이라도 전신을 찢어발길 듯하다. 그는 악을 질렀다.

"나, 나한테 왜 이래! 왜 이러냐고?!"

"왜 이러긴."

혀를 내어 입술을 핥은 비제가 청량한 목소리로 중얼거렸다. 나도 네가 싫거든. 네가 나를 싫어하는 것 이상으로. 무감각한 벽안이 찰나 섬뜩하게 빛났다.

덜컹덜컹, 갈랑을 얽매어 놓은 쇠사슬이 위협적으로 덜컥거렸다. 비제가 환하게 웃었다.

"그럼 잘 가."

"으아아악!"

식은땀이 번진 목덜미를 쥔 손아귀에 일순 힘이 들어갔다. 절로 비명을 질렀던 아인츠는 눈앞이 번쩍이는 충격과 함께 바닥에 내동댕이쳐졌다.

돌바닥에 부딪친 머리가 얼얼한 것보다도 당장이라도 거대한 늑대가 목덜미를 물어뜯을까 봐 화들짝 일어서다 다시 넘어지고 비틀거리는 가운데, 킥킥킥 조소가 귓가를 때렸다.

아연해져서 저 멀리 내던져진 자신과 그 꼴을 구경하고 있는 비제의 즐거운 푸른 눈, 막 튀어 나가려다 그의 손에 짓눌린 채 섬뜩하게 저를 노려보고 있는 늑대까지 차례로 인지하고 나서야 아인츠는 자신이 농락당했음을 깨달았다.

눈앞이 시뻘게질 정도로 화가 난 아인츠가 달려들듯 일어났으나, 다리에 힘이 풀려 다시 주저앉을 뻔했다.

"괜찮아? 농담이야, 농담. 너무 무서워하길래 조금 놀려 준 거라고."

"이, 이!"

"그러게 왜 그렇게 겁을 먹어?"

밟아 주고 싶게. 그 속삭임은 바로 옆에 있던 갈랑 외에는 들은 이가 없었다. 제가 더 섬뜩해진 갈랑이 여전히 속 모를 얼굴로 싱글 벙글 웃고 있는 비제를 곁눈질했다.

여러모로 정상의 범주를 넘어선 사내였다. 쥬다는 왜 이런 자를 곁에 두고 신뢰했단 말인가? 같은 걸 느꼈는지 파리해진 아인츠가 이를 갈며 말했다.

"폐하께 고하겠습니다. 당신은 역시 음험하고 신뢰하지 못할……!"

"아델하이트가 가장 잘 알고 있단다. 걱정 마렴."

"저 늑대 수족도 참수할 겁니다!"

"그건 안 돼."

웬일로 딱 말길을 자른 비제가 꽉 누르고 있던 갈랑을 놓아주며 손을 털고 일어섰다. 호리호리해 보이는 체형임에도 상대를 찍어 누르는 위압감이 안개처럼 발밑에 자욱하게 깔린다.

"그는 서부와 거래를 할 중요한 카드야. 타라의 위치도 알아내야 하고."

호주머니에 손을 낀 그가 저벅, 한 발자국 다가오자 아인츠는 아무 말 못 하고 그를 노려보았다. 방금의 대거리로 절절히 깨달았다. 저 남자는 그따위는 상대도 못 할 까마득한 강자였다.

하기야 그는 대륙의 강자들 중에서도 다섯 손가락 안에 들 인물이 아닌가. 이 겨울 성 내에서도 아델하이트를 제외하면 그의 상대가 될 인물이 없었다. 이를 빠드득 간 아인츠가 휙 뒤돌아서는데, 묵직한 목소리가 발목을 붙잡았다.

"늑대족은 은혜와 원한을 잊지 않는다."

멈칫 뒤돌아본 자리에서 꿇어앉은 맹수가 시뻘겋게 충혈된 두 눈을 번뜩이고 있었다. 누구보다 광포하면서도 차분한 얼굴로 그가 으르렁거렸다.

"기다려라. 반드시 대갚음해 줄 테니까."

무슨 수를 쓰든, 어떤 형태로라도, 아무리 오랜 시간이 걸린다 해도.

섬뜩한 증오에 간담이 서늘해진 아인츠는 대꾸 없이 휙 돌아서 나가 버렸다. 휘유, 지켜본 비제가 휘파람을 불었다. 무서운데.

"역시 이델이 자식은 잘 키웠어. 든든할 거야. 복수해 줄 아들이 다섯이나 되니까."

"당신도 마찬가지다."

갈랑이 비제를 묵직하게 주시했다.

"당신이 했던 말, 세상에 아무런 의미도 없는 일은 없다고 했지. 그건 당신도 똑같아. 언젠가 죄의식 없이 저지른 죄악이 되돌아가서 대가를 치를 거다. 어떤 식으로라도."

둘 사이에 차가운 숨소리만 울렸다. 비제는 얕은 미소가 가시지 않은 얼굴로 다 커 버린 청년을 내려다보다 손을 뻗었다. 도리질 치기도 전에 그 까만 머리칼을 이리저리 내키는 대로 헝클어뜨린 남자가 손을 뗐다. 물론…….

"분명 그러겠지."

하지만 나는 더 이상 아쉬운 게 없어서.

"……?"

"쉬어라. 내일은 하루가 길 테니까."

비제는 의문이 담긴 갈랑을 일별하며 자리를 떴다. 갈랑은 그의 멀어지는 발소리를 듣다가 신경질적으로 머리를 흔들었다.

어린 늑대 시절, 저치가 종종 해 왔던 손버릇이었다. 불쾌함에 짜증스럽게 주먹을 말아 쥐었다가 펴던 갈랑은 멈칫 미세한 변화를 느끼고 몸을 굳혔다.

아까 그 실랑이 탓인지 수갑이 느슨해져 있었다. 꼼지락 손을 움직이자 확실히 헐거워진 게 느껴졌다. 어떻게? 갈랑은 미심쩍게 곰곰이 기억을 되짚다가 우선 결박을 푸는 걸로 노선을 바꿨다.

비제의 말로 들어 보건대 분명 내일부터 당장 고문이라도 할 태세였다. 그 전에 빠져나가야 한다. 용을 쓰면서 버둥거리자 족쇄가 아까보다도 더 헐거워졌다. 조금만 더!

*　　　*　　　*

서부의 국경은 일촉즉발의 전운이 감돌았다. 불과 한 달도 채 안 되는 사이 변한 대륙의 판세였다. 망망대해 같은 사막과 늪, 황무지

로 무덤처럼 고요해 죽은 자의 땅이라 불렸던 서부는 아이러니하게
도 목전에 다가온 전쟁 탓에 조금쯤 더 활기를 띤 것처럼 느껴지기
도 했다.

겨울의 땅에서 불어오는 차갑고 쇳내 섞인 냄새를 맡고 있던 은
회색 잿빛 늑대가 안개에 둘러싸인 국경 저 너머를 주시하고 있었
다. 섬세하게 조각한 양 날카롭게 찢어진 눈매는 칼집인 양 서느랬
다.

"아버지. 뭐가 보여요?"

한참을 우두커니 한 방향만 보고 있자 조바심이 났던지 그의 아
들 중 가장 성질 급한 리오사가 물었다.

이사신은 잠깐 더 겨울의 희미한 눈보라를 맞다가 대답 대신 뒤
돌아섰다. 고개를 고고하게 치켜든 늑대들이 일시에 그의 동선을
따라 움직이고 멈춰 섰다. 늑대족 전원이 서쪽과 중앙이 맞닿는 국
경선에 와 있었다.

"매우 불쾌한 냄새가 나는구나."

이사신이 운을 띄웠다. 그의 어두운 갈기가 어지럽게 흐트러졌
다. 바람이 점차 강해지고 있었다. 쾌쾌하고 신경을 자극하는 냄새
또한.

그는 심각하고 딱딱하게 굳은 낯으로 중얼거렸다.

"길론의 말이 맞는 것 같군."

구울이라니? 현시대에 사는 이들에게는 생소한 괴물이었다. 고
왕국이 번성했던 마도 시대에는 흔했을지 몰라도, 요즘 세상에 죽
은 시체들이 살아 걸어 다니다니.

심지어 저 괴물들은 어지간하면 완전히 죽지도 않았다. 머리를 박살 내거나 사지를 찢어 놔야 겨우 전투 불능이 됐으니까. 재수 없게 물리기라도 하면 그 부위에 독이 올랐다.

수족들은 회복력이 좋은 탓에 차잘한 상처 따위에 무신경해서 더 사태를 악화시키는 일도 비일비재했다. 전투 종족인 수족들의 땅 북부가 고전을 면치 못하는 이유도 이 때문이다. 다행히 영민한 세냐가 발 빠르게 방어전을 하고 있는 것 같지만…….

"레오가 빨리 가 보아야 할 거다. 북부도 난장판이지만, 곧 여기로도 들이닥칠 테니."

이미 전쟁은 시작되었다. 늑대족은 한차례 국경 근처에 진을 친 중앙 왕국의 기사들을 급습해서 피를 보았다. 어차피 시작될 싸움, 먼저 기를 꺾어 두어야 한다.

서부의 전력은 불리했다. 우선 주인인 쥬다가 심각한 부상을 입은 소식이 전 율리아 영주들의 귀에 들어갔을 테니, 얕보고 있을 게 분명했다. 각각 난장을 치르고 있는 북부, 동부와 달리 이곳이 아직까지는 고요한 것도 불쾌하고 불길하다.

"주군은 괜찮으시겠지요?"

"……그래야지."

섣불리 입을 열지 못하던 이사신이 덤덤하게 대꾸했다. 홀로 벨벳 성에 들어가 쥬다를 알현하려 했던 그는 대신 집사 안티오크와 몇 마디를 나눈 뒤 죽은 듯 잠들어 있는 아내의 얼굴을 보고 바로 일족을 이끌고 전장으로 나왔다.

고압적이고 고고했던 옛 성은 어두운 공기로 침잠해 있었다. 마치 관속인 것처럼. 그러나 그는 자신의 귀한 이들을 지키기 위해 싸우는 전사였다. 참담해할 시간이 어디 있는가. 수장인 아내도, 주군도 없다. 그라도 정신을 똑바로 차리고 있어야 했다.

"아버지! 왜 허락해 주지 않으세요? 그 배신자 놈을 제가 쫓아가서 한 방에!"

"철없는 소리 마라. 그자가 네 녀석 상대나 될 성싶으냐?"

성마른 소리를 단박에 끊어 낸 눈빛이 깊고 날카로웠다. 그가 불만스럽지만 바로 찌그러지는 아들을 가만히 응시하다가 이내 일족들을 차례로 훑어본다.

그의 시선이 닿는 이들마다 흠칫 기합이 들어갔다. 갈랑이 권위적인 성격이 아님에도 괄괄한 형제들을 찍어 누를 수 있었던 건 묵직하고 무시할 수 없는 기도 탓이었다. 그리고 그의 그런 면은 죄다 아버지 이사신에게서 물려받은 것들이다.

"우리는 지금 우리가 할 수 있는 일을 한다. 최선을 다해서. 그뿐이다."

침묵이 흘렀다. 내내 잠자코 조용히 있던 둘째 아들 파루가 입을 열었다.

"형님이 무사히 돌아오실 수 있을까요."

정확히는, 그때까지 어머니가 버텨 주실 수 있을까요. 거기에 내포된 회의감과 걱정을 모를 이는 이 자리에 없었다.

이사신의 흉곽이 부풀었다. 흐트러진 흑갈색 머리카락, 장난스러운 미소, 봄볕이 그득한 눈…… 아내의 웃는 얼굴이 뇌리를 잠식한다. 아주 잠깐 목이 졸린 양 머리가 얼얼했다. 찰나의 침묵과 달리 그는 단호하게 말한다.

"돌아온다."

단 하나뿐인 정답 같았다.

"내 아들이고, 내 아내다. 그리고 너희의 형제이자 어머니이지. 믿어라."

그들은 다시 우리에게 돌아올 테니까. 반드시.

하나 만약에, 만약 그들이 돌아오지 못한다면…… 매끈한 늑대의 주둥이가 벌어지고 섬뜩한 이가 드러났다.

"그때는 수단과 방법을 가리지 않고 배로 되갚아 줄 것이다."

처절하게. 제 모든 것을 걸고.

쿠구구궁!

갑작스레, 부지불식간에 닥친 벼락처럼, 대지가 덜컹덜컹 진동한다. 지진과 비슷했으나 지진은 아니었다. 북부의 혼란과는 달리 그들은 전부 몸을 낮추며 비교적 의연하게 버텼다.

갈까마귀 길론에게 정보를 듣고 충분히 경계하고 대비하고 있던 탓이었다.

"모두 경계해라!"

땅이 갈라진다. 서부의 길고 황폐한 대지에 거대한 검은 벌레가 지나가듯이 균열이 인다. 쩌적 칼로 쑤신 것처럼 토양이 갈라져 속이 훤히 보이는 것도 경악스러운 광경인데 그게 끝이 아니었다.

부르르 땅 울음이 지나가고 스산한 여운이 도사린 가운데 만물이 숨을 죽인다. 리오사가 헉, 마른 신음을 내질렀다. 저건……

갈라진 틈 사이로 불쑥 검은 손이 올라왔다. 해충이 태어나는 걸 목격하는 것처럼 혐오스럽고 저 아래의 거북한 공포심을 자극하는 장면이었다.

그리고 곧, 잇따라 시커멓게 그을린 인간의 형상이 괴이한 비명을 지르며 기어 올라왔다. 수십, 수백이. 다 해진 넝마를 걸친 자, 값비싼 수의를 입은 자, 머리에 도끼가 꽂힌 기사와 아예 백골이 된 사제까지 온갖 문명과 시대의 시체들이 죄다 지옥에서 기어 올라온 듯했다.

늑대족 중 한 명이 기가 질려 중얼거렸다.

"저게 뭐야……."

"명심해라. 어지간하면 물리거나 상처 입지 말고 머리를 노려라!"

모두에게 신의 가호가 함께하길. 낮게 읊조린 늑대가 길게 울부짖고는 앞장서서 달려나갔다. 낯선 적이라 해서 용맹한 늑대족들이 꼬리를 말고 달아날 리가 없었다. 남은 늑대들도 하울링을 하며 부리나케 뒤따랐다.

모래 폭풍과 눈보라가 몰아치는 광활한 황무지, 그 중앙에서 북방의 늑대들과 땅밑에서 기어 올라온 구울들이 맞부딪쳤다. 퍼억, 퍽 근육과 살덩어리들이 짓이겨지는 소리, 늑대의 사나운 울음, 시체 썩는 냄새가 섬뜩하게 뒤섞이며 충돌한다.

한차례의 충돌이 지나자 전장은 점차 동족과 괴물 무리들이 반반 섞인 난전으로 치달았다. 거대한 도끼를 들고 덤비는 고대 기사의 목덜미를 한 번에 물어 목을 분질러 버린 이사신이 시체를 덤벼드는 구울에게 집어 던지며 소리쳤다.

"바로 죽이지 못해도 좋다! 부상을 경계해!"

"현명한 선택이십니다."

"……!?"

성질이 불같다 들었는데 꼭 그런 것만은 아니군요. 이사신의 뒤편에서 기어오던 구울 두 마리가 콰쾅, 불길에 휩쓸려 재가 돼 버렸다. 이사신은 갑자기 전장에 홀연히 나타난 미청년을 돌아보았다. 붉은 머리카락이 먼지바람에 흔들리고 길고 가는 귀가 드러났다. 요정이었다.

"너는……."

"처음 뵙습니다, 이사신님. 위명대로 무시무시하시군요."

오베론은 순식간에 이사신 근처에 쌓인 시체 더미를 주시하며 흥미롭게 웃었다. 그러는 그의 주변에 거센 화염이 생기더니 사방을 불태우기 시작했다. 불을 다루는 데 능숙한 화염 술사였다. 저 붉은 머리와 마법의 위력을 보건대…….

"요정 여왕 타니아의 자식인가?"

"그렇습니다. 내놓은 자식이긴 하지만."

저를 오베론이라 덧붙인 요정은 손가락으로 수인을 맺으며 주문을 읊더니 잠깐의 전투로 피칠갑이 된 늑대족과 쉴 새 없이 달려드는 구울들 사이에 투명한 방패를 불러냈다.

덕분에 늑대들은 잠시 전열을 가다듬을 시간을 벌었다. 쿵, 쿵 이지 없이 단단한 막에 제 머리를 부딪쳐 대는 괴물들을 말없이 응시하던 이사신이 물었다.

"요정이 어찌 우리를 돕는 거냐?"

"흠, 설명하자면 복잡하군요. 어머니에게 반항하는 탈선한 아들이라고 쳐 두죠."

"그건 또 무슨 개소리……."

난감하고 능청스러운 대꾸에 인상을 쓴 이사신은 미처 말을 끝맺지 못하고 얼굴을 굳혔다. 오베론이 세운 투명한 벽 너머, 갈라진 땅의 균열에서 시커먼 개미 무리 같은 괴물들이 쏟아지듯 올라왔다. 그 수가 짐작지도 못할 정도로 많았다.

"이런……."

"미친."

두 남자는 동시에 신음을 내뱉었다가 상대의 희게 질린 낯을 돌아보았다. 온 세상이 지옥도로 변한 것만 같은 착각이 들었다. 바로 그때, 다시 한 번 격변이 있었다.

"……!"

하늘에서 푸른 불꽃이 장대비처럼 쏟아지더니 일시에 모든 땅을 뒤덮을 기세였던 괴물들을 불태워 죽였다. 불은 살아 있는 것처럼 그것들을 몰아세우고 대지를 가르는 긴 띠를 그렸다. 검은 균열과 상반되는 불길이 사막의 유일한 수원처럼 짙은 선이 되었다.

오베론이 안도와 심란함이 반반 섞인 눈으로 하늘을 올려다보며 중얼거렸다.

"오셨군요."

마치 화산이 터지고 난 이후처럼, 썩은 몸뚱이들을 태운 연기와 재들이 하늘을 뒤덮었다가 느리게 가셨다. 누군가가 불러낸 듯 의지를 띤 바람이었다. 세찬 바람이 멎고 난 폐허에 어떤 사내가 서 있었다. 말쑥하지만 날이 선 칼날처럼 위압적인 장신의 남자. 검푸른 망토와 긴 은빛 머리카락이 천천히 가라앉았다.

"주군?!"

거대한 늑대가 몸을 한껏 구부리더니 새카만 털에 흰 머리카락이 드문드문 섞인 사내로 변해 앞으로 달려나갔다. 그가 부복하자 다른 늑대들도 따라서 엎드렸다.

전쟁터가 된 제 땅을 흐린 푸른 눈으로 돌아보던 쥬다가 제 종복을 내려다보았다. 이사신은 감격해서 무심하고 새하얀 얼굴을 바라보고는 고개를 숙였다. 강력한 구원자를 향한 경외와 안도로 울부짖는다.

좀 더 떨어진 자리, 오베론은 복잡한 눈으로 이 모든 상황을 지켜보았다. 생각보다 불사의 마도사의 회복이 빠르기는 하지만…….

걱정이군.

그가 언제까지 버틸 수 있단 말인가.

* * *

"아녀자들을 먼저 대피시켜라! 기사단! 방어해!"

여기저기서 불과 화살이 빗발쳤다. 이드의 날카로운 고함에 전기마대와 군인들이 일사불란하게 움직였다. 두꺼운 방패가 빽빽이 앞을 가로막고 화살과 창이 쏘아졌다. 듣기 싫은 괴성이 허공을 찢었다.

미친 여자의 노랫소리, 악의 섞인 고함, 망가진 현악기의 비명 같은 소음에 일순 싸우고 있는 전부가 미간을 찡그리며 주춤거리는 듯했으나 물러서지는 않았다. 지휘관의 명령에 따라 방패의 숲 중앙이 쩍 갈라지고 기사들이 등장했다.

은빛 갑옷을 입은 그들은 코뿔소 떼처럼 팔이 잘리고 다리가 으깨져 바닥을 기거나 괴이한 신음만 내지르는 괴물들을 일시에 짓밟듯이 정리해 나갔다.

모든 전시 상황을 지휘하는 이드의 투구 속 붉은 눈동자는 냉정했지만, 미간에는 주름이 잡혀 있었다. 그는 갑갑한 듯 투구를 벗어 종기사에게 건네주며 딱딱하게 입을 열었다.

"좌측 전선은?"

"무리 없습니다. 아오페 경이 효과적으로 방어하고 계십니다."

다시 우측에서 요란하게 땅이 울렸다. 마법사 시오델이 흙과 바위를 움직여 방어선을 치고 있는 것이다. 이 괴물들은 뜬금없이, 정말 맨땅에서 올라오는 벌레처럼 등장했기에 한시도 경계를 늦출 수가 없었다.

북부는 온통 아비규환의 전쟁터가 되었다고 한다. 첫 방어에는 성공했으나, 갑자기 수족의 영역 이곳저곳에서 동시다발적으로 괴물이 튀어나오는 바람에 수족 전원이 혼란에 빠졌다.

수족들에게는 마땅한 성벽이나 방어전을 위한 전술이 없는 편이니 더 그러겠지. 이틀 전쯤 드디어 사자 왕 레오니다스가 북부 전선으로 귀환했다 들었다. 조금은 나아졌을 것이다.

"고왕국의 오래된 괴물이라."

구울이라고 했지. 다행히 괴물들은 황금 성의 영역 안으로는 조금도 침투하지 못하고 있었다. 이드는 그것이 우연이 아님을 알고 있었다. 그가 제 말이 딛고 있는 땅을 내려다보았다.

희미하게 금빛으로 일렁이는, 어떤 신성하고 신비한 힘이 황금성 전체를 아울러 동부의 넓은 영토에 깃들어 있었다. 영원의 불꽃, 불사조의 가호였다.

이곳에서 나고 자란 이드도 불사조가 이토록 적극적으로 나서 힘을 쓰는 건 처음 보았다. 그러나 그녀가 이드와 기사단, 백성들을 위해 수고로움을 감수하고 있는 건 아니었다.

─네 딸이 이곳으로 오고 있다.

불현듯 나타난 불사조가 경악한 제 주인을 남인 양 내려다보며 날개를 접었다. 이드는 고함을 치지 않기 위해서 안간힘을 써야 했다.

─그게 무슨 소리지?
─말 그대로.
─그 애가? 지금 이 상황에서?
─상황이 이러니 더더욱 와야 하지 않겠는가.
─어째서.
─나는 그녀가 원하는 걸 들어줄 수 있으니까.

짐짓 심상치 않게 변하는 이드의 표정에 불사조는 갸름하게 눈을 빛냈다.

─그래. 내가 그녀를 불렀다.

이곳으로.

"제기랄."

이드는 참지 못하고 욕지거리를 했다. 평소 온화하고 과묵한 편인 기사 왕의 입에서 험악한 상소리가 나오자 보고를 위해 왔던 지휘관들과 마법사, 종기사들까지 저마다 입을 쩍 벌리고 굳었다.

딱딱하게 굳어 눈치를 보는 신하들을 보는 둥 마는 둥 그는 제 머리칼을 헤집으며 인상을 썼다. 몸이 닳아 미칠 지경이다. 분명 그 험난한 길에서 위험에 처했을 텐데 여전히 그는 아무것도 할 수 없었다. 빌어먹을.

그가 할 수 있는 거라고는 성을 수비하며 이 자리를 지키고 있는 것뿐이다. 타라가 올 때까지는 안전한 곳이어야 하니까.

"전하."

좌측 전선을 섬멸하고 돌아온 아오페가 제 왕을 불렀다. 그녀는 사납게 날이 서 있는 이드의 앞에서 시선을 내리깔고는 주변의 전부를 물렀다. 이드는 고개를 숙인 신하를 잡아먹을 듯 노려보다가 으르렁거렸다.

"언제까지 말 안 할 셈이었지?"

"전하."

"그날부터 내 인격과 삶은 타인에 의해 농락당해 왔다. 한데 자네까지 날 능멸해?"

묵묵히 왕의 분노를 듣고 있던 그녀는 말에서 뛰어내리더니 가만히 이마를 흙바닥에 대었다. 할 수 있는 최고의 굴종이었다. 이드는 냉막하게 그 모양을 내려다보았다.

"입이 열 개라도 할 말이 없습니다, 전하. 제 목을 베어 주십시오."

"내가 그대의 목을 취해서 어디다 쓰란 말인가. 나는 답을 원한다."

침묵하던 기사는 담담하게 고했다.

"또다시 이성을 잃으실까 두려웠습니다."

"……."

"예전처럼 전부 내팽개치실까 봐 염려했고, 평정을 잃고 겨울의 땅으로 가겠다 하실까 걱정했습니다."

쇳덩이 같은 말발굽이 미동이 없었다. 말의 거친 숨소리와 멀리서 웅성거리는 막바지 전투의 소음들이 잔향처럼 미미하게 떠도는 가운데 두 군신의 사이는 고요했다.

이드는 바닥까지 꺼트릴 듯 나직하게 한숨을 쉬었다.

"일어나."

흠칫 놀란 아오페가 고개를 들자, 이드는 말머리를 돌렸다. 햇살에 희게 부서지는 금발이 밀밭 물결처럼 흐트러졌다.

"전하."

"결국 내가 믿음직하지 못했다는 말 아닌가. 내 역량 부족인데 수하를 탓할 수는 없어."

반쯤 돌아선 왕의 얼굴은 쓴 내가 서린 양 무표정했다. 차마 더 마주하지 못하고 아오페가 시선을 떨어뜨리자 그는 한숨을 쉬었다.

"왜 우나, 또."

"송구합니다."

기사의 눈물에서 고개를 돌린 그의 시선에 사방의 검은 연기와 시체로 그을린 동부의 금빛 초원, 저 대지 너머 끝자락에 희미하게 드리운 겨울 산맥과 회색 숲이 걸렸다. 이토록 가까운데. 그가 한탄하듯 뇌까린다.

"결국, 나는 이곳에서 기다리는 수밖에."

지금까지 그래 왔던 것처럼, 지키면서.

*　　*　　*

타라는 평소와 달리 낮은 시야를 낯설다는 듯 바라보다, 주변을 두리번거렸다. 그러다가 제 양손을 펴서 조그맣고 하얀 손가락들을 발견했다.

타라는 작은 소녀였다. 어쩐지 신기했다. 왜? 그야…… 그녀는 더 이상 어리지 않으니까.

　　―타라.

귀가 쫑긋거렸다. 타라는 이게 어찌 된 일인지 더는 생각하지 않고 그쪽으로 뛰었다. 빛이 들어오는 창문과 긴 복도, 고풍스럽고 두꺼운 문들, 개중 하나를 열고 들어가니 세상이 바뀐 듯 찬란해 눈을 가렸다. 책과 잉크의 은근한 향취가 풍겨 온다. 이곳은 벨벳 성, 쥬다의 서재였다.

아.

쥬다가 서류를 보다 말고 고개를 들었다. 한데 이상하게 얼굴이 잘 보이지 않았다. 햇빛 탓인가. 눈이 시큰거렸다. 유리 조각이라도 들어간 듯이.

그가 손을 뻗었다. 다시 그녀의 이름을 부른다.

―타라.

내 꼬맹이. 타라는 만면에 미소를 띠며 그에게 달려간다. 그와 가까워질수록 한 걸음에 십 년처럼 키가 커지고 시야가 높아졌다. 이내 그의 품에 안길 때 그녀는 전부 자라 있었다.

쥬다!

하지만 그를 껴안는 그 순간, 쥬다는 수 천개의 푸른 나비로 부서져 날아가 버렸다. 조각 한 점 남기지 않고.

타라는 망연자실해서 빈 의자를 바라보았다. 허기에 가까운 섬뜩함이 심장과 뇌리를 적셨다.

벨벳 성을 떠난 이후로 점점 꿈을 자주 꾸게 되는 것 같았다. 타라가 일어나자마자 든 생각이었다. 쿵쿵 남의 것을 훔쳐 온 듯 통제

불능으로 뛰어 대는 가슴팍을 꾹 누르고 식은땀을 훔쳤다. 매우, 매우, 기분 나쁜 꿈이었다.

우울하고 공허한 연기를 두른 괴물이 심장 위를 걸어 다녔다. 그 발자국마다 불안한 멍자국이 남았다.

한데, 여기가 어디지? 타라가 이상함을 느낀 건 그동안 지긋지긋하게 보이던 겨울의 안개 빛깔 숲이나 회색 산맥이 한 줌도 보이지 않는다는 걸 깨달았을 때였다.

심지어 눈도 없었다. 최소한 그들의 주변에는.

봉오리처럼 솟은 고갯마루에 고개를 밖으로 내밀었다가 행한 바람에 섬뜩함을 느끼고 얼른 머리를 움츠렸다. 깎아지른 듯 높았다.

여기가 대체 어디야? 주변을 맴도는 독수리를 바라보며 꿀꺽 침을 삼킨 타라가 제 옆에 널브러져 있는 검은 개를 흔들어 깨웠다.

"쥰, 쥰!"

[으으…… 뭐야?]

"일어나 봐요. 어떻게 된 건지 모르겠어요."

비몽사몽 일어난 검은 개가 푸르르 머리를 흔들었다. 쥰을 보자 조금쯤 안심이 된 타라는 머리를 잡고 기억을 더듬으려 애썼다.

어떻게 되었더라. 그러니까 표범들에게 쫓겨 달아나다가…….

"낭떠러지로 떨어졌어!"

그리고 이상한 그림자가 분명…….

타라는 자리에서 일어나 다시 바깥쪽을 쭉 내려다보았다. 협곡들과 빙산이 뒤얽혀 있는 게 겨울의 땅인 것 같기는 했다. 저 아래에서 세차게 흐르는 검회색 강줄기를 내려다보다가 고개를 들어 하늘을 바라본다. 다행히 아직 하루가 다 지나지 않은 것 같았다.

골똘히 생각에 잠긴 타라가 주변을 보고 놀라서 멍멍 낮게 짖어 대는 준에게 말했다.

"우리, 혹시 납치된 걸까요?"

[나, 난 높은 곳이 싫어.]

"……."

제 쪽으로 바짝 붙어 오들오들 떨어 대는 검은 개를 망연히 바라보던 그녀가 물었다.

"벨벳 성의 내 방도 높은 곳이었잖아요."

[거기는 아래가 이렇게 뚫려 있지 않았잖아. 안 보이면 된다고. 안 보이면!]

준은 거의 타라의 품에 얼굴을 처박으면서 멍멍거렸다. 어쩐지 한숨인지 웃음인지 모를 소리를 낸 타라는 헛기침을 하며 준의 눈을 가려 주었다.

"알았어요. 지금은 괜찮죠?"

[으응. 나쁘지 않아.]

제법 의연하게 대꾸했지만 두툼한 꼬리가 다리 사이로 말려 있었다. 여기서 웃으면 화내겠지. 타라는 다른 곳으로 시선을 돌리며 생각에 잠겼다.

그들은 어떤 정체불명의 것에 의해 여기로 옮겨진 게 분명했다. 어설프게 끊긴 기억을 더듬어 가다 하늘에 뻥 뚫린 터널 같던 노란 눈을 떠올린 순간 오싹 온몸에 소름이 돋았다.

전설과 동화로만 듣던 고대의 괴물과 눈이 마주친 것만 같은 괴이한 소름. 찰나였지만 사지가 마비될 듯 강렬했다. 대체 그것의 정체는 뭘까.

"쥰?"

낑낑거리던 쥰이 돌연 머리를 빼고 벌떡 일어나 허공을 응시한다. 영민한 눈빛, 코끝이 벌름거린다. 그러고는 한쪽 가장자리로 다가가 섰다. 무섭다더니. 타라가 의아하게 바라보며 따라 일어설 때 쥰이 으르렁 이를 드러냈다.

[시체들이야.]

"……!"

검고 비린 것들이 걸어오고 있었다. 정확히 이쪽으로. 눈 속을 파헤치고 나온 듯 얼어붙은 사지가 뻗어 오는 게 역겹다. 타라는 입술을 깨물며 필사적으로 생각했지만 도망칠 곳이 없었다.

한데 그 순간, 뒷덜미에 오싹함이 스쳐지나갔다. 타라는 휙 뒤를 돌아보았다. 왠지 익숙했다. 한번 이미 겪어 보기라도 한 듯이.

[타라?]

"쉬잇⋯⋯."

무섭게 군은 타라가 이상해서 불렀던 쥰은 그녀가 검지를 펴고는 소리 없이 제 머리 위를 덮자, 얌전히 입을 다물고 곁에 섰다. 그녀의 표정이 심상치 않았다.

타라 또한 뭔가를 알지는 못했다. 단지, 무언가 위험한 것이 다가오고 있다는⋯⋯ 저 피 안쪽에서 끓어오르는 경고. 그녀가 속삭이듯 물었다.

"쥰, 우리가 아직 중앙 왕국의 영토에 있을까요?"

[그⋯⋯ 렇지 않을까? 겨울 산맥이 보이는걸.]

"어쩌면 더 남쪽으로 내려온 걸지도 모르죠."

만년설보다 불과 화염이 흐르는 땅에.

쿵, 짧게 땅이 울렸다. 뒤이어 거센 바람이 불었다. 쥰이 날카롭게 울었지만 타라는 눈을 감지 않으려 힘을 주며 저 높은 창공 어딘가를 뚫어져라 바라보았다. 처음에는 검은 달이 떴나 했다. 그러나 아니었다. 멍멍 짖던 쥰이 헉, 짖는 것조차 멈췄다.

회오리바람처럼 사방의 공기가 날카롭게 들썩거려도 타라는 눈을 똑바로 뜨고 정면을 바라보았다. 시리고 뜨거운 바람을 못 견디고 주룩 눈물이 흘렀다. 붉은 눈을 적신 물기가 톡, 바닥으로 떨어진 순간, 그것이 나타났다.

막 끝 마루에 다다라 달려들던 구울들이 죄다 바깥으로 던져졌다. 포효, 모든 땅과 자연을 뒤흔드는 강렬한 울음 한 번에.

다시 모든 것이 검게 물들었다. 일순 낮이 가고 밤이 찾아왔다. 태양을 가린 거대한 괴물 때문에. 곧이어 그것이 아가리를 벌리고 불을 토해 냈다. 흡사 불꽃이 내리는 장마 같았다. 그리 오래지 않아 그곳에 남아 있는 생명체는 쥰과 타라밖에 없었다.

[세상에.]

쥰이 말을 더듬었다. 실로 하늘을 뒤덮는 거대한 날개였다. 꿈틀거리는 강인하고 단단한 육체는 시커멓게 번들거리는 비늘로 뒤덮여 있었다.

세상의 바닥, 가장 어둡고 빛 한 점 없는 바다에서 태어난 생물처럼 그것은 검디검었다. 활활 타오르는 노란 화염 같은 두 눈만이 번뜩이며 그들을 내려다보았다.

저, 저건, 용이잖아!

쥰이 낮게 비명을 지른 찰나, 그것이 눈을 가늘게 뜨며 고개를 기울였다. 거북이 등껍질 같은 눈꺼풀이 깜박거렸다. 피부에 와 닿는 용의 숨결이 유황 불꽃처럼 끈적하고 더워서 살이 녹아내릴 것만 같았다.

순식간에 땀이 맺힌다. 이건 꿈이 아니었다.

[이것들은 뭐지.]

머릿속에 웅웅 울리는 목소리를 들으며 타라는 침을 꿀꺽 삼켰다.

마룡 바바로사.

22

절망과 소생

모든 어린아이들은 잠들기 전 들어 보았던 무시무시한 괴물에 대해 기억하고 있다. 아이를 물어 가는 호랑이라든가, 말 안 듣는 말썽꾸러기를 잡아먹는 귀신, 어른들이 종종 겁을 주던 그런 괴물들.

하지만 '이것'과 그들의 차이가 있다면, 미치광이 용 바바로사는 실재하며 지금 바로 타라의 앞에 있다는 사실이다.

[타라…… 저거 정말 용이야?]

준이 얼이 나간 듯 계속 연이어 되묻자, 타라가 겨우 고개를 끄덕였다. 사실 그녀도 정신이 나갈 것만 같았다. 말로만 듣던 마룡은 요정족이 멸망할 뻔한 게 능히 이해가 갈 만큼 위압적이고 무서웠다.

쥬다는 대체 이런 괴물을 어떻게 상대했던 걸까.

본능이 경고한다. 저것은 힘을 최대한 끌어쓰지 않는 한 절대 이 길 수 없다. 아니, 현재로서는 살아남기 급급한 게 맞았다.

아주 높은 확률로, 그들은 이 곳에서 죽을 것이다.

"쥰, 내가 신호하면……. 도망가요."

식은땀이 등줄기에 맺혔다. 용의 눈이 탐색하듯 가늘어졌다.

하나, 둘…….

"지금!"

털을 곤두세운 쥰이 큰소리로 짖음과 동시에 타라의 마법이 용의 눈으로 번개처럼 쏘아져 갔다. 쓸 수 있는 티끌 만한 마법의 힘으로 가능한 최적의 방법이었다. 죽일 수는 없더라도 찰나 시간은 벌 수 있을거란 계산이었다.

하지만 타라의 달음박질은 용의 날카로운 울부짖음과 용솟음치는 불길에 튕겨나가 바윗돌에 거세게 몸이 부딪쳤다. 쥰이 날카롭게 울고 있었다. 그 다급한 소리에 신경줄이 바싹 메마르는 기분이었다.

"컥! 쿨럭!"

내장이 뒤집어지는 것 같다. 공격은 실패했다. 쥰, 쥰! 끼잉, 낑, 거리는 애처로운 소리에 속이 진탕이 되어도 기절조차 할 수 없었다. 타라는 먼지바람 속에서 눈물이 줄줄 흘러도 실핏줄이 터진 눈을 부릅 뜨며 비틀거리며 일어섰다. 용이 약간 찢어진 날개를 접으며 그르렁거렸다. 순간적으로 날개로 눈을 보호한 것이다. 격노한 게 분명한 용의 발톱 사이로 가엾은 검은 개가 짓눌려 있었다. 필사적으로 바닥을 긁는 애처로운 몸짓에 타라가 소리쳤다.

"쥰!"

순간 눈이 뒤집히는 것 같았다. 맨 몸으로라도 달려들려던 그 때, 귓가에 낯선 목소리가 들려왔다.

[뭐야, 이것들은.]

용이 중얼거렸다. 타라는 너무 놀라서 입을 벌렸다.

[배고프다.]

그것은 입맛을 다시는 것처럼 보였다.

설마……. 전율이 온 사지를 스치고 지나갔다.

타라는 눈앞의 괴물이 자신들을 먹잇감으로 적당한지 샅샅이 훑어보고 있다는 걸 깨달았다. 더불어, 자신이 용의 말을 알아들을 수 있다는 것도.

"저, 저기……."

다소 퍽 드물고 오랜만에, 그녀는 언령의 힘에 감사했다. 바바로사는 개 한 마리와 인간을 구경하다가 돌연 들려오는 목소리에 고개를 기울였다. 시커멓게 윤이 나는 뿔과 샛노란 동공을 마주하자니 발등 위로 뱀이 지나가는 것만 같았다.

[뭐야. 이게 말을 하네?]

"저는 조금 특별한 인간이거든요. 바바로사 씨."

그 짧은 대거리 사이 후다닥 도망쳐 나온 쥰이 타라 뒤로 숨으며 오들오들 떨었다. 타라는 필사적으로 어색하게 입꼬리를 올렸다.

바바로사가 눈을 깜박이더니 턱, 앞발을 그들 옆에 올렸다. 그것 만으로도 케이크가 파이듯이 움푹 자국이 남았다. 타라와 쥰의 낮짝이 더더욱 창백해졌다.

[네가? 특별하다고?]

"안녕하세요, 저는 타라라고 해요."

[타라? 그런 종이 있나.]

"종이 아니고 이름이요."

타라는 용의 콧김에 날아가지 않으려 안간힘을 쓰며 대답했다.

[이름이라고. 그런 걸 어디다 쓰지? 난 지금 배가 고파. 아주 오랫동안 잠을 잤거든. 그래서 너희를……]

바바로사는 불쑥 얼굴을 들이밀고 뻣뻣하게 굳은 타라 일행을 살폈다.

[잡아먹을까 하는데 어떻게 생각하니, 특별한 인간?]

"하하, 하…… 내 의견이 중요한가요?"

[아니. 말이 통하는 김에 말하는 것뿐이야.]

용이 대수롭지 않게 대꾸하고는 두 갈래로 갈라진 길쭉한 혀를 내어 주둥이를 핥았다. 그 사이로 빽빽하게 자라난 이가 번뜩였다. 그에 쥰이 히익, 소리를 냈다. 타라는 필사적으로 머리를 굴려 바바로사의 신경을 돌릴 거리를 찾았다.

"여, 여기는 중앙 왕국이에요!"

[웅?]

"이티오팔에 계신다고 들었는데 어떻게 여기까지 오셨나요?"

봉인이 약해졌다는 우려는 들었는데 결국 마룡이 깨어나고 만 것이다. 쥬다 걱정에 타라의 표정은 일순 어두워졌지만, 겨우 입술을 앙다물었다.

바바로사는 쩝 날개를 접고는 말했다.

**[나는 정말 오랫동안 잠들어 있었어. 어떤 건방지고 잔인한
인간이 나를 그곳에 처박아 뒀지. 다시는 거기서 못 나올까 봐**

걱정했는데 이렇게 눈을 뜬 걸 보면 그 인간이 죽었나?]

"아니에요!"

[뭐?]

"아니, 잠에서 깨어나서서 다행이라고요."

하마터면 바보짓을 할 뻔했다. 타라는 충동적으로 빽 소리쳤던 입술에 억지로 미소를 띠며 허벅지를 손가락으로 꼬집어 댔다.

[깨어난 건 좋은데 배가 고파. 나는 너무 굶주려 있어. 신선한 고기나 맛있는 뼈가 먹고 싶어. 충만한 마력이 깃든 걸로 말이지. 요정 고기가 딱인데. 야들야들하니.]

바바로사가 불쑥 다시 고개를 들이밀자, 그들은 그 서슬에 뒤로 넘어질 뻔했다.

[한데 어디서 익숙한 냄새가 나지 않겠어. 그걸 따라왔지. 그래, 저것에게서 많이 맡아 본 냄새가 나.]

불쑥 뾰족한 발톱이 가리키는 건 놀랍게도 줜이었다. 줜은 거기에 찔리기라도 한 것처럼 딱딱하게 굳어 얼어붙었다.

"줜이요? 줜은 커다란 성견이에요! 매일 편식만 해서 고기도 질기고 맛도 없을 거예요! 한번 잡숴 보시면 먹다 뱉으실걸요!"

애처로운 구원의 눈초리에 타라는 뭐라고 떠드는지 자각도 없이 다다다 내뱉으며 필사적으로 쥰의 앞을 가로막았다.

쥰이 울망울망한 눈으로 세차게 고개를 끄덕였다. 그러나 바바로사는 뭔 소리냐는 듯 쩍 입을 닫았다.

[그거야 통째로 삼키면 되지.]

"뼈가 굵어요! 목에 걸려 체하실걸요?"

[저런 조그만 게?]

바바로사가 가소로워하며 웃었다. 그러나 곧 고개를 갸웃거린다.

[음, 그런데 계속 보니까 식욕이 땡기지를 않아. 왜인지 저 것에게서 동족 냄새가 나는군. 아니, 내 냄새인가?]

불현듯 뭔가가 떠오른다. 타라는 휙 쥰의 의수를 보았다. 예전에 비제가 검은 용의 뼈를 깎아 만든 것이라고 알려 준 적이 있다. 설마.

[저거 혹시 용의 새끼는 아니겠지? 하지만 생긴 게 이상한걸.]

"하하하. 글쎄요……."

아마 바바로사의 냄새가 맞을 거다. 쥰의 다리 한쪽은 쥬다가 바바로사의 뼈를 가공해 만든 것일 터였다. 만일 용이 그 사실을 알아챘다면 분노를 사서 죽임당할지도 모른다. 뒷덜미로 식은땀이 흘렀다.

그러나 그 순간, 묘책이 떠올랐다.

"배가 고프시다고 하셨죠?"

용은 길게 하품을 하더니 말했다.

[그래.]

"그렇다면, 푸짐하고 포동포동한 고기를 원하시나요? 그러니까, 양이 많은 거요."

[굳이 그렇지는 않은데. 나는 크든 작든 마력이 풍부한 게 좋으니까. 이를테면, 너도 괜찮겠구나.]

"네?"

[너, 강력한 마력이 계속 풍겨 나오고 있어. 예전의 그 미친 인간보다 냄새가 더 짙은걸.]

오소소 소름이 돋은 채 굳어 버린 조그만 인간을 이리저리 살피던 바바로사가 코를 벌름거렸다.

[그래, 달콤한 냄새가 나. 잘 익은 과일이나 갓 개화한 꽃의 꿀처럼 맛있고 유혹적인 냄새.]

타라는 그가 무슨 말을 하는지 알 것 같았다. 종종, 어린 시절에도 쥬다는 그녀의 마력 향이 너무 짙다고 투덜거렸으니까.

울컥 그리움을 느낄 새도 없이 용의 주둥이가 코앞까지 닥쳤다. 명백히 저를 먹잇감으로 보는 기색이었다. 타라는 침착하려 애쓰며 말했다.

"그렇다면 바바로사 씨! 제가 당신을 도울 수 있을 것도 같은데요!"

[네가? 널 내 밥으로 주겠다고?]

"아니요!"

타라는 쩍 벌어진 주둥이에서 뚝뚝 흐르는 침방울을 피하려 애쓰며 빽 소리쳤다.

"나는 당신이 좋아할 만한 걸 갖고 있거든요."

살고자 하는 본능 때문인지는 모르겠지만 불현듯 그게 떠오른 건 우연이었다. 그러나 곱씹어 볼수록 괜찮은 것 같았다.

"불사조의 뼈는 어떤가요? 맛있겠지요? 당신도 그걸 먹어 본 적은 없을 거예요."

[불사조의 뼈라고?]

불사조는 몇백 년을 살아도 평생 보기 힘든 전설의 새다. 고왕국 왕가의 상징이었던 그 신수에게 강력한 마력이 흐르는 건 당연한 것이었고.

[쩝. 그런 희귀한 게 왜 네게 있다는 거지?]

확 구미가 당긴 것 같기는 했으나 의심쩍게 보는 눈초리였다. 타라는 품 안에 고이 간직하고 있던 붉은 주머니를 꺼냈다. 바바로사가 바로 반응을 보였다.

쿵쿵거리는 그의 앞에 타라는 주머니를 열고 붉은기가 도는 뼛조각을 꺼냈다. 불사조의 뼈는 기이했다. 유니콘의 뿔처럼 하얗고 유려하면서도 불그스름한 빛과 노을의 노란빛, 푸르스름한 빛깔이 함께 감돌았다.

[정말인가? 맛있는 냄새가 나.]

바바로사가 바짝 고개를 들이미는 바람에 타라는 바닥에 짜부라질 뻔했다. 그녀는 가까스로 엉거주춤 버티고 서면서 필사적으로 고개를 끄덕였다.

"그럼요! 이걸 드릴게요! 맛있을 거예요!"

[진짜?]

솔깃해하는 용의 모습은 찰나 개껌 앞에서 꼬리를 흔드는 쥰과 비슷해 보였다. 타라는 침착하려 애쓰며 마른 입술을 축였다.

"대신 저희를 그냥 보내 주시겠어요? 어렵지 않아요."

고민하는 듯한 바바로사는 타라가 들고 흔드는 뼈다귀와 타라를 번갈아 보았다. 그 시간이 억겁처럼 느껴져 그녀는 초조함에 남몰래 침을 꿀꺽 삼키고는 휙 손을 등 뒤로 숨겼다.

"아니면 말고요."

[잠깐만.]

굶주린 용이 눈을 희번덕거렸다.

[그럴 필요 있나? 너와 저 개, 그 뼈까지 한꺼번에 먹어 치우면 되지.]

과연 마룡이었다. 양심도 없나 보다. 등 뒤에 맺히는 식은땀을 느끼며 타라는 아무렇지 않은 척 입꼬리를 올렸다.

"그렇다면 후회하게 될 거예요."

용이 그녀를 비웃었다.

[내가 왜?]

"나는, 당신을 봉인했던 그 사람보다 훨씬 강한 마법사니까요."

타라의 붉은 눈이 순간 섬광처럼 번뜩였다. 그녀의 속삭임에 정신없이 뱅글뱅글 맴돌던 바람도 멎고, 해도 구름에 가려져 순간 사방이 어둑해졌다. 점차 전멸해 가는 세상의 소음들에 바바로사가 긴 목을 젖혔다. 그들이 밟고 선 행성의 모든 중력이 한점으로 모여 저를 빨아들이는 듯한 위압감이었다. 강제적으로 몸이 뻣뻣하게 굳은 용의 노란 눈이 쭉 찢어져서 작은 인간을 노려보았다.

[너 뭐지?]

"만약 내 제안을 듣지 않는다면 나는 그가 그랬던 것처럼 바바로사 씨를 가둬 둘 수밖에 없어요. 또 끝없는 잠에 들고 싶나요?"

물론, 이것은 허세였다. 타라가 바바로사를 이기기 위해서는 쥬다의 생기를 절반 이상 깎아먹어야 할 것이다. 용은 주춤 고민에 빠진 것 같았다. 그는 본능적으로 타라가 예사로운 이가 아니라는 걸 느꼈다.

[뭐 좋아. 어차피 그것만 있으면 당장 요기가 될 것 같으니까. 그것도 나쁘지는 않지.]

한 발짝 물러난 바바로사가 경계와 의구심이 서려 있는 눈을 가늘게 뜨며 이를 드러냈다.

[대신 네 정체가 뭔지 말해. 고왕국의 생존자인가?]

"전 스무 살이에요."

[거짓말. 한낱 어린 인간이 어떻게 그 힘을 쓰지?]

용이 사납게 속삭였다.

[내가 그 시대를 살아보지는 않았지만 내 어머니의 어머니
에게 들은 적이 있어. 말 한 마디로 바다를 가르고 태양을 꺼뜨
리는 인간이 있었다고.]

검은 비늘이 돋은 긴 꼬리가 독을 품은 거대한 구렁이처럼 슬금
슬금 타라와 준이 서 있는 언덕을 칭칭 휘감기 시작했다. 직접적이
지 않으나 간접적인 위협이었다. 타라는 기 싸움에서 밀려나지 않
으려 이를 악물었다.
    "만약 당신의 예상이 사실이라면 더더욱 나를 적으로 돌리면 안
될텐데요?"

[방금 네 입으로 말했어. 넌 고왕국 인간이 아니라고.]

바바로사는 긴장한 타라의 얼굴을 주의깊게 살피다 코웃음쳤다.

**[게다가 넌, 그 힘을 다루는데 서툴거나 두려워하는 것처럼
보이는걸?]**

꼬마야. 진짜 강자들은 너처럼 친절히 협상하지 않아.

[우리는 힘으로 말해. 그게 존중이고 대화이자 상식이지.]

날 가둔 그 인간처럼. 교활한 용 바바로사는 타라가 가진 은연중
의 두려움을 꿰뚫었다! 낭패감을 느낀 타라가 미처 방어하기도 전
에 용의 긴 발톱이 준을 낚아채 가져갔다.

"준!"

갈고리 같은 발톱에 걸린 검은 개가 쩍 벌어진 입 사이로 떨어졌
다. 준의 날카로움 짖음과 타라의 다급한 외침이 어지럽게 뒤섞였다.

"안돼!"

그 순간, 우지끈 뭔가가 부러지는 소리가 났다. 시작은 작았으나
그것은 점차 큰 꽝음이 되었다. 사방이 뒤흔들렸다. 준을 놓친 바바
로사가 거칠게 우짖으며 긴 손톱으로 땅을 긁고 근처의 작은 산을
후려쳤다. 휘청이는 용을 보며 타라는 준을 안고 눈을 홉떴다.

지반이 무너진 것이다!

어떻게? 마법을 사용하지도 않았는데? 타라는 당황하며 고개 끝
으로 가 엎드려 밑을 바라보았다. 움푹 꺼진 구덩이에 빠진 용이 날

개를 퍼덕이며 제대로 서려고 했지만 육중한 몸이 바로 균형을 잡기는 버거워 보였다.

[이게 무슨 짓이야, 작은 인간! 내 발이 안 빠지잖아!]

타라는 미간을 찡그리며 제 두 손을 바라보았다.

설마 내가?

하지만 이건 그녀가 스스로 한 것보다는, 마치 호의적인 누군가가 일부러 도와주기라도 한 것만 같았다. 물론 현재 율리아에는 그런 대단한 힘을 가진 대지의 마법사는 없었다.

할 말을 잃은 타라가 긍정하는 걸로 해석했던 지 바바로사는 씨근거리기만 할 뿐 아까처럼 위협을 하지는 못했다. 얼핏 거대한 야수의 눈에 낯설고 경외적인 것에 대한 공포가 스쳤다.

[넌 고왕국의 왕인가? 왕이나 왕의 직계 후계자만이 이런
일을 할 수 있다고 들었어.]

찰나 어리둥절한 상황에서도 타라는 기민하게 이 것이 기회란 걸 알았다. 힘으로 대화하라고 했던가?

"봐봐요, 바바로사 씨. 내가 후회할거라고 했잖아요."

제 이야기를 들어 봐요.

"당신은 배도 고프고 발도 다쳤어요. 내 소원 하나에 당신의 곤란함을 해결해 드리죠. 하나씩 교환하면 두 가지네요."

[날 협박하는거야?]

"싫으면 말구요."

타라의 배짱에 커다란 눈이 데굴데굴 굴러갔다. 노란 보름달에 개기월식이 일어나는 듯 깜박깜박했다. 불쾌해진 용이 쿵 발을 굴렀다. 덕분에 타라와 쥰의 몸이 펄쩍펄쩍 튕겨 나갈 뻔했지만, 타라는 안간힘을 써서 호기를 부렸다.

어차피 용은 풀려났고, 지금 이 대륙에서 살아 있는 재앙인 바바로사를 통제할 수 있는 여력이 있는 자는 없다. 이왕 벌어질 천재지변이라면 유리하게 사용할 수는 없을까?

[영악한 인간.]

분한 듯 몇 번이고 발을 굴러 작은 공 굴리듯 그들을 통통 뛰게 만들던 바바로사는 타라가 끄떡도 하지 않자 짜증스럽게 투덜거렸다. 예전의 포악하고 천지 분간 없는 용이라면 이 조그만 인간이 뭐라고 종알거리든 한번에 삼켜 버리겠지만 그는 이미 한차례 인간에게 된통 당하고 봉인된 적이 있었다.

겉보기에는 타라는 그 인간보다 훨씬 약해 보였지만 기이한 힘도 그렇고, 이상스레 그녀의 목소리에는 거절하기 힘든 무언가가 있었다.

강제적으로 찍어 누르는 것보다는 회유하고 길들여 굴복시키는 기묘한 인력. 마음에 들지 않았지만 명백히 수그러든 기색으로 용이 말했다.

[좋아. 너 같은 작은 인간의 소원쯤이야 별거 아니겠지.]

그가 흥 코웃음 치자 불꽃이 훅 뿜어져 나왔다. 사실 타라는 강한 척 나오기는 했지만 용의 날카로운 발톱이 제 바로 앞의 바위를 긁을 때마다 깊숙이 자국이 파이는 걸 보고 오금이 저렸다.

그녀의 말 한마디에 따라 율리아의 안위가 걸려 있다. 어떤 것을, 무엇을 요구해야 하지? 그녀는 주먹을 꼭 쥐었다. 제 첫 번째 소원은······.

"겨울 성을 공격해 주세요."

바바로사는 날카로운 발톱으로 제 미간을 긁었다.

[겨울 성? 거긴 왜?]

"배고프시다면서요. 이왕이면 남부 말고 그곳으로 가 주세요."

제 손으로 복수를 못 해도 상관없다. 이 마룡이 어머니를 끝장낼 수만 있다면 그들을 괴롭히는 문제가 다는 아니더라도 대부분이 해결된다. 바바로사는 고개를 갸웃거렸다. 그러고는 말했다.

[싫어.]

"왜요?!"

들어준다고 했으면서! 타라가 저도 모르게 목청을 높이자 용이 딱딱거렸다.

[춥다고. 나는 추운 게 질색이야. 그 땅에서는 기분 나쁜 한 기가 불어와.]

"……."

이런 까탈스러운 용 같으니! 각오만큼 기대도 컸기에 타라는 짜증이 났지만 꿀꺽 삼켰다.

"그럼 다른 거요."

[뭔데.]

"그를 해치지 않겠다고 약속해 주세요."

[누구?]

"쥬다. 불사의 마도사요."

말이 끝나자마자 훅 아까보다 두 배는 길고 더운 불꽃이 넘실거렸다. 타라의 잔머리 일부가 그 서슬에 타 버렸다.

[그자는 나를 반 죽여서 가둬 둔 인간이야.]

"알아요. 그러니 소원으로 말하는 거죠."

그녀는 다시 바짝 들이밀어진 용의 머리에 물러서지 않으려 애쓰며 대꾸했다.

"그리고 당신이 먼저 대륙을 짓밟고 불태웠잖아요! 그때 죽은 수많은 생명들을 생각해 봐요."

[그건 자연의 섭리야. 나는 그것들을 먹어 치워야 산다고.]

"쥬다도 제 사람들을 보호하기 위해 당신을 가둔 것뿐이에요."

바바로사가 불만스럽게 다시 발을 굴렀다. 이제는 거의 습관 같았다. 타라가 재빨리 말했다.

"당신은 이미 한번 거절했어요. 이번은 들어줘야 할 거예요."

[흥.]

신경질적으로 날개를 퍼덕인 용은 타라의 단호한 눈을 힐끗대다 마지못해 대꾸했다.

[좋아. 당분간은, 안 건드리겠어.]

"당분간이 언제까진데요?"

[퍽 오랫동안.]

"그게 언젠데요?"

[너 참 말이 많구나.]

"그야 당연한 거 아닌가요? 당신의 당분간과 오랫동안이 어느 정도인지 인간인 나는 알지 못해요."

[그럼 어쩌자는 거야?]

"이렇게 해요. 소나무의 솔이 전부 낙엽으로 떨어지고 바다의 소금이 죄 말라붙은 때, 낮도 아니고 밤도 아닐 때까지요."

[그게 언젠데?]

"퍽 오랫동안이요."

용은 잠시 헷갈려 하는 것 같았다. 하지만 순진무구한 타라의 얼굴과 그녀의 달콤한 목소리와 향기를 멀거니 내려다보더니 결국 고개를 끄덕이고 말았고, 조그맣게 반짝거리는 한여름 밤의 요정에게 홀린 것만 같은 기분을 느꼈다.

[좋아. 어차피 시간은 금방 가니까.]

바바로사가 승낙하자 타라는 안도의 숨을 내쉬었다. 이로서 쥬다를 위협하는 것이 하나는 준 셈이다. 문제라면 그녀가 바바로사를 구덩이에서 꺼내 줄 수 있느냐인데……. 타라는 침을 꿀꺽 삼키며 까마득한 아래를 내려다보았다.

바로 그 때, 희미하게 혀를 차는 소리가 들렸다.

'아직 멀었구나. 이런 간단한 것 따위.'

어? 슈?

마치 장난처럼 바바로사의 발을 짓이기고 있던 바위에 쩌적 금이 갔다. 바바로사는 손 쉽게 모래를 헤집 듯이 구덩이에서 벗어나더니 푸르르 머리를 흔들었다.

[끄응, 발이 찌뿌둥해. 이제 됐지?]

타라가 재빨리 소리쳤다.
"그리고 하나 더요."

[너는 참 교활한 인간이로군.]

"뼈다귀를 드릴게요."
타라가 뼈를 흔들자, 바바로사는 저도 모르게 침을 삼켰다. 사실 아닌 척했지만 거기서 풍기는 맛 좋은 냄새에 꼬리가 들썩거릴 지경이었다. 그는 매우 내키지 않은 티를 팍팍 내며 말했다.

[일단 들어 보고.]

"서부를…… 서쪽 땅을 지켜 줘요. 겨울의 땅에서 넘어오는 괴물들을 없애 주세요. 아까 그랬던 것처럼."

[어려운 일은 아니지만 귀찮은데.]

"그 괴물들이 모든 산 것들을 공격하고 있어요. 당신도 먹이가 있어야 살지 않겠어요?"

타라가 열심히 속닥거리며 머리를 갸웃거렸다. 푸른 종달새가 지저귀는 것 같다. 다시 뭉게뭉게 피어오른 달콤한 향기가 용의 주변을 두둥실 떠다녔다.

그녀의 요구를 들어주라고 알 수 없는 속삭임이 사방에서 웅웅 울리는 것만 같았다. 이번에도 바바로사는 매우 내키지 않았지만 이 간특하고 깜찍한 인간에게 넘어가고 말았다.

[알았어, 알았다고. 어서 그거나 내놔! 배고파 죽을 것 같으니.]

타라는 얼른 뼈다귀를 내밀었고, 바바로사는 기다렸다는 듯 덥

석 그것을 삼켰다. 우물우물거리더니 꿀꺽 넘긴 바바로사가 확연히
만족스럽고 포만감이 든 표정으로 웃었다.

[맛있군. 최고야.]

"약속은 꼭 지켜 줘요."

[알았다, 교활한 인간아.]

"고마워요, 바바로사 씨."

발치에 피어난 들꽃처럼 타라가 웃었다. 바바로사는 다시 마음
에 안 든다는 표정을 지었다. 그러고는 거대한 몸을 일으켜 하늘로
날아올랐다. 시커먼 그림자가 지고 다시 일출처럼 노란 두 눈만이
보이는 전부였다.

[네 힘이라는 것, 분명 한계가 있겠지?]

"계약자를 공격할 셈이에요?"

[사실인가 보군.]

히죽 웃은 용이 심술맞게 말했다.

[너는 지금 당장 네게 도움이 될 만한 소원을 빌었어야 해. 후회할 거야.]

"무슨 말인가요?"

[내 호수를 건널 생각 아니었나? 이제 어떻게 건널 거지?]

게다가 문제는 그것만이 아닌 것 같은데.

바바로사는 영문 몰라 눈가를 찡그리는 타라를 놀리듯이 비웃더니 금세 날아가 버렸다. 태풍이 떠나는 것만 같았다. 휘몰아치는 눈보라와 흙바람에 팔로 얼굴을 가리고 웅크리고 있던 타라와 쥰이 다시 고개를 들었을 때, 태산처럼 버티고 있던 검은 용은 흔적도 없이 사라져 있었다.

한낮에 검은 벼락처럼 찰나의 악몽이 찾아왔다가 훌쩍 가 버린 양 정신이 얼얼했다. 쥰이 겁에 질린 낯으로 한숨을 쉬었다.

[와. 난 정말로 잡아먹히는 줄 알았어.]

"그러게요."

타라도 멍하게 중얼거렸다. 해냈다. 어떻게든 저 무서운 마룡을 뜻대로 움직이는 데 성공한 것이다. 하지만 그가 마지막에 남긴 의미심장한 조롱과 경고가 마음에 걸렸다.

타라는 주먹으로 벅벅 땀에 젖은 눈가를 문질렀다. 금세 식은 하얀 바람이 천천히 혈색이 돌아오고 있는 얼굴을 할퀴었다.

"자, 어서 가요."

그들은 다시 길을 떠났다. 바바로사 덕에 눈 깜짝할 사이 산성 호수 이티오팔 근처로 날라져서 시간이 훨씬 절약되었다.

구멍이 송송 난 새카만 돌을 신기하게 코로 건드리는 쥰의 등을 쓸어 주며 타라는 눈을 가늘게 뜨고 주변을 훑었다. 기이한 곳이었다. 마치 땅 저 깊은 곳, 지옥에서 떠밀려 온 토양이 뭍에 토해진 것처럼 타라가 지금껏 보아 온 어떤 지역과도 달랐다.

그저 새카맣고, 말라비틀어진 나무는 재를 굳혀 만든 비석처럼 앙상하게 서 있었다. 곳곳에서 불과 화염의 냄새가 났다.

이내 어떤 눈과 얼음도 보이지 않을 때쯤, 그들은 상상해 온 어떤 바다보다 뜨겁고 미지의 영역인 잿빛 호수 앞에 도착했다.

그들은 잠시 어떤 말도 하지 못하고 그 자리에 서 있었다. 검은 바다, 죽은 자의 호반 이티오팔. 새카맣게 일어나 출렁이는 물결을 내려다본 타라가 다시 저 맞은편의 보이지 않는 수평선을 바라보았다. 연탄으로 색칠한 표면을 세게 문지른 것처럼 흐리고 모호했다. 연기 같은 정적이 스산하다.

첨벙, 갑작스럽게 물 튀기는 소리에 타라는 낮게 비명을 지를 뻔했다.

[미안. 나도 모르게.]

쥰이 긴장으로 들썩거리다가 앞발로 물웅덩이를 밟은 모양이었다. 그가 변명하는 사이 타라는 무언가를 발견하고 쉿, 검지로 입술을 막았다. 짧게 튄 검은 물방울이 근처에 작게 돋아 있던 이끼 풀에 묻었다. 그 부분은 금방 산화해서 뻥 구멍이 뚫려 버렸다.

타라와 준은 동시에 입을 다물고 서로를 바라보았다. 다행히 준이 밟은 발은 바바로사의 뼈로 만든 의수였다. 타라는 길게 한숨을 내쉬었다.

"쉽지 않겠네요."

당연하게도 수면 위로 떠오르는 물고기나 다른 생명체는 단 하나도 존재하지 않았다.

호수의 독기에 죽어 박제처럼 굳어 버린 새라든가, 길을 잘못 든 짐승들의 시체들이 조각상처럼 서 있었다. 마치 음험한 예술가의 그로테스크한 작품들 같았다. 잘못하면 그들도 이 위험한 곳의 장식품으로 남으리라.

타라는 잠시 생각에 잠겼다가 붉은 주머니를 꺼냈다. 오베론은 이 뼈들을 호숫물에 던지면 다리가 만들어질 거라고 했다. 그녀는 희게 빛나는 뼈들을 내려다보다가 그것들을 물에 던졌다.

뼛조각이 물에 닿는 순간, 번쩍 흰빛이 터졌다. 질끈 눈을 감았다가 뜬 그들의 입이 절로 딱 벌어졌다. 마치 새 생명이 태어나는 듯한 광경이었다. 뼈에서 돋아난 하얀 마디들이 줄기줄기 자라나더니 우드득우드득 호수 바닥으로 내려가 단단히 뿌리내리고 서로 이어지기 시작했다.

무럭무럭 자라 순식간에 다리가 된다. 그들은 홀린 듯이 요정의 마법을 지켜보다가 뼈들이 기형적인 다리가 되고 나자 조심스레 발을 올렸다.

호수는 넓고 길었다. 그녀는 긴 지름을 눈대중으로 재 보다가 발 밑으로 출렁이는 시커먼 물이 오싹해서 애써 시선을 돌렸다.

그렇게 두 사람은 꽤 오랜 시간을 걸었다. 이제 절반 이상 지났을 것이다. 쥰은 여전히 호수가 내뿜는 불길한 기운이 신경 쓰이는 듯 털을 곤두세우고 있었다. 아직까지 아무 일도 없었다. 괜히 심심치 않게 쿵쾅거리는 심장박동을 느끼며 긴장하고 있던 타라는 점차 한 시름 놓았다.

그러나 오산이었다. 다리의 끝에 다다랐을 때 그녀는 자신의 실 수를 깨달았다.

—내 호수를 건널 생각 아니었나? 이제 어떻게 건널 거지?

다리는 끊겨 있었다. 딱 뼈 한 조각, 모자란 그만큼.

바바로사가 말한 현재 타라에게 가장 필요한 것이란, 호수를 건 너게 해 달라는 소원이었다.

*　　　*　　　*

마룡 바바로사가 깨어났다!

가장 먼저 그 소식이 전해진 건 역시나 천적인 요정 왕국이었다. 요정들은 왈칵 뒤집어졌다. 마치 벌집이 꿰뚫린 것처럼 부산스레 혼란에 휩싸인 남부에는 점차 공포라는 독이 퍼져 나갔다.

그 소란의 가운데에서, 브리지트는 여름 궁전의 창가에 앉아 냉소적인 낯으로 불길함과 불안에 취해 떠들어 대는 동족들을 내려다보았다. 구울들이 남부를 침략하지 않은 대신에 이제는 마룡이다.

어머니인 타니아가 어떻게 대처하고 있는지 궁금하다. 그녀는 냉랭한 거리감과 걱정이 함께 뒤섞인 제 속내가 우습다고 여겼다.

확실한 건, 그녀가 여기에 계속 있다고 해서 할 수 있는 게 없다는 것이다. 타니아가 있는 이상 브리지트의 행동에는 제한이 걸린다. 아니 날개가 있는 이상, 인가.

타니아도 결정적인 순간에는 수단과 방법을 안 가릴지도 모른다.

브리지트는 태어나 처음으로 저가 달고 있는 날개가 거추장스러운 수갑처럼 느껴졌다.

등나무 줄기처럼 매끄러운 등 뒤로 투명한 요정의 날개가 솟아났다. 유리 껍질처럼 반질거리는 아름다운 날개를 팔랑이며 그녀는 충동적으로 생각했다. 나도 그냥 잘라 버릴까.

그녀의 자유의지 따위는 이 족쇄에 비하면 아무것도 아니었다.

짜증나. 브리지트는 신경질적으로 멍청하게 펄럭거려 대는 날개를 팍 쳐 버리고는 벌떡 일어났다. 역시나 가만히 처박혀서 비관이나 하는 건 그녀의 성질에 맞지 않았다.

"국경 밖으로 가겠다고?"

오랜만에 찾아온 딸이 대뜸 경비대의 대장을 자처하자, 타니아는 맨들한 하얀 이마를 찡그렸다.

브리지트는 안절부절 제 눈치를 보는 듯하면서도 꼼꼼히 속을 읽으려 들여다보는 모친을 마주 보았다. 그녀는 모녀 사이의 가장 중요하고 긴밀한 신뢰가 완전히 망가져 버렸다는 것을 알기는 할까 궁금했다.

"왜? 굳이 네가 갈 필요 있니. 위험하잖아."

"왕국이 위험에 빠졌는데 제가 몸을 사릴 수는 없잖아요."

브리지트는 물 흐르듯 대꾸했고, 그건 딱히 흠잡을 데 없는 대답이기는 했다. 타니아는 더더욱 전전긍긍했다.

"그야 그렇지만……."

"그럼 뭘 무서워하세요?"

꼭 닮은 두 쌍의 눈이 허공에서 맞부딪쳤다. 타니아는 딸의 덤덤한 눈에서 현재로서는 도저히 넘을 수 없는 단단한 벽을 느꼈다. 그녀는 어쩔 수 없이 가장 날래고 용맹한 여왕의 기사 여럿을 딸에게 붙여 주었다. 브리지트는 곧장 날듯이 왕궁을 떠났다.

그리하여 그녀를 비롯한 소수의 요정족 정예는 이티오팔과 근접한 율리아 강의 지류에 도착했다.

겨울 산맥에서 흘러나온 빙하가 녹아 남부 끝 대양까지 흘러가는 거대한 강은 넓었고, 차가운 데다 물살이 거셌다. 브리지트는 하얀 진줏빛 유니콘을 몰아 물 근처로 가서 목을 축이게 했다.

무서운 괴수가 깨어나고 전 대륙이 난리가 났다는 데도, 조각난 새벽하늘처럼 시린 겨울 산맥 줄기와 울창한 침엽수림, 회색 돌무더기에 돋은 녹회색 풀들이 물결치는 것까지 그저 평화로워 보인다.

그녀는 표정 없는 눈으로 온갖 죽음과 괴물들이 날뛰고 있을 산

너머를 응시했다.

"공주님. 근처에 용의 화염이 남긴 흔적이 있습니다."

순찰을 하고 온 요정이 그다지 좋지 않은 표정으로 보고했다. 용이 내뿜는 불꽃은 강철 쇠나 단단한 바윗돌도 단번에 죽처럼 녹여 버린다. 그리 오래지 않은 시간에 바바로사가 이 주변을 지나간 게 분명했다.

역시 마룡이 깨어난 건가. 시기가 좋지 않다.

"바바로사는 이제 막 일어났으니 배가 고플 거야. 분명 계속 흔적을 남기겠지. 추적한다."

"하지만, 여왕께서 국경을 넘지 말라고…….''

기사 하나가 충고하다가 브리지트의 날 선 시선에 입을 다물었다.

브리지트의 성격을 아는 그들은 서로 눈짓하다가 각자 말에 올라 화살을 챙겼다. 한데 개중 몇 명은 뜸을 들이며 지체하다 브리지트의 시선이 닿자 차분히 고했다.

"저희는 갈라져서 이티오팔에 가 보려 합니다."

"……왜? 어차피 빈 곳이거나 위험할 텐데."

"여왕의 명입니다. 확인해 보고 오라 하셨습니다."

그놈의 지긋지긋한 여왕의 명령. 남은 이들을 힐끗 스쳐본 브리지트는 외면하듯 고개를 돌려 버렸다.

기사 둘에 님프 하나라니. 오합지졸이었다. 괜한 병력 낭비는 하기 싫고 불안하기는 불안하다 이거겠지. 코웃음 치고 한참 말을 달리다 보니 정찰병이 보고 왔다는 용의 화염이 남긴 폐허에 도달했다. 높다란 계곡에 반쯤 그슬고 타다 못해 녹은 바위들이 앙상하게 굴러다녔다.

커다란 숟가락으로 퍼먹은 케이크처럼 팬 얼음과 눈들을 자세히 뜯어보던 그녀는 이상한 걸 발견했다. 화장되다 만 시체 같은 찌꺼기들에 눈살을 찌푸리자 옆에서 거드는 소리가 들렸다.

"구울입니다."

"나도 보는 눈 있어."

브리지트는 딱딱거리며 대꾸했다. 그러나 다 타버렸음에도 불구하고 남은 시체의 사지가 끈질기게 움찔거리는 걸 보며 그녀는 내심 섬뜩함을 느꼈다. 이런 것들이 지금 즐비하게 돌아다닌다고?

다시 활동을 재개한 마룡이 문제가 아니었다. 입술을 깨문 브리지트는 타라와 어디에 있는지도 모를 제 기사를 떠올렸다. 속이 탄다. 할 수만 있다면 당장 서부로 달려가고 싶은데 제 왕국의 안위도 심상치 않았다.

대체 야센 그 녀석은 어디에 있는 거야. 아직 잡혔다는 소식이 없으니 잘 숨어 있기는 한 것 같은데.

그녀가 낮게 한숨을 쉬고는 내내 뇌리를 사로잡고 있는 걱정과는 다른 소리를 내뱉었다.

"엄마는 어쩔 생각이래. 이제 마룡을 봉인시킬 사람도 없는데."

정확히 말하자면 없지는 않다. 타라라면 할 수 있겠지. 그러나 그녀를 죽이라고 사주까지 한 주제에 이제 와서 우리 종족을 위해 저 무서운 용을 봉인해 달라고 부탁하는 것도 우습지 않은가. 하긴 어머니에게는 그런 양심과 염치도 없을지도.

"미봉책이지만 용을 달랠 방법을 강구하고 계십니다."

"그러니까 그게 뭐……."

시큰둥하게 중얼거리던 브리지트의 표정이 굳었다. 그녀는 휙 기사들을 돌아보았다.

맙소사. 그러나 설마, 라고 하기에는 이제 그녀는 제 모친의 방식에 대해 어느 정도 파악하고 있었다. 욕지거리가 나왔다.

"달랠 방법? 님프 하나 먹이로 던져 주는 것?"

브리지트가 눈이 시뻘게져서 노려보자, 하나같이 수려한 기사들의 얼굴에 곤란한 빛이 떠올랐다. 곤란해? 하! 곤란하다고! 구역질이 났다. 그녀가 대뜸 유니콘을 불러 위에 올라타자, 요정들이 빠르게 그 앞을 막아섰다.

"어디를 가려 하십니까?"

"비켜, 추잡한 것들아."

"여왕의 뜻을 어기려 하십니까?"

브리지트는 찰나 무감동한 낯으로 그들을 내려다보았다. 그녀는 날 때부터 많은 것들을 쥐고 있는 요정 왕국의 후계자이며, 위대한 여왕의 가장 총애하는 딸이다. 그리고 그 모든 영광과 찬란한 부를 물려받게 될 거라 당연시하며 자랐다.

그러나 삶이란 어떤 굴곡을 만나 어느 예기치 못한 방향으로 돌아설지 모를 미지의 항해가 아니던가. 요정 공주는 생긋 웃었다.

"그래."

그 결과가 무엇이건 간에 역하고 몸에 안 맞아 못해 먹겠다. 그녀가 칼을 뽑자 기사들도 낭패한 기색으로 일제히 활과 검을 꺼냈다.

이내 용의 더운 불길이 한차례 지나갔던 계곡에 또다시 새빨간 화염이 폭발했다.

타니아의 가장 강력한 딸, 불의 요정의 검 끝이 태양빛이 번지듯 달아올랐다. 번쩍, 붉은빛이 아니다. 해를 품은 장미 같았다. 하아, 탁한 숨이 불꽃을 갈랐다.

언젠가 야센과 이런 대화를 한 적이 있다. 그는 여왕 타니아가 총애하는 뛰어난 기사로, 장차 그녀의 곁을 지키고 직접 보좌할 '여름의 기사'로 봉해질지도 모른다고 했다.

당시 어린 소녀였던 브리지트는 그가 대단한 기사라는 게 사실 믿기지 않았다. 제 호위이자 검술 스승으로 배정된 나무 같은 기사를 올려다보다 그 정도 이상의 무뚝뚝함에 질려 심술궂게 물었다.

―너, 나랑 노는 거 별로지?

―……

―대답 안 해?

―저는 당신과 놀러온 게 아닙니다.

―그래서 괜찮다고?

야센은 물끄러미 왜 성이 났는지 모를 요정 계집아이를 내려다보았다. 자신의 호불호 따위는 중요하지 않다는 것처럼. 그런 단단하고 고지식한 눈이 짜증났던 것 같다.

지가 나무 요정이면 나무 요정이지, 정말 나무라도 되나. 게다가 식물이라 해도 감정은 있다. 인간이 불을 지르고 베고 잘라도 과하게 관용적이고 너그러운 탓이지. 그녀는 어쩐지 그런 게 싫었다. 관대하고 자애로운 자연…… 이라기보다는 그냥 멍청한 호구 같다.

　―위대한 요정 여왕의 옆에 있다가 나 같은 코흘리개 시중들고 어울려 주니까 짜증나잖아. 솔직히 말해도 돼.

　야센의 깊은 눈이 처음으로 약하게 반짝거렸다. 너무나 희미해서 브리지트는 보지 못했지만.

　그가 한쪽 무릎을 꿇고 저와 눈을 맞추자, 작은 공주님은 역시 작은 미간을 찡그렸다. 변태하기도 전이라 그녀는 실로 꼬마였다.

　―뭐야.
　―제가 족하지 않으십니까?
　―누가 뭐래?

　이놈은 또 왜 동문서답인가. 그녀는 사실 저가 어느 부분에서 거슬리는지도 잘 모르고 있었다. 그저 어려서 더욱 솔직하고 말을 가릴 필요도 없으니 종알거리는 것뿐이었다. 그런 소녀를 야센은 가만히 바라보기만 하였다. 어쩐지 도톰한 뺨이 달아올랐다. 그리고 드물게 야센이 먼저 입을 열었다.

　―저는 족합니다.

우뚝 서 있던 고목이 말을 한 것 같았다. 브리지트는 눈을 게슴 츠레 떴다. 딱딱하다 못해 요령도 없는 얼굴이 거짓말은 아닐 것이 다. 그녀는 왠지 슬쩍 기분이 좋아졌지만 모른 척 말했다.

—그러니까 누가 뭐래.

—……

—근데, 뭐가 족해?

어머니도, 주변의 모든 요정들도 쉬쉬하니 모를 줄 알았겠지. 하 지만 브리지트는 바보가 아니다. 그녀보다 먼저 태어났던 형제, 오 베론의 이름은 고왕국어로 '요정들의 왕'이란 뜻이다. 그리고 브리 지트는 태어날 때부터 다음 요정 왕으로 내정되어 있었다. 이게 무 슨 뜻이겠는가.

종종 주위의 동정을 받음에도 제게 충실하고 다정한 오라비를 보고 있으면 그녀는 가끔, 형언할 수 없는 답답함을 느꼈다.

내가 그보다 강하다고 해서 누군가의 생의 목적이었던 것을 당 연하게 갈취할 자격이 있나? 모두 그렇다 대답하겠지만, 내심 객관 적이고 확실한 확신을 갖고 싶었던 모양이다. 얼핏 미련해 보이나 한없이 바른 사내에게 철없이 보챘던 걸 보면 말이다.

—하나뿐인 태양이나, 영원히 꺼지지 않는 불꽃 같은 게 더 지킬 가치가 있지 않나?

어머니 타니아나 오베론처럼. 제 속을 까맣게 모를 기사는 잎사귀 같은 눈을 하고 말했다. 잘 모르겠습니다.

─저는 나무 요정인지라, 그들에게 제가 필요할 것 같지는 않습니다.

언젠가 태양처럼 타오를 작은 불꽃에게는 보잘것없는 장작이 더 필요하지 않을까요.

사실 브리지트는 퍽 놀랐다. 큰 기대도 없었는데, 예기치 않게 가장 원했던 선물을 받은 것처럼 눈을 휘둥그렇게 떴다. 꽤 오랜 세월이 흐르고 나서도 가끔 생각한다. 말주변도 없는 주제에 그건 제법 괜찮았어, 라고.

"하아, 하아………."

길게 숨을 토해 내며 땅에 꽂힌 검에 제 몸을 기댔다가 휘청 일어섰다. 그녀 주변의 모든 이들은 심한 화상을 입고 쓰러져 있었다. 브리지트는 새빨간 머리를 휙 넘기며 비웃었다.

"그러게 왜 까불어."

작은 불의 정령들이 그녀의 주변을 맴돌다가 빛 가루를 남기며 사라졌다. 유니콘을 불러 등에 올라탄 브리지트는 그대로 이티오팔로 향한 기사들을 쫓아갔다. 시간이 오래되지 않았기에 머잖아 강가 근처에서 따라잡았다.

그녀는 두말할 것 없이 발검했고, 어머니의 명령을 받은 기사들을 짚단 베듯 쓰러뜨렸다. 그리고 겁에 질린 님프를 돌아봤을 때,

그녀는 이미 탈진해 있었다.

힘이 모자라서가 아니다. 여왕의 뜻에 반했기 때문이다. 급격히 빼앗기는 생기에 시퍼렇게 혈색이 변했음에도 브리지트는 꿋꿋이 님프의 손목에 감긴 마법 밧줄을 풀어 주며 입을 열었다.

"가."

"고, 공주님."

"넌 일족 대신 안 죽어도 돼."

용의 먹이가 되지 않아도 너는 비난 받지 않을 것이다. 모든 건 내가 받을 테니까. 등을 떠미는 브리지트를 연신 돌아보며 님프는 고개를 저었다.

"이러시면 안 돼요! 제가, 제가 제물이 되면 제 가족들에게 날개를 내리신다고 하셨어요. 저 하나만……."

"─죽으면 요정으로 만들어 준대?"

브리지트가 쌀쌀맞게 되물었다. 가뜩이나 힘도 없고 짜증났는데 자초지종을 들으니 더 짜증이 났다. 아니, 최근 들어 짜증나지 않은 날이 없었다.

"요정이 님프보다 나을 건 뭔데?"

그녀의 냉랭한 물음에 님프는 움찔하더니 여러 감정이 섞인 눈으로 그녀를 마주 보았다.

"공주님은 고귀한 요정이셔서 저희의 마음을 모를 거예요."

"……."

브리지트는 후회했다. 멍청한 짓을 했다고.

짜증이 더 난다. 눈앞의 이 불쌍한 님프가 아니라 자기 자신한테. 그녀는 자포자기한 듯 투덜거렸다.

"그래, 내가 미안하다."

님프는 황송하다고 해야 할지 뭐라 할지 헷갈린 채로 눈만 끔벅거렸다. 그저 고개를 도리도리 젓는다. 어쨌건 그녀는 여왕의 명을 어기면서도 한낱 님프를 살려 줬다. 생명의 은인 이상이다. 타니아를 거스른다는 건 요정으로서의 사형 선고를 의미하니까. 님프는 울 듯이 얼굴을 일그러뜨렸다.

"여왕께서 가만히 계시지 않을 거예요. 가서 용서라도 빌어야……."

"용서는 잘못해야 비는 거다. 살고 싶어 하는 게 왜 잘못이야. 너……."

"예?"

"죽기 싫잖아. 아까도 살고 싶어서 나 본 거 아니었어?"

님프는 아무 말도 하지 않았다. 찰나 스치듯 눈이 마주쳤을 때 기분이 이상했던 건 우연이 아니었다. 그는 씁쓸하게 웃었다.

"그야 브리지트 공주님만큼은 님프인 저희에게도 친절하고 공평하셨으니까요. 그래서 본 것뿐입니다."

"거짓말한다."

"진짭니다."

"거짓말이야. 산 것치고 진짜 죽고 싶어 하는 놈은 없어."

새파랗게 일렁이는 살아 숨 쉬는 숲처럼 강렬한 초록색 눈이 그를 똑바로 꿰뚫었다. 생을 포기한 자도 일순 거기에 휩쓸렸다. 망연한 이에게 그녀는 딱 자른 목소리로 다시 생을 권유한다.

"살아. 살고 싶을 때까지."

아마 하얗게 빛이 바랜 태양이 그녀의 뒤를 점하고 있었기 때문인지도 모른다. 생생한 불꽃처럼 화려한 붉은 머리카락과, 피로가 꼈으나 여전히 강인한 두 눈, 고집스러운 입술…… 찰나 그녀가 태양처럼 보였다. 누가 그녀를 불꽃이라 했는가. 그녀는 이미 태양이었다.

님프, 롭이 뭐라 형언할 수 없는 감정에 휩싸여 입술을 달싹거릴 때였다. 돌연 표정이 돌변한 브리지트가 그를 세게 밀쳤다.

활이 시위를 떠난 파공음, 낮은 신음, 뭔가가 털썩 쓰러지는 소리가 났다. 기절한 줄 알았던 기사가 활을 쏜 것이었다.

롭이 정신을 차리고 몸을 일으켰을 때 기사는 불에 타 절명해 있었고, 브리지트는 온데간데없었다. 단지 핏자국이 세차게 흐르는 강가에서 끊겨 있을 뿐이었다.

*　　*　　*

"아."

갑자기 멍하니 아래를 내려다보는 야센을 힐끔 돌아본 세랑트는 미간을 와락 찡그렸다.

"피 나잖아. 기사라는 놈이 뭐하냐?"

"……."

야센은 침묵하며 검을 닦다 베어 버린 제 손가락을 망토 자락에 닦았다. 생전 하지도 않던 실수를 하는 걸 보니 잠자리를 설치긴 한 모양이다.

그들은 우여곡절 끝에 서부에 도달했다.

곧장 벨벳 성으로 향하려 했으나 서부의 영역에 들어서자마자 전투에 휩쓸려야 했다. 그리고 예기치 못한 동족을 만났다.

"일어났습니까?"

오베론이 임시 천막을 걷고 안으로 들어섰다.

"마침 잘되었군요. 쥬다 님이 보자고 하십니다."

세랑트는 쥬다의 이름이 나오자마자 낯빛이 허옇게 질리더니, 구시렁거리며 무어라 변명 같은 말을 읊조리고는 도망치듯 꽁무니를 빼 버렸다. 오베론도 사정을 알아 딱히 도망가는 세랑트를 붙잡지 않았다.

그럼, 가지요. 함께 가는 게 좋겠습니다. 오베론의 휘황한 붉은 머리카락을 잠시 바라보던 야센이 고개를 끄덕였다. 변한 건 전쟁이 일어난 것만이 아니었다. 야센은 여왕의 장자격이던 고귀한 오베론이 쥬다를 돕고 있을 거라고는 짐작도 못 하고 있었다.

막연히 친절하고 선한 것처럼 보이지만 알고 보면 가장 멀고 친해질 일은 영원히 없을 것만 같은 사람.

그래서 더 고고해 보이던 그가 여왕의 명도 어기고 낯선 타지에서 싸우고 있다니. 하지만 의외인 건 상대도 마찬가지인 듯했다.

"당신이 왕명에 반해서 날개까지 잘릴 거라고는 상상도 못 했습니다."

오베론이 말없이 걷다가 돌연 말을 꺼냈다. 야센이 침묵하다 답했다.

"제가 할 수 없는 일을 명하셨습니다."

"예상은 갑니다만, 뭔지 궁금하군요."

"예상하시는 그게 맞을 겁니다."

"흐음, 새삼스럽지만…… 참 인정머리 없으신 분이지요."

나긋한 어투로 생모에 대해 비난하는 그의 얼굴은 상심 한 점 없이 평온했다. 이 한마디에서 오베론이 타니아에게 큰 애정이 없다는 걸 느낀 야센은 생전 처음 보는 사람 보듯이 오베론을 응시했다.

"충직한 기사에게 선량하고 무고한 소녀를 죽이라 하시다니."

"……"

"확실히 불가능한 일입니다."

"제 부도덕함과 불찰입니다."

묵묵히 듣던 야센이 알게 모르게 가슴을 누르던 거북함을 못 참고 대꾸했다. 오베론은 흥미롭게 웃었다.

"그게 아닐 텐데요."

"……?"

"불가능한 건 당신의 도덕과 양심을 어기는 일이 아니라 누군가에게 상처를 주는 일이 아닙니까."

그 상처 받을 특정한 누군가에 대해서는 두 남자 모두 잘 알고 있었다. 그들은 동시에 말을 멈추고 상대를 빤히 주시했다. 어느덧 걸음도 멈춰 있었다.

오베론의 눈에는 웃음기가 없었다. 얕은 씁쓸함이 연기처럼 감돌 뿐.

"불행하게도 내게는 완전히 불가능한 일은 아니지만."

그는 알 수 없는 자조를 하고는 다시 앞장서 걸었다. 야센은 스치듯이 그가 읊조린 한 마디를 듣고 빤히 붉은빛이 일렁이는 금발을 바라보았다.

브리지트가 오베론에 대해 퍼부은 불신과 원망은 정확히 반은 맞고 반은 틀렸다. 그가 제 욕심을 내세워 사이좋은 남매 사이를 어그러뜨렸는지는 몰라도, 진정 그녀를 아끼지 않았다면 잘 부탁한다는 말을 하지는 않았을 테니까.

"왔나."

오랜만에 보게 된 서부의 영주 쥬다는 겉보기에는 큰 변화가 없었다. 피로가 쌓인 듯 얼굴빛이 창백할 뿐 싸늘한 눈이나 위압적인 기세는 그대로였다.

다만 야센은 그에게서 왠지 모를 묘한 공허함을 느꼈다. 마치 금이 간 빙하나 스러져가는 고성처럼, 건강 때문만은 아닌 것 같은 내면의 음울함.

주변을 둘러보다 자연스레 깨닫는다. 그의 곁에 타라가 보이지 않았다.

이곳에는 쥬다뿐만이 아니라 늑대족 임시 수장인 이사신, 벨벳 성의 가신들 등, 서부의 주요 인사들이 전부 모여 있는 것 같았다. 그들은 저마다 심각한 어투로 현 사태에 관해 논하고 있었다.

"다행히 일시적으로 소강상태에 접어들었지만 여전히 불안합니다."

"주군께서 더 이상 나설 필요 없게 전열을 다시 가다듬어야 해."

쥬다가 전선에 등장한 이후 지리멸렬하던 전장은 무서울 정도로 빠르게 정리가 되었다. 부상 중이라고 하나 가공할 위력이었다. 쥬다의 건재함에 전세가 역전되어 아군의 사기는 끝모르고 치솟았지만 그의 최측근들은 주군의 상태를 염려하고 있었다.

쥬다는 침중하게 제 눈치를 보는 그들에게 냉막하게 말했다.

"당장 내일 죽더라도 너희 정도는 간수할 수 있으니 걱정 마라."

"주군!"

모두 두말할 것 없이 한목소리로 악을 썼지만 쥬다는 시큰둥하게 고개를 돌려 야센을 응시했다.

"타니아는 어쩌고 있지?"

"저도 제가 떠난 뒤의 자세한 사정은 알지 못합니다."

야센은 자신이 날개가 잘리고 감옥에 갇힌 전후 사정에 대해 이야기했다. 타니아의 속내에 관해 듣고 난 이후에도 쥬다는 예상했다는 듯 표정 변화 없이 생각에 잠겼다. 벨벳 성 침입 사건과 타라의 각성에 타니아가 관련되어 있었다. 정확히 말하면 아델하이트의 계략에 클레멤논과 타니아가 이용당한 셈이지만.

하지만 연속으로 당한 쥬다가 그들을 한심하게 여길 처지가 아니었다. 그는 후유증처럼 지끈거리는 가슴의 통증을 무시하며 일분일초 피가 마르는 진짜 이유를 곱씹었다.

타라가 그를 떠났다. 정확히는 저 하나 살려 보겠다고 사지로 가버렸다. 멍청하기 짝이 없게도 그 무모한 짓을 말려 볼 기회조차 없었다.

벨벳 성 어디에도 타라가 없다는 걸 알자마자 뒤쫓아 뛰쳐나가려는 쥬다를 레오니다스를 비롯한 전부가 뜯어말렸다. 급기야 마법을 사용해서 다 싹 쓸어버리고 분기탱천해서 쫓아가려는 걸 레오니다스가 가까스로 설득해 냈다.

—멍청아! 지금 네 몸으로 가서 뭘 어쩌겠다고! 타라한테 더 짐이
될 뿐이야!

참 열받게도 그건 맞는 말이었다. 제 성질을 못 이기고 온갖 곳
을 때려 부수던 쥬다는 무섭게 레오니다스를 노려보다가 결국 이를
빠득 갈며 멈출 수밖에 없었다.

모두 안도의 한숨을 쉬기가 무섭게 그는 성으로 돌아와 다시 피
를 토했다. 얼마나 상태가 심각하게 나빠졌던지 전부 쥬다가 이대
로 죽는 게 아닌가 우려했을 정도였다.

까칠한 고양이 집사 안티오크도 주인 걱정에 눈물을 찔끔 흘리
며 밤새 그의 침상 앞을 지켰다. 그리고 눈을 뜬 쥬다는 타라를 뒤
쫓겠다고 하지 않았다. 대신 감정 하나 없는 사람처럼 지금껏 쌓여
왔던 산재한 일거리들을 무서운 기세로 처리하기 시작했다.

덕분에 서부는 당분간 안정을 되찾았지만 역시 관건은 그의 건
강과 더 강해질지 모를 적들의 맹공이다. 그 누구보다도 쥬다는 이
것이 시한부 휴전 상태라는 걸 알고 있었다. 장기전으로 들어가면
불리한 건 이쪽이라는 것도.

서늘한 은청안이 막사에 펼쳐진 지도를 훑어보았다. 머릿속에서
실타래처럼 풀어진 계책들이 이리저리 꼬이며 하나의 끈을 이뤘다.
쥬다의 다물린 입술이 열렸다.

"북부, 동부와 연합 작전을 펴겠다."

모두의 시선이 그에게로 집중되었다.

"특히, 동부. 북부와 함께 방어선을 구축하고 수족을 움직여 동부를 지원한다. 북쪽을 통해 움직이면 가능해."

"북부야 우리의 오랜 우방이니 당연하지만, 동부는 왜……."

혹시 타라 님 때문입니까, 하는 질문은 꿀꺽 삼켜졌다. 쥬다는 개의치 않고 말했다.

"타라는 결국 동부에 도착하게 될 거다. 아델하이트의 온 신경이 그곳으로 쏠릴 거야."

건조한 손길이 체스 말을 들어 지도 한가운데에 놓았다. 사자와 기사, 왕관 쓴 여왕, 요정과 마법사. 그리고 작은 붉은 보석. 누군가의 눈동자를 연상시켰다.

타라.

"그사이 우리는 겨울 성을 친다."

"그 타라라는 소녀를 미끼로 삼으실 생각이군요."

이사신이 고요한 낯으로 말했다. 야셴은 그녀를 아끼다 못해 집착하던 쥬다가 서슴없이 냉정한 판단을 내리는 것에 대해 묘한 기분을 느꼈다.

곧 회의가 마무리되고, 서부의 수뇌부들이 물러가는 파장 분위기에서 홀로 남아 여전히 지도를 내려다보고 있는 쥬다에게 야셴이 물었다.

"타라 님이 무사하리라 보십니까?"

성애가 내린 양 속을 읽기 힘든 푸른 눈이 힐긋 그를 돌아본다. 긍정은 그 차가운 눈빛만큼이나 간결했다.

"그래."

"어째서 그리 확신하십니까?"

쥬다는 별다른 답 없이 하얀 산맥에 둘러싸여 있는 겨울 성을 내려다보았다. 긴 검지가 툭툭 수많은 지형과 요지들이 그려진 가죽 위를 두드렸다. 우박이 지면을 때리듯, 툭, 툭. 잠시 그렇게 거슬리는 개미굴을 짓누르는 듯 겨울 성을 짓밟다가 손을 뗀다.

"너도 겨울 성 공략에 참전해라. 기삿밥을 먹은 세월이 있으니 날개와 상관없이 제 몫은 해내겠지."

"……저를 믿으십니까?"

"아니면 왜 내게로 왔나."

찌를 듯한 벽안에 야셴은 찰나 입이 굳었다. 다시 지도로 눈을 돌린 쥬다가 말했다.

"아델하이트를 제압하는 게 너희 종족을 위해서도 이로운 일이다. 그녀는 본인이 이루려는 것을 위해 어떤 것이든 희생하려 할 테니까."

"그녀가 원하는 게 무엇입니까."

"1차적으로는 복수."

그것은 반쯤은 성공했다. 마른 입술이 비틀어졌다.

"종국적으로 원하는 건 죽은 자의 부활(復活)."

아델하이트는 과거 속에서 사는 여자다. 그리고 제 환상을 현실로 끌고 들어와 실현시킬 수만 있다면, 제 왕국, 남편, 자식까지 전부 구렁텅이로 밀어넣겠지.

"전쟁에서 이길 수 있으리라 보십니까."

"그건 중요하지 않아. 그녀를 저지하느냐 아니냐일 뿐."

"직접 여왕의 목을 취하려 하시는군요."

침묵은 긍정이었다. 설사 겨울 성이 함락되지 않아도 상관없다. 결국 쥬다와 아델하이트는 최후에 만나게 될 것이다. 단지 그가 걸리는 건……

쿨럭. 돌연 붉은 피가 투둑 떨어졌다. 야셴이 경악해서 뭐라 입을 열기도 전 쥬다가 손을 들어 올렸다. 입술을 틀어막은 긴 손가락 사이로 새빨간 핏물이 주르륵 흘러내렸다.

휘청 반쯤 기운 그를 부축하려다 말고 야셴은 이를 악물고 막사 밖으로 뛰어나갔다. 그의 다급한 외침에 서부의 신하들과 이야기 중이었던 오베론이 놀라 돌아선다.

가장 먼저 근처에서 대기 중이던 부엉이 의사 앙리펠이 막사 안으로 날아들어 갔다. 우왕좌왕하는 혼란 속에서 돌연 대지가 울렸다. 이 신호가 뭔지 이제 다들 알고 있었다. 낭패와 당혹, 혼란이 먼지바람처럼 뭉게뭉게 피어오른다.

찢어지는 괴이한 소리와 함께 구울들이 등장했다. 가장 먼저 정신을 차린 오베론이 선두로 뛰어가며 소리쳤다.

"시간을 벌겠습니다!"

"모두 위치로!"

늑대로 변신한 이사신이 고함을 질렀다. 순식간에 아수라장의 전쟁터로 변한다. 야셴도 따라 이를 악물며 칼을 뽑아 들었다. 그를 발견하고 후다닥 옆으로 뛰어온 세랑트가 겁에 질린 얼굴로 악을 썼다.

"뭐야, 갑자기 이게 무슨 일이야?"

"세랑트, 옆에 딱 붙어 있어라."

어차피 어디든 안전한 곳은 없는 것 같으니. 날개가 없어 쇠약해진 세랑트는 자칫하면 목숨을 잃을 것이다. 그는 새파랗게 질려서는 욕지거리를 ─ 망할, 너 따라나서고부터는 일신이 평안한 적이 없어! ─ 내뱉으며 마법 주문을 외웠다.

그리고 그때였다. 늑대의 울부짖음, 불꽃과 방어 마법이 난무하던 찰나, 하늘이 어두워졌다. 단순한 구름의 그림자가 아닌 비현실적이고 인위적인 어둠의 재림에 전부 일순 모든 동작을 멈추고 하늘을 올려다본다. 열이 끓어오르는 두 개의 태양 같았다.

'그것'의 눈이 지상을 내려다보더니 반달 모양으로 휜다. 거대한 날개가 한번 움직이자 말라비틀어진 구울들이 엉망진창으로 찢어발겨져 날아갔다. 야센은 검을 쥔 손에 힘이 빠지는 것도 잊은 채 눈을 부릅떴다.

어찌 잊겠는가. 저 강대하고 두려운 생명체를……

탄식이 버석한 입술을 가르고 나왔다.

"마롱 바바로사."

용의 고함이 천지를 뒤흔든다. 이내 사나운 불꽃이 대지의 절반을 휩쓸었다.

* * *

드디어 내가 당신을 사랑한다고 말했을 때. 그는 어떤 표정을 지었나. 인생 전체를 관통하는 순간이었음에도 그녀는 그 얼굴이 흐릿했다. 참담하게도 그랬다.

시간에 마모되어 부드럽게 윤곽이 해진 것처럼, 뿌연 빛이 아른거리는 그리운 낮은 공백 같은 도화지일 뿐, 메마르게 다물렸다가 느리게 떼어지던 입술만이 선홍빛으로 선명했다.

그리고 무언가 말을 했던 것 같은데.

—아델.

아, 당신이 나를 그렇게 불렀었지. 고귀한 보석, 세상을 내려다보는 고고한 달이 되라는 '아델하이트'라는 성명은 그의 입술을 빌리면 단순하고 풋풋한 소녀의 이름이 되었다.

그가 죽고 누구도 그녀를 그리 부르는 이가 없어 오랜 시간 잊고 있었다. 아, 그렇게 그녀의 본질 한 조각을 일깨우던 주문은 사멸했다. 먼지처럼, 흔적 없는 바람처럼.

그런 탓인지 당신의 목소리조차 나는 잊고 말았다. 더 끔찍한 진실은, 초상화가 아니라면 그의 얼굴도 기억나지 않았으리라는 것이다. 그만한 세월이었다.

만약 그가 신의 기적으로 되살아나 그녀를 다시 부른다면, 알아볼 수 있을까? 아델하이트는 이따금 잠이 들면 그런 꿈을 꿨다.

그 사람이 수없이 저를 부르는데, 그녀는 이를 알아보지 못하고 그저 지나치는 것이다. 그게 아니라면 수백 개의 가면 쓴 군중들 속에서 길 잃은 아이처럼 그를 찾아 헤매어도 아델하이트는 도저히 누가 제 사랑하는 이인지 찾아내지 못했다.

가면의 유무는 무의미했다. 피가 나도록 머리칼을 쥐어뜯고 흐느껴도 모르겠다. 내가 당신을 몰라봐. 당신 얼굴이 기억나지를 않아.

원래도 아무것도 아니었는데 점차 균열이 가고 풍화되어 점차 무의미한 생물이 되어 갈 것이다. 그녀는 그게 싫었다. 통증도 못 느끼는 바보가 되어 가는 것, 즐겁지도 않은데 즐거워하는 것, 눈물을 몰라 웃는 것.

그 서서히 밀려오는 감각은 차라리 공포이리라. 죽음에 쫓겨도 이리 끔찍할까 싶어서 세상 모든 고통을 구경하고 때로는 부추겨도 봤으나 별다른 공감이 일지를 않았다. 저들은 그래도 비명 지를 줄은 안다. 그녀의 비명은 소리도 헐떡임도 없었다. 내면에서 공허하게 울리는 자신만의 메아리일 뿐.

—아델.

아마도 왜 나를 봐 주지 않느냐고 그랬던 것 같다. 아니다. 그저 곁에 있어 달라고 했나. 사랑을 구걸했었나. 어떤 형태이건 애원이었다.

이 사람이 필요했다. 그를 원했다. 탄생부터 지옥 그 자체인 존재가 있다면 그녀이리라. 그 남자는 일생 나락인 여자에게 유일무이한 구원자였다.

그래서 매달릴 수밖에 없었다. 당신만이 나를 온전히 봐 줘. 당신의 시선과 부름만이 나를 이 땅에 발을 붙이게 만들어. 사랑해.
아니, 제발 살려 줘.

하지만 불가능하다고 했다. 우리의 시간은 다르다고 했다. 흐름
도, 크기도.

—나를 돌아보지 말고 미래에서 네 행복을 찾아.

불가능한 주문이었다. 그는 그녀의 닻이었다. 그가 가라앉는다
면 그녀도 똑같이 끌려가리라. 밑으로, 밑으로……

왜 그 사람은 내 애원과 소원, 제안을 전부 거절했을까. 그녀 말
대로만 했으면 그가 여전히 살아서 제 옆에 있었을지도 모르는데.
미래? 행복? 아이? 그딴 게 다 무어야. 아델하이트는 역시 마레사가
저를 동정했을지언정 사랑하지는 않았다고 여겼다.

진짜 사랑이라면, 그녀가 아는 사랑은, 그 하나 빼고는 모든 것이
무가치해지는 것. 절대적이고 무한한 갈망이었다. 그래서 그녀에게
그의 '애정'이라는 것은 미지의 영역이었다.

당신은 나를 아꼈나. 결국에는 그녀를 보고 있었으니 무가치하
지는 않았겠지. 그는 딱 한 가지를 빼면 전부 들어주었다. 그의 죽
음, 그것 하나 외에는 모두. 미치광이 같았던 '첫 소원'도, 세상이 외
면했던 그녀의 고통도 종식시켜 주었던 그다.

그런데 왜 나는 이다지도 외롭지? 왜 이리 허하나. 당신이 나를
진정 아꼈다면 나는 왜……

"폐하."

아델하이트 님. 물방울이 수면 밖으로 빠져나오듯 소리 없이 열린 눈꺼풀 아래 푸른 눈이 드러났다. 반질거리는 눈에 어른거리는 빛은 생기라기엔 기묘한 빛깔을 띠고 있었다. 그녀는 무표정하게 제 지척에서 머뭇 손을 내리고 있는 청년을 응시했다.

화려한 금빛 머리카락과 흔들리는 푸른 눈을 보자니 또렷하게 제정신이 들었다. 들러붙는 사막의 모래바람처럼 건조하고 버석한 현실이었다.

"깊이 잠드신 것 같아서……."

아인츠가 말끝을 흐렸다. 약간의 환몽도 싹 날아갔다. 아델하이트는 천천히 자리에서 일어나 비스듬히 기대앉았다. 그녀의 탐스러운 금발이 흐트러졌다.

아름다운 청년이 그녀 옆에 앉아 그 머리카락을 쥐고 조심스레 입을 맞췄다. 아델하이트는 비낀 시선으로 그런 그를 바라보았다. 정처 없이 뭔가를 찾듯 헤매는 눈에 아인츠가 어색하게 미소 짓는다.

"폐하?"

"다시 불러 봐."

"예?"

"아까, 내 이름을 불렀잖니."

새파란 눈이 약한 불안으로 얼룩졌다. 무심하고 드넓어 헤아릴 수 없는 무한함이 아닌, 학대당한 맹수처럼 불안정한 그것은 차라리 초식동물과 흡사했다. 그에 따라 천천히 날뛰던 심장도 가라앉아 갔지만, 아델하이트는 시선을 거두지 않았다.

"아델하이트, 님."

— 아델.

비교도 안 되는 건 당연하다. 아델하이트는 반쯤 기울였던 고개를 바로 했다. 그녀의 읽기 힘든 얼굴을 아인츠는 악착같이 뒤따랐다. 혹여나 불쾌해할까 전전긍긍해 하는 기색이다. 평소라면 뒤틀린 흥미로 그런 모양을 구경하겠지만, 그녀는 다른 것에 정신이 팔려 있었다. 한 박자 늦게 입을 연다.

"누가 내 이름을 부르는 건 오랜만이구나."

아, 그녀의 남편이었던 남자도 그리 불렀던 것 같다. 하지만 관심이 가는 사안은 아니었다. 그래서 오랜만인 듯 낯설었던 모양이다.

아델하이트는 생경하게 아인츠를 내려다보더니 해사하게 웃었다. 배시시 소녀처럼 입꼬리가 낭창하게 올라가고, 볼우물이 패는 웃음. 순수한 기쁨이 반짝이자 놀랄 만치 아름답다.

아인츠는 한순간 그녀에게 가진 복잡한 여러 감정조차 잊을 만큼 그 미소에 넋을 빼앗겼다. 항상 저를 위협하고 매혹시키는 위험한 겉가죽 속의 여린 속살을 훔쳐본 기분이었다.

고작 이름 하나에 기뻐하는 소박함은 고귀하고 두려운 여왕에게서 발견하기에는 지나치게 사소하고 천진했다. 하지만 그건 찰나였다. 어느덧 가루가 날리듯 사라져 버린 미소의 흔적을 쫓듯이 그는 돌아선 여왕에게서 눈을 떼지 못했다.

"그래, 왜 날 깨웠니?"

"……각 전선에서 올라온 보고입니다."

아인츠는 신기루에 홀린 이가 잔상을 떨치려 애쓰듯이 딱딱하게 표정을 굳히고 정중하게 고개를 조아렸다. 그의 보고를 듣고 있던 아델하이트는 금방 지루한 듯 딴청을 부렸다.

"그것들은 전부 마법으로 본 것들이야."

아델하이트의 뻐꾸기, 여왕의 눈은 율리아 곳곳에 흩어져 있었다. 하여 서부와 북부, 동부까지 곤란에 빠뜨릴 수 있었던 것이다. 순수한 천진함은 어디 가고 금방 변덕스러운 그녀로 돌아온 여왕에게 아인츠는 입술만 올렸다.

"서부에 마룡 바바로사가 나타났다 합니다."

"뭐?"

그건 예상하지 못한 소식이었는지 아몬드형 눈매가 동그랗게 떠졌다. 난데없이 마룡이 나타나 정확히 구울들만 공격했다는 자초지종을 들은 그녀는 긴 손톱 끝으로 붉은 입술을 톡톡 두드리더니 빙그레 웃었다.

"타라, 내 딸이 보낸 걸 거야."

"예? 그녀가 마룡까지 조종할 수 있단 말입니까?"

얼핏 말도 안 되는 주장이었지만 실제로 타라의 힘을 목격한 아인츠는 섣부른 의심을 하지 못하고 머뭇거렸다. 하지만 아델하이트는 아랑곳없이 키득거렸다.

"정말 대단도 하지. 하루가 다르게 성장하는구나."

그로 인해 제 계획에 큰 차질이 빚어졌음에도 그다지 거슬려 하는 기색이 아니었다.

"덕분에 쥬다의 숨통이 조금쯤 트이겠는걸."

"그러니 큰일입니다. 불사의 마도사가 기력을 되찾는다면……."

"너무 걱정할 필요 없어. 그만큼 내 딸이 그의 생기를 알아서 갉아먹어 줄 테니까."

기특하게도 말이지.

"하지만 역시 네 말대로 곤란해진 건 사실이지."

아델하이트는 분명 제 영역 안에서 생쥐처럼 숨어 있을 딸을 떠올렸다. 그 아이가 어디쯤 있을까. 예상은 어렵지 않다. 목줄을 잡고 단번에 끌어 올려야 할 테지만 그 전에 힘을 빼 둬야겠지.

"어찌해야 할 것 같아?"

비제.

문 지척에서 인기척이 났다. 홀연히 나타난 남자는 뚜벅뚜벅 걸어와 벽에 기대섰다. 노을빛 머리카락이 색 바랜 담쟁이넝쿨처럼 흐트러진다.

"어쩌기는. 어차피 잡아 오라고 할 거잖아?"

비제는 피식 웃으며 대꾸했다. 두 시선이 맞부딪쳤다. 잇따라 반달형으로 둥글게 휜다. 마치 거울처럼 흡사한 상이다.

"그 애를 찾아오라고 했잖아."

"그랬지요, 여왕님."

"그런데 왜 감감무소식이야?"

"당신 부하들이 워낙 무능해야지. 그 멍청한 설표들은 왜 부리는 거야?"

마침 생각났다는 듯 비제가 짜증을 냈다. 타라 일행을 뒤쫓던 표범족들은 갈랑을 잡아온 것 외에는 어떤 성과도 내지 못했다. 간발의 차로 놓쳤다는 보고만 줄줄이 들려오는 판이다.

거기다 반쪽 요정이라며 비제에게 꼿꼿하게 구는 통에 드물게 불쾌해진 그가 티를 내자 아델하이트는 고운 눈썹을 찡그렸다.

"그게 왜 내 잘못이야?"

"그럼 누구 잘못이야? 썩은 도끼자루를 쥐여 주고 나무를 베어 오라고 하면 나무꾼도 힘든 법이야."

비제가 생긋 웃으며 비난하자 그녀는 샐쭉해진 눈으로 하얀 낮의 기사를 흘겨보았다.

"원래 군말 없었으면서 왜 그래?"

"난 추위는 질색이야. 이 땅에서 풍기는 한기가 거슬려."

그런 것치고는 혈색 좋고 멀쩡한 얼굴이다. 난데없는 엉뚱한 불만에 아델하이트가 어처구니없다는 듯 키득거렸다.

"지금 춥다고 투정 부리는 거니?"

"그러면 안 되나?"

"글쎄. 나쁘진 않아."

아직까지는. 여왕은 재미있다는 듯 그를 관찰하다가 아인츠에게로 눈을 돌렸다. 얌전한 척 눈을 내리깔고 있지만 마른 광대뼈에 불쾌감이 덕지덕지 칠해져 있다. 그녀는 가볍고 말초적인 즐거움을 느꼈다.

아델하이트는 비제를 이 성에 데려오기를 잘했다고 생각했다.

"어쨌건 비제, 그 애를 잡아서 내 앞에 데려와. 나는 내 딸을 원해."

비록 네가 그 아이에게 미움받기가 죽을 만큼 싫더라도.

똑바로 그를 바라보는 여왕의 푸른 눈이 사해가 넘실거리는 유려한 모양새의 어항 같았다. 새파란 죽음의 바다가 저에게로 밀려드는 기분이다. 비제는 저를 잠식시키는 그 물결에 저항하지 않고 그대로 두었다.

"그래. 알았어."

"우리는 같은 걸 원하잖아. 아니니?"

너도 똑같이 과거에 함몰되어 질식하고 있잖아. 아니야?

이번에도 비제는 얕은 침묵으로 수긍했다. 무력하고 절망적이면서도 미련한 희망이 있는 눈. 그래서 아델하이트는 이 사내가 좋으면서도 싫었다. 저와 닮아 있어서.

우리는 같아. 나는 널 알아. 너도 알고 있지. 그렇지 않나.

"우리가 바라는 건 이뤄질 거야."

아델하이트가 다가가 그의 뺨을 찬 손으로 다정하게 훑어 내렸다. 비제는 가장 아름다운 시절에 박제된 듯한 불멸의 미모를 빤히 응시하다가 이내 시선을 거두고 방을 나갔다.

피식 웃고 돌아서자, 아인츠와 바로 눈이 마주친 그녀는 어깨를 으쓱했다.

"자, 그럼…… 기다리는 동안 우리는 무얼 할까?"

그녀가 무엇을 말하는지 몰라 아인츠의 반응이 느린 사이 핀잔이 날아온다.

"비제에게만 맡겨 놓을 수는 없지. 그는 아마 배신은 해도 상처는 못 줄 거야."

아니다. 그게 그건가? 소녀처럼 고개를 갸웃거린 아델하이트가 후후 웃었다. 그녀의 마력이 불꽃처럼 퍼져서 얼어붙은 성벽 바깥으로 뻗어 나갔다. 숲 사이 나뭇가지에 앉아 있던 뻐꾸기의 눈에 기묘한 빛이 들어오고 이내 푸드덕 안개 사이로 날아갔다. 더불어 고요하던 겨울의 땅에 점차 눈보라가 불어오기 시작했다.

순식간에 쩌적 서리와 눈이 엉겨붙어 얼어 가는 창가를 바라보며 겨울의 여왕은 생긋 웃었다.

"이번 겨울은 아마 더 춥겠구나."

그녀의 빈 어깨에 모피를 걸쳐 주며 아인츠가 고개를 숙였다.

"북쪽 탑도 참 추울 거야."

"……."

북쪽 탑은 폐위된 왕 클레멤논이 갇혀 있다. 아델하이트는 천진난만하게 눈가를 기울였다.

"이런 겨울을 그런 곳에서 버티게 하는 건 잔인한 일이지. 그렇지 않니?"

그녀의 새파란 눈을 본 아인츠는 불현듯 그녀가 암시하는 뜻을 알아차리고 말았다. 그는 제 표정을 숨기듯 눈을 내리깔았다.

언제나처럼 순종적인 복종의 표시에 여왕의 가는 손이 그의 이마를 훑었다. 그녀를 껴안는 아인츠의 손가락이 미세하게 떨렸다.

*   *   *

어두컴컴하게 휘몰아치는 물살을 내려다보던 타라는 고개를 들

었다. 건너편까지 까마득하다. 자승자박. 제 꾀에 제가 빠진 격이
되었다. 순식간에 뼈와 살을 녹여 버릴 산성 호수가 시커멓게 아가
리를 벌리고 있었고, 그들은 갈 곳이 없었다.

쥰이 낑낑거리며 말했다.

**[어떡하지? 아까 용이 먹어 버린 뼈다귀가 부족해서 그런가
봐.]**

입술을 깨물었다. 이런 바보 같으니. 이런 멍청한 꼴을 보면 비제
가 그녀를 비웃었던 것도 이해할 만했다.

"하지만 다른 방법이 없었어."

애써 그리 중얼거려 봤지만 어두운 표정은 나아지지 않았다. 그
런 그녀를 힐끗 올려다본 쥰이 꼬리를 흔들며 위로했다.

**[괜찮아. 오늘 하루만 여기서 기다렸다가 내일이 되면 마법
을 써서 호수를 건너자.]**

이 정도면 간단한 마법으로도 사람 한 명과 큰 개 한 마리 정도
는 건널 수 있을 터였다. 다만 타라는 추격을 피하면서 산사태를 일
으킨 마법도 계속 자책하고 있었다.

그가 많이 아파하고 다쳤으면 어쩌지. 직접 눈으로 보지 못하니
더 미칠 지경이었다. 개미처럼 발치부터 기어 올라오는 초조함을
억누르며 중얼거렸다.

"……알았어요. 할 수 없지요."

[그래. 그래도 우리는 꽤 먼 거리를 왔잖아. 이만하면 잘하고 있는 거야. 너무 상심하지 마, 타라.]

다정한 검은 개가 위로하듯 축축한 코끝으로 그녀의 손등을 건드렸다. 봄 흙덩이가 묻어오듯 따뜻한 촉감에 타라는 애써 웃었다.

"네. 난 괜찮아요."

그리고 이 다리 위는 위험하니 다시 호수 근처로 돌아가 곧 몰려올 밤을 보내자고 말할 참이었다. 그러나 이 혹독한 땅은 그들을 가만 내버려 두지 않았다.

검은 개가 경기를 일으키듯 털을 곤두세우며 펄쩍 뛰었다. 월월, 강하게 짖어 대는 소리가 공허한 허공을 긁어내렸다.

[타라, 타라!]

"쥰?"

[저기, 저기를 봐!]

다급한 외침에 타라는 고개를 들었다가 그대로 굳었다. 회색 산줄기와 협곡 사이로 거대한 눈 폭풍이 쏟아지고 있었다.

쩌저적—, 새카만 화산석들과 화산재를 뒤집어쓴 나무들, 삼키지 못할 생명이 없을 듯한 독한 호숫물까지 희게 센 노인의 머리처럼 가장자리부터 순식간에 얼어붙어 갔다.

공포스러운 광경에 압도된 타라와 쥰은 서로의 시선이 맞부딪치자마자 오던 길로 돌아 뛰었다. 거리가 순식간에 되감긴다. 미친 듯이 달리던 타라는 쩌정 ─ 동결되는 소리에 쭈뼛 솜털이 곤두섰다. 뼈 다리까지 얼어붙어 가고 있었다.

얼어 죽은 마녀의 가늘고 소름 끼치는 머리카락처럼 서리들이 그들을 쫓아왔다. 다리는 완전하지 않았고, 이번에야말로 실질적인 위협이 턱 끝까지 닥쳤다.

[어, 어떡하지?]

쥰이 전전긍긍 소리치는 사이 타라는 이를 악물었다. 어머니! 어머니의 힘이다. 타라는 저 눈보라 너머의 싸늘하고 조소 어린 누군가의 시선을 인지했다.

절대 지지 않아. 굴복하지 않을 거다. 최소한 당신에게는.

─냉정하게 정신 똑바로 차려. 의심하고 계산하고 머리를 굴려.

버릴 건 버리고, 필요할 때는 잔인하고 비열하게.

[타라!]

마법? 안 돼. 쥬다의 심장이 버티지 못할지도 몰라. 쥬다의 안위는 버릴 수 있는 것이 되지 못했다. 그렇다면 어떻게? 타라는 필사적으로 '호수를 건널 수 있는 방법'에 집중했다. 날아가지도, 헤엄치지도 못한다면 다리를 잇는 것밖에 없다.

왜 오베론의 마법이 완성되지 못했을까. 불사조의 뼈가 부족했기 때문이다. 불사조의 뼈. 그 마법에 꼭 필요한 게 불사조의 것이어야만 할까? 뭔가 대체할 만한 게 없을까.

아.

머릿속에 섬광이 번뜩였다. 마력이 깃든 짐승의 뼈. 오베론이 하필 불사조의 뼈를 택한 건 아마도 바바로사가 그러했듯 충만한 마력 때문일 것이다. 그렇다면 준의 다리를……

위급한 상황임에도 타라는 심장을 때리는 강렬한 거부감과 매스꺼움을 느꼈다. 아직도 다리 하나가 잘려서 세 개의 다리로 절뚝거리던 그 모습이 선명했다.

준이 다시 다리를 찾은 건 기적과도 같은 일이었다.

그런데 또다시 그의 다리를 앗아 가자는 건가? 살겠다고?

다시 복구할 수 있을지도 모를 뿐더러 더 이상 준은 여행을 계속할 수 없게 된다. 그럼, 이 춥고 황폐한 적지에 그를 두고 가야 하는가?

　　─필요할 때는 잔인하고 비열하게 굴 줄 알아야 해. 네 어머니처럼.

안다. 지금이야말로 비정한 선택을 해야 할 차례라는 걸.

"쥰."

그러나 나는…….

"뭘 준비해요."

난 어머니 같은 선택을 하지 않아.

타라는 망토 속에서 안티오크가 챙겨 주었던 여러 물품 중 단검을 꺼내 들었다. 단호하게 뽑아 든 칼날이 서늘하다. 그리고 그녀는 주저 없이 칼로 제 손가락을 베었다.

-너, 강력한 마력이 계속 풍겨 나오고 있어. 예전의 그 미친 인간보다 냄새가 더 짙은걸.

그녀는 현존하는 이들 중 가장 강한 마력을 가진 자. 타라는 본능적으로 알 수 있었다. 제 신체의 일부라면 전혀 모자라지 않을 거라는 걸. 쥰이 날카롭게 짖고, 뱀이 물어뜯는 듯 악랄한 통증이 전신에 퍼진다.

[타라!]

피에 물든 잘린 손가락이 검은 호숫물 위에 떨어졌다. 살이 녹아내리고, 깨지듯 터진 하얀빛이 이티오팔 전체를 물들였다. 일순 강력한 눈보라조차 힘을 잃고 물러난다. 흰 나비 떼가 유리창에 부딪쳐 튕겨 나가듯이.

타라는 피가 뚝뚝 흐르는 손을 움켜쥐고 질끈 감았던 눈을 떴다. 석양의 빛깔을 띤 두 눈은 살을 에는 통증 속에서도 또렷하다. 얼음 바다 위에서 홀로 타오르는 불꽃처럼.

놀라운 광경이 펼쳐지고 있었다. 댕강 잘려 미완성에 그쳤던 다리가 접붙이듯 자라난다. 수백 년에 걸친 건축 과정을 죄 생략하는 것처럼 순식간이었다. 이내 다리가 저 끝의 호숫가에 닿았다. 둘은 경이로운 다리를 건너 드디어 맞은편에 도착했다.

동시에 주춤거렸던 눈 폭풍도 그들을 따라 호수를 건너오려 했다. 일순 그 무시무시한 광경이 흐릿하게 번져 보였다. 텅 비어 잘린 부위가 불에 타는 듯하다. 손이 달달 떨렸다. 쥰이 무어라 소리치며 타라를 등에 업고 달렸다. 타라는 까만 털에 얼굴을 묻고 헐떡거렸다.

망토 소매와 쥰의 등에 후두둑 피 얼룩이 졌다. 바로 등진 겨울 바람의 울부짖음이 고막을 찢을 듯하다. 엄습하는 냉기가 지독했다. 쥰이 돌연 방향을 튼다.

[타라! 숨을……]

그의 뒷말을 듣지 못했지만 어떤 말을 했는지 알 것 같았다. 쥰은 열기가 흐르는 온천수로 뛰어들었다. 첨벙, 깊은 물이 온몸을 휘감고 더운 수압이 그녀를 에워싼다. 눈 폭풍을 피해 온천이 흐르는 강으로 뛰어든 건 탁월한 선택이었으나 쥰이 간과한 건 예상보다 훨씬 깊은 수심이었다.

하아— 탁하게 터진 숨이 물속 물방울로 부서져 산산이 흩어졌다. 머리 위로는 물살을 꿰뚫은 은회빛 햇볕이 투명하게 쏟아지고, 점차 가라앉는 그녀의 발밑은 검푸른 어둠이다. 타라는 버둥버둥 물살을 휘저으며 발버둥쳤으나 점차 힘이 빠졌다. 그녀가 불현듯 떠올렸다.

쥬다와 강물에 빠졌을 때. 그 사람이 나를 구해 줬었다. 언제나처럼, 당연한 듯이.

뻗어 와 그녀를 휘감던 단단한 손, 사방의 푸름 속에서도 유달리 짙었던 벽안을 어떻게 잊을까.

첨벙, 무언가가 수면을 갈랐다. 검은 그림자가 희끗희끗한 빛을 가리고 누군가 그녀를 움켜쥐었다. 타라는 희미한 시야로 그때와 똑같은 푸른 눈을 보았다. 아. 허리를 휘감아 안아 드는 품에 빨려 들 듯 힘이 풀렸다. 그가 그녀를 끌고 저 위로 향했다.

쥬다인가? 쥬다가 어떻게……?

눈가를 지지는 눈부신 햇살 속에서 타라는 정신을 잃었다.

*　　*　　*

한편, 해로로 우회해서 동부로 향한 란쳇은 비교적 순탄한 여정을 계속하고 있었다. 정확히 남부 바다에 이르기 전까지는.

요정 왕국에서 적당히 떨어진 해로로 접어들자 심상치 않은 풍랑이 일기 시작했다.

"이상하군. 지금은 해풍이 일 때가 아니라고 들었는데."

배가 갓난쟁이의 불안한 걸음처럼 기우뚱거렸다. 끼이익 끽 바람 먹은 돛이 터질 듯 부풀었다.

"큰일이구면요. 이러다가는 서쪽으로 다시 밀려날 것 같은데요."

"그건 안 되지."

선원은 이마를 긁적이더니 그럼 바람이 멎을 때까지 육지 쪽으로 배를 대겠다고 말했다. 율리아 강 하류는 물의 요정들 서식지였으니 다른 요정들의 눈은 피할 수 있을 거라면서.

란쳇은 팔짱을 끼고 끄응 신음을 삼켰다. 한시가 급한데…… 이러다가는 타라 님이 먼저 동부에 도착하겠는걸.

그러나 어느새 지척까지 몰려온 먹구름이 우르릉우릉 울부짖고 있었다. 선원들이 지금 배를 몰고 바다로 향하는 건 미친 짓이라며 입을 모으는 통에 고집을 부릴 수도 없었다.

결국 일행을 태운 뱃머리가 쫓기듯 육지에 닿았다. 한숨을 쉰 란쳇은 강변과 바다가 만나는 하구를 무심코 쳐다보다가, 어떤 인영을 발견하고 벌떡 일어났다.

잘못 봤나? 눈을 비벼 봤으나 분명 사람이었다. 붉게 너울거리는 형체를 멍청히 바라보던 그는 부지불식간에 정신이 들어 소리쳤다.

"이봐! 여기 사람이 있어!"

"예? 여긴 물의 요정 영역인데 그럴 리가……."

두 남자는 선박 너머로 쭉 고개를 빼고는 게슴츠레한 눈으로 대상물을 주시하다 서로를 힐끗 돌아보았다.

"여자인데?"

"설마 물의 요정일까요?"

"그걸 왜 나한테 물어? 당신이 알아야지."

란쳇이 핀잔을 주자, 선원은 머리를 긁적거렸다.

"그게…… 물의 요정이 소문만 무성하지 생각보다 보기 힘든 종족이라서……."

"죽었나? 혹시 다친 거 아니야? 일단 건져 보자고."

"어허! 큰일날 소리를! 진짜 물의 요정이면 어쩌려고 그럽니까요! 그러다가 물로 끌려들어 가서 익사합니다요!"

"으음……."

다시 쭉 고개를 빼고 봐도 선명한 건 물에 두둥실 떠다니는 머리카락뿐이다. 물의 요정의 머리카락 색깔이 저런 강렬한 색이던가? 잠시 고민하던 란쳇은 돌돌 말린 밧줄을 가져와 꽁꽁 묶고는 대뜸 밖으로 내던졌다. 그를 멀뚱히 보던 선원이 물었다.

"뭐 합니까요?"

"뭐긴. 레이디를 구조하러 간다."

란쳇은 히죽 웃고는 훌쩍 뛰어내렸다.

첨벙, 바다에 몸을 빠뜨리자마자 열심히 움직여 헤엄을 쳤다. 파도를 타고 좀 더 빨리 여자에게 도달한 그는 축 늘어진 그녀를 붙잡자마자 요정이라는 걸 깨달았다.

"진짜 물의 요정인가?"

창백하게 질려서 눈을 감은 아름다운 얼굴을 내려다보며 고개를 갸웃거리던 란쳇은 우선 밧줄을 잡고 배로 올라가기로 했다. 설사 물의 요정이라도 그는 사술 따위에 걸리지 않을 자신이 있었으니까.

란쳇이 여자를 둘러업고 배 위에 오르자 선원이 기겁해서는 날뛰었다.

"아니, 젠장! 정말 여기로 데려오면 어쩝니까요!"

"뭔 말이야? 그럼 도로 바다로 던지라고?"

"불길하다고요! 다 죽어 가는 이상한 여자라니!"

선원은 벌벌 떨며 소금을 뿌리는 등 난리법석이었다. 그러든가 말든가 란쳇은 구조해 온 요정 여자를 조심스럽게 눕히고 맥박을 쟀다. 미세하지만 펄떡거리는 맥이 느껴진다.

"살아 있군."

"뭐요!"

그럼 더 큰일이라며 시끄럽게 구는 선원의 얼굴을 뒤로 밀어 버린 란쳇이 흠, 고민하더니 심장에 귀를 대었다. 훨씬 더 적나라하게 뛰는 심장박동이 타오르는 불꽃처럼 귓가를 그을었다. 다행히 생명에 지장은 없는 모양이다. 안도의 한숨을 내쉬기 무섭게 돌연 스산한 목소리가 들렸다.

"너 뭐야."

"응?······ 컥!"

갑자기 엄청난 힘으로 머리를 가격당한 란쳇은 컥 괴상한 비명을 지르며 갑판 위를 뒹굴었다. 선원이 어버버 말을 더듬으며 낑낑거리는 기사와 벌떡 상체를 일으킨 여자를 번갈아 손가락질했다.

방금 전 커다란 남자 하나를 똥개처럼 내던진 게 무색하게 요정족 여자는 머리가 아픈 듯 이마를 짚고 신음을 흘렸다.

사흘 밤낮 술을 퍼마시고 숙취에 시달리는 것처럼 어질어질 난리가 아니었다. 새빨간 머리를 휙 넘기고 자리에서 일어난 요정, 브리지트는 허리춤에 꽂힌 검을 뽑으며 냉랭하게 주변을 주시했다.

"너희 뭐야. 여긴 어디고?"

"성격 한번 아름답군. 방금 내가 그쪽 구해 준 거라고."

언제 끙끙거렸냐는 듯 몸을 털고 일어난 란쳇이 툴툴거렸다. 시선이 마주친 기사와 요정은 동시에 상대에 대한 첫인상 정립을 끝냈다.

'예쁘긴 더럽게 예쁘네.'

'황금 성? 불사조 기사단인가.'

란쳇의 옷소매와 브로치를 본 브리지트는 조금 누그러진 낯으로 검을 거뒀다.

"미안. 정신 차려 보니 웬 이상한 남자가 가슴에 귀를 대고 있는데 기겁하지 않을 여자가 어디 있어?"

"크흠흠! 그거야, 목숨 줄 멀쩡히 붙어 있나 확인해 보려고!"

"됐고, 여기는 어디야?"

"남부 인어 해협이지."

"뭐?"

거의 남부 끝자락이란 소리였다. 골이 아파진 브리지트가 한숨을 쉬었다. 뒤죽박죽이던 기억이 점차 정돈되고 나니까 상황 파악이 되었다.

마룡에게 재물로 끌려가던 님프를 구했고, 반 죽은 줄 알았던 기사 놈에게 습격을 받아 강물로 빠졌다. 그대로 물살을 타고 하구까지 떠내려온 모양이었다.

새삼 수치스러워서 뿌득 이를 갈던 그녀는 다른 산재한 문제들에 생각이 미쳤다.

"동부의 불사조가 왜 여기에 있는 거지?"

"그건……."

"혹시 타라 때문이야?"

"어라. 타라 님을 아시오?"

란쳇이 경계와 반색이 반반 섞인 기색으로 되묻자, 브리지트는 찰나 티 나지 않게 그의 표정을 샅샅이 읽어 내렸다. 아군인가 적군인가. 어쨌든 타니아에게 들은 바에 따르면 타라는 황금 성주, 이드의 친딸이다. 그가 딸에게 어떤 태도를 보이고 있는지 아는 바가 없으니 무조건 신뢰할 수 없었다.

그러나 란쳇의 다음 한 마디에 그녀는 평정이 깨졌다.

"그럼 오베론이라는 요정이랑도 아는 사이인가?"

"오베론? 당신이 그를 어떻게 알아?"

"당신처럼 머리가 붉은빛이 돌던데. 기생오라비, 아니 곱상하게 생긴 요정, 맞나?"

"맞아. 어떻게 아냐니까."

"그야 벨벳 성에서 그치를 만났으니까."

벨벳 성! 브리지트의 급변하는 얼굴을 살펴본 란쳇이 두 손을 들어 올렸다.

"이러지 말고 우리 통성명하는 건 어때. 그러면 대충 상황 정리가 될 것 같군."

그러면서 그가 제 소속과 간략한 자초지종을 설명했다. 이드의 명을 받아 타라를 만나러 왔다는 말에 브리지트는 기사 왕이 아델하이트처럼 딸을 도구나 사생아 정도로 여기는 게 아닐 수도 있겠다는 생각을 했다. 그녀는 복잡한 마음을 숨기며 입을 열었다.

"나는 브리지트. 요정 여왕 타니아의 딸이자, 그녀의 후계야. 타라와는 둘도 없는 친구 사이지."

여전히 후계자일지는 의문이지만. 씁쓸한 자조와는 달리 란쳇은 놀라워했다.

"헉, 당신이 그 요정족 공주란 말이야? 들은 적 있어."

머지않아 둘은 서로가 대략적으로 같은 입장에 서 있다는 것을 확인했다. 란쳇은 그녀가 어머니의 뜻에 반해서 화살까지 맞고 강물에 떠밀려 왔다는 걸 듣고는 혀를 내둘렀다.

"세상에, 간도 크군. 요정이 요정 왕의 명령을 거부했다는 건 듣도 보도 못했어."

"멍청하다고 욕해도 좋아. 하지만 후회하지 않아."

그 님프를 죽게 내버려 두었다면 그 순간, 브리지트의 영혼 일부도 죽어 버렸을 것이다. 삶이라는 것이 변질과 격변의 연속이라지만 제 근본까지 바뀌는 건 원치 않았다.

현실성 없는 철없는 욕심일까. 그럴지도 모르지. 그녀는 결국 소중한 이들을 저버리지 못한다는 걸 이번 일로 증명해 버렸으니까.

요사이 브리지트는 하루하루 새롭게 스스로에 대해 깨우쳐 가는 기분이었다. 지금껏 당연하다 생각해 왔던 모든 것들에 의구심이 든다.

과연 내가 그것들을 원했나? 진심으로? 날 때부터 쏟아진 타인의 기대를 물 먹듯 먹고 자라서 내 일부가 된 건 아니고?

마치 삶의 목표를 누이에게 빼앗긴 오베론이 보상받으려는 듯 그녀를 맹목적으로 사랑하게 된 것처럼. 여태껏 브리지트를 이룬 모든 사고방식이 타인으로 인해 오염되지 않았다고 어찌 확신하는가?

"공주님, 그럼 이제 어쩌려고?"

"글쎄."

브리지트는 생각에 잠겨 저 먼바다를 바라보았다. 태풍이라도 일 참인지 거센 바람이 불더니 숫제 용오름이 일기 시작했다. 먼 해표면에서 물기둥이 휘몰아 올라가는 장면에, 배에 오른 모든 사람들이 입을 떡 벌리고 시선을 빼앗겼다.

요정의 기민한 감각을 담은 초록빛 눈이 날카롭게 가라앉았다. 저것은, 자연적인 현상이 절대 아니었다.

"마법이야."

"예? 저런 무지막지한 마법은 듣도 보도 못했는데……."

바다 전체가 한번 거세게 요동쳤다. 배가 거의 엎어질 듯 뒤흔들리자 어어어, 모두 기겁을 하며 뱃기둥과 화물에 들러붙었다.

브리지트도 따라서 휘청거렸다가 간신히 중심을 잡았다. 그리고 보고 말았다. 바다의 중앙이 쩍 갈라지고 그 비현실적인 길을 따라 어떤 그림자가 걸어 나오는 괴이하고 두려운 광경을.

선원 하나가 허둥지둥 비명을 지르려는 걸 란쳇이 턱 두꺼운 손으로 틀어막았다. 길고 허연 머리카락이 질질 갯벌 흙에 끌린다. 바닷물이 뚝뚝 떨어지는 망토를 본 브리지트가 눈살을 찌푸리는 찰나, 철퍽 육지에 발을 내디딘 '그것'과 눈이 마주쳤다.

그녀는 어떤 소리도 내지 않았다. 정확히 말하면, 그럴 수도 없었다. 그들은 정체불명의 인물이 눈앞에서 사라질 때까지 꼼짝도 하지 않았다.

이윽고 철퍽철퍽거리는 기이한 발소리도 사라지고 짙은 안개가 해변을 덮었다. 마치 방금 본 것의 흔적조차 지워 버리려는 듯 안개가 자욱하게 시야를 가로막고 나서야 뒤늦게 막힌 숨을 토해 낸 브리지트는 떨리는 손으로 이마를 짚었다.

땀이 흥건하다. 방금…… 대체 무엇을 본 것인가. 텅 빈 두 눈구멍을 본 순간 지옥을 들여다본 것만 같았다. 저것은 살아 있는 자가 아니었다.

"이 시점에서 이런 짓을 할 만한 사람이 누가 더 있겠어."

아델하이트, 그녀가 모든 일의 원흉이었다.

"저건…… 저건 대체……."

"구울이라는 거야. 죽은 시체가 살아서 돌아다니는 거지. 당신은 일이 터지기 전에 떠났다고 했으니 처음 봤겠네."

그것도 보통의 구울이 아니었다. 브리지트는 아직껏 섬뜩한 뒷덜미의 전율에 몸서리쳤다.

제기랄. 지금 어머니가 문제가 아니었다. 이대로 가다가는 율리아 전체가 망하리라. 방금의 목격으로 새삼스레 깨달은 현실이 차갑게 심장을 찔렀다. 그녀는 까득 이를 짓씹었다.

타라에게 전부 맡겨 놓을 수 없었다. 그녀는 일신의 안위와 자신에게 닥친 비극을 헤쳐 나가는 것만도 버거울 터였다. 내가 뭐라도 해야 돼. 대체 어떻게 해야…….

요정 왕국에 얽매여 있던 심신이 일탈로써 자유로워지자 브리지트의 머리가 기민하게 돌아갔다. 그녀는, 결국 지금 이 모든 혼란을 끝내기 위해서 선행되어야 할 일은 딱 하나라고 결론 내렸다.

"아델하이트, 겨울의 여왕을 죽이겠어."

"뭐요?!"

모든 단계를 뛰어넘는 그 무지막지한 목표에 란쳇이 기함했지만 정작 당사자는 태연하고 단단한 낯을 하고 있었다. 한낱 체스 게임도 이기기 위해서는 퀸과 킹을 잡아야 한다. 그렇다면 바로 여왕의 목을 따 버리면 끝날 일 아닌가.

"내 고향의 평화가 깨진 것도 결국 그녀가 벌인 일 때문이야. 불을 끄려면 기름통부터 박살내 버려야지."

"공주님. 그러다 폭발하오."

"어차피 이대로 가면 모두 다 죽어."

그녀는 간결하게 대꾸했다. 그러고는 이어서 더 가공할 발언을 했다.

"겨울의 여왕을 치려면, 요정족의 군대가 필요해. 그러니……."

"그러니?"

"어머니를 왕좌에서 끌어내려야지."

요정의 상식을 뒤엎는 발언이었다. 그러나 란쳇은 그녀가 진심이라는 걸 느꼈다. 활활 타는 듯한 녹색 눈이 그를 정면으로 쏘아보았다.

"당신도 도와줘. 어차피 이제 이 바다를 지나는 건 물 건너간 것 같으니까."

*　　　*　　　*

……찾아? 타라!

뺨을 축축하게 핥고 멍멍 짖는 소리가 희미하게 들렸다. 눈을 몇 번 깜박거리다 다시 까무룩 수마에 휩쓸리고, 마침내 눈을 떴을 때는 뜨뜻하고 더운 체온이 제 몸을 감싸고 있었다.

타라는 제 새끼를 품듯이 저를 둥글게 감싼 까만 털 둔덕을 멀뚱멀뚱 바라보다가, 잠이 든 검은 개의 머리를 응시했다.

타닥타닥, 지척에서 모닥불이 타오르고 있었다.

그녀는 젖은 흔적도 없이 보송보송하게 말라 있는 망토와 옷가지들도 만져 보고, 발그레하게 혈색이 돌고 따뜻한 얼굴도 만지작거렸다.

살인적인 눈보라에 쫓기고 물에 빠져 익사할 뻔한 것치고는 상태가 지나치게 좋다. 그러나 비어 있는 손가락을 보자니 그 모든 건 꿈이 아니었다.

타라가 한번 주먹을 쥐었다가 폈다. 접히는 것처럼 느껴지는데, 정작 매끈한 손마디는 더 이상 없었다. 그렇다 해도…… 후회는 없다.

타라는 허전한 손을 망토로 감싸다가 불현듯 장작을 가득 넣은 모닥불에 다시 홀린 듯 시선을 빼앗겼다. 석양 빛깔의 아지랑이가 춤추는 듯하다. 기이한 기시감이 들었다. 그녀가 벌떡 일어나 미친 듯이 주변을 둘러본다.

분명 그 사람인 줄 알았는데. 날 구해 준 푸른 눈의 남자. 쥬다가 아니라면 대체 누가…….

[타라? 정신이 들었어?]

부산스러운 소란에 잠에서 깼는지 쥰이 머리를 흔들더니 헐레벌떡 망연자실 서 있는 타라의 곁으로 다가왔다. 어떤 인기척도 없는 회색 대지를 바라보는 그녀의 눈이 일순 텅 빈 것처럼 보여서 쥰은 불안함에 작게 멍, 하고 짖었다.

[타라. 괜찮은 거야?]

"네."

불안했던 것과 달리 대답은 침착했다. 타라는 적막한 바람을 맞고 서 있다가 천천히 제 눈치를 보는 쥰에게로 시선을 내렸다.

"쥰."

[응, 타라.]

"우리가 물에 빠졌을 때 구해 준 사람 못 보았어요?"

쥰은 알게 모르게 잠시 귀를 움찔거렸다. 그는 콧등을 찡그리며 고개를 절레절레 저었다.

[아니? 모르겠는데.]

"정말요? 어떤 남자였어요. 푸른 눈동자의……."
마치 쥬다처럼.
타라의 실낱같은 중얼거림이 개의 예민한 청각에 들리지 않을 리
가 없었다. 쥰은 놀란 듯 타라를 바라보다가 아까보다 더 확신 어린
태도로 말했다.

[그럴 리가. 그럴 수 없다는 건 네가 더 잘 알잖아?]

"네. 맞아요."

[급박한 탓에 잘못 보았나 보지. 우리밖에 없었어.]

"그럴까요?"
타라의 힘없는 물음에 다시 까만 귀가 쫑긋거렸다. 쥰이 조금 늦
게 고개를 끄덕였다.
그래. 그런가요. 그녀의 눈이 타닥타닥 타들어 가는 모닥불을 스
쳐, 고요하고 횅한 잿빛 숲을 길게 응시하다가 결국 고개를 돌렸다.
미련을 잘라 내듯이.
빈 손가락이 아렸다.
"가요."

[웅? 어, 웅.]

어쩐지 전전긍긍하던 쥰이 망토를 추스르는 타라를 얼른 따랐다. 사람 하나와 개 한 마리의 발자국이 흐릿한 눈 위에 남았다. 창백한 새벽하늘이 점차 밝아 오고 있었다.

여명이 짙어질수록 듬성듬성 돋아난 가시덤불, 머리맡부터 붉은 빛이 옴팡 적셔지기 시작한 어두운 숲까지 죄 드러난다. 하아, 찬 공기에 뽀얀 입김이 뿌려졌다.

느껴진다. 긴 겨울이 끝나고 봄이 멀지 않았음이. 바람에 뒤섞인 봄의 체취가 맡아졌다. 그립고 그리운 냄새였다.

"다 온 것 같아요……."

봄의 땅, 동부. 영원한 황금빛 봄과 태양의 군주가 지배하는 땅.

어느덧 겨울 끝자락에 다다른 그들은 마법처럼 한 발짝을 두고 연둣빛 잔디들이 싹튼 대지를 넋 놓고 바라보았다. 꿈결 같은 광경이었다.

정반대의 두 계절이 한 곳으로 교차하고 있는 환상적인 경계선. 타라는 이곳을 알고 있다. 어린 시절 무모하게 동쪽 땅으로 떠났던 타라는 이곳에서 정신을 잃고 결국 봄의 나라로 가지 못했다. 안타깝게도 그때의 그녀는 너무 어리고 약했다.

"가 볼까요."

그러나 이제는 아니었다.

타라가 짧게 심호흡을 한 후 경계선을 넘는다. 보이지 않는 문을 열고 밖으로 나온 것처럼, 실로 낯설 만치 오랜만인 따스한 공기가 맡아졌다. 폐부 깊이 밀려드는 연하고 풋풋한 황금빛 바람.

드디어 그들은 동쪽 땅에 도착한 것이다.

둘은 환희에 들떠 서로를 마주 보며 환하게 웃었다. 길게 자란 연녹색 초원이 발목을 간지럽혔다. 온난한 기후에 하늘은 막 동이 터 오는 태양빛으로 알록달록하다. 모든 것이 낯설면서도 익숙했다. 아주 먼 옛날, 이곳에서 보냈던 유년기가 향수로 되살아나듯이.

타라는 아찔한 충만함을 느끼면서 새삼스레 길고 혹독했던 겨울의 땅을 돌아보았다. 무언가를 두고 온 듯 싸한 감각이 가슴을 적셨다.

"……."

[타라?]

쥰이 의아하게 묻자, 그녀가 고개를 설레설레 저었다.

"아니, 아무것도 아니에요."

혹여라도 밤새 추위에 떨까 활활 타오르던 나뭇가지를 그득 모은 주황색 불꽃이 떠오른다. 모닥불이라니? 쥰이 아무리 똑똑해도 불을 피우는 방법을 알 리가 없다. 타라는 바보가 아니었다.

"있잖아요, 쥰. 사실 아까 전에……."

그러나 그때, 맑은 하늘에 갑자기 시커먼 먹구름이 밀려들어 왔다. 우르릉 콰쾅, 천둥과 벼락이 치기 시작했다.

*　　*　　*

결론적으로 동부는 황금 성을 중심으로 한 거의 대부분의 땅을 방어하는 데 성공했다. 북부가 처음 속수무책으로 무너졌다가, 겨우 전열을 가다듬고 최소한의 방어선을 구축한 것에 비하면 놀랄 만큼의 성과였다.

이드는 피로한 낯으로 종기사의 도움을 받아 갑옷을 벗고는 마른세수를 했다. 꺼칠하게 돋아난 턱과 까슬하게 마른 광대가 손안에 고스란히 감촉으로 남았다.

눈을 지그시 눌렀다가 뜬 이드는 소리 없이 들어와 제 옆에 선 신하에게 입을 열었다.

"쥬다가 그런 말을 했다고?"

"예."

아오페는 주저 없이 답했지만 표정은 어두웠다. 부상을 당했다던 쥬다는 전장으로 나와 순식간에 전쟁의 승기를 이끌었고, 눈치를 보듯 구울들이 잠시 물러났다.

덕분에 서부를 비롯한 북부와 동부까지 한결 숨을 고를 수 있었다. 언제 죽어 간다는 소문이 났냐는 양 살벌하게 모습을 드러낸 불사의 마도사를 본 이들은 전부 그러면 그렇지, 하며 그가 위중한 상태라는 걸 헛소문으로 치부했다.

오랜 세월 군림한 그에 대한 공포감과 경외심이 지나치게 강한 탓이다.

하지만 이드는 그 대외적인 건재함에 넘어가지 않았다. 쥬다가 정말 멀쩡하다면 이드에게 따로 서신을 보내지도 않았을 테니까.

"겨울 성을 치겠다니…… 그게 가능하단 말인가."

"정확히는 아델하이트 여왕을 처단한다고 했지요."

아오페가 딱딱하게 정정했다. 죽을 고비를 넘겼다 해도 쥬다는 쥬다인지라 역시 그는 긴말을 하지 않았다.

—그녀는 내가 맡겠다.

그러니 넌 네 땅이나 지키며 타라를 맞이하라고. 딱 그다운 태도였다. 이드는 미간을 찡그리며 자리에서 일어나 창가 너머로 먼 국경을 내려다보았다.

같은 군주이자, 그들 사이의 남다른 유대로써 그가 하고자 하는 걸 알겠다. 그게 효율적이라는 것도. 하지만 우려가 드는 건 어쩔 수 없었다.

"아델하이트가 호락호락할 리가 없는데."

쥬다의 회복과, 서부에 들이닥쳐 적들을 죄다 쓸어버린 마룡 바바로사의 등장으로 위기에 몰렸다지만 아델하이트에 한해서 안심할 수 없는 이유는 그녀가 내몰릴수록 무슨 짓을 저지를지 알 수 없는 인사이기 때문이었다.

심각하게 고민하던 그의 시선이 다시 창가로 향한 건 일순 몰려온 먹구름과 우르릉, 낮게 우는 불안한 진동 때문이었다. 아오페가 의아한 듯 눈썹을 찌푸렸다.

"지금은 우기가 아닌데……."

그녀의 말이 끝나기가 무섭게 사나운 벼락이 평온하던 대지를 후려쳤다. 이내 비바람이 몰려온다.

두 군신은 동시에 서로를 응시하고는 벌떡 일어나 성벽 위로 뛰쳐나갔다. 본격적으로 천둥 번개가 내리치기 시작한 밖은 이미 아수라장이었다.

우왕좌왕하기 시작한 기사와 병사들을 제치고 앞으로 나선 이드는 때마침 떨어진 벼락을 맞은 나무가 불이 붙어 타오르는 것을 목격하고 얼굴을 굳혔다. 그건 시작에 불과했다. 미친 듯이 휘몰아치는 바람에 팔로 눈가를 가리고 있던 아오페가 소리쳤다.

"세상에. 전하! 우박이 떨어지고 있습니다!"

아니나 다를까 불벼락이 떨어지는 동시에 단단한 얼음 알갱이들이 땅 위를 때렸다. 동부 역사상 얼어붙은 무언가가 하늘에서 내리는 건 처음 있는 일이었다. 사계절이 고정되기 전의 고왕국 시대라면 모를까.

딱딱하게 턱을 굳힌 채 하늘을 올려다보던 이드는 이내 어안이 벙벙한 신하들에게 노성을 질렀다.

"정신 똑바로 차려라! 주민들을 성안으로 대피시키고 마법사들을 불러와! 그리고 전원 무장하도록!"

"알겠습니다. 한데 무장이라니요?"

"이걸로 끝날 리가 없어."

그래, 그럴 리가 없지.

혼란에 빠진 이들에게 명령을 내린 후 득달같이 달려 내려간 이드가 중장비를 챙기고 다시 뛰쳐나오자마자 기다렸다는 듯이 땅이 쩌적 갈라지고 슬금슬금 다시 괴물들이 기어 올라왔다. 여기까지는 익숙하다. 한데 어딘가 달랐다.

"숫자가 적습니다. 곧 제압할 수 있을 겁니다."

잠에 곯아떨어졌다가 급히 달려온 마법사 시오델이 큰 마법을 일으키며 말했다. 성벽에 일렬로 늘어선 궁수들이 활을 맸다. 신속하게 기름을 가져온 병사들이 활 끝에 불을 붙였다.

미간을 깊이 팬 채 불화살이 막 시위를 떠나는 걸 지켜보던 이드는 성벽 아래 맞은편에서 우뚝 서 있는 덩치 큰 사내의 실루엣을 보고 눈을 크게 떴다.

먼 과거에 묻어 두었던 바랜 기억이 불쑥 토하듯 떠오른다. 남자가 상체를 구부리고 짐승의 그것처럼 그림자가 길게 늘어지는 걸 목격하는 순간, 이드는 신음성을 토했다. 제기랄.

"전부 물러나라."

"전하?"

"저건 너희가 상대할 이가 아니다."

시커멓게 쭉 찢어진 주둥이에서 잿빛을 띤 이빨이 번뜩였다. 부분부분 썩고 가죽이 문드러지기는 했으나 그 정체불명의 짐승은 사자, 분명 수족이었다.

그것도 보통 수족이 아닌, 한때 수족들의 제왕이었던 자. 레오니다스의 친부이자, 이드의 아버지 청년 왕 존에 의해 전사한 전쟁광. 과거의 영광이자 폭군.

"패왕 율란드."

우드득 우득 완벽히 짐승의 모습으로 변한 그것이 이내 사자후

를 내질렀다. 벼락과 얼음덩어리들로 소란한 가운데 그 모든 소음
조차 무색할 울부짖음이었다.

군사 전원이 저도 모르게 하던 것을 놓고 귀를 틀어막았다. 그러
고도 휘청거리는 좌중에서도 멀쩡하게 앞을 내다보고 있는 건 이드
뿐이었다.

그가 검 자루에 손을 얹고 천천히 발검했다. 스르릉 맹수가 이를
드러내듯 하얀빛이 번뜩였다.

"내가 처리한다."

이제 본격적으로 죽은 자들이 부활하기 시작한 게 분명했다. 시
작이 욜란드라면, 젠장. 설마 진짜로 마레사까지 등장하는 건가.

아니 그보다도, 욜란드가 등장했다면 그의 아버지 존까지 저승
에서 올라와 시체로 걸어 다니며 학살을 저지르고 있을지도 몰랐
다. 끔찍한 가정에 눈앞이 아찔할 지경이다. 이드는 이를 악물었다.

대체, 아델하이트. 너는 어디까지 갈 셈이냐.

"저이는 50년 전 사망했던 기사 데프릭 경, 저쪽은 사형선고를 받
았던 살인마 바욘이군요."

경악과 공포가 전염병처럼 퍼지고 있는 와중에 면밀하게 상황을
파악한 시오델은 끔찍한 듯 혀를 찼다.

"아무래도 이 광대한 저주의 시전자가 제대로 살의를 품기 시작
한 것 같습니다. 피가 많이 묻은, 전사와 살인자들이 대거 부활하고
있는 게 분명합니다."

"북부 사자 왕이 긴급 서신을 보냈습니다! 북부에서……."

"왜, 내 아버지가 나타났다 하더냐."

헐레벌떡 뛰어온 병사는 앞지른 왕의 대꾸에 무색해졌는지 입을 다물었다가 다시 보고를 이었다.

"전왕에 대한 예우로 사자 왕이 직접 상대하였다 합니다."

그리고 레오니다스가 직접 서신을 보냈다는 것은 승자가 누구인지 불 보듯 뻔하게 보여 주는 결말이었다. 구울이 된 욜란드가 괴이하게 틀어진 머리를 들어 성벽 위의 이드를 똑바로 응시했다. 회답하듯 검을 치켜든 기사 왕은 착잡한 속내를 감추며 무감동하게 명했다.

"정중히 화장해 달라 회신하라."

이쪽도 그럴 테니.

*　　*　　*

한 치 앞도 보이지 않는 안개였다. 손끝에 엉겨 오는 보이지 않는 습윤한 공기는 탁한 먼지, 짙은 연기 같다. 타라는 꽉 주먹을 쥐고는 비밀스러운 미로 같은 동부를 바라보았다.

마치 재앙이 그녀를 쫓아오기라도 한 것 같다. 그녀는 습윤한 손길처럼 뻗어 오는 안개를 피해 후드를 뒤집어쓴 뒤 입을 열었다.

"불길한 기운이 느껴져요."

[하지만 저곳은 다른데?]

쥰의 시선을 따라간 저 멀리에는 흐릿한 안개 덕에 몽환적으로 보이는 황금 성이 은근히 빛났다. 가도 가도 닿을 수 없는 미지의 세계처럼 현실감이 없다. 어린 시절 커다란 플라타너스 나무와 아버지의 얕은 웃음이 선명한데 십여 년 만에 온 땅이 순식간에 표정을 바꿨다.

곧이어 천둥 번개 소리와 함께 짐승의 쩌렁쩌렁한 우짖음이 연달아 뿌연 사방에서 울렸다. 아니, 조금 더 들어 보니 그건 단순히 벼락 치는 소음이 아니었다. 사이사이 날카로운 검명이 새의 비명처럼 창공을 찢어발겼다. 타라는 본능적으로 직감했다.

설마…… 아버지?

[왔구나.]

그때, 머릿속에 웅웅거리는 목소리가 울렸다. 타라는 즉각 그것이 불사조의 목소리라는 걸 알았다. 불꽃이 타들어 가듯 귓가가 더우면서도 기묘한 자장가 같은 음성. 그녀는 번쩍 고개를 들고 허공을 바라보았다.

"어디, 어디에 있어요?"

[황금 성. 네가 잉태된 곳.]

모호하고 신비스러운 대답에 타라는 다급히 물었다.

"이게 어떻게 된 거죠? 아버지는요?"

[그는 지금 싸우고 있다.]

널 지키기 위해서. 뒷말은 들리지 않았지만 모를 수 없었다. 어렴
풋이 흉터처럼 남은 그의 마지막 얼굴, 어린 마음에 훔쳐보던 아버
지의 뒷모습이 어른거려 목이 턱 걸렸다.

마음이 닳는다. 애달프고 초조해서 평정이 무너진 타라에게 불
사조는 말했다.

[내 힘은 한정되어 있어. 황금 성을 방어하는 축복을 걷어
내면 당장 네게 올 수 있지만 넌 그것을 바라지 않겠지.]

심장이 두근거렸다. 동부, 고귀한 황금 성. 타라의 고향. 그녀는
다급히 고개를 저었다.

"안 돼요!"

[지금은 네 말을 따르마. 하지만 나는 저곳의 인간들보다 네
가 우선이야.]

필요시에는 저들을 전부 죽게 내버려 두더라도 타라를 우선시하
겠다는 뜻이었다. 다시 콰광 천지를 울리는 굉음이 울렸다. 딱딱하
게 굳은 타라에게 준이 소리쳤다.

[타라! 저기 봐 봐!]

"쥰?!"

안개를 헤치고 앞으로 나간 쥰이 낮게 으르렁거렸다. 축축하게
들러붙는 공기보다 먼저 와 닿는 건 불쾌하고 기분 나쁜 냄새였다.
익히 아는 악취다. 그 어느 때보다 지독해서 그녀는 옷소매로 코와
입을 틀어막았다.

희뿌연 저 너머에서 검 소리가 일순 멈추고 낮은 신음이 울렸다.
짧고 희미한 찰나였으나 타라는 그 목소리를 모를 수가 없었다. 어
린 자신에게 절대적인 신, 메시아나 다름없던 음성.

　—이리 온.

"아버지……!"

앞뒤 잴 것 없이 싸움 소리가 들리는 곳으로 달려간다. 안개가
흩어지고 희미하게 검을 들고 커다란 검은 그림자와 대적하고 있는
남자의 뒷모습이 눈에 들어왔다.

이 거리에서도 빛나는 금발이 보였다. 하얀 검신에 피가 주룩 흘
러 뚝뚝 떨어진다. 들썩이다 천천히 가라앉는 넓은 어깨에서 익숙
한 실루엣을 느꼈다. 직감적인 이끌림일지도 모른다.

이드가 그녀를 돌아보았다. 아.

두 부녀는 시간이 멈춘 것처럼 상대를 응시했다. 똑같은 붉은 눈
이 붙박인 듯 정지한다. 수십 년이 1초와 같이 흐른다. 어색한 그리
움이 곧 전율로, 울컥거리는 희열로 번진다. 타라는 자신이 그를 생

각했던 것보다 훨씬 더 그리워했다는 걸 지금에 와서야 절실히 느낄 수 있었다.

"너는……?"

이드가 쉰 목소리로 중얼거렸다. 추억의 잔영이 그들의 위로 드리웠다가 흩어졌다. 당장 달려올 듯 이드의 몸이 그녀 쪽으로 기울었다. 타라가 무어라 입술을 달싹이다 다급히 그를 불렀다.

"조심해요!"

그러자 이드가 다급히 검을 들어 올려 방어했다. 사나운 짐승 그림자가 달려들어 막힌 칼날과 함께 그를 통째로 삼킬 듯 아가리를 벌렸다. 타라는 터지려는 비명을 삼켰다. 금방이라도 아버지가 갈기갈기 찢길 것처럼 괴물은 크고 사나웠다. 이드가 대륙 최강의 검사라는 걸 알고 있음에도 그랬다.

다행히 그는 뒤를 덮친 사자의 앞발을 잘라 냈으나 왼쪽 어깨에 상처를 입고 말았다. 단단한 상체에서 투둑 떨어지는 핏방울을 보자 심장이 덜컥 내려앉았다. 울컥 치밀어 오르는 공포와 걱정보다 고함이 먼저였다.

"안 돼!"

타라의 눈이 새빨갛게 타오르는 순간, 강력한 돌풍이 일어나 거대한 사자를 멀리 내팽개쳤다. 주변을 장막처럼 에워싸던 두꺼운 안개마저 확 걷힐 정도로 거센 바람이었다. 쩌렁하게 울린 목소리가 사방의 괴물들과 위험한 기운을 종이짝처럼 단번에 찢어발겼다.

사자가 땅이 움푹 팰 만큼 세게 처박히는 걸 확인하자마자 타라는 검을 꽂고 주저앉은 이드에게로 달려갔다. 지척에서 무릎을 꿇고 피가 철철 흐르는 팔을 붙잡는다. 그녀는 자신이 이미 울고 있음을 알았다. 안개 따위가 제아무리 축축한들, 이리도 눈이 따갑지는 않을 테니.

이드가 믿기지 않은 듯 울고 있는 낯선 여인을 한참 뜯어보았다.

"맙소사. 내가…… 꿈을 꾸나."

그가 넋을 놓고 있다 탄식처럼 속삭였다. 그리고는 더듬더듬 저를 붙잡은 타라의 손을, 다 커 버린 아이의 어깨와 푸른 머리카락을, 저를 닮은 붉은 눈매를 눈으로 좇았다.

분명히 알 수 있었다. 제 딸이다. 이리 커 버린 게 믿기지 않았지만, 그저 울컥거리는 환희였다. 사실 당연하다. 이드는 제 아이가 얼굴 없는 뒷모습, 지나가는 길가의 꽃 한 송이일지라도 알아볼 수 있었다. 꿈에서조차 사무쳐서.

"타라. 정말 타라니?"

타라는 눈물범벅으로 고개를 주억거렸다. 그리고 돌연 와락 끌어안겼다. 얼얼한 가운데 등을 쓸어내리는 손이 덜덜 떨리고 있는 것만 확연히 알았다.

그리 확인하듯 꼭 붙들고 나서야 이드는 정신없이 중얼거렸다. 세상에. 신이시여, 감사합니다. 부서질 듯 갈라진 음성에 가슴이 콱 콱 틀어막혔다.

"이제 됐어. 나는 바라는 게 없다. 널 이리 봤으니, 나는……."

"저는, 전……."

입을 열어 부르려고 하는데 차마 '아버지'란 부름이 밖으로 나오지 않고 가루가 되어 흩어졌다. 낯섦과 어색함이 아니다. 차라리 염치와 죄스러움에 가까우리라.

내가, 이 가여운 분을 감히 아버지라 불러도 될까. 나 때문에 인생이 망가진 사람인데.

감정이 소리가 되어 나오지 못하니 나오는 건 눈물뿐이다. 바보같게도 그녀는 이드 앞에서 자신이 그 어린 날의 덜 자란 소녀로 역행하는 걸 막을 수 없었다. 슬픈 삶을 거친 모든 이들에게 불가항력인 회귀였다. 힘들고 고통스러워서 나이에 상관없이 부모 앞에서 아이가 되는 것은.

"타라."

그러니 결국 먼저 손을 내미는 건 아비였다. 피로 얼룩진 커다란 손이 어설프게 다 커 버린 딸의 얼굴에서 맴돌았다. 차마 더러워질까 앉지 못하고 떠도는 나비처럼 망설이는 손을 타라가 깍지 껴 잡고 얼굴을 비볐다. 하염없이 흐르는 눈물이 주룩 다친 손아귀를 타고 팬 손금에 고였다.

"보고 싶었어요."

탁하게 터진 속삭임에 이드의 꺼진 어깨가 움찔 떨렸다. 정처 없이 흔들리는 그의 눈을 마주 보며 그녀가 울먹거렸다.

"잘못했어요……."

그때 당신의 애타는 부름을 외면한 것, 당신을 까맣게 지워 버린 것, 그렇게 아무것도 모르고 속이 시커멓게 타도록 고독하게 기다렸을 아비를 없는 사람으로 잊고 지낸 것까지.

망각의 약물 때문이 아니었다. 타라는 스스로의 의지로 이 가여운 핏줄을 버렸다. 두렵고 끔찍하고, 수치스러워서.

원치 않게 얻은 딸을 위해 전부를 포기하려던 이 사람을, 겁을 집어먹어 외롭게 만들었다. 살을 쨰는 것보다 더 힘들게 들인 아이가 끝내 돌아섰을 때, 당신이 얼마나 아팠을지 상상조차 안 된다. 이토록 시작부터 끝까지 죄 상처고 흉터인 이가 또 있을까.

나라면…… 이런 자식, 도저히 사랑하지 못할 것 같은데.

한데 왜 당신은 아직도 그런 눈으로 나를 보나요. 미안하고 애달파서 아프고, 통증 따위 무가치할 만치 애틋하고 귀해서 어쩔 줄 모르는 그런 눈으로.

"네가 왜 사과를 하니."

그래서 마음이 무너지는데…… 그런데도…….

"전부 내가 잘못했는데."

그런데도 당신의 애정이 너무 좋아서. 기다리는 줄도 모르고 기다리고 그리던 안온함이라, 아이처럼 엉엉 울었다. 이드의 거칠고 큰 손이 그 눈물을 죄다 받는다. 달고 고통스러웠다.

"넌 잘못한 게 없어."

"아니, 아니요……."

눈물범벅에 코는 벌겋고, 훌쩍훌쩍 못난이일 게 뻔한 얼굴로 타라는 흐느꼈다. 악착같이 다독거리는 아비의 품에 안겨 두서없이 지껄였다. 다 뭉개지고 무두질 된 마음이 질질 샌다.

"잘못했어요, 아버지."

용서해 주세요…… 내가 잘못했어요. 사랑해요. 사랑합니다. 사랑해요.

$*$ $*$ $*$

두 부녀는 안개가 죄 물러갈 때까지 부둥켜안고 갖은 눈물을 쏟아 내다, 가까스로 정신을 차리고 황금 성으로 귀환했다.

언제 자연재해가 벌어졌느냐는 듯 타라가 욜란드를 몰아내고 황금 들판에 들어서자마자 날씨가 개기 시작한다. 쥰과 타라가 신기하게 하늘을 올려다보자 이드가 말했다.

"불사조의 축복이 강해진 것 같다. 아무래도 네 영향이 아닌가 싶구나."

"제 영향이요?"

"그래. 불사조란 그저 오래된 영물이 아니야. 그보다 특별하고 고귀하지. 괜히 신수(神獸)라고 불리는 게 아니란다."

타라는 힐끔 아버지와 맞잡고 있는 손을 곁눈질했다. 어쩐지 가슴이 간질거렸다. 기적에 가까운 충만함이었다.

"마지막 여제 아스타로테가 부리던 새라고 들었는데⋯⋯."

"불사조의 역사는 그것보다 오래되었단다. 고왕국의 첫 번째 왕이 신들의 세계에서 언령과 함께 가지고 내려왔다고도 하고, 그가 처음으로 만든 창조물이라는 설도 있지. 어쨌든 중요한 건 불사조는 언제 어느 때건 그들과 긴밀한 관계였다는 거야. 그러니 너와의 관계도 무시할 수 없지."

이드의 설명에 타라도 고개를 끄덕였다.

"아버지의 불사조가 저를 찾아왔었어요."

"들었다."

이드는 어쩐지 불만스럽게 말했다. 내내 갓난아이 안듯 다정하던 사람이 미간을 찡그리는 게 신기해서 빤히 바라보자, 얼른 표정을 고친 그가 딸의 머리칼을 쓰다듬었다. 어색하지만 유리 꽃이라도 만지듯 조심스럽기 그지없는 손길에 애정이 그득해서 좋았다.

이드는 낮게 한숨을 쉬었다.

"그 생물은 내 명령은 따르지 않지만…… 네게 필요한 걸 줄지도 몰라."

타라는 대답 대신 그의 손을 꼭 힘주어 잡았다. 오래된 씨앗에 싹이 트듯이 저 마음 깊숙이 잠들어 있던 유년의 행복들에서 이제 뭐든 잘될 거라는 확신 어린 희망이 샘솟았다.

막연하던 것들이 뚜렷하게 형체를 드러낸 기분. 아버지와의 재회와 화해가 타라의 마음에 오랜만에 긍정적인 기운을 불어넣었다.

"고마워요, 아버지."

타라의 조곤조곤한 속삭임에 이드는 대답 대신 희미하게 웃었다. 일견 지치고 피로해 보이는 낯에 환한 빛이 드니 몇 배는 잘생겨 보였다.

노화하지 않는 기사 왕은 타라가 크든 작든 여전히 수려한 청년이었지만 알게 모르게 드리워 있던 음울함이 걷히니, 태생적으로 배어 있던 고귀한 우아함, 온화한 기운이 한층 두드러졌다.

한때 망나니나 도박꾼 같은 인간이 아버지일지도 모른다는 상상까지 했던 타라로서는 분에 넘치게 근사한 아버지였다.

"전하! 괜찮으십니까! 어, 옆에 그분은……?"

황금 성의 거대한 성문이 활짝 열리고 헐레벌떡 뛰어나온 동부의 신하들은 처음 보는 여자를 보고 모두 멈칫 멈춰 섰다.

이국적인 청발이나 말갛고 흰 얼굴이 물망초 꽃처럼 청초하고 신비스러운 처녀였다. 어딘가 무시할 수 없는 분위기도 그렇지만 결정적으로 그녀는 그 강직한 기사 왕과 사이좋게 손을 잡고 있었다!

"설마……."

개중 아오페만이 경악해서 타라의 얼굴을 뚫어져라 바라보았다.

"타라 님이십니까?"

"예? 헉!"

계속된 전투로 피로가 그득하던 시오델이 놀랐는지 딸꾹질을 했다. 그는 눈을 휘둥그렇게 뜨고 무례조차 망각한 채 타라를 위아래로 훑어보았다.

시오델이 마지막으로 타라를 봤던 건 아주 어린 갓난아이 때 한번, 그 후 소녀 타라의 마력을 진단해 보았을 때 빼고는 전무했다. 거의 새싹이 하루아침에 장미가 되고, 병아리가 날기 시작한 걸 본 것처럼 현실감이 없었다.

전원의 놀람에도 아랑곳없이 이드는 반갑기도 하고 긴장한 것처럼도 보이는 타라를 부드럽게 응시했다.

"어릴 적이니 기억이 날지 모르겠구나. 알아보겠니?"

"어…… 란쳇 아저씨는 기억해요. 그리고……."

타라의 시선이 놀라고 당혹하고 기뻐하는 사람 중, 흰 머리가 듬성듬성 섞여 있는 기사 아오페의 얼굴에서 멈춰 섰다. 그녀가 탄성처럼 입을 벌렸다.

"아오페……? 맞나요?"

"예. 맞습니다."

타라가 자신을 알아보자 그녀는 침착하게 대답했지만, 목이 잠겼는지 목소리가 낮게 갈라졌다. 기실 방치된 갓난아이를 돌보고 안으며 재웠던 그녀로서는 그 약했던 아기가 이토록 아름답게 자랐을 거라고는, 더불어 다 커 버린 타라가 자신을 알아볼 줄은 생각도 못 했다.

드물게 감정이 격해진 기사단장을 따뜻한 눈으로 바라본 이드가 입을 열었다.

"우선 들어가자. 널 기다리고 있을 테니."

해우는 천천히 풀어도 괜찮았다. 우선은 불사조를 만나는 게 먼저였다. 그러기 위해서 그 먼 여정을 거쳐 온 거니까.

[어서 와라, 마지막 후계자.]

타라가 황금 성안 성주의 집무실에 들어서기가 무섭게, 성내의 모든 불꽃이 화륵 달아오르더니 금빛 불덩어리가 허공 속에서 나타났다. 태양이 뚝 성안으로 떨어진 양 눈이 부시다. 그녀는 점차 새의 형상을 갖춰 가는 그것을 뚫어져라 응시하다 말했다.

"오랜만이에요, 불사조님."

[여기까지 오느라 고생했구나.]

불사조는 제법 온후한 말투로 속삭였다. 그녀의 붉고 찬연한 눈이 주의 깊게 험난한 여행 끝에 목적지에 도달한 타라를 살폈다.

[그간 제법 단단해졌군.]

타라는 그 시선이 자신의 잘린 손가락에 닿자, 소매를 내려 그것을 가렸다. 아직 아버지는 이걸 모른다. 그녀가 살짝 미소 지었다.
"그럴 만한 비바람과 추위였으니까요."
불사조는 짧게 긍정하듯 울고는 천천히 타라의 머리 위를 한 바퀴 맴돈 후 그녀의 앞에 앉았다. 온수 속에 잠긴 듯 따뜻한 기운이 전신을 감쌌다. 코흘리개 시절 이불을 뒤집어쓴 양 안온했다.

[자, 이제 말해 봐라. 내게 무엇을 원하지?]

타라는 반듯한 눈으로 불사조를 마주한 채 말했다.
"이델을 살려 주세요."

[네가 아끼는 늑대 수족 말이지?]

"당신만이 그녀를 구할 수 있다고 들었어요."

[간단하고도 어려운 부탁이구나. 간단하다. 내 심장을 가져가서 먹이면 그 수족을 살릴 수 있을 거다.]

"당신의…… 심장이요?"

전혀 예상 못 한 방법에 타라는 당혹스러웠다.

"그러면 불사조님은…….."

[더 이상 존재하지 않게 되겠지.]

죽음, 소멸에 대해 논하는 이라기에는 심드렁하고 흥미로운 어조였다. 타라가 얼굴을 굳히며 물었다.

"당신을 희생시키라는 얘기인가요?"

[다정한 아이야. 내게 생은 어차피 의미 없는 연속이다. 나에게 삶을 지속하는 건 무의미해. 나는 무덤지기에 가까울 테니까.]

따뜻한 날개가 우울한 타라의 뺨을 감쌌다. 타라는 깊고 고요한 그 눈에서 영원에 가까운 우주를 보았다. 숨 쉬는 만물, 오래되어 무너진 폐허, 그 위를 덮은 이끼와 전 세계를 순환하는 물 한 방울이 그 안에 맺혀 있었다.

그녀는 이토록 신비스럽고 아름다운 눈을 일찍이 보지 못했다. 비슷한 경이라면, 쥬다를 처음 보았을 때가 다일 것이다. 타라의 표정에서 그녀의 마음을 읽은 불사조가 재미있다는 듯 말했다.

[세상 모든 아름다움에서 그를 보느냐?]

"나에게 그 사람보다 더한 찬연함은 없으니까요."

제 이름을 말하는 듯한 당연함이었다. 수십 세기를 살아온 신수는 이 순수하고도 강렬한 사랑을 가만히 굽어보았다.

[나는 일찍이 셀 수 없이 많은 인간의 사랑을 보았다. 사랑에 목숨을 바치고, 추악해지며 위대해지는 그들은 내게 어떠한 감상도 불러일으키지 못했다. 너의 사랑이라는 것도 크게 다를 바가 없어.]

"그런가요?"

[하지만 나쁘지 않아.]

어떤 불순물도 섞이지 않은 티 없는 감정이라서일지도 모른다. 조금쯤은 인상 깊게 느껴지는 건.

[내 심장을 네게 주어도 아깝지 않아. 사실 그래 주기를 원해. 나는 너무 오래 살았고, 그래, 조금은 지친 것 같구나.]

영생의 피로함을 호소하는 불사조는 처음으로 살아 있는 생물처럼 보였다. 타라는 잠시 말이 없다 물었다.

"오베론 씨도 비슷한 방법으로 강력한 힘을 얻었다고 들었어요. 부작용은 없을까요?"

[적당하고 적절하다면. 심장을 쪼개서 반쪽을 쓰면 충분할 거다.]

"감사해요."
불사조가 약한 한숨을 쉬며 중얼거리는 타라에게 되물었다.

[그것만은 아닐 텐데. 다른 것은?]

"쥬다가 나로 인해 생명이 갉아 먹히지 않기를 원해요."

[역시 그게 가장 간절하겠지?]

예상한 바라는 듯 그녀가 대꾸했다. 그리고 놀랍도록 간결한 답이 돌아왔다.

[그건 사실 어렵지 않다.]

"정말인가요?"

[그래.]

아름답고 긴 적금빛 꼬리가 길게 바닥으로 떨어졌다.

　　[매우 단순하지. 그가 네가 강해질수록 고통스러운 이유는
그가 벨벳 성의 성주, 봉인의 수문장이기 때문이다. 그러니 그
자리를 포기하면 그는 자유가 될 거야.]

"왜 쥬다가 그러지 않은 거죠?"

　　[무게 추가 돌연 사라지면 반대편이 어떻게 되겠나? 너희는
저울과 같은 관계야. 그가 갑자기 숙명을 벗어나면 네게 그 반
작용이 고스란히 되돌아갈 확률이 높다. 미숙한 너는 폭주해
미치거나 목숨을 잃을지도 모르지.]

타라의 희게 질린 낯을 무심히 보며 불사조가 말을 이었다.
또 다른 방법은…….

　　[네가 한번 죽는 거야.]

23

시들지 않는 불꽃

쥬다는 제 희미한 박동을 만져 보듯 가슴께에 올린 손을 느릿느릿 떼었다. 허연 손끝이 싸늘하다. 단순히 기분 탓은 아니리라. 혹 꺼져 버린 양초의 실낱같은 연기처럼, 희미하게 닳아 가는 감각을 시시각각 느끼고 있으니 말이다.

그러나 그는 그다지 개의치 않는 얼굴로 푸르게 질린 심장 부위를 지워 버리듯 상반신에 망토를 걸치고 뚜벅뚜벅 막사를 걸어 나왔다. 이곳은 겨울 성의 인근, 추위와 눈보라가 지배하는 땅이었다.

아델하이트 여왕의 마법과 병력이 동부로 쏠린 사이 쥬다를 위시한 서부의 군사들은 빠르게 국경을 넘어 겨울 성을 공략할 준비를 마쳤다.

레오니다스와 북부의 수족들도 동부로 몰리는 구울들을 처리하자마자 합류하기로 이야기되었다. 역공은커녕 저희 영역을 지키느라 버거웠던 그들이 이렇듯 전세를 역전시킬 수 있었던 변수는 마룡 바바로사의 등장이었다.

그 미친 용은 정신 나간 것처럼 북부와 서부를 날아다니며 정확히 아군을 피해 끊임없이 쏟아지는 구울들만 화염으로 불태워 버렸다. 본래대로 닥치는 대로 잡아 죽이는 게 아니라, 명백한 목적과 규칙이 보이는 행동이었다.

쾅쾅 괴물들을 신나게 밟아 죽이던 검은 용은 쥬다를 발견하고는 심술궂게 노란 눈을 찢었다. 철천지원수를 대면하면 당연히 죽이려 이성을 잃고 달려들거나, 꼬리를 말고 도망가야 할 텐데 바바로사는 씩씩대기만 할 뿐 섣불리 쥬다를 공격하지 않았다.

주변의 만류에도 아랑곳없이 팔짱을 끼고 침착하게 올려다보는 대마법사를 부리부리하게 쏘아보던 용은 이내 깔끔히 그를 무시하고는, 돌아서서 다른 괴물들을 태우러 가 버렸다. 쥬다는 고개를 기울였다.

　　―안 죽이나?

보자마자 광견병 걸린 것처럼 죽이려 달려들 줄 알았는데.

바바로사는 쥬다의 상태가 예전과 다르다는 걸 알아차린 게 분명했다. 그런데도 이미 저 멀리 떨어져서 '제 할 일'을 하느라 바빴다. 쥬다는 날카롭고 신경질적인 한숨을 쉬었다.

―타라 짓이로군.

　　그는 어렵지 않게 전후 사정을 추측해 냈다. 마룡을 움직여서 지
원하는 한편 쥬다를 보호하는 방법을 누가 생각하겠으며, 그런 능
력과 여건이 되는 이는 또 누가 있겠는가.

　　결정적인 도움이 되었으니 불필요하다는 말은 안 나왔지만 제
코도 석 자일 텐데 이쪽을 챙길 겨를이 있느냐는 핀잔은 어쩔 수 없
었다.

　　그리하여 쥬다는 몸을 추스르자마자 겨울의 땅으로 진군했다.
제 몸과 한계는 저가 제일 잘 알았다. 속전속결, 단기간에 끝내야
한다.

　　"주군, 눈보라가 밀려옵니다."

　　사내의 모습을 한 이사신이 고개를 숙이며 말했다. 그의 말대로
잠잠하던 숲에 거센 눈바람이 불기 시작했다. 겨울 성이 지척이라
는 의미였다. 혹은, 벌써 아델하이트가 그들의 존재를 눈치챘거나.

　　쥬다는 눈을 감고 팔짱을 끼고 있다가 스르륵 눈꺼풀을 올렸다.
새파란 안광이 꿰뚫듯 흐리고 불투명한 전방의 숲을 쏘아보았다.

　　"온다."

　　유리창 위로 얼음물이라도 끼얹은 양 아무것도 보이지 않았지만
이사신은 말대꾸 없이 곧장 일족을 소집했다. 곳곳의 늑대 족들이
하나둘 몸을 낮추며 이를 드러냈다. 정신없이 나부끼는 싸라기눈
들, 얼얼하게 코를 마비시키는 강추위 속에서 옅게 불쾌한 냄새가
났다.

"준비해라."

유독 해가 뜨지 않아 어둡고 차가운 곳, 이내 설한풍 속에서 저벅 저벅 발소리가 울린다. 그러다 뚝 멎었다.

기묘한 정적이 흘렀다.

흐린 회색으로 번진 사내의 형상이었다. 그것이 잠시 비틀거리 더니 쥬다 쪽으로 새파란 섬광이 쏘아져 갔다. 이사신이 나설 새도 없이 쥬다가 한 손을 들어 올린 순간, 화살처럼 날아온 마법이 산산 조각이 나서 흩어졌다.

부서진 눈덩이처럼 발치에서 조각조각 빛 가루로 날리는 주문의 흔적을 힐끗 내려다본 쥬다가 눈매를 좁혔다.

"어디서 많이 본 허술한 마법인데."

빈정거림이 가득한 중얼거림에 상대 쪽에서 다시 한 발짝 다가 왔다. 동시에 이사신이 땅을 박차고 전광석화처럼 달려들어 잿빛 실루엣을 공격했다.

우두둑 살이 끊어지는 소리 대신 쨍강, 얼음 부서지는 소리가 울 렸다. 마법으로 얼음 방패를 만들어 내었으나 거대한 늑대의 압력 에 쭈우욱 땅이 패도록 뒤로 물러난 남자가 입을 열었다.

"천하의 불사의 마도사가 파수견을 데리고 다니나?"

다 죽어 간다는 말이 사실이었나 보군.

잔뜩 쉰 목소리는 형편없이 갈라져 있었지만 쥬다는 그가 누구 인지 바로 알아보았다. 사실 마법을 보자마자 모를 수가 없었다.

"왜 여기 있나, 클레멤논."

아델하이트에게 패배해서 유폐당했다고 들었는데.

시야를 어지럽히던 눈안개가 얇게 걷히면서 그의 모습이 드러났다. 예전의 위풍당당한 모습은 어디로 갔는지 붉은 비로드 망토 대신 낡은 가죽옷을 걸쳤고, 까칠한 수염과 푹 꺼진 흐린 눈동자, 거친 입매에선 위엄과 오만함 따위는 찾아볼 수 없었다.

오랫동안 쇠사슬에 얽혀 있던 탓에 드러난 손목과 발목은 앙상했다. 사지로 내던져진 짐승 같은 갈급함만이 황폐한 얼굴에 그득 묻어 있었다.

"왜, 네 아내가 사냥개 노릇이라도 하라고 하던가?"

쥬다는 알 만하다는 듯 비웃었다. 대답은 없었다. 흐릿한 모욕과 모멸감 대신 시뻘겋게 충혈된 눈구멍이 쥬다를 노려보았다.

"내 안위를 약속받았다. 네놈 목을 베어 가면……!"

"하, 가지가지 하는구나."

수치심도 증발한 모양이다. 멍청하기 짝이 없었지만 왕 노릇이나 해 보겠다고 기세 좋게 일을 벌일 때는 야망이라도 있었는데, 지금은 살려고 바르작거리는 소인배만 남았다.

추운 골방에 처박혀서 물 한 모금 못 얻어먹으니 자존심이고 뭐고 살고만 싶나 보지. 쥬다는 한심하다는 마음도 일지 않아서 미간을 찡그렸다. 웃긴 건 저놈 꼬락서니를 비웃을 팔자가 아니라는 거다.

그는 우두커니 허공을 바라보며 한탄했다.

"내 꼴도 말이 아니군. 저런 멍청이에게 우습게 보일 정도라니. 인생 오래 살고 볼 일이야."

"주군. 저에게 맡겨 주십시오."

이사신이 무표정하게 나섰다. 목소리를 높이지는 않았지만, 눈에 서늘한 게 분노한 기색이 역력했다.

이미 숲은 격전지로 바뀌어서 겨울 성의 기사와 구울들이 서부의 식솔들과 뒤섞여 전투를 치르고 있었다. 쥬다에게 무언의 허락을 얻은 이사신이 나서자 클레멤논의 얼굴이 처음으로 와락 일그러졌다.

"무시하는 건가!"

"어."

발끈한 클레멤논이 더 외치기도 전에 이사신이 달려들었다. 이사신은 비제와 레오니다스를 제외하면 서북부 최강의 전사, 함부로 상대해서 무사할 상대가 아니었다.

쥬다는 수하와 폐위된 왕의 싸움을 냉랭하게 구경할 뿐 나서지 않았다. 원래의 그라면 어림도 없는 터라 이사신의 공격을 걷어 낸 클레멤논이 사납게 빈정거렸다.

"부하를 앞세우고 뒤에 숨어 있다니, 원래의 방자함은 어디로 갔지? 위명이 우습구나!"

"알 게 뭔가. 수고롭게 힘쓸 필요를 못 느끼겠는데."

피식 냉랭하게 비웃은 쥬다는 제 쪽으로 날아온 얼음 창 하나를 손쉽게 박살 냈다. 파편화된 얼음조각들이 주변에서 달려들던 구울들의 머리를 산산조각 냈다. 간소하면서도 파괴적인 마법이었다.

타라의 것보다 더 실용적이면서도 섬세하고 정교하다. 마력이 고갈되었다 해도 마법적 역량이 수백 배 우위에 있기에 가능한 실력이었다.

사방에서 제 목을 노리는데도 쥬다는 대수롭지 않게 딴생각을 했다. 당연하게도 그 대상은 오로지 타라였다. 무사히 도착할 게 뻔한 것처럼 말은 해 놨어도 입이 바짝 마르고 애가 닳았다.

걱정과 두려움, 불안으로 사실 그는 반제정신이 아니었다. 당장 피를 쏟고 죽든 심장이 터지든 당장 달려가서 타라를 안고 싶었다.

놀라고 겁에 질렸을 타라, 결국 힘든 길을 택한 그녀를 떠올리면 속이 쓰렸으나 제 손에서 벗어나 위험한 곳으로 가 버린 데에 대한 분노와 불안함도 못지않게 컸다.

그러다가 한심하게 시들어 가는 저 자신에 대한 분기가 치밀었다. 이제는 그냥 무탈하기만 했으면. 웃으며 안겨 오는 모습만 보게 된다면 바랄 게 없을 것 같았다.

그는 죽어 가면서도 그녀가 보고 싶어 미치려 하는 저 자신에게 냉소를 지었다. 평생 이런 감정을 느껴 볼 거라고는 생각도 못 했는데. 속이 썩어 문드러질 만치 그리워서 이로 인해 죽는 게 빠를 것 같다.

뭐가 되었건 타라로 인해 죽을 팔자이니 나쁠 건 없나.

"크헉!"

이사신이 왕의 어깨를 물어뜯었다. 클레멤논은 이를 악물며 상처를 누른 채 뒤로 물러서다가 연이은 공격에 손목 한쪽이 으스러졌다. 인정사정없이 왕을 짓누른 시커먼 늑대의 주둥이에서 허연 이가 번뜩였다.

"다 죽어 가는 패배자를 끌어다 던져 넣은 걸 보면 겨울 성에 남은 전력이 많지 않은 건가."

아니면 이 멍청한 꼴을 구경하는 게 재미있던가. 하지만 아델하이트에게 그런 여유가 남아 있을 것 같지는 않다. 그녀는 신경 쓸 게 많을 테니까.

피가래를 뱉은 클레멤논이 큭큭 웃었다.

"그럴까? 아니면 더한 수작이 남아 있는지도 모르지."

쥬다의 눈썹이 날카롭게 올라간 찰나, 클레멤논의 손에서 튀어나간 눈과 얼음의 이리가 쩍 하니 아가리를 벌리고 그에게로 달려들었다.

주군! 이사신이 고함을 지른 게 무색하게 쥬다의 주변에서 피어오른 푸른 불꽃이 이리를 단번에 불태워 버렸다.

"같잖게……."

쥬다가 낮게 중얼거리며 뿌옇게 떠도는 연기와 안개를 걷어 냈다. 그러나 클레멤논은 대답이 없었다. 이미 절명해 있었기 때문이다.

이사신의 소행도, 그가 한 일도 아니었다. 쥬다가 불구덩이에 던져진 듯 새카맣게 그슬린 클레멤논을 기이하게 내려다보는 사이 이사신이 고개를 곧추세우며 낮게 말했다. 악취가 심해졌습니다.

쥬다는 천천히 눈을 들어 빠른 속도로 몰려온 안개를 응시했다. 호흡을 타고 들어와 독처럼 퍼질 듯 텁텁하고 지독한 안개였다. 그는 높낮이 없는 목소리로 읊조렸다.

"기어코……."

넓은 소매 아래로 긴 손가락이 펼쳐지고 푸른 불꽃이 화르륵 타올랐다. 섬뜩하고 익숙한 감각이었다. 이번에는 발소리조차 없이 눈보라가 귓바퀴를 스치는 찬 음색뿐이었다. 이내 바람도 걷힌다. 적막한 가운데 이사신이 바짝 이를 드러냈다. 클레멩논과 비교도 안 되는 불길함이었다.

"주군."

"아니."

쥬다는 고개를 저었다. 이사신은 잠시 그를 더 바라보다가 빠르게 일족들을 뒤로 물렸다. 순식간에 싸움이 일어났던 공터에는 눈이 쌓여 가는 시체와 쥬다, 그의 옆에 선 이사신만이 남았다.

날카로운 눈빛으로 전방을 주시하던 이사신이 쉰 목소리로 심상치 않은 기색인 쥬다에게 말했다.

"무엇입니까?"

"글쎄. 뭐라고 불러야 하나."

망토가 매끄러운 바닥에 슬슬 미끄러지는 듯한, 기묘한 소음이 들려왔다. 안개는 이제 한 치 앞도 보기 힘들었다.

"내가 죽인 남자, 나의 스승이다."

"설마……."

이사신이 흠칫 놀라는 사이 처음으로 저벅, 발자국 소리가 울렸다. 엉망으로 뒤엉킨 거미줄에 던져진 양 기이한 공기가 사방을 떠돈다. 짠 바다 냄새가 났다. 그리 온 감각이 혼란스러운 와중에 시커먼 그림자가 베일을 걷고 홀연히 그들 앞에 나타났다.

그것은 천천히 고개를 들어 쥬다를 똑바로 바라봤다. 새파란 안광이 허공에서 맞부딪친다.

"오랜만이다, 마레사."

허연 뼈마디만 남은 손이 축 처진 후드를 천천히 걷어 냈다. 일그러진 달처럼 창백한 낯이 괴이한 음영을 그렸다. 반쯤 썩은 입술이 길게 찢어졌다.

"쥬다."

*　　*　　*

"그게…… 무슨 소리죠?"

[정확히는, 네가 가사 상태에 빠져 너의 영혼이 이 세계에서 자취를 감추게 되면 모든 인과율이 잠시 정지하게 될 거다. 그러면 불사의 마도사도 힘을 되찾게 되겠지. 그사이 그가 너의 힘을 봉인하는 거야. 마치 먼 옛날 현자 소락스가 아스타로테를 잠들게 했던 것처럼.]

옛이야기를 하는 음유시인처럼 감미로운 목소리가 타라의 주변을 맴돌았다. 그녀는 눈을 내리깔고 그 속삭임을 듣다가 입을 열었다.

"어떻게 가사 상태에 빠진다는 건가요."

[죽음에 가까운 치명상을 입는 거지.]

붉고 찬연한 새의 긴 목이 낭창하게 구부러져 그녀를 굽어보았다.

[걱정 마라. 나의 심장으로 널 소생시킬 수 있으니까.]

듣기만 해도 생사의 고비를 넘기는 위험한 방법이었다. 그러나 고개를 든 타라는 웃고 있었다. 다행이다. 그 누구도 희생시키지 않아도 돼서. 쥬다가 더 아프지 않아도 되어서.

"좋아요."

그러나 그 방법에 대해 들은 이드는 기함했다. 그는 다짜고짜 사납게 으름장을 놓았다.

"안 돼!"

그가 이럴 줄은 당연히 예상되었던 터라, 타라가 무어라 말하려 입을 열려 했지만 반대는 아직 끝난 게 아니었다.

"안 됩니다. 너무 위험합니다!"

"그, 그렇습니다. 지나치게 무모한 방법이군요."

충성스러운 기사답게 잠자코 있던 아오페도 정색하고 말렸다. 심각한 분위기에 마법사 시오델도 힐끗 왕과 사촌의 눈치를 보다가 진지하게 고개를 저었다.

"확률이 희박합니다. 소생까지는 불사조가 단언했으니 그건 그렇다 쳐도……."

그렇다 쳐도, 라는 말에 이드와 아오페가 동시에 검이라도 뽑을 듯 무시무시하게 노려보았고, 시오델의 솜털이 잘게 곤두섰다. 그는 얼른 말을 이었다.

"제아무리 불사의 마도사라도 그 엄청난 일을 해낼 수 있을까요? 과거 고대에서도 기적과 같았다 들었습니다. 고왕국의 천재로 칭송받던 현자 소락스는 그 대가로 하루 만에 희게 노화되어 버렸다고 하니 말입니다."

"쥬다도 내로라 하는 천재 중의 천재인 건 맞지."

이드가 초조하게 머리칼을 쓸어 올렸다. 그는 금방 해쓱하게 어두워진 얼굴로 딸을 말렸다.

"하지만 거기에 내 딸의 안위를 맡길 수는 없어! 만약 도중에 잘못되면 어쩌란 말이냐?"

"쥬다를 믿고 있어요."

"제 목숨이 걸렸으니 물론 온 힘을 다하겠지! 그렇다 해도 그거로는 부족해!"

이드가 안달을 하며 결국 못 참고 소리쳤다. 잠시 온난해졌던 수려한 낯이 다시 어두워지자 타라는 참 마음이 아팠다. 못난 자식이라 죄스럽다. 그녀는 희미하게 떨리는 그의 손을 잡고 고개를 저었다.

"저는 그를 믿어요. 왜냐하면, 그 사람은 나를 사랑하거든요."

이드의 붉은 눈이 크게 떠졌다. 그는 말문이 막힌 듯 뚫어져라 호소력 짙은 딸의 두 눈을 내려다보았다.

자식 이기는 부모 없다고 했던가. 타라는 자신을 꽉 끌어안아 오는 이드를 마주 안았다. 그는 비바람에라도 맞을까 새끼를 품 안에 들이고 꼼짝도 하지 않는 사자 같았다.

그녀의 푸른 머리칼에 고개를 묻은 왕은 고통스럽게 한숨을 쉬었다.

"왜 너에게만 이리 험난한 일이 놓인단 말이냐. 대체 왜."

"하지만 나쁜 일만 있지는 않았어요."

그만큼 좋은 일도, 좋은 사람들도 넘치게 많았는걸요. 타라는 빙그레 웃으며 아버지의 등을 두드렸다.

삶이라는 게 좌절과 애환의 연속일지라도 항시 쓰기만 하다면 하루하루 참아 내기만 하며 살지는 못하리라. 달짝지근함도, 찰나의 꿈결 같은 황홀한 순간도 있었다.

그 짧은 봄과 하얀 설탕, 따뜻한 햇볕 한 줌에 감사하자. 다행히도 소녀였을 적부터 그러한 행복이 누구에게나 주어지는 당연함이 아니라는 걸 타라는 잘 알고 있었다.

이드는 운명의 잔혹한 칼날이 바로 제 목 뒤에 있는데도 천진하게 웃는 딸아이를 한참 바라보더니 씁쓸하게 웃었다. 왜 하필 너는 이 모든 것들을 너무나 일찍 알아 버린 걸까. 지금도 작고 여리기만 한 소녀인데.

"네가 철없고 막무가내로 떼를 쓰는 어린아이였으면 좋겠어."

"이미 이렇게 커 버렸는걸요."

"널 처음 품에 안았을 때는 볍씨처럼, 새싹처럼 작았단다."

타라를 꼭 끌어안은 이드가 속삭였다. 동부의 물과 햇빛을 전부 먹어 치워도 좋으니 자라지 않고 제 품에만 있었으면 좋겠는데. 이 또한 욕심이겠지.

"그럼 이제 어떻게 할 참이니."

"쥬다에게 돌아가겠어요."

타라는 단호하게 말했다가 돌연 아버지에게 미안해져서 슬쩍 이드의 눈치를 살폈다. 다행히 이드는 큰 낙심 없이 그녀의 뺨을 부드럽게 쓰다듬었다.

"그래. 그게 네 길이라면…… 나는 지켜보고 지킬 수밖에."

지금까지 언제나 그러했던 것처럼, 그는 담담하게 웃었다. 타라는 그의 단단한 손마디를 꽉 움켜쥐었다.

"그럼 먼저 물을게요. 지금 전쟁은 어떻게 돌아가고 있지요?"

쥬다는 어디에 있나요?

*   *   *

브리지트가 제 어머니 요정 여왕을 옥좌에서 끌어내리고 요정 왕국의 지배권을 장악하겠다는 건 일견 무리한 공상처럼 들렸다.

그러나 그녀는 아무 생각 없이 한 말이 아니었다. 이판사판이라도 그녀에게는 나름의 청사진이 있었다. 그것조차 수포로 돌아간다 해도 반드시 성공시켜야 했지만.

그녀가 요정 왕국에 숨어들어 가는 것도 아니고 당당히 걸어 들어가겠다고 했을 때 란쳇은 이 공주가 뭘 믿고 이러나 빤히 쳐다봤다. 정확히는 제정신인가, 싶은 얼굴로.

그러자 브리지트는 기분 나쁜 얼굴로 곧장 그의 정강이를 걷어찼다. 아파서 펄쩍펄쩍 뛰면서도 란쳇은 소리를 지르지 않을 수 없었다.

"아니 뭐 내가 터무니없는 걱정을 하나! 무슨 속셈이냐고!"

"어차피 숨어들어 가는 건 불가능해."

요정의 날개가 있는 이상 타니아가 제 영역에 들어왔다는 걸 모를 리가 없다. 브리지트의 힘이 아직껏 그대로인 걸 보면 타니아는 딸에게 미련이 남은 게 분명했다. 그것이 후계자로서의 아쉬움인지 딸자식에 대한 마지막 정인지는 알 수 없었으나 브리지트는 이것을 잘 이용해 보는 게 좋겠다고 결론 내렸다.

역시나 요정의 땅에 들어서자마자 여왕의 직속 기사들이 벌떼처럼 몰려와 에워쌌다. 정중히 끌려가는 브리지트를 훔쳐보고 있던 란쳇은 미리 예정된 계획대로 조용히 요정들을 따라 숨어들어 갔다.

침입자와 요정이 아닌 자들을 골라내는 오래된 덩굴 문을 통과할 때는 심장이 미친 듯이 두근거렸지만 다행히 아무 일도 없었다.

듣기로 허락받지 못한 자가 이 문을 넘어 들어오려 하면 저 싱그러운 덩굴풀들이 일제히 살아나 침입자를 꽁꽁 휘감는다고 들었다. 그리고 거대한 여왕 거미가 내려와 독침을 찔러 넣는다고……

란쳇은 힐끔 나무 덩굴 위에 거미줄을 치고 잠들어 있는 황금 거미를 올려다보며 식은땀을 훔쳤다. 무지갯빛으로 투명하게 반짝거리는 거미줄은 신전의 스테인드글라스처럼 다채롭게 빛나고 있었다. 요정 여왕이 아끼는 애완동물이라지. 취미 한번 고상하군.

어떤 사람이건 순식간에 한 달은 잠들게 할 수면독과 맹독을 가진 거미는 아끼며 기르기에는 지나치게 위협적이었다.

"그보다 더 정신 나간 건 지금 내가 하려는 짓인가."

그는 한숨을 내쉬며 브리지트가 손목에 묶어 준 그녀의 붉은 머리카락을 바라보았다. 이것 덕분에 요정들의 마법이 그를 인지하지 못하고 통과시켜 준 것이었다.

그리고 브리지트는 그거 하나 달랑 매어 주고는 자신을 사지로 내몰았다. 란쳇은 침을 꿀꺽 삼키고는 통통하고 단단하며 복슬복슬한 털이 돋아난 거미의 엉덩이를 살폈다. 뾰족한 황금 침이 번뜩인다.

    —거미의 황금 바늘?
    —그래. 내가 시간을 끌고 있을 동안 당신은 그것을 가져와.
    —그걸 어디에 쓰려고?
    -다 생각이 있으니 도와만 줘.

"젠장, 동부를 떠난 뒤로 이리저리 춤추는 광대가 된 기분이군."

망설이던 란쳇은 결국 툴툴거리며 하얀 나무 기둥을 기어오르기 시작했다. 이따금 우연한 바람에 나뭇잎이 흔들리거나 낮잠에 빠진 거미가 움찔거릴 때마다 그는 딱딱하게 굳어서 괴상한 표정을 지었다.

그는 거미의 둥지가 있는 나무 꼭대기에 다다라서야 안도의 한숨을 쉬었다. 이어서 그가 품 안에서 조심스레 작은 주머니를 꺼냈다.

    —요정의 날개 가루야. 이것을 여왕 거미에게 뿌리면 잠들게 되지.
    그때 거미의 바늘을 가져오면 돼.

말이 쉽지, 까딱 잘못하면 추락사하거나 거미 밥이 될 노릇이었다. 툴툴거리면서도 란쳇은 착실하게 거미의 머리 위에 달과 별빛을 빻아 곱게 간 것처럼 은은히 반짝거리는 요정 가루를 뿌렸다.

소금처럼 솔솔 떨어진 가루를 맞은 황금 거미는 열매처럼 빼곡한 여러 개의 눈을 도르륵 굴리더니 거대한 몸을 들썩거렸다. 그러더니 이내 완벽히 곯아떨어졌다.

게슴츠레 뜬 눈으로 쭉 고개를 빼 이리저리 살펴봤지만, 미동도 없다. 그제야 긴장이 풀린 란쳇은 후우 한숨을 쉬었다. 이제 바늘만 가져오면 되는 건가.

그때까지만 해도 모든 게 순조롭게 진행되고 있었다. 단지 그가 예상치 못했던 건 갑자기 불어온 바람에 요정 가루가 반대편으로 날아와 그의 얼굴을 덮은 것뿐이었다.

"에에췌! 헉! 으아악!"

제 풀에 지레 놀란 그는 우스꽝스럽게 허우적거리다가 결국 발을 헛디뎌 떨어지고 말았다. 다행히 추락사는 면했다. 단지 그가 떨어진 곳이 거미줄 위라서 그렇지.

출렁, 몸이 펄쩍 뛰어오르고 얼얼한 머리를 다잡자마자 바로 코앞에 커다란 거미가 있자, 이 가여운 기사는 체면도 잊고 꺄아악 목이 찢어져라 비명을 질렀다.

창피해서 어디에도 말은 못 했지만 나는 벌레가 싫다! 특히 다리 많고 털 많은 것들! 그가 검을 뽑아서 사방에 휘둘렀지만, 거미줄이 잘리기는커녕 외려 덕지덕지 뒤엉켜 하얀 고치가 되고 말았다.

결국 대롱대롱 미라처럼 뭉쳐 거꾸로 매달리게 된매달린 란쳇은 연신 욕설을 내뱉으며 버둥거렸다.

"망할! 빌어먹을! 개 같은! 왜 나한테 이런 걸 시키는 거야! 차라리 마룡이랑 싸우게 해! 요정 여왕 날개라도 잘라 오라 하란 말이야! 브리지트! 이봐, 공주님! 도와줘! 안 도와주면 소리 지를……."

란쳇은 거꾸로 뒤집힌 시야에 멀뚱히 저를 바라보고 있는 이들과 눈이 마주치고는 딱 얼어붙었다. 그러고 보니 여긴 적진이다. 그런데 방금 저가 뭘 했지? 온갖 요란을 떨며 검을 휘두르다가 이제는 소리를 고래고래…….

여름 풀벌레 울음소리만 한가롭게 울리는 가운데, 그들은 눈만 깜박이며 서로를 바라보았다. 돼지고기 한 근처럼 매달린 란쳇이 끼익 끽 진자 운동을 하다가 이내 멈췄다. 싱그러운 잎사귀들이 쏴아아 한가롭게 흔들린다.

그냥 자살할까.

격렬한 수치심과 뻘쭘함에 란쳇이 제 인생에 대해 숙고해 보는 사이, 침입자와 마주친 요정이 조심스레 입을 열었다.

"저어, 브리지트 공주님의 일행분이십니까?"

다시 보니 요정이 아니었다. 날개가 없는 그들은…… 님프였다. 란쳇이 얼떨떨하게 중얼거렸다.

"그렇소만……?"

그의 떨떠름한 대답에 님프들의 표정이 환해졌다.

"저희를 따라오시죠. 도와드리겠습니다."

선두에 선 님프가 제 가슴에 손을 올렸다. 제 이름은 롭.

"브리지트 공주님께 은혜를 입은 님프입니다."

롭의 머루 같은 눈이 영민하게 반짝거렸다. 거짓말이라기에는 브리지트를 언급하는 눈빛이 열렬한 존경과 호의가 가득했다.

다행히 아군을 만난 것 같기는 한데…… 란쳇이 어색하게 웃었다.

"저어, 알았으니 일단 나 좀 내려 주시오."

조금만 더 이러고 있다가는 수치사할 것 같다.

*   *   *

브리지트는 여왕을 모시는 님프 시녀가 따끈한 꽃잎 차를 내어 놓고 조심스레 나가는 모양을 말없이 지켜보았다.

나비 날개처럼 하늘거리는 옷자락이 문밖으로 미끄러져 사라지고, 다시 화려한 알현실에는 정적이 흘렀다.

그녀는 자신이 어머니와 대립각을 세울 거라고는 꿈에도 생각해 본 적이 없었다. 그녀의 뒤를 이어 그 자리를 물려받더라도 그게 당연한 줄 알았다.

되짚어 보자면 순진한 기대였다. 자식이 아비와 어미의 자리를 대신한다는 것은 결국 지는 해인 그들을 뛰어넘어야 한다는 얘기다. 그것이 자연의 섭리. 왜 나는 당연히 죽을 때까지 그녀의 뜻을 따라야 한다고 여겼을까?

하지만 타니아 또한 그런 동화 같은 기대를 한 모양이다.

"말해 보렴. 왜 그런 행동을 한 거니?"

타니아는 실망도 없이 오랜만에 보는, 한결 수척해진 딸을 물끄러미 내려다보며 먼저 입을 열었다. 붉은 찻물로 입술만 축이던 브리지트가 찻잔을 소리 없이 내려놓았다.

황금색 티스푼이 희고 가는 손 옆에서 반짝 빛이 났다가 사그라졌다. 그녀는 처음으로 반항하는 자식을 이해해 보려 애쓰는 어머니를 무표정하게 응시했다. 과연 어머니가 앞으로 자신이 할 일에 수긍하고 잘했다 할 날이 오기나 할까? 쌉싸래하고 서글픈 감상이었다. 브리지트는 덤덤하게 말했다.

"어머니에게 실망하기 싫어서요."

"그건 어쩔 수 없는 희생이었어. 대가도 지급했다. 본인도 원했는데 뭐가 그리 잘못된 거니?"

"대가? 하잘것없는 날개 하나 던져 주고 당신의 노예를 늘리는 것 말인가요?"

"말이 지나치구나, 브리지트."

타니아가 처음으로 불편한 기색으로 딸을 노려보았다. 분노와 미약한 실망감, 몰이해가 가득한 표정으로 쏘아붙인다.

"또다시 쓸데없는 감상으로 일을 그르칠 셈이니? 네 터무니없는 이상론은 잘 알겠다. 아무런 대책도 없이 알량한 네 양심 하나 지키겠다고 무슨 짓을 저질렀는지 알기나 해?"

"물론 어머니의 방식이 무조건 잘못되었다고 하는 건 아니에요."

브리지트가 예상외로 차분하게 나오자 타니아는 미간을 찡그렸다.

"우리는 위정자고 또한 신이 아니기 때문에 어떤 상황에서도 선을 지키고 도의적으로 굴 수는 없어요. 이건 도덕이 아니라 현실이

니까요. 최악의 상황에서는 악마 같은 선택도 해야겠지요. 필요악
이란 건 그런 거니까요."

"그런데?"

조금 누그러진 여왕의 얼굴을 브리지트는 애달프게 바라보았다.
사실 자신은 그녀를 진심으로 비난할 수 없었다.

수천 년의 세월, 한 종족을 짊어지고 가는 길이란 고달프고 외로
운 길이고, 사소한 양심과 죄책감을 일일이 떠맡다가는 정신이 붕
괴할지도 모른다.

고로 타니아는 차선을 택했다. 소수의 희생이 따르더라도 대다
수가 안전하고 행복한 길을. 그녀가 틀렸다 볼 수 있는가.

그러나 옳다고 볼 수도 없다.

"뭘 잘못했느냐고요?"

브리지트는 실웃음이 나왔다.

"뭐가 잘못되었는지 모르는 그게 문제예요."

필요악이라도 '악'에는 반드시 그만한 대가가 따라야 한다. 정의
라는 것도 끊임없는 숙고와 자기 점검이 없다면 어느 순간 무뎌져
서 그럴싸한 무기가 될 뿐이다.

정의와 선은 시대와 상황에 따라 변화한다. 결국, 완벽한 정의도,
티끌 없는 명분과 당위성 또한 이 세상에는 존재하지 않는다. 단지
그 시대와 민중의 필요에 의해 선택받을 뿐.

"당신은 완벽한 선이 아니에요, 엄마."

자신이 무조건 옳다고 여기는 순간, 선한 의도조차 타락해 변질
한 것에 불과하다.

"그건 독선이고 독재예요."

"왕이란 게 바로 그런 거야!"

타니아가 악을 쓰듯 소리쳤다. 그녀가 주먹으로 여름 옥좌의 팔걸이를 내리치자 여왕의 분노에 반응한 식물들이 죄다 시들어 바닥에 떨어져 내렸다.

붉은 머리카락이 넘실넘실 불꽃으로 흐느적거린다. 시뻘겋게 변한 눈으로 여왕이 고함을 질렀다.

"내가 독재자라고? 누가 내게 감히 그런 소리를 해! 배가 불렀구나. 나의 딸로 태어나서 온갖 혜택을 다 누리고, 고생 한번 못 하고 자라서 배가 부른 거야! 모든 요정들, 더 나아가 율리아의 모든 살아 있는 것들은 내게 은혜를 입었고, 고마워해야 마땅해! 내가 저 마레사, 쥬다 같은 괴물들이 연달아 태어날 때 대륙의 균형을 잡지 않았다면 율리아는 진작에 멸망했을 거야. 지금의 평화를 지키기 위해 얼마나 고심하고 안달했는지 너처럼 철없는 계집애가 알기나 해?!"

내면부터 솟아오른 불이었다. 타니아의 깊숙이 자리잡은 오랜 가치관과 고독, 오만함이기도 했다.

브리지트는 눈 하나 깜짝하지 않고 어머니의 본질을 낱낱이 응시했다. 그녀의 초연한 태도에 타니아는 더더욱 화를 냈다.

"전부 내가 일군 평화를 누리고 살면서 아무도 감사함을 모르지! 건방지고 은혜를 모르는 것들! 정작 무슨 일이 생기면 벌벌 떨면서 내가 어떻게 해 주기를 바라는 주제에 어둡고 불편한 건 모두 내 탓으로 돌리면 편하겠지! 너도 그런 것 아니니? 나와 달리 넌 무조건

선하고 깨끗한 영웅이기를 바라는 거잖아! 세상에 그런 것 따위는 존재하지 않아!"

타니아는 빈정거리듯, 혹은 지겹다는 듯이 입술을 휘었다.

"설령 가능하다 한들 네 필요가 없어지면 모두 널 증오하게 될 걸? 저 아래의 생각 없이 사는 멍청이들은 본능적으로 제 위에 있는 것들을 들이받으려 하니까. 그리고 정작 뭘 할지도 모르면서 저들끼리 싸우려 들 거야. 피 흘리고 고통스러워하다 그제야 이끌어 줄 존재를, 뇌 없는 어린애처럼 모든 결정을 떠맡기고 편히 살게 해 줄 이를 원해. 이 얼마나 역겨운 본능인지!"

아주 까마득하게 오래전의 일이라 기억하는 이조차 없을 것이다. 타니아는 선대 요정 왕의 일곱 번째 자식으로 태어났다.

마력은 강했지만, 장자도 아닌 그녀가 요정들의 왕이 될 수는 없었다. 조금 더 정확히 말하자면 왕은 자신보다 총명하고 강한 후계를 인정하지 않았다.

방탕하고 게으르고 향락적인 왕, 남부의 부를 탕진만 하는데도 모든 요정들은 생각할 줄 모르는 멍청한 양처럼 왕을 맹목적으로 사랑했다.

사실 요정 나라의 뿌리부터 박힌 체계라는 것이 그러했다. 그들의 정점인 왕과 여왕이 무능하든 성격 파탄자이든 상관없이 견고하게 무너지지 않을 절대적인 피라미드.

혈기 왕성한 젊은 요정이었던 타니아는 아버지 같은 이기적이고 비열한 요정이 자연의 섭리도 거부한 채 남부를 갉아먹는 건 옳지 않다고 여겼다. 그래서 몰래 잠든 아버지의 날개를 잘라 불태워 버렸다.

왕을 내쫓고 권좌에 오르기까지는 수월했다. 이제 제 뜻을 펼치면 된다고 믿었으니까.

요정의 정신을 지배하고 휘두르는 날개도 없으니 그들은 이제 올바른 사고를 할 수 있었다. 스스로 판단하고 진심으로 요정 왕국을 사랑하는 자신을 지지하겠지.

하지만 착각이었다. 요정들은 아비를 배신한 패륜아라며 새 여왕을 비난했다. 그리고 눈물을 흘리며 힘을 잃은 왕을 그리워했다. 그가 자신들을 학대하고 부려먹은 것은 싹 잊어버리고 당장 악역인 타니아가 불구대천의 원수가 되었다.

내내 종으로 사는 게 익숙한 군중은 불안과 혼란에 싸여 그녀를 불신했다. 심지어 왕의 변덕과 심술로 감옥에 갇혀 있다가 타니아에 의해 구출된 요정들도 다들 바가 없었다.

날개의 힘이라는 것이 그런 것이다. 마약 같은 세뇌로 멋대로 부릴 수 있는 머저리들을 양산해 내는 왕관. 왕의 날개를 태워 버린 타니아는 그 힘을 누릴 수 없었다. 모두를 위한다고 생각했던 것이 독으로 돌아온 것이다.

"너는 그런 더러운 꼴을 보지 못해서 몰라. 네가 가엾게 여기는 것들이 얼마나 졸렬하고 배은망덕한 버러지들인지!"

타니아는 그제야 깨달았다. 불쌍하고 무력해 보이던 군중들이 어리석고 충동적인 눈먼 양들에 불과하다는 걸.

그들은 그저 자신들을 적당하게 길들이고 이끌어 주는 누군가, 가끔 힘든 현실에 대한 원망도 할 대상을 원할 뿐이었다. 자신이 그들을 구원하고자 했던 건 터무니없는 과대평가에 불과했다.

혐오감과 허탈함이 그녀를 잠식했다. 겨우 이런 결과를 보자고 나는 그 위험과 배신을 감수했나?

결국 참다 폭발한 그녀는 아버지의 남은 수족들, 그녀를 헐뜯는 요정들을 전부 제거해 버리고 자신을 따를 새 요정들을 탄생시켰다.

묵은 때를 청소하듯 싹 쓸어 담아 버린 후 빈 공터에 자신의 새 왕국을 세웠다. 지금의 요정 왕국은 그녀가 이룩한 유토피아인 것이다.

타니아는 선대처럼 기분 내키는 대로 종족을 휘두르거나, 무절제하게 유흥에 휩쓸리지 않았고 힘을 악용하는 폭군도 아니었다.

다음 세대의 번영을 위해 후계를 길러 내는 데도 온 신경을 기울였고, 사랑을 다해 키웠다. 타니아가 버티고 있기에 율리아의 어떤 군주도 요정족을 함부로 대하지 못했다. 그렇게 철저히 아버지와 반대의 길을 걸어왔다.

한데 왜 그녀의 딸은 예전의 자신과 같은 눈을 하고 저를 보고 있는가. 타니아는 싸늘하게 정색하며 일갈했다.

"브릿, 착각하지 마렴. 저들은 구원 따위 필요하지 않아. 그저 지배당하는 걸 바랄 뿐이지. 그래, 반항 한번 못 하고 내게 휘둘리니 얼핏 불쌍해 보이겠지? 하지만 눈먼 장님인 이들을 알아서 살라고 목줄을 푸는 게 오히려 폭력이라는 걸 모르니? 그들은 애초에 옳고 그름을 판단할 사고 능력조차 없어."

"나는 그들을 구원하려는 게 아니에요."

브리지트는 한참 동안 말없이 어머니를 응시하다 마침내 말했다. 그 시선은 차갑지도 뜨겁지도 않았으나 충분히 낯설고 한편으로는 비정했다. 외면하고 싶은 충동이 들 정도로 타니아에게는 마음에 들지 않는 눈빛이었다.

"엄마야말로 착각하지 마세요. 나는 당신이 아니에요."

"……!"

흠칫 굳은 타니아에게 브리지트가 이어 말했다.

"지금 우리는 일족 최대의 위기를 앞두고 있고, 우리의 백성을 사지로 보내 생존을 구걸하는 것보다는 살아남기 위해서 율리아의 다른 종족들과 힘을 합쳐야 해요. 싸워야 할 때라고요. 하지만 엄마는 당신의 독선에 빠져서 중요한 시간을 전부 흘려보내고 있죠. 엄마가 여전히 현명한 군주라면 다른 이들의 충고와 조언에도 귀를 기울이고, 자신의 생각에도 끊임없이 의심을 품어야 되는 것 아닌가요? 당신은 신이 아니니까요. 저 밖의 모든 요정과 님프들이, 내가 그런 것처럼."

"조금 더 신중해지자는 것뿐이야! 안전한 길이 뭐가 나쁘다는 거니?!"

"아니요. 우리는 진작에 참전해서 중앙 왕국과 대적해야 했어요. 우리가 미적대는 사이 율리아는 더더욱 혼란에 빠지고 있고, 사태는 악화되고 있다고요. 엄마는 사실 누가 승리할 건지 재 보다가 승자 쪽에 설 생각을 하고 있잖아요. 그렇죠?"

이것이 브리지트가 꿰뚫어 본 타니아의 진심이었다. 필요하다면 타니아는 동부와 서부의 후미를 쳐서 아델하이트와 화친을 맺는 방법도 염두해 두고 있으니 말이다.

타니아는 부정하지 않았다. 브리지트는 실망도 없이 얕게 웃었다.

"나는 구원자가 아니에요. 그러나 우리 전부를 살리기 위해서 못할 짓은 없어요."

'구원'이 아니라 '생존'을 위해서.

"내게 대적하겠다는 말이니?"

"지금 우리 전부를 위협하는 건 저 겨울의 여왕뿐만이 아니라 엄마의 오만과 독선도 포함되니까요."

그리 말한 브리지트가 한 걸음 다가왔다. 타니아가 코웃음 쳤다.

"네가 무슨 수로?"

"어머니가 어머니의 아버지에게 저질렀던 일을 나라고 못할 법은 없죠."

물론 브리지트는 왕의 날개를 태우는 짓은 하지 않을 것이다. 지금 당장 요정족의 군대를 움직이려면 그 힘이 필요하니까. 후일 대가를 치르게 되더라도.

타니아가 날카롭게 비웃었다.

"넌 그럴 수 없어!"

"그럴까요?"

"내 딸아, 설마 저 밖의 무가치한 이들을 구하자고 나를 배신하는 거니? 다시 생각해 보렴. 영원히 네 편이 돼 줄 수 있는 건 나뿐이야! 내게도 네가 그러하고! 우리는 하나고, 같아. 아니니?"

타니아는 우습다는 듯 깔깔거리더니 눈매를 좁히며 날카롭게 캐

23. 시들지 않는 불꽃 193

물었다. 저를 따르는 이들을 멍청한 어린아이라고 묘사하면서도 얼핏 불안이 보이는 그녀야말로 성마른 어린 소녀 같았다.

브리지트는 이 순간 짙은 슬픔을 느꼈다. 지독히 분노하고 딸이 저를 배반하지 않을 거라 당연히 여기는 그녀의 정의를, 신뢰를 저버리게 될 거라는 것에.

또한 지배자로서의 짙은 환멸감에 무한한 동정심을 느낀다. 타니아의 말대로 저것이야말로 브리지트에게 예정된 미래일지도 모른다.

"맞아요. 어떤 상황에서건 제 편이 되어 줄 분은 엄마뿐인지도 몰라요."

브리지트는 선선히 고개를 끄덕였다. 천천히 그녀의 가족, 혈육, 근본인 여왕에게로 다가섰다. 뒤로 쥔 손에는 란쳇이 구해 와 님프들이 전해 준 황금 바늘이 들려 있었다.

요정 왕조차 까마득한 잠에 빠뜨릴 수 있는 독이 발라진 바늘.

"하지만 저는 그런 걸 바라지 않아요."

나는 기만 같은 위안이 아닌 옳을 길을 걷고 있다는 확신이 필요하니까요.

그것이 다소 외롭고 힘든 길일지라도.

─브릿은 혼자 찬란한 태양보다는 옆을 데워 주는 따뜻한 모닥불 같아요.

언젠가 타라가 그녀의 손을 잡고 작게 소곤거리던 목소리를 기억한다. 함께 있으면 평화롭고, 의지하고 싶고, 따르고 싶다고.

한때는 고고하게 적당한 거리를 두고 타인을 방관하고 적당히 뜻대로 움직이는 게 왕이 지녀야 할 자질이라고 생각한 적이 있다. 어머니가 그렇게 가르쳤으니까.

하지만 이제는 아니다. 함께하고 기다려 주는 것, 먼저 손을 내밀고 지키는 것이 무엇보다 귀하다는 걸 안다.

꽉 움켜쥔 금빛 바늘이 유성처럼 허공에 긴 꼬리를 그렸다.

*　　*　　*

습윤한 안개와 눈보라 때문에 한 치 앞도 볼 수 없었다. 이사신은 몸을 낮추면서 전방을 날카롭게 쏘아보았다. 식은 잿가루가 날리듯 눈앞을 가로막는다. 푸른 불꽃이 사방에서 작렬하고 공명하는 마력 탓에 바람이 날카롭게 울부짖었다.

마법전이 벌어지는 장내는 칼날이 날아다니는 절벽이나 다름없었다. 섣불리 움직이면 갈기갈기 찢겨 한 줌의 핏물이 되리라.

한차례 강한 충격파가 지나간 후 미친 듯이 몰아치던 눈보라가 뚝 멎었다. 한참 만에 모습을 드러낸 쥬다는 긴 소매를 늘어뜨린 채 무표정하게 맞은편에서 흐느적거리는 검은 실루엣을 응시했다.

한때 사람이었다기보다는 그림자를 그 모양새대로 잘라서 엉성하게 붙여 둔 것 같다. 말라비틀어진 하얀 머리카락이 광인의 그것처럼 정신없이 나부낀다. 사실 저치의 머리칼은 항시 단정하게 정돈되어 있었다. 학자의 그것처럼 유하고 지적이던 손가락도 더 이상 찾아볼 수 없었다. 그저 허연 뼈마디뿐.

쥬다는 지독한 피로감을 느꼈다.

"왜 여기까지 온 거냐."

쥬다가 마레사를 죽일 때 그의 시체를 깊은 바다 한구석에 버린 것도, 그에 대한 모욕이라기보다는 다른 뜻이 있었다. 이 세상에서 흔적조차 못 찾게 깔끔히 지워 주려고.

차라리 태우려 하였으나 오랫동안 금지된 마법과 약에 찌든 몸은 화마조차 삼키는 걸 거부했다. 역시 쥬다는 그 지경이 되도록 하루라도 더 살기 위해 몸부림쳤던 그를 이해할 수 없었다. 당시에는, 말이다.

구울이 된 마레사의 입술이 달싹거렸다. 시든 장미잎이 흩날리는 듯했다.

쥬다…….

생기가 산화되어 가는 듯한 부름이었다. 쥬다는 와락 인상을 썼다. 드물게 진심으로 불붙은 분노였다.

"그 계집이 보고 싶어서 미련을 못 벗겠던가?"

그는 이미 죽어서 저승의 강을 건넌 주제에 다 썩어 문드러진 시체 꼴로 나타난 남자가 보기 싫었다.

못 할 것 같은가. 두 번, 세 번, 열 번이라도 다시 죽일 수 있다. 지금 당장 눈앞에서 저것을 치울 수 있다면, 저 신경 거슬리는 목소리를 지워 버릴 수 있다면.

"한심한 인간."

쥬다는 대답 없는 그를 비난했다. 아델하이트 그 계집보다 저 작자가 더 싫었다. 진실로 싫은 건 혐오와 경멸만이 그가 느끼는 감정의 다가 아니라는 사실이다.

희미하게 심장 끝을 그슬리는 거슬림이 짜증스럽다. 이건 다 타라 때문이다. 그 아이가 그의 심장 안으로 날아든 뒤로 쥬다는 불쑥불쑥 제 스승을 떠올렸다.

쥬다는 결코 마레사를 감정적으로 이해하고 싶지 않았다. 그조차도 말하지 않았던가. 네가 나를 몰라 다행이라고.

하지만 보아라. 우리의 이 꼴을.

느리고 깊게 숨을 뱉었다. 우습다. 구울은 죽은 자가 살아난 것처럼 보이지만 사실 흉내만 낼 뿐, 진짜 부활이 아니다.

그러니 저것은 진짜 마레사가 아니었다. 마법에 의해 조종되는 괴물일 뿐. 아델하이트는 진정 미친년이다. 그 여자는 정말 저 꼴을 보고도 아무렇지도 않을까.

쥬다가 손을 걷어 내자 얼어붙은 숲조차 태워 가던 푸른 불꽃이 일시에 사라졌다. 대신 우르릉 땅이 뒤흔들리며 쩌적 갈라지기 시작했다. 이사신이 놀라서 쥬다를 불렀다.

"주군!"

"아예 시체 한 조각까지 깊숙이 파묻어 주마."

감히 올라올 생각조차 못 하게. 무리한 마력 운영으로 심장이 비명을 질렀지만 눈썹 하나 까딱하지 않았다. 이러다 심장이 조각나더라도 저치는 제 손으로 죽여 버릴 테다. 그는 그럴 자격이 있었다. 쥬다가 씹어뱉듯이 말했다.

"당신이 부탁했잖아."

아무도 모르게 숨어서 검은 피를 토하던 마법사는 그런 스승을 발견한 자신의 어린 제자에게 어느 날 이런 말을 했다. 쥬다. 만약, 만약 말이다…….

─만약에, 그런 날이 오면 네가 나를…….

"그런 주제에 내 앞에 또 나타나면 안 되지."

설사 당신의 의지가 아니더라도.

시커멓게 벌어진 땅의 균열이 휘청거리는 구울을 집어삼켰다. 순식간에 자라난 가시덤불과 바위, 흙덩이들이 산 채로 파묻는다. 푹푹 꺼져 목만 드러난 그 앞으로 척척 걸어간 쥬다는 마법으로 만들어진 화염의 칼을 표정 없는 상대의 목에 들이댔다.

푸르게 검신을 감싸고, 타오르는 불꽃이 창백한 뺨에 그을음을 만들었다. 살점이 녹아 가도 쥬다는 눈 하나 깜짝하지 않았다.

"죽어."

영원히.

칼날이 댕강 목을 날려 버릴 찰나였다. 강렬한 눈보라와 우박이 몰려왔다. 눈 알갱이가 굳어졌다기에는 표창처럼 날카로운 얼음조각들이 달려들자, 쥬다는 푸른 불꽃으로 그것들을 죄다 걷어 냈다.

얼음 칼날이 우드득 구울을 결박한 덩굴을 끊어 내자 이사신이 달려들었다. 그러나 하얀 나비 떼처럼 눈과 안개가 휘몰아치더니 그것은 사라지고 없었다.

"도망갔군."

쥬다는 싸늘하게 읊조렸다. 이사신은 검은 피가 떨어진 눈 위에 주둥이를 대고 냄새를 맡더니 고개를 들었다. 어느새 사그라진 눈송이들이 바랜 재처럼 그들의 위로 떨어지고 있었다.

"근처에 있군요. 냄새가 채 사라지지 않았습니다."

"어느 쪽으로?"

늑대의 코가 허공으로 향했다. 날카로운 귀가 반듯하게 섰다. 파바박, 빠르게 눈 더미를 헤치는 움직임, 망토 자락이 스치는 소리, 퀴퀴한 시취와 언 숲 냄새 외에도 단단한 성곽과 눈과 얼음의 냄새가 짙었다. 이만한 마력이 밴 얼음의 체취는 하나뿐이다. 겨울 성.

"뻔하지."

서느렇게 대꾸한 쥬다는 망토를 여미다가 윽, 신음을 흘렸다. 유리 파편이라도 들어간 양 날카로운 통증이 가슴께를 찔렀다.

잿빛 늑대가 흠칫 그쪽으로 한 발 내딛자 손사래 친다. 그는 금세 식은땀이 촘촘히 올라온 이마를 찡그리고는 허리를 폈다. 금세 냉막해진 그의 주인을 이사신은 걱정스러운 시선으로 바라보았다.

"괜찮다. 이 정도는."

겨우 이 정도로 죽지는 않는다. 쥬다는 덤덤히 핏기가 싹 가셔 나무토막처럼 느껴지는 손을 쥐었다가 폈다. 힐끗 검은 피 얼룩이 점점이 떨어진 눈밭을 보며 입을 연다.

"이건 초대겠지."

"오베론, 야센 경 쪽과 합류하겠습니다."

오베론을 위시한 요정족 동맹은 다른 방면에서 겨울 성으로 접근하고 있었다. 그들이 시선을 끄는 사이 남쪽 문을 공략하는 방식으로 말이다.

요정들에게는 마력 외에도 특별한 재능이 있었는데, 바로 자연과 동화되어서 존재감을 감추거나 특정 지형에 몸을 숨기는 것이었다.

세랑트가 벨벳 성으로 잠입하는 게 가능했던 것도 그런 축복 탓이었다. 하지만 그럴 필요가 있는지 모르겠다. 보아하니, 아델하이트는 그를 만나기를 원하는 것 같으니.

쥬다의 생각에 이사신은 입을 다물더니 진중하게 말했다.

"그녀가 주군을 만나 위험을 감수할 이유가 있습니까?"

"특유의 변덕이나 장난처럼 보이나, 그것뿐만이 아닐 거다."

그는 잠시 말없이 눈을 내리깔았다. 팔랑이는 속눈썹에 따라 푸른 잔상이 엇갈렸다. 일순 주변의 모든 사물이 멀어지고, 온통 싸한 설원 대신 하얀 얼굴의 소녀가, 그녀의 푸른 머리카락이 너울거린다. 까르르 부서지는 웃음소리도.

안아 달라는 듯 벌어진 두 팔, 작고 고운 이가 진주알처럼 반짝거렸다. 그녀가, 타라가 그를 부른다…….

―쥬다!

"주군?"

쥬다는 일순 시야가 지지듯 마비되는 걸 휘청거리는 손가락으로 짓눌렀다. 심장이 한차례 부서지고 타라가 그를 떠나 버린 이후, 그는 이따금 환청과 환각에 시달렸다.

대다수 타라가 그의 옆에 있는 환상이었으나 아주 가끔은, 울고 오열하는 타라, 그를 못 본 듯 스쳐지나가는 타라…… 그리고 아주 드물게 한번은, 피를 흘리고 죽은 타라를 보았다.

치뜬 채 멍하게 풀린 눈, 파리하게 풀어 헤쳐진 머리카락, 식어 가는 몸과 붉은 피. 마른 장밋빛 눈동자와 점차 번져 가는 핏자국이 얼마나 선연하던지 뇌리까지 붉게 물들어 갔다.

그는 가슴을 쥐어뜯고 한참 죽어 가는 개처럼 헐떡이고 나서야 그게 생애 처음으로 꾼 악몽이라는 걸 알았다. 의식도 못 한 눈물로 마른 뺨이 얼얼하게 흥건했다. 저 자신이 파괴되는 기분이었다. 자멸하는 듯한 공포의 잔상에 시달리다 그렇게 밤을 희게 지새웠다.

쥬다는 느리게 눈을 감았다가 떴다. 맨발의 작은 타라가 그에게 손짓하더니 하늘하늘 숲 너머로 사라졌다. 푸른 잔영이 물방울처럼 남았다. 그러나 발자국 하나 남아 있지 않은 눈 위를 바라보며 그는 낮게 말했다.

"나를 미끼로 쓸 생각이야."

"예?"

"타라는 결국 내가 있는 곳으로 올 테니까."

미끼란 작은 것으로 큰 것을 낚기 위한 무언가를 뜻한다. 쥬다는 수하들에게 타라를 미끼로 내세우겠다 했으나 그건 조건부터가 잘못되었는지도 모른다.

현재 가장 중요하고 모든 것이 걸려 있는 존재, 율리아라는 바다의 고래는 타라이니 말이다. 그리고 아델하이트는 절실하게 타라를 원한다. 그녀의 염원을 이룰 마지막 조각으로서.

타라의 마력과 영혼이라면…… 그래, 정말 죽은 자를 살려 낼 수 있을지도 모르지.

최악의 금기는 죄 어겨서 대신 세상이 붕괴될지도 모르는 위험천만한 방식이라도 말이다.

이사신이 고개를 저었다.

"함정입니다."

"당연한 것 아니냐. 나와 차를 마시고 싶은 건 아닐 테니까."

그리 대꾸하고는 저벅저벅 표지판처럼 이어진 검은 피를 따라 걷는다. 이사신은 할 수 없이 그를 따랐다. 서리가 이슬처럼 맺힌 검은 숲이 잇따라 이어졌다. 까마귀가 우짖는 소리에 고개를 들었던 이사신은 은회색 하늘에서 뭉게뭉게 피어오르는 봉화를 발견했다.

"오베론 쪽의 봉화입니다. 겨울 성 근교에 도달한 것 같습니다."

"그래."

쥬다는 잠시 멈춰 섰다. 검은 숲을 등진 까만 망토 차림의 마법사는 그 숲의 일부인, 정적인 나무 한 그루 같았다. 그가 입을 열었다.

"내가 겨울 성으로 가면 그쪽으로 합류해라. 사정이 된다면 북부든 동부든 전부 함께 겨울 성을 총공격하도록. 모든 물량을 죄 쏟아부어도 좋다."

"주군?"

"신속하게. 최대한 빨리 성을 뚫어라."

다음 순간, 그가 일으킨 마법이 새카만 어둠의 마법과 충돌했다. 몸을 숨기고 있던 구울의 탁한 숨소리가 예민한 청각을 긁었다.

쥬다의 푸른 불꽃으로 감싸인 손이 그 목을 향해 맹금류가 급강하하듯 쏘아져 갔다. 주변의 모든 눈들이 허공으로 비산했다. 사방이 비친 유리가 와장창 깨지는 것처럼 폭발적이었다.

단 한 합에 목덜미가 잡힌 구울은 무표정한 쥬다를 내려다보며 입을 뻐끔거렸다. 마치 뭔가를 말하려는 것처럼. 그러나 잇따라 이어진 건 기괴한 비명이었다. 그들을 중심으로 강력한 마법진이 그려졌다.

소환 마법! 마법 폭풍에 휘말리지 않으려 뒤로 물러선 이사신이 소리쳤다.

"주군!"

"서둘러."

쥬다는 짧은 한 마디를 남기고 자취를 감췄다.

그가 다시 눈을 떴을 때는 장소가 바뀌어 있었다. 그는 놀란 내색도 없이 다이아몬드와 녹지 않은 고드름, 수정과 진주로 장식된 겨울 성의 수려한 홀과 사시사철 눈이 내리는 창문을 바라보았다.

말 그대로 겨울이 재림한 공간이었다.

"왔니?"

쥬다가 휙 뒤돌아서자 과거 클레멤논이 앉아 있던 겨울의 옥좌에 아델하이트가 앉아 있었다. 그녀는 구불거리는 금발을 늘어뜨린 채 얕게 웃었다.

"어서 오렴."

                    *   *   *

"쥬다가 지금 겨울의 땅에 있다고요?"

거기로 갈 거라고 어느 정도 짐작은 했다. 그러나 그렇다 해서 안
심이 되는 건 절대 아니었다.

현재 율리아에서 자행되는 아델하이트의 횡포를 들은 타라의 표
정이 어두워지자, 이드는 곧바로 고개를 저었다. 네 탓이 아니라는
뜻이었다. 그러나 타라 또한 고개를 저었다.

"네. 그렇다고 내버려둘 수는 없죠."

타라는 결연하게 말했다. 그녀는 자신이 힘을 온전히 쓸 수 있었
으면 좋겠다고 생각했다. 그래야만 뭐든 승산이 있을 테니까.

현재의 자신은 가진 역량의 반의반도 쓰지 못하는 어설픈 마법
사에 불과했다. 그래서 불사조에게 조언을 구했다. 타라의 질문에
황금빛 날개가 붉은 빛깔로 춤을 췄다. 그 잔상이 아련히 사그라들
무렵 그녀가 말했다.

   [내가 도와주마.]

"어떻게요?"

   **[서부에 있는 아스타로테의 화석보다는 못하겠지만 내게도
봉인의 힘이 있다. 네 사람이 다치지 않을 정도로 너의 파장을
억누를 수는 있지.]**

다소 한시적이고 힘들기는 하겠지만 불가능하지는 않아.

"나를 따라오겠다는 건가요?"

[내가 너에게 필요할 때까지.]

그때 알았다. 그녀는 타라를 따라나선 후 이 아름다운 황금 성으로 돌아올 거라는 기대가 없다는 걸.

불사조는 이미 자신의 죽음을 알고 있었다.

타라는 잠시 말없이 붉은 새를 바라보다 팔을 벌려 따뜻한 그 생물을 끌어안았다. 고마워요.

어르듯 손가락 사이로 미끄러지는 깃털을 쓰다듬었다. 마치 빛 덩어리를 안고 있는 것 같았다.

부푸는 가슴곽과 봄싹이 돋는 듯 포근한 체온, 신의 손길이 닿은 양 우아한 깃의 모양 하나하나에 아득한 신성이 묻어 있었다. 이런 고귀한 존재가 자신을 위해 목숨을 걸겠다니. 분에 넘치는 호사가 아닌가.

타라는 눈을 감고 잠긴 목소리로 소곤거렸다.

"맹세코, 당신의 생명이 헛되이 쓰이지 않게 하겠어요."

불사조는 대답 대신 홍옥처럼 아름다운 머리를 그녀의 이마 위에 내렸다.

"그럼 가 볼까요."

준은 황금 성에 남기로 했다. 연신 낑낑거리며 망토를 붙잡는 검은 개의 머리를 타라가 쓰다듬었다. 그녀의 시선을 받은 아오페가 고개를 끄덕거렸다. 아오페는 성에 남아 후방을 지키기로 했다.

"잘 보살피고 있겠습니다."

"부탁해요."

이미 이드는 타라보다 앞서 군사를 일으켜 겨울 성으로 향했다. 그는 떠나기 전까지도 타라의 뺨과 어깨를 쓰다듬으며 어린아이를 두고 집을 비우는 부모처럼 어쩔 줄 몰라 했다.

"먼저 가 있으마. 조심하고 또 조심해야 한다. 응?"

"당연하지요. 아버지야말로 조심하세요."

"나는 전쟁이 업인 사람이다."

그러고도 그는 못다 한 말이 끊임없는 사람처럼 한참 타라를 바라보다 이마에 키스하고는 돌아섰다. 끝까지 어루만지던 딸의 작고 가는 손가락들이 느리게 떨어졌다.

타라는 멀어지는 아버지의 등에 눈이 시큰거렸지만 애써 부르지 않으려 입술을 깨물었다. 대신 기사들을 이끌고 말에 오른 그가 보이지 않을 때까지 성벽을 따라가며 눈을 떼지 않았다.

마침내 황금빛 성벽조차 끝이 나자, 그녀는 끄트머리에 매달려 하염없이 그를 바라보았다. 방금 도착한 서한에 의하면 북부도 협공하기로 했으니 서, 북, 동부가 동시에 겨울 성을 포위한 셈이다.

남부는 요정 여왕 타니아가 왕국의 문을 걸어 잠근 후 감감무소식이니, 큰 기대를 하지 않는 게 좋을 것이다.

타라는 내심 브리지트를 떠올리고 아쉬움을 느꼈지만 어쩔 수 없는 일이었다. 이제 그녀가 떠날 차례다. 타라는 목걸이로 걸고 있던 은반지를 빼서 손가락에 끼웠다.

은백색으로 반짝 빛나는 반지는 고대의 언어가 은은하게 홈으로 파여 있었다. 밤그늘 짙은 날, 가장자리만 희미하게 남은 달의 흔적 같다. 휙 날아온 불사조가 그녀의 어깨 위에 앉았다.

지그시 눌러 오는 온기가 형언할 수 없는 용기를 주었다. 타라는 마중 나온 쥰과 아오페를 향해 마지막으로 빙그레 웃고는 반지를 돌렸다.

겨울 성, 쥬다가 있는 곳으로 가 줘!

얇은 반지가 뜨겁게 달아올랐다. 곧 그들의 신형이 하얀빛과 함께 사라졌다.

*　　*　　*

시린 공기가 뺨에 와닿고 입술 사이로 뽀얀 입김이 터진다. 타라는 본능적으로 돌아왔다는 걸 자각했다.

어린 시절의 그 참혹했던 고향으로.

얼음으로 조각된 기둥과 고드름이 돋은 샹들리에, 비인간적인 복도의 정경을 훑었다. 한 발짝 내딛자 와삭 냉한 소리가 울렸다. 바닥마저 살얼음이 끼어 있었다.

그간 무슨 일이 있었는지 겨울 성은 수 세기간 버려진 곳처럼 인적 없는 얼음 성으로 변해 있었다.

불사조가 낮게 울며 날아올랐다. 불그스름한 빛이 어두운 복도를 밝혔다.

타라가 작게 심호흡하고 걷기 시작한다. 불사조의 존재감이 강렬할 텐데도 누구 하나 나와 보는 이가 없었다. 이상한 일이다. 쥬다도 아직 이곳에 도착하지 않은 걸까?

[걱정 마라. 그 반지의 힘은 항상 정확하니까.]

그자도 여기 어딘가에 있을 거야. 그녀의 말에 타라가 깨물던 손톱을 내리며 물었다.

"정말요? 어떻게 알죠?"

[느껴지니까. 약해졌지만 절대 옅지 않은 마력 파동이 느껴져.]

그제야 타라는 안심했다. 그들이 잠시 말을 멈추자 지독한 정적이 내려앉았다. 흔한 바람의 공명조차 없다. 타라가 조용히 중얼거렸다.

"사람이 한 명도 보이지 않아요."

[그래. 이곳에서는 생명력이 느껴지지 않아.]

마치 무덤 같군. 멸망한 고왕국의 수도처럼.

타라는 망토를 더 단단히 여미며 불사조의 목소리를 듣다가 옛고왕국의 수도가 서부라는 사실을 떠올렸다.

"당신은 옛날의 서부를 본 적이 있겠네요. 그러니까, 번영했던 시절 말이에요."

[물론. 지상의 낙원처럼 아름다운 곳이었어.]

그들은 쥬다의 마력이 느껴지는 곳까지 가 보기로 했다. 타라의 타박타박 약한 발소리가 적막을 깨뜨리고, 이따금 불사조의 날갯짓 소리가 붉은 낙엽처럼 떨어져 내렸다.

겨울 성은 속이 빈 고래처럼 길고 거대했다. 쉽게 끝날 길이 아닐 터다. 한참을 말없이 걷던 타라는 불안을 떨치기 위해 그녀에게 고 왕국의 이야기를 해 달라고 부탁했다. 관대한 새는 기꺼이 그 부탁을 들어주었다.

[인류가 이루었던 가장 위대한 문명, 황금과 빛, 소금으로 이루어진 찬란한 왕국이었지. 그러나 한편으로는 낙원이라는 말과는 어울리지 않았을지도 몰라. 번영과 비례해서 죽음과 피, 질시와 증오는 그림자처럼 함께했으니.]

"불합리와 슬픔은 어디에나 존재하나 보군요."

[그래. 인간이 살아 숨 쉬는 어떤 곳이라도.]

불사조가 짙은 눈으로 타라를 내려다보았다. 우주처럼 신비로운 동공에 타라가 비쳤지만 정작 그녀는 아주 먼 다른 곳을 보고 있는 것만 같았다.

[그래서 그 가엾은 이가 끔찍한 고통을 겪었지. 세상은 무심한 강자에게는 관대하지만, 약하고 절박한 이에게는 악마처럼 잔인하니까.]

"가엾은 이라면…… 혹시 그 사람을 말하는 건가요."

고왕국의 마지막 주인 아스타로테는 결코 약자가 아니었다. 그녀는 강한 만큼 비정하고 잔혹한 여제였으니까.

타라는 그녀의 연인이었다는 이름 모를 남자가 가장 가엾었다. 그는 처음부터 끝까지 세상의 풍파에 휘둘리며 하나씩 하나씩 영혼 귀퉁이가 잘려 나가다 결국 자기 자신조차 망쳐 버린 사람이었다.

아마 아스타로테에게 상처를 주고 싶어 했던 행동도 자해에 가까운 발악이 아니었을까. 불사조의 침묵에서 그 답을 안 타라가 빤히 그녀를 바라보았다.

"당신은 그를 동정하는군요. 아스타로테를 망친 사내인데도요."

[세계(世界)라는 건 잔인하나 공평하고, 분명한 인과율이라는 것이 있다. 약한 숨 한 줌, 나비의 날갯짓 하나도 돌고 돌아 나에게 되돌아오는 법이야. 정확히 말해서 아스타로테를 망친 건 얀이 아니다. 그녀 자신이 스스로를 죽인 셈이지.]

수천 년이 흘러도 주인의 유언을 지키고 있는 이로서는 의외다 싶을 정도로 냉정한 평가였다. 타라는 드디어 듣게 된 그 불쌍한 사람의 이름을 몇 차례 읊조렸다.

얀. 얀이라. 거대하고 위대한 문명의 멸망을 초래한 사람의 이름으로는 그저 평범했다. 하기야 그는 평범한 노예였을 뿐이다. 무자비한 우연과 운명이 그를 그리 몰아갔을 뿐.

문득, 타라는 그와 자신이 어딘가 닮았다고 여겼다.

"한 가지 궁금한 게 있어요. 왜 하필… 나였을까요."

어머니가 쥬다에 대한 증오 때문에 마법과 금기로 자신을 낳았다는 건 알고 있다. 하지만 세계를 순환하는 그 수천만의 영혼 중에서 왜 하필 나였을까. 그녀는 아스타로테처럼 강하고 아름답지도, 특별하지도 않은데.

강력한 마력 또한 거저 주어졌을 뿐, 제대로 통제조차 못 할 정도로 미숙하다. 타라는 우연히 강한 힘을 얻기는 했으나, 사실상 뛰어난 마법사의 자질이 저에게 없다고 여겼다.

그녀는 감성이 풍부하고 느끼는 것들에 충실하며 평온을 만끽하는 지극히 소박한 사람일 뿐이다.

때문에 타라는 뭔가 크나큰 실수가 있었던 건 아닐까, 하는 생각들을 이따금 했다.

[너에게 그런 거대한 힘과 운명을 휘두를 자격이 없다고 생각하는 거겠지?]

불사조의 깊은 눈빛을 보며 타라는 고개를 끄덕거렸다.

"봐서 아시겠지만 저는 영웅도 성녀도 아니에요. 그냥, 평범한 여자애일 뿐이죠. 언령을 제외하면 뭐 하나 특출난 것도 없는걸요."

아니, 그렇다고 막 제가 뒤떨어진다는 건 아니지만요. 조그만 종알거림에 불사조는 타라의 머리 위를 한 바퀴 돌았다.

[나만 아는 비밀 이야기를 해 줄까.]

물끄러미 바라보는 그 시선에 불사조는 한번 날개를 펄럭이고는 유유자적 앞으로 나아갔다.

[아스타로테는 자신의 죽음을 알고 있었어. 파멸 끝에 도사린 왕국의 안녕도. 광기와 애증에 취해 그동안 눈이 가려져 있었지만 그만한 힘을 가진 절대자는 운명의 흐름도 어느 정도 읽을 줄 아는 법이지. 문제는 그걸 거부할 뜻이 없었다는 거였지만 말이다.]

하지만 죽기 직전에 그녀의 생각을 바꿀 일이 생겼다.

[그녀는 찰나 두려움을 느꼈지. 그건 아주 실낱같은 생의 의지였다. 세상 전부를 죽이고 지우려 했는데 다 와서야 망설이게 된 거야.]

죽음을 맞기 전 몰락한 군주의 마지막 고뇌. 이것은 아마도 그 어떤 역사서나 기록에도 남아 있지 않은 비밀일 것이다. 지금껏 살아 숨 쉬는 이 불사의 새 외에는 어떤 누구도 모를 유일무이한 이야기.

[그녀의 배 속에 아이가 있었어.]

"……!"

[강건한 신체와 모든 힘을 거의 소진하는 바람에 영혼도 지치고 너덜너덜해진 아스타로테는 그 아이를 사랑할 감정조차 남아 있지 않았지만, 희미한 동정심은 느꼈단다. 죽은 연인에 대한 죄책감과 미련, 그리움 때문이었는지도 모르지. 만약 그녀가 본인의 계획대로 죽어 버린다면 배 속의 태아도 함께 죽을 것이고, 그건 너무나도 참담한 끝이 아닌가. 원래대로라면 율리아라는 이 세계는 지금쯤 무로 돌아가 아무것도 남아 있지 않아야 해. 아스타로테가 그것을 원했고, 그녀의 의지는 절대적이니.]

하지만 세계는 여전히 살아 숨 쉬고 있다. 때로는 냉혹하고 찬 겨울이 찾아와도, 변함없이 흐르고, 바뀌면서.

[그러나 오랜 세월이 흐른 지금도, 고왕국이 멸망했을지언

정 율리아는 존재하고 여러 종족과 생명이, 늙은 화석인 나와 젊고 푸르른 너도 이 자리에 있다. 이것이 그녀의 마지막 결정이야.]

타라는 가느다란 숨 한 조각도 못 쉴 듯 멈춰 서서 눈을 느리게 깜박거렸다. 돌연 지긋지긋한 찬 냉기조차 생소하게 느껴졌다.

불사조가 무미건조하면서도 주의 깊게, 그녀와 눈을 마주했다. 그것은 너무 오래되어 기억조차 흐릿한 유품을 조심스레 만져 보는 손길 같았다.

[최후의 연합군인 현자 소락스와 요정 여왕은 그네들이 항전 끝에 승리한 줄 알았겠지만, 그들을 죽이려다 마음을 바꾼 것도 아스타로테의 의지다. 그러나 아이 때문에 변심했더라도 그녀는 다시 살고 싶지는 않았어. 그래서 오랜 안배를 했다. 언젠가 제 딸의 영혼이 자리잡을 만한 육신이 태어나면, 그 그릇을 입고 다시 부활할 수 있도록.]

그래, 나는 아주 오랫동안 너를 기다렸단다.

네가 다시 이 세상에 돌아올 때까지.

너무도 거대한 진실에 숨이 턱 막혔다. 타라는 무어라 묻고 말하려 했지만 계속 실패했다. 사실 그녀가 어려운 말을 한 것도 아닐 텐데 이해가 되지를 않았다.

[이 세상은 너에게 그녀가 남겨 준 선물이다.]

"나, 한테요?"

[원래대로라면 언령의 힘조차 전부 사그라진 더 먼 미래에 네가 태어났어야 했지만, 어찌 된 일인지 너는 좀 더 빨리 나를 찾아왔다. 네 현생의 모친이 한 짓이나, 죽은 그 남자가 벌인 연구가 반쯤은 성공했는지도 모르지. 하지만 상관없어. 너를 이렇게 만났으니.]

믿기지 않았다. 머리가 띵하다. 탄생부터 지금까지, 가장 오래된 첫 기억부터 거슬러 올라와 다시 이 자리에 서기까지 생의 모든 순간이 파도처럼 밀려왔다가 하얀 거품으로 흩어졌다.

아버지 이드, 다정한 이델, 안티오크를 거쳐 쥬다에 이르기까지. 천천히 또렷해진 붉은 눈이 저를 마주 보자 불사조는 믿을 수 없을 만치 온유하게 속삭였다.

[그러니 네가 특별하지 않다는 말은 하지 말려무나. 너는 지금의 세상이 존재하게 만든 희망이니까.]

저도 모르게 타라는 희미하게 웃었다. 아버지와 재회했을 때와 비슷한 안온함이 올라왔다. 사실 크게 달라진 건 없었다. 타라는 타라였고, 그것은 변하지 않은 대명제였다.

그리고 그 자체로 의미 있다. 타라는 쓸데없는 의문을 가졌다고 생각했다. 그리고 그녀의 미소가 좀 더 짙어지려는 순간.

누군가의 부름이 끼어들었다.

"타라."

날카로운 파공성과 함께 불사조가 푸드득 위로 날아올랐다. 붉고 찬연한 깃털이 흩어지는 시야 사이로 익숙한 얼굴이 보인다.

반짝이는 금발의 청년, 아인츠였다.

"기어코 여기까지 왔구나."

그가 경직된 미소를 지으며 손을 거뒀다. 그 손짓에 둥둥 떠올랐던 갖은 날붙이들이 바짝 곤두서서 타라를 노렸다.

갑작스러운 공격을 피해 날아올랐던 불사조가 빙글 주변을 돌고는 천천히 타라의 어깨 위로 내려앉았다. 힐끗 그 새를 바라본 후 다시 타라를 본 아인츠는 일그러진 낯으로 입술을 비죽 올렸다.

"아인츠."

타라가 싸늘하게 읊조렸다.

*　　*　　*

서부의 군대는 이사신과 합류해서 집결했다. 그에 의해서 쥬다의 뜻을 들은 그들은 급박하게 돌아가는 상황에 안색을 굳혔다. 결국······.

"공성전이군요."

오베론이 운을 떼자, 좌중이 전부 비장하게 고개를 끄덕였다. 개중에는 남은 원군을 이끌고 전장으로 달려온 집사 안티오크도 있었다. 비전투원인 그의 등장에 모두 우려했지만 외려 그는 꼿꼿한 태도로 이렇게 말했다.

— 성을 지키고 있어 봤자 중요한 분들이 잘못된다면 무슨 소용이 있습니까.

맞는 말이라서 결국 긍정할 수밖에 없었다. 오늘의 전투에 모든 사활이 걸려 있다 보아도 무방했다. 이사신이 좌중을 둘러보며 말했다.

"총력전이다. 죽이 되든 밥이 되든 밀고 들어간다. 살고 싶다면 여기서 빠져라. 말리지 않을 테니."

그러나 아무도 나서는 이가 없었다. 안티오크가 안경을 추어올리며 말했다.

"이제 와서 한 발 빼고 싶은 사람이 있겠습니까?"

"글쎄요. 있을지도?"

늑대족의 파루가 애매하게 중얼거리며 야셴의 뒤에서 움츠러들어 있는 세랑트를 힐끗거렸다. 모두의 미심쩍은 시선을 받은 요정은 화상 입은 듯 놀라며 빽 소리쳤다.

"아, 왜! 내가 뭔 말 했냐고!"

"사실 틀린 우려는 아닌지도 모르지."

야셴이 낮은 한숨을 쉬자, 세랑트가 눈을 부리부리하게 뜨고 그를 노려보았다.

"너까지 이러기냐?"

"진심이다. 이참에 각오가 되어 있지 않다면 빠지라는 얘기다. 너는 이 전쟁에 끼어들 이유가 없으니까."

낮고 진지하게 야센이 말하자, 그는 잠시 당혹해서 할 말을 잃었다. 사실 서부로 오는 내내, 창과 칼이 난무하는 전쟁터에서도 쉬지 않고 제 입으로 수십 번 구시렁거렸지만 묵살당했는데 정작 중요할 때에 이렇게 나오다니. 이러면 제 체면이⋯⋯.

그러나 그는 원래 체면 따위 차리는 인사가 아니었다. 천박하고 방탕한 쾌락의 요정, 그게 세랑트 아니던가!

"좋아. 그럼 나는 빠질게."

엄숙하게 내뱉은 선언에 전부 표정 변화 없이 고개를 돌린다. 그럴 줄 알았다는 태도에 정작 당사자는 무안해졌다.

"뭐야, 반응이 왜 이래?"

"놀랍지 않아서?"

"있어 봤자, 그리 쓸모 있을 것 같지는 않군요."

"그건 그래."

"⋯⋯이것들이."

각각 안티오크와 오베론, 리오사의 발언에 세랑트의 곱상한 낯짝이 와락 구겨졌다. 날개 없는 신세기는 했지만 남부의 왕족에게 너무 무례한 처사가 아닌가.

뻘쭘하니 인상만 구기고 있는 그를 막사 밖으로 데리고 나온 야센이 뭔가를 건네주었다. 세랑트는 그가 내미는 주머니를 뚫어져라 노려보았다.

"이게 뭐야?"

"노잣돈이다. 너도 당분간 떠돌아야 할 테니 금전이 필요할 거다. 가져가라."

받아 보니 제법 묵직하다. 이걸 또 언제 챙겼을까. 안에 든 금화와 은화 더미가 코 아래서 반짝이는 걸 바라보는 세랑트의 얼굴이 이상스레 따끔거렸다. 아무리 야비하게 살았다지만 그도 제 목숨이 지금껏 무사한 게 야셴 덕분이라는 걸 잘 알고 있었다.

따지고 보면 가까운 혈족은 오베론인데, 내내 본척만척하는 그 녀석보다 세랑트를 챙겨 주는 건 야셴뿐이었다. 어울리지 않게 이상한 감상이 올라온 그는 미간을 험상궂게 찡그렸다.

"적선하냐? 네놈이 갖고 말지, 왜 내게 이걸 다 줘?"

"들었잖나. 죽을지 말지 모를 전쟁이야. 내가 가지고 있어 보았자 무엇하겠나."

합리적인 말인데도 세랑트는 기분이 더더욱 이상해졌다. 요정의 텃밭에 자라는 매운 고추를 실수로 씹은 것처럼 시큰시큰거린다.

세랑트가 입술을 비죽이며 서 있자, 야셴이 직접 그의 손에 주머니를 쥐여 주었다.

"한시라도 빨리 떠나. 잘못하면 휩쓸릴지도 모르니."

엉거주춤 떠밀려 걷던 세랑트는 진영을 다 벗어나기도 전에 결국 다시 뒤를 돌아보았다. 배웅하듯 서 있는 야셴과 눈이 마주치자, 생각보다 먼저 말이 앞질러 나왔다.

"야!"

그러고는 입속으로 구시렁거리다가 중얼거린다.

"너도…… 갈래?"

야센은 잠시 그를 바라보더니 고개를 저었다.

"난 여기 있을 거다."

"아니, 그러니까 왜? 이건 저들의 전쟁이지, 우리 일이 아니잖아? 우리는 요정이라고! 여기서 요정은 너랑 나밖에 없을 거야! 저 오베론 놈이야 원래부터 독자적으로 살던 놈이니 그렇다 치더라도 너는 왜?!"

세랑트가 발을 쿵 굴리면서 화를 내자, 야센은 잠자코 그의 말을 듣다가 고개를 저었다. 아니.

"우리 일이야."

"……."

"우리가 하지 않으니 나라도 할 거다. 하지만, 너까지 그럴 필요는 없어."

어서 가라. 야속하게도 그는 끝까지 고개를 젓고는 등을 돌려 들어가 버렸다.

홀로 남은 세랑트는 복잡한 심사에 젖어 가만히 서 있었다.

그냥, 저 끝까지 미련스레 기사다운 이를 보자니 답답해서 그런지도 모른다. 왜 브리지트가 걸핏 하면 야센에게 심술을 부렸는지 알 것 같았다. 너무 올곧고 고지식해서 옆에서 보면 화가 나니까.

"멍청한 놈."

누가 알아주기라도 할 것 같은가. 요정족은 그들을 버렸고, 낙오자인 저나 나나 이도 저도 아닌 신세다. 이제 기사도 아닌 주제에 뭘 저렇게까지 할까. 정작 요정들은 쥐새끼들처럼 남부에 숨어서 얼씬도 안 하고 있는데.

쉴 새 없이 꿍얼거리는 그는 몇 걸음 가다 멈추고 몇 걸음 가다 멈추고를 반복했다. 그러다 제 꼴이 마음에 안 들어서 화딱지가 치밀었다.

"아오! 답지 않게 나도 왜 이러냐고!"

"그러게 말입니다. 꽁지를 말고 바로 떠날 줄 알았는데."

"에구머니나!"

기척도 없던 옆에서 말을 걸자, 그는 펄쩍 뛰었다. 노란 고양이 한 마리가 제 앞발을 할짝이다가 게슴츠레한 눈으로 세랑트를 바라보았다. 안티오크였다.

"왜 안 가고 이러고 있으신지?"

"갈 거야! 왜 쫓아내려고 안달이야?"

"네. 가십시오."

고양이 집사는 반듯이 앉더니 꼬리를 살랑살랑 흔들었다. 있는 대로 미간을 찌푸린 요정은 고개를 횈횈 흔들고는 쿵쿵 걸음을 떼었으나, 뒤에서 들린 한마디에 우뚝 멈췄다.

"야센 경은 정말 훌륭한 기사지요. 요정족답지 않게 정직하고 충실합니다. 저런 훌륭한 기사가 홀로 남아 저렇게 싸우다니……."

"……하고 싶은 말이 뭐야?"

"그저 안타깝고 대단해서 그렇습니다."

복잡한 그의 얼굴을 슬쩍 엿본 안티오크의 꼬리가 다시 살랑살랑 움직이더니, 수염을 쓰다듬으며 폭 한숨을 쉰다.

"저희도 죄송스러우면서 감사하고 있습니다. 사실 이쪽의 전력이 열세라서, 고양이 손이라도 빌리고 싶은 심정이라."

아이러니하게도 그리 말하는 이가 솜방망이를 휘두르며 말하니 설득력이 있었다. 물론 정말 열세라고 보기에는 무리가 있었지만, 세랑트는 전투와 군사에 대해 아무것도 모르니 그런가 하고 있었다.

"이럴 때 전략적인 수라도 강구할 수 있다면 희생을 더 줄일 수 있겠지만."

"무슨 전략?"

옳거니! 고양이 집사는 손수건을 꺼내, 물기 한 점 없는 이마와 눈가를 꼼꼼히 닦으며 말했다.

"가장 효율적인 수는 소수가 잠입해서 새벽을 틈타 몰래 성문을 여는 거지요. 하지만 마땅한 인사가 없군요. 보다시피 저는 힘없는 집사라…… 그저 답답할 뿐입니다. 결국, 싸우는 이들이 더 고생하겠지요. 가엾은 야센 경……."

고양이는 정말이지 마성의 생물이었다. 작고 보송한 몸뚱이로 눈가를 훔치니, 칼을 휘두르려다가도 멈칫하게 되는 시각적인 마력이랄까.

세랑트는 자각도 못 하는 사이 마음이 조금 약해졌다. 야센이 정말 저러다 죽기라도 할까 봐 신경이 쓰이기도 했다.

"성에 잠입할 사람이 없다고?"

"예. 그런 건 기척을 줄일 수 있는 특수한 능력이 있는 사람이나……."

"……."

세랑트가 요정족 내에서도 은근히 깔봄을 받았던 건 그 방탕하고 악독한 성격 탓도 있었지만 손버릇이 나빴기 때문이었다.

벨벳 성 본관 침입 사건에서도 드러났듯이 그는 원래부터 탐욕적이라 종종 여왕의 보물 창고에도 숨어들어 가곤 했다. 즉, 그는 요정 중에서도 기척을 죽이는 데 상당한 소질이 있었다.

"그럼…… 그냥 안에 들어가서 문만 열어 주면 되는 거야?"

자신 없는 말투로 그가 입을 열자, 안티오크의 세로로 찢어진 동그란 눈이 번뜩였다.

"그럼요. 그 이상 무얼 바라겠습니까."

"알았어. 그 정도는, 내가 도와줄 수 있을 것 같아."

"정말입니까!"

고양이 집사가 놀라서 손수건을 떨어뜨리자 세랑트가 자신만만하게 고개를 끄덕였다.

다른 건 몰라도 숨어들어 가는 건 자신 있었다. 그 무시무시한 불사의 마도사 성에도 어떻게든 침입하지 않았던가! 감동 어린 눈빛에 기세가 오른 그는 주먹을 쥐며 말했다.

"나만 믿으라고!"

그렇게 세랑트가 제 발로 작전 회의가 벌어지는 막사로 걸어 들어갈 무렵, 안티오크는 뒤에서 다가오는 누군가에게 수염을 쓰다듬으며 말했다.

"영악한 줄 알았더니 생각보다 순진하군요."

"이기적이고 잔인한 척하지만 사실 외로운 사람이거든요."

옆으로 와 팔짱을 끼고 선 사내는 오베론이었다. 그에게 진짜 친구라고는 야센 경이 전부일 테니 그를 쉽게 저버릴 수 없을 겁니다.

오베론은 얕게 쓴웃음을 지었다.

"저희 요정들에게 특징이란 게 있다면, 한없이 이기적이더라도 누군가에게 한번 길들여지면 결국 상대를 저버릴 수 없다는 거겠죠."

일족의 사활이 걸렸음에도 브리지트가 타라를 완벽히 놓지 못하고, 오베론이 브리지트에게 지금껏 미련을 가지는 것도 매한가지의 경우였다.

먼 옛날의 시조 랑카가 미쳐 버린 여제 아스타로테를 죽을 때까지 못 잊은 것처럼 그건 요정의 피에 흐르는 숙명일지 모른다.

고개를 저은 오베론이 안경과 흐트러진 매무새를 정리하는 안티오크를 슬쩍 내려다보았다.

"꼿꼿하고 예의 바르신 집사님이라고만 알고 있었는데. 제법 연기를 잘하십니다."

"천만의 말씀."

안티오크는 나른하게 입꼬리를 올렸다.

"영악한 건 원래 요정보다는 고양이 아니겠습니까."

둘은 콩 주먹과 작은 앞발을 맞부딪쳤다. 세랑트는 절대 모를 그들의 뒷사정이었다.

*　　　*　　　*

날랜 새의 다리에서 묶인 편지를 펼쳐 든 이드가 잠시 턱을 문질렸다. 아마 같은 내용이 북쪽으로도 갔을 것이다.

성문을 연다라. 가능만 하다면 가장 효율적인 방법이었다. 단지 서쪽 성벽과 여긴 사정이 달라서 괴물이 더 넘쳐나는 것이 문제랄까.

"정리했습니다. 야영 준비를 할까요, 전하?"

"수고했다."

고개를 조아린 기사가 물러나자, 이드는 말을 몰아 군영을 돌아보았다. 왕의 진두지휘 아래 그들은 빠른 속도로 진입했다. 이제 기사 왕의 군대는 목적지인 겨울 성을 앞두고 있었다.

예전 복수에 미쳐서 날뛰었을 때보다 더한 집중력과 세심한 작전의 성과였다. 한시라도 늦으면 그의 딸이 다칠지도 모른다는 사실이 그의 정신을 한 자루 칼처럼 매섭고 날카롭게 몰아세웠다.

그럼에도 불구하고 동부로 몰려 있는 괴물의 숫자가 너무 많았다. 그 와중에 진전을 보이고 있는 게 대단할 정도였다.

"어떻게든 뚫어야 해."

그는 다소 신경질적으로 까칠한 턱을 문지르며 읊조렸다. 한시가 급하다. 타라에게는 요정의 반지가 있으니 벌써 겨울 성 안으로 들어갔으리라. 그곳은 적진 한복판, 아무도 그 아이를 지켜 줄 수 없었다.

이상야릇한 초조함이 그에게서 가실 생각을 하지 않았다. 이건 마치…… 그날 밤과 흡사한 감정이었다. 누이가 그를 기만하고 나락으로 떨어뜨린 그때 같은, 설명할 수 없는 기묘한 불안감. 시시각각 소리 없는 괴물이 다가오는데 무엇이 잘못되었는지 모르는…….

그것을 무시한 대가로 아내는 무구한 새처럼 곁을 떠났다. 그는 오랜만에 떠올린 죽은 아내의 그림자 위로 타라를 떠올렸다.

그렇게 예쁘게 자랄 줄은 꿈에도 생각 못 했던 터라 깜짝 놀랐더 랬다. 원래도 귀한 딸인데 부쩍 커 버려서 이제 안고 다니지도 못하 겠다. 그리고 아이러니하게도 더 불안해졌다. 기쁘면서도 서운하 고, 애지중지 귀해서 조마조마한 기분.

차라리 아들이었으면 마음이 좀 더 편했을까? 결혼도 해 봤고, 다 큰 아이도 있는데 덜 마른 청년 같은 어수룩한 아버지는 머리칼 을 헤집으며 가정해 보았다.

모르겠다. 이러나저러나 완전히 마음을 놓지는 못했을 것 같다. 말을 몰며 약한 한숨을 터뜨린 이드는 제 몰골에 자조적으로 중얼 거리다가, 멈칫 고삐를 움켜쥐었다.

깊은 밤, 조용히 가라앉은 서늘한 바람이 그의 귓가를 간질였다. 친히 경비를 도는 왕 탓에 기합이 잔뜩 든 병사와 경비병들은, 심상 찮은 군주의 표정을 보더니 창을 쥐고 반듯하게 허리를 폈다.

이드의 날카로운 붉은 눈이 달이 뜬 거뭇한 숲 머리를 응시했다. 정갈한 입술이 열렸다.

"전부 무장하라."

"예?"

설명 대신 쓱 돌아온 시선에 침을 꿀꺽 삼킨 기사가 서둘러 달려 갔다. 이드는 한 손으로 말을 몰며 스르릉 허리춤에 찬 칼을 뽑아 들었다.

이윽고 기다렸다는 듯 숲 그림자가 일렁이며 두두두 땅울림이 울렸다. 막 취침에 들려던 기사들은 헐레벌떡 뛰어와 검을 뽑았다. 당혹하고 소란한 기색이지만 수장인 이드가 동요 없이 선두에 서자 금세 진정되었다.

왕을 태운 말이 불안하게 되새김질을 했다. 숲 안쪽에서 새카만 그림자가 튀어나와 이드에게 달려듦과 동시에 전투가 시작되었다.

정확히 머리부터 반으로 잘린 구울이 땅에 나동그라졌다. 이어서 쏟아져 나오는 괴물 넷을 한꺼번에 지푸라기 베듯 베어 가던 이드는 말을 몰아 바닥을 기어 다니던 조각들을 밟아 터뜨렸다.

순식간에 시체가 산을 이뤘다. 홀로 수십 명은 거뜬히 해치운 이드가 한시를 놓기도 전에 괴이한 비명을 지르며 구울들이 이드가 탄 말에 달려들었다. 두셋의 목을 베었으나 말이 울부짖으며 앞발을 들었다.

"윽!"

그가 땅에 떨어져 구르자마자 정신없이 또 달려든다. 이드는 미간을 찡그렸다. 아까만 해도 훤하던 달에 점차 먹구름이 몰려와 어두워지고 있었다. 가뜩이나 야습인데 더 불리해지는군. 하기야 이곳은 그녀의 영역이 아니던가.

"전하! 후방에서도 적들이 나타났습니다!"

"경비대들은?"

"다 피살된 듯합니다."

"겨울 별장의 다리가 파괴되었습니다."

"포위된 건가."

이드는 낮게 중얼거렸다. 사방에서 비명이 들린다. 그는 누군가의 보이지 않는 살의를 느꼈다. 너무 적나라해서 모르기도 힘들었다. 아무래도 아델하이트는 그를 제거하거나 포로로 만드는 걸 원하는 듯했다. 아니면, 이번에야말로 제 눈엣가시 같은 오라비를 죽이고 싶은 걸지도.

수십 번 어쩔 수 없이 고뇌했으나 부질없어 지워 버렸던 의문이 퍽 오랜만에 다시 올라온다.

너는 왜 그리도 나를 미워하는가. 대관절 나의 무엇이 너를 괴롭혔기에?

의미 없는 변덕이고 악의라고 여겼지만 나서부터 핏줄이고 누이였던 이라서, 별수 없이 그 이유를 갈구하는 질문은 도돌이표처럼 반복되었다.

그것은 증오와는 별개의 영역이었다. 끔찍한 본성을 숨기고 천진한 척 속였다고 한다면, 너는 태어나서부터 그런 괴물이었던 건가. 그걸 나와 부모님은 몰랐을 뿐이고?

딸과 재회한 후의 이드는 어쩔 수 없이 아델하이트 생각을 종종 했다. 딸아이의 얼굴에는 그뿐만이 아니라 증오하는 그 여자의 부분 부분이, 때로 그 나이 때에나 보았던 앳됨이 묻어 있었으니까.

소녀였던 누이는 그때에도 방글방글 꽃처럼 웃었으나 한편으로는 타라와 달리 도도하고 냉한 구석이 있었다. 요조숙녀가 되고 싶어 조용하다 여겼던 건, 지금 와서 생각해 보면 주변 모두와 거리를 두는 음산한 정적이었다.

좀 더 어렸을 때는 오라비의 옷자락을 잡으며 놀아 달라고 칭얼거렸던 적도 있었다. 그때는 고집스럽기는 했으나 영락없는 그냥 계집아이 같았는데.

제 품에 안겨 웃던 어린 타라를 떠올렸다. 아델하이트에게도 그
런 때가 있었나? 그렇다면 언제 그리 바뀐 건가. 그리고 왜 나는 몰
랐을까.

그러나 고개를 저었다. 설사 그럴 만한 일이 있었다 해도 현재의
이드는 타라가 가장 중했다. 나머지는…… 이 모든 일이 끝나고 난
뒤 생각해 보아도 늦지 않다.

"불사조 기사단은 나를 따르라! 내가 직접 길을 뚫겠다."

자칫하면 전멸할 수도 있었다. 이드는 냉정한 눈으로 저를 일사
불란하게 따르는 군사들을 바라보았다. 최악의 경우, 절반의 병력
은 포기하고 정예들만 살려 몸을 피해야 했다. 그조차 여의치 않다
면 그 혼자서라도. 그는 반드시 살아서 겨울 성으로 가야 했다.

"……!"

돌연 튀어나온 구울이 녹슨 커다란 대검을 이드에게 휘둘렀다.
옆구리를 베기 위해 검을 움켜쥐는 순간, 허공을 가로지르는 날카
로운 소리와 함께 구울의 머리가 퍽 옆으로 기울었다.

"이건……?"

화살이었다. 정확히 머리를 꿰뚫은 화살촉을 확인한 이드의 얼
굴에 이채가 서렸다. 마력이 깃든 남부 여름 새의 깃털.

요정족의 화살.

"전하, 후방에서 새로운 군사가 나타났습니다!"

"요정족, 요정족입니다!"

얇고 가는 유니콘의 울음소리, 푸른 달빛처럼 엷은 진주색으로

빛나는 기마대가 숲 곳곳에서 밀려 나왔다. 하나같이 반짝이는 은빛 갑주를 입은 그들은 일제히 활을 당겼다. 선두의 괴물들이 쓰러지자마자 검을 뽑고 하얀 파도처럼 말을 몰아 남은 적들을 쓸어버린다.

마치 오랜 전설 속 미친 여제에게 대항하기 위해 일어난 요정 여왕 랑카의 군대처럼 압도적이다. 그 선두에 선 붉은 머리의 요정이 칼을 뽑아 하늘을 찌르자, 사방에서 새빨간 화염이 토해졌다.

강력한 불의 마법이 얼어붙은 겨울의 숲 일부를 단번에 불태워 버렸다. 현재 아델하이트의 힘을 생각해 볼 때 일순 그것을 압도한 저 요정의 마력은 대단했다. 마치, 요정 여왕 본인이 직접 움직인 것처럼.

하지만 그녀는 타니아가 아니었다.

이드의 눈매가 좁혀졌다. 곳곳에서 치솟은 불길 덕에 얼굴을 보는 건 어렵지 않았다.

"브리지트 공주?"

거기에 대답이라도 하듯이 브리지트가 하얀 유니콘에 탄 채 그의 앞으로 다가왔다. 매끈하게 깎은 달처럼 수려한 낯에 단단하고 강렬한 녹색 눈이 인상적이었다. 그녀의 주변에서 일렁이는 마력을 발견한 이드의 표정이 묘해졌다.

일개 후계자의 힘이 아니었다. 무언가 바뀌었다. 두 무리의 수장은 서로를 빤히 주시했다.

"기사 왕 이드 맞으십니까?"

"그리고 그대는 타니아의 딸이군."

"이제는 임시 여왕이지요."

"임시?"

그건 무슨 뜻인가. 타니아에게 뭔가 일이 생긴 건 분명했다. 이드가 나직하게 되물었다.

"남부의 왕에게 변고가 생겼나."

"비슷합니다. 가족 싸움이랄까요."

"……?"

"아무튼 뵙게 되어 반갑습니다. 타라 아버님."

뭐? 브리지트의 태연한 인사에 이드의 입이 벌어졌다. 그러나 브리지트는 뻔뻔하게 입꼬리를 올렸다.

"타라가 아버님 닮아서 예쁜가 봐요. 진짜 미남이시네요."

"……아니……."

"뭔가 사연 많은 고독한 미청년이랄까. 어머, 따지고보면 미중년이시네요? 와, 그렇게 귀하다는!"

"이봐……."

"눈이 아주 빼다 박았네. 대체 어떻게 관리하시길래 애 아빠가 이렇게 잘생겼어요?"

"……."

이 뜻밖의 사태에 이드가 입을 다물고 눈을 깜박이자 브리지트가 짝 손뼉을 치며 깔깔 웃었다. 그녀는 시체 더미와 불바다 속에서도 태연하기 그지없었다.

"진짜 닮았네. 신기해라."

"타라와 무슨 사이지?"

"친구 사이요."

그 모습은 꼭 친구 집에 놀러와 친구 아버지에게 인사하는 해맑은 소녀 같았다. 이드는 찰나 여기가 전쟁터가 아닌가 헷갈렸다.

이드의 시선이 그녀가 방금 죽인 시체들로 향했다. 잠시 소강 상태라곤 하나 크고 작은 전투는 계속되고 있었다.

"타니아의 딸이 내 딸과?"

"안심하세요. 저는 어머니와 반대 노선이니까요."

어깨를 으쓱하는 브리지트를 이드의 붉은 눈이 날카롭게 뜯어보았다.

한 종족의 예비 왕으로서 갖은 교육과 나름의 산전수전을 겪은 브리지트도 찰나 목덜미에 약한 소름이 돋았다. 타라와 같은 눈인데 훨씬 노회하고 위압적인 눈길이다.

기사도에 충실하며 온화하다더니 왕은 왕인가. 저 눈이 저렇게 봐 오니 기분이 이상하다. 하지만 찰나였다. 금세 부드럽게 표정을 바꾼 이드가 입을 열었다.

"일단 감사 표시를 하지. 그대가 아니었다면 우리 군대에 큰 타격이 있을 뻔했으니."

"천만에요. 겨울의 여왕에게 대항하기 위한 동맹 중 한 축을 담당하고자 할 뿐이니까."

"하지만 이해되지 않는 것들이 있는데. 타니아가 죽지 않은 이상 그대가 어찌 이 자리에, 그런 모습으로 지원군이 되어 나타난 건지 설명이 안 돼."

"그건……."

그녀가 막 입을 열려던 찰나, 그들의 머리 위에서 큰 불꽃이 터졌다. 겨울 성의 높다란 성곽에서 일어난 빛이었다. 이드와 브리지트는 정확히 같은 표정으로 서로를 돌아보고는 각자의 말 위에 올라탔다. 브리지트가 빨간 머리를 휙 뒤로 넘기며 말했다.

"우선 가면서 얘기하시죠."

*   *   *

"잘 지냈니? 얼굴이 많이 수척해졌구나."

아델하이트는 오랜만에 재회한 가족처럼 친근한 태도로 그를 향해 안부를 물었다. 기가 찰 일이었다. 쥬다는 비스듬히 입술을 끌어올렸다.

"덕분에."

"그러니?"

"그러는 넌 생각보다 멀쩡하군."

드디어 완전히 정신을 놓은 줄 알았는데. 빈정거림에도 그녀는 여전히 박제된 것 같은 미소를 지우지 않았다. 반대로 쥬다는 싹 정색하며 이를 드러냈다. 살얼음 같은 살기가 들러붙어 더더욱 인간 같지 않은 광포한 분노였다.

"기어코 그 인간을 바다에서 끄집어내? 단단히 돌았구나."

"화났니? 신기하네."

아델하이트의 긴 손가락이 톡톡 옥좌를 두드렸다. 하얀 거미가 춤을 추는 듯했다.

"어느 부분에서? 죽은 스승의 유해가 유린당하는 게? 아니면 과거의 네 죄가 드러나는 게 꺼림칙하니?"

"아델하이트."

"나는 네가 그 사람을 별로 좋아하지 않는 줄 알았어."

천진한 읊조림은 멍하고 스산한 얼굴과 그다지 어울리지 않았다. 쥬다는 물끄러미 그녀를 응시하다 말했다. 감정 하나 없는 냉랭한 어조였다.

"너는 아무것도 몰라. 심지어 너 자신에 관한 것조차 모르지."

그때나 지금이나. 그래서 더 짜증스럽고 거슬린다. 마레사와 다르게 쥬다는 그녀를 봐 줄 이유가 없었다. 그런 것치고 퍽 오랜 세월을 인내해 오고 무시해 왔던 건 어쩔 수 없는 사실이지만.

그의 싸늘한 비난에 아델하이트의 새파란 눈이 처음으로 쥬다를 정면으로 노려보았다. 텅 빈 인형에 돌연 파란 불이 붙는 것만 같았다.

"아니, 한 가지는 알지. 네가 그를 내게서 빼앗았단다, 쥬다."

"징징거릴 나이는 지난 것 같은데. 아직도 떼를 쓰면 받아 줄 이가 있다고 보나."

"그래, 네 말이 맞아. 우리는 더 이상 어리지 않으니까."

금세 빛이 꺼진 벽안이 새초롬하게 웃었다. 찰나 웃는 모양이 타라의 것과 겹쳤다. 쥬다는 알게 모르게 눈 밑을 움찔거렸다.

매우 더러운 기분이었다. 가장 혐오하는 것에서 가장 사랑하는 것의 흔적이 뒤섞여 보이는 건. 그의 감정 상태를 기민하게 눈치챘는지 아델하이트는 고개를 갸웃거리더니 다시 웃었다. 쥬다가 내뱉듯이 일갈했다.

"웃지 마. 역겨우니."

타라처럼 웃지 마.

아델하이트가 깔깔 입을 가리고 웃음을 터뜨렸다.

"세상에. 알고는 있었지만…… 너, 정말 내 딸아이를 미친 듯이
사랑하는구나. 왜? 나를 보면 그 애가 생각나 속이 뒤집히니?"

"입 닥쳐라."

"하지만 이해는 해. 나도 내내 같은 기분을 느꼈어. 너를 볼 때마
다."

너와 마레사 말이야. 너희 사제지간은 닮은 점이 많으니까. 목소
리가 물 탄 듯 옅게 흐려졌다. 쥬다의 위로 생전의 그를 떠올린다.

특유의 마법 형질과 수식부터 홀로 자란 겨울나무처럼 단정하고
냉랭한 선, 우아하고 긴 손매, 특히 저 비인간적으로 무기질적인 눈
동자.

일찍이 천재적이었던 쥬다가 곁에 있던 강력한 마법사의 특질들
을 삼키듯 배운 것인지, 원래부터 두 사람의 영혼과 그릇 자체가 닮
았는지는 아델하이트도 모른다.

그러나 확실한 건 쥬다는 그를 가장 사랑했던 그녀보다 더 많이
흡수했고, 종래에는 가장 이상적인 형태로 완성되었다는 사실이
다. 마치 마레사를 죽여 그 피를 다 받아 마시고 자란 것처럼. 그런
사소하고 강한 특질들은 아델하이트는 끝내 닮지 못했던 것들이었
다.

지독한 모순이 아닌가. 그의 살인자가 그가 남긴 가장 뛰어난 걸

작이자 유품이라는 사실은. 별수 없이 아델하이트는 쥬다를 증오하고 원망하면서도 사랑할 수밖에 없었다.

시간은 잔인하게 흘러갔고, 그 비정한 물살이 그녀의 주변을 할퀴고 지나감에도 멀쩡하고 완벽한 형태로 남아 있는 옛 흔적은 쥬다가 유일했다.

쌀쌀맞고 냉랭한 시선, 매정하고도 메마른 입술에서 흘러나오는 무감동한 말투, 전부 초콜릿 바른 사금파리 조각처럼 아프고, 쌉싸름하고, 달았다.

오만하며 완벽한 서부의 마법사를 볼 때마다 아델하이트는 꿈을 꾸듯 황홀하면서도 허한 속 가득 쓴물이 차올랐다. 그 사람의 것이다. 저 아이가 누리고 있는 것들 모두. 차지한 자리, 지키고 있는 땅, 전부.

"내가 그를 죽였다고 나를 원망하나?"

그의 것을 전부 빼앗았다고 생각해? 말하지 않아도 그 속이 뻔히 보이는지 쥬다가 피식 웃었다.

"착각하지 마. 내가 아니었어도 그 인간은 네 옆에 남아 있지 못해."

"너는 꼭 그 사람처럼 말하는구나."

"그게 진실이니까."

탁 뱉어진 대꾸는 짧고 싸늘했다.

"그는 어차피 죽어 가고 있었어. 너도 어렴풋이 알고 있었잖아? 숨긴다고 되는 게 아니지. 멍청한 인간 같으니라고."

"쥬다, 네가 그의 목숨을 거둔 것 때문에 내가 화를 낸다고 생각하니?"

아델하이트의 물음에 쥬다의 눈매가 가늘어졌다. 탐색하는 섬뜩한 눈빛을 마주하며 그녀는 나직하게 중얼거렸다. 그 어느 때보다도 무감정한, 오히려 그래서 더 바닥 깊숙이의 진심이 뒤섞인 목소리가 홀을 공허하게 울렸다.

"그가 나와 같은 삶을 살 수 없다는 건 원래도 알고 있었어. 다만, 내가 바랐던 우리의 끝은 그런 형태가 아니었단다. 강한 너는 이해 못 하겠지만 그 부질없고 짧은 하루하루에 나는 영혼도 팔 수 있어."

단 며칠이라도 좋아. 덧없는 하루, 한 시간, 아니 바닷물 한 방울과 같은 몇 초의 찰나일지라도.

그런데 그 귀한 시간을 네가 부숴 버렸어. 그 짧고 가소로운 찰나를 참지 못해서. 정말이지……. 너에게는 하찮은 시간이었을 텐데.

"얄팍하게나마 진짜 그 사람을 스쳐볼 수 있다면 당장 죽어도 좋아."

"……."

"네가 이 절박함을 알 수 있을까? 이해가 되니? 그래, 이제는 다르겠구나."

너도 이제 처절한 절망이라는 걸 알게 되었으니까. 아델하이트가 턱을 괴며 붉은 입술을 휘었다. 상냥한 독이 흘러나온다.

"타라를 왜 네게 보냈을 것 같아? 어떤 식으로든, 네가 절망하길 바랐어. 내가 그랬던 것처럼. 신이란 건 참 공평해. 결국 네가 나와 같은 기분을 느끼게 되다니."

이제 알겠니? 너와 나는 같아.

"같잖은 일분일초에 안달하며 그 애가 애달프고 아까워 죽을 것 같지? 하루하루 처절하게 죽어 가는 것 같을 거야. 사막 위를 맨발로 걷는 것처럼 목이 말라서, 이 갈망이 두렵고 고통스러워서 차라리 이 아이를 죽여 버릴까, 생각해 본 적 없어? 그러면 생사로 갈라져서 이렇게 아프지는 않을 텐데. 그러다가도 제 미친 생각이 무서워서 아이처럼 울고 싶을 거야. 내가 한순간 미쳐서 사랑하는 사람을 해치면 어쩌지, 하고."

한 마디 한 마디가 비수처럼 심장에 꽂혔다. 쥬다는 대답하지 않았지만 아델하이트는 푸르게 일렁이는 그의 눈에서 답을 읽었다. 그녀의 입꼬리가 올라갔다.

드디어 너와 나는 공평한 광기에 도달했다. 이 얼마나 고대하던 순간인가. 희열감이 치민다. 비명이라도 지르고 싶었다.

"그래. 바로 그거야. 사무치는 절박함이라는 건."

아델하이트는 미치광이처럼 웃으며 자리에서 천천히 일어났다. 겨울의 심장을 통과하는 통로가 열린 것처럼, 그녀를 중심으로 한파가 몰아치기 시작한다.

쩌저정, 거미줄처럼 뻗어 나가는 발밑의 얼음 결정들과 세찬 한파에 쥬다는 정면을 쏘아보며 전신에 푸른 마력을 일으켰다.

하늘을 사른 듯 새파랗게 타오른 불꽃과 여왕의 눈보라가 충돌하며 강렬한 폭풍을 일으켰다. 얼어붙었던 샹들리에의 살얼음에 일제히 금이 가고 매끄러운 창문들이 깨져 나갔다. 그들은 초토화되어 가는 주변에도 아랑곳없이 상대만을 맹렬하게 노려보았다.

"우리, 참 오래 왔어. 그렇지?"

이제 끝낼 때도 되었어.

"그때는 네가 모든 걸 결정했지만, 지금은 아니야. 이제는 내 차례지."

"아까도 말했을 텐데."

쥬다는 싸늘하게 일갈했다.

"너는 아무것도 몰라."

"그럴까? 상관없어. 필요한 건 전부 얻었으니까."

훅, 삽시간에 가지 뻗듯 뻗쳐 나간 얼음이 쥬다의 주변만 남기고 전부 얼려 버렸다. 얼음과 물, 빙하만이 드리운 세계로 변해 간다. 그 가운데 쥬다만이 오롯한 불꽃이었다.

아델하이트가 냉소적으로 웃었다.

"그래, 이미 죽어 버린 그 사람을 되살리는 건 불가능해. 하지만 이건 어떨까. 이 세계 시공간의 틈 어딘가에서 떠돌고 있을 그의 영혼을 불러오는 건? 마치 내 딸처럼 말이야. 너도 그 아이의 정체가 뭔지 알아챘겠지?"

고왕국의 마지막 후계자. 그 영혼을 제물로 마법을 쓰면, 그를 살릴 수 있어.

우우우…… 바람이 우짖는 듯한 소리와 함께 저벅저벅 검은 형체가 그녀의 뒤에서 걸어 나왔다. 쥬다는 마레사의 형상이 아델하이트에게 조종당하는 꼴을 차갑게 바라보다 이죽거렸다.

"그래서? 저 다 썩어 문드러진 육체에 그 귀한 영혼을 넣으려고?"

"그럴 리가. 그래서 네가 필요한 거야."

아델하이트는 까르르 웃으며 검지로 쥬다를 가리켰다.

"너 정도면 그럭저럭 쓸 만하지. 그의 영혼은 네 그릇과는 공명할 테니까."

"어처구니가 없군."

기가 막혀서 혀를 차는 쥬다의 냉소적인 낯에도 그녀는 다정하게 웃었다.

"괜찮아. 네 존재가 사라진다고 해도 나는 널 사랑해."

그러니 이제 죽어.

다음 순간 구울이 된 마레사가 괴이한 비명을 내지르며 달려들었다. 불과 얼음이 난무하는 폭풍이 휘몰아쳤다.

*　　*　　*

모두가 어렸을 때는, 이런 날이 올 거라고는 상상도 못 했다. 타라는 언제나 반짝거리는 사촌들과 친해지고 싶었으니까. 그래. 달콤한 케이크와 차를 너희와 함께 마시고 뛰어노는 것을 그 무엇보다 바란 적이 있었지.

하지만 아벨라는 이미 죽었고, 아인츠와 타라는 현재 서로를 죽일 듯이 노려보고 있을 뿐이다.

"네가 뭘 믿고 내 앞에 다시 나타났는지 모르겠어."

타라의 붉은 눈에 일순 섬뜩한 빛이 스쳐지나갔다. 그녀의 전신에서 뿜어진 마력이 넘실거리자 무형의 위압감이 퍼져 나간다.

아인츠는 저도 모르게 뺨을 실룩거렸지만 냉랭한 표정을 가장했다. 아이러니하게도 타라가 저렇게 당당하고 강해질 동안 그는 제 불안감을 능숙하게 숨기도록 자랐다. 어느덧 그들은 정반대의 위치에 서 있었다.

"이곳은 겨울 여왕의 성이고, 나는 그분의 종이니 널 마중나왔을 뿐이야."

"마중? 그것참 친절하구나."

타라가 빈정거렸다. 독 오른 지네가 기어다니는 듯 속이 화끈거리고, 적의로 손끝이 부들부들 떨렸다. 비열한 개자식. 저치가 벨벳 성에서 이델을 공격했던 광경이 어제 일처럼 생생하다. 그때의 절망감 또한.

"너와 난 그럴 만큼 친근한 사이가 아닌 것 같은데."

이런 걸 겨누고 할 말도 아니고. 그녀가 가볍게 손짓하자, 공중에 떠 있던 날붙이들이 날개 꺾인 새처럼 후두둑 떨어져 내렸다. 압도적으로 우위인 마법사만 할 수 있는 마력 무효화였다.

그건 일종의 조롱에 가까웠다. 쥬다가 종종 상대방을 손가락 하나로 찍어 눌렀던 것처럼. 타라가 싸늘하게 이를 드러냈다.

"어차피 너는 내 상대가 되지 못해. 시간이 많지 않으니 비켜. 정말 죽어 버리기 전에."

"너, 정말 많이 바뀌었구나."

살벌하게 으르렁거리는 타라를 낯설고 경계 가득하게 쏘아보며 아인츠가 말했다. 그의 눈이 연신 그녀의 뒤에서 든든히 버티고 있는 불사조를 향했다.

그가 땀에 꽉 찬 주먹을 쥐었다가 폈다.

"예전에는 고개도 못 들던 애가. 참 신기해. 그 괴물 같은 힘 때문인가?"

"옛날이야기가 무슨 의미가 있는지 모르겠지만, 당시의 난 잘 몰랐을 뿐이야. 그거 아니?"

타라는 저가 흠집 낸 아인츠의 푸른 눈을 정면으로 바라보며 또박또박 말했다.

"너희는 정말 아무것도 아니야. 못돼먹고 남을 무시하면서 우월감을 느끼던 철부지들일 뿐이지. 그 같잖은 권력마저 지금은 없는 것 같지만. 별 볼 일 없는 멍청이, 그게 너지."

"뭐라고?"

쌀쌀맞게 남을 깔보고 비웃는 건 도무지 타라와 어울리지 않았지만 그러하기에 그 진심이 더 적나라했다.

강자에게 약하고 약자에게 강한 쓰레기. 비굴하고 추하다. 결국 그 정도였다. 껍데기만 화려할 뿐 그 안에 든 영혼은 작고 하찮다.

아인츠는 생소한 수치심이 심장을 할퀴는 걸 느꼈다. 내내 생존에 억눌려 있던 고통과 예전의 오만함이 발악하듯 튀어나왔다.

"네가 뭐라도 된 것 같아? 너는 그냥 괴물이야. 그 남자의 생명력도 네가 잡아먹고 있다며? 그게 괴물이 아니면 뭔데?"

타라의 마음이라도 읽은 것처럼 불사조의 불꽃이 한층 강렬하게 타올랐다. 한순간 피가 싹 차갑게 식었다가 다시 서서히 온기가 차오른다. 타라는 단단하게 표정을 갈무리하고 외려 생긋 웃었다. 반대로 아인츠의 얼굴이 일그러졌다.

그래. 나는 괴물일지도 몰라.

"그래도 너보다는 나은 괴물이야."

타라는 당당하게 입꼬리를 올리며 검지로 아인츠를 가리켰다. 그녀가 일으킨 마법 돌풍이 주변을 뒤흔들듯이 쏘아져 나갔다. 하마터면 뒤로 날아가 처박힐 뻔했던 아인츠는 그녀의 마법을 피해 가까스로 도망갔다.

그러나 금방 따라잡혀 비명을 지르며 쓰러졌다. 바닥을 기며 굼벵이처럼 굴렀다. 타라는 그 꼴을 냉랭하게 내려다본다.

"네게 시간을 끌라고 한 모양인데, 어림도 없어. 어머니는 어디에 있지? 쥬다는?"

그녀가 손짓하자, 주변의 얼음 부스러기들이 뽀드득뽀드득 뒤엉켜 날카로운 가시덩굴로 자라났다. 그것에 칭칭 휘감기면서 아인츠가 사납게 말했다. 공포감에 이를 떨면서도 수치심과 여왕에 대한 두려움이 그를 이겼다.

"그분은 지금 널 상대할 겨를이 없으셔. 아직은."

"그럼 너는 그럴 겨를이 있고?"

노골적으로 비웃는 타라에게 그는 사납게 대꾸했다.

"내가 아닌 다른 것은 있지."

"……?"

타라가 미간을 찡그린 찰나, 붉은빛 덩어리가 휙 그녀의 앞을 앞질렀다. 불사조였다. 그녀가 내뿜은 불꽃이 화르륵 사방을 시뻘겋게 물들였다.

타라는 뜨거운 불티에 팔을 들어 눈앞을 가렸다가, 소름 끼치는 울음을 내지르는 시커먼 짐승을 보고 눈을 크게 떴다. 동부에서 시신을 찾지 못했던 패왕 욜란드가 다시 등장한 것이다.

불사조와 전대 수족 왕이 대치하며 온 복도를 부서뜨리는 사이, 아인츠는 달아나고 없었다. 타라는 저 끄트머리로 사라지는 그의 뒷모습에 주먹을 움켜쥐었지만 당장 욜란드가 버티고 있어서 쫓아갈 수 없었다.

[어쩐지 전보다 더 강해진 것 같군.]

화염을 일으켜 덤벼드는 사자의 앞을 가로막은 불사조가 중얼거렸다. 타라는 눈을 가늘게 뜨고 중얼거렸다.

"마법의 시전자인 어머니가 근처에 있어서인가요?"

[가능성 있지.]

욜란드가 거대한 앞발로 바닥을 내리찍자 부서진 타일들이 일제히 일어나며 얼마간 불꽃이 사그라졌다. 타라는 앞으로 내달려 달려들려는 적에게 급히 마법을 걸었다. 불로 된 새빨간 사슬들이 사지를 잡고 치지직 살점을 태우는데도 괴물은 고함을 지를 뿐 지치는 기색이 없었다.

타라가 더 강한 마법을 일으킬까 고민하는 사이, 불사조가 잠시 말이 없다가 뇌까렸다.

[강력한 마법 파동이 느껴진다.]

"……!"

[근처. 아주 가까이에서. 두 가지의 마력이 느껴져.]

섬광처럼 자각이 스쳤다. 어머니와 쥬다! 그들이 결국 충돌한 것
이다. 타라는 다급해졌다. 순간 마음이 흐트러진 탓인지 마법 사슬
을 끊어 낸 욜란드가 재차 덤벼들었다.

미처 새 마법을 시동할 새도 없이 거대한 그림자가 덮쳐 왔다. 그
러나 동시에 번개처럼 검은 인영이 그녀의 앞을 막아섰다.

아. 그 순간 타라는 입을 벌렸다.

새카맣고 커다란 늑대. 든든하고 멋진 갈기. 찰나 그 위로 이델
이 겹쳐 보였으나 타라는 그가 누군지 바로 알아볼 수 있었다. 환희
를 담아 탄성 섞인 외침이 터졌다.

"갈랑!"

갈랑이 아득 사자의 발을 물어뜯고는 그를 들이받았다. 순간적
인 힘에 밀린 구울이 불구덩이에 나동그라졌다. 수천 년의 얼음마
저 뚝뚝 녹일 듯이 타오르는 불을 등진 채 갈랑이 빙글 돌아섰다.

조금 마른 듯 보였지만 그의 따뜻한 눈을 마주하자 눈물이 날 것
같았다. 타라는 앞뒤 잴 것 없이 달려들어 갈랑을 끌어안았다.

"갈랑. 갈랑 맞죠?"

당신을 그리 두고 와서 얼마나 슬프고 괴로웠는지 모른다. 위험

을 감수하고라도 다시 돌아갈 걸 그랬나. 혹시나 정말, 영영 다시 볼 수 없다면 어쩌지. 이델이 과연 나를 용서할까. 갖가지 생각으로 자근자근 짓밟히는 기분 속에서 여행을 계속했다.

상황에 밀려 비정하고 냉정해질 수밖에 없는 현실에 분노하면서. 한데 그녀의 친구가 살아 있었다!

"다행이다. 다행이에요……."

"타라 님."

그에 타라는 눈물이 왈칵 솟구쳤다. 그녀는 입술을 꾹 깨문 채, 물기가 그렁한 눈을 들어 그를 주의 깊게 내려다보았다. 다행히도 아무 상처가 없어 보이고, 목소리는 여전히 침착하고 진중했다.

"무사히 동부까지 도달하셨습니까. 다행입니다."

"당연, 하잖아요."

중간에 딸꾹거리면서 타라가 웅얼웅얼 고개를 끄덕였다. 당신이 어떻게 만들어 준 기회인데.

마음고생이 심했을 게 뻔한 타라를 가만히 내려다보던 검은 늑대는 그녀의 검댕이 묻은 수척한 뺨을 살짝 핥았다. 짠 눈물 맛이 난다. 덩치 차이 덕에 순식간에 눈물의 반이 훔쳐졌지만 계속해서 주룩주룩 흐른다. 홍수라도 난 것만 같았다.

갈랑의 묵직한 눈에서 걱정스러운 난감함을 느낀 타라는 상황의 심각함에도 설핏 웃음이 났다.

"저는 포로로 잡혀 와 갇혔다가 탈출해서 기회를 엿보고 있었습니다. 연합군이 겨울 성을 포위하자 안에서 도울 생각으로 성벽으로 향하다 타라 님을 만난 겁니다."

"연합군이 벌써 당도했나요."

그렇다면 전투가 벌어지고 있을 터다. 아니나 다를까 지금껏 난리통에 인지하지 못했던 전쟁의 소란함이 미세하게 들려왔다. 생사를 가르는 고함, 성이 쿵쿵대는 소리가 북을 치듯 온몸을 울렸다.

아버지가 도착한 것이다! 어쩌면 북부의 레오니다스 아저씨도……

타라는 불현듯 불사조와 맹렬히 싸우고 있는 패왕 욜란드를 바라보았다. 그녀에게는 지금 이 모든 지리멸렬한 순간을 단번에 종식시킬 패가 있었다. 타라가 조용히 중얼거렸다.

"성 내부에서부터 무너뜨린다면 전쟁의 승패가 더더욱 빨리 나겠죠."

"무슨 방법이 있으십니까."

"네. 방금요."

오래전에 받았던 선물이 생각났어요. 타라가 품속에서 작은 실타래 뭉치 같은 것을 꺼냈다. 푸른빛이 도는 금색의 실 가닥들을 본 갈랑의 코끝이 움찔거렸다. 익숙하고, 강대한 수족의 냄새.

"이건……"

"레오 아저씨가 준 거예요."

─내 갈기야. 혹시 내 도움이 필요하면 양 손바닥에 끼우고 북쪽
을 향해 비벼 보렴. 네가 어디 있건 널 도우러 가마.

지금이야말로 도움이 필요한 때였다. 그들이 해우를 나누는 사

이에도 싸움은 계속되고 있었다. 낮은 짐승의 부르짖음과 너울거리는 날갯짓 소리가 교차한다.

가는 울음소리와 함께 불사조가 날아오른다. 전 성이 노을에 물드는 듯했다. 다음 순간, 그 신비로운 황혼이 내린 성내에 커다란 맹수의 그림자가 졌다.

썩고 추악한 괴수의 실루엣이 아닌 용맹하고 생동감 있는 야수, 날렵하고 거대한 사자가 타라 일행의 앞을 가로막고 섰다. 꼭 같은 모양의 사자가 마주선 채 시선이 부딪친다. 단단한 턱 위로 섬뜩한 이가 번뜩였다.

"이건 또 뭐야."

"레오 아저씨!"

"안녕, 타라."

사자 왕 레오니다스가 활활 타오르는 불길에도 아랑곳없이 태평하고 쾌활한 어조로 타라에게 인사했다. 그의 청금빛 갈기가 해질 녘 붉은 아래에 선 양 일렁거렸다.

북쪽 어귀 겨울 성 근처에 수족들을 이끌고 어찌 쳐들어갈까 고민하던 중이었던 사자 왕은 갑작스럽게 성내로 소환되어 얼떨떨하기는 했지만 눈앞의 장면에 금방 상황을 파악했다.

선대 수족의 제왕, 죽은 왕의 구울이 으르렁거리며 아가리를 벌린다. 지옥에서 올라온 듯 형형하게 빛나는 눈이 유황을 바른 것 같았다.

유감스럽게도, 기억이 희미하지만 아는 인물이다. 그것도 매우 잘. 레오니다스는 미간을 찡그리며 중얼거렸다.

"이런 부자 상봉은 원한 적 없는데."

"죄송해요. 당장 생각나는 게 아저씨라서……."

타라의 작은 속삭임에 레오니다스는 고개를 저었다.

"아니야. 차라리 잘됐어."

크워어어ㅡ! 째질 듯 울부짖는 괴물을 바라보며 그는 낮게 읊조렸다. 두꺼운 발아래 맨바닥에 까드득 사선의 긁힌 상처가 났다.

"이쪽 똥은 이쪽이 치워야지. 정은 없어도 핏줄인데."

순식간에 두 사자는 뒤엉켜서 앞발을 휘둘렀다. 퍼억, 둔탁하고 소름 끼치는 소리와 함께 구울이 나동그라지자 전광석화처럼 따라 잡은 레오니다스가 인정사정없이 목덜미를 물어뜯는다.

긴 비명이 터졌다. 다 죽었나 싶었으나, 금방 독기 넘실거리는 공격이 날아오자 훌쩍 뒤로 물러선다. 구울이 괴이한 소리와 함께 비척비척 일어섰다.

두 맹수는 화염이 넘실거리는 홀에서 서로를 노리며 빙글빙글 돌다, 상체를 숙이며 발톱을 드러냈다. 레오니다스가 툭 타라에게 말을 건넸다.

"여기는 내가 맡을 테니 빨리 가."

쥬다에게로.

"어서!"

구울이 다시 달려든다. 서슬 퍼런 격투가 벌어지는 사이, 타라 일행은 재빨리 불지옥이 된 통로를 빠져나갔다. 그들의 뒤로 맹수의 우짖음이 쩌렁하게 울렸다.

*　　　*　　　*

제 호언장담대로 세랑트는 성내로 잠입하는 데 성공했다. 언젠가 브리지트가 요정이 아니라 도둑고양이 아니냐고 비아냥거렸던 것이 어쩌면 맞는 말이었는지도 모르겠다. 뿌듯함도 잠시, 보초병들을 피해서 숨어야 했지만.

뭐야. 기사들은 대부분 전멸했다더니 그래도 제법 병력이 남아 있는걸. 그림자에 몸을 숨긴 채 삐죽 고개를 내밀었던 세랑트는 병사의 숫자를 세며 교대하거나 자리를 비우는 빈틈을 기다렸다. 다행히 그도 이런 순간만큼은 인내심이 퍽 길었다.

이윽고 밤이 깊어지고 누군가의 하품 소리가 울리자, 세랑트는 살금살금 움직이기 시작했다. 그의 손에 쥐어진 작은 주머니에는 요정의 날개 가루가 그득 들어 있었다.

소리 없이 흩뿌려진 가루가 모두의 머리 위로 뿌려진 지 얼마 안 되어 하나둘 곯아떨어졌다. 그 이후는 쉬웠다. 도개교를 내리기만 하면 되니까.

부산스레 성벽을 따라 동쪽까지 내려가던 세랑트는 멈칫 고개를 갸웃거렸다. 다리와 성문을 지키는 병사들이 족족 고개를 떨구고 있었다.

"이상하다?"

여기에도 요정 가루를 뿌렸나? 그럴 리가 없는데? 아직 많이 남은 주머니를 흔들다가 더럭 깨닫는다. 이들은 잠이 든 게 아니었다. 바닥을 질척하게 물들인 핏물을 보고 싹 표정이 굳는다. 이미 죽어 있었다.

바짝 경계심이 오른 그가 휙휙 주변을 둘러봤지만 진눈깨비가 내리는 주변에는 아무도 없었다. 귀신이 곡할 노릇이다. 혹시 아군인가? 아니면 반란? 내부자의 배신?

붉은 실로 묶은 양 깔끔하게 베인 병사의 목이 섬뜩했다. 신묘하고 괴이한 솜씨다. 정말 귀신이 왔다 간 것처럼.

멍하니 넋을 놓고 있던 세랑트는 겨우 정신을 차리고 고개를 붕붕 저었다. 일단 문을 여는 게 중요했다. 얼마 안 있어 거대한 문이 쿵 소리를 내며 건너편으로 떨어졌다.

불을 붙이고 봉화를 피우기가 무섭게 군사들의 고함이 들려왔다. 문제는 아군의 진형이 있는 서쪽뿐만이 아니라 동쪽에서도 들렸다는 것이었다.

뭐야? 재빠르게 첨탑으로 기어 올라가 본 형세는 장관이었다. 겨울 성의 사방에서 군사들이 물밀 듯이 밀려 들어오고 있었다.

특히 동부의 기사단과 함께 진격하고 있는 저 군대는 요정족의 군대가 아닌가? 가장 선두에 선 브리지트의 붉은 머리를 발견한 세랑트는 입을 딱 벌렸다.

세상에. 저 계집애가 드디어 일을 쳤어. 저게 왜 저기에 있는 거야? 타니아는?

하지만 그것만이 문제가 아니었다. 누군가 이미 성문을 연 것이다.

* * *

성문이 열리자 모든 일은 한층 수월하게 돌아갔다. 이사신이 서부의 군대를 이끌고 노도처럼 들이닥쳐, 성안에서 쏟아져 나오는 우왕좌왕하는 소수의 기사들과 몇몇 구울들을 쓸어버렸다.

피와 시들어 가는 눈의 비릿한 체취, 병장기와 악이 난무한다. 순식간에 시체들이 쌓여 갔다. 전장에서 늑대 일족 못지않게 활약하는 건 요정족의 기사 야센과 오베론이었다.

그들은 각각 빼어난 무력과 마법으로 앞장서서 적들을 처리해 나갔다. 불꽃을 일으켜 한 무리의 구울을 불태우는 오베론에게 야센이 말했다. 막 두셋을 쓰러뜨린 그는 익숙하게 검을 휘둘러 피와 썩은 살점을 털어 냈다.

"생각보다 순조롭습니다."

"세랑트가 맡은 바 임무를 잘해 준 덕분이겠죠."

겨울 성 사방 곳곳에서 불이 피어올랐다. 천 년이 넘는 세월 동안 허연 겨울이 지배하던 땅이 처음으로 불타오르고 있었다. 태양이 숨을 거두는 순간이 아니고서야 긴 역사를 통틀어 이런 순간은 없었으리라.

남은 성문 쪽에서도 피어오르는 봉화를 본 오베론이 슬며시 인상을 썼다. 이상한 예감이 들었다. 아니, 기분이라고 해야 하나. 요정의 날개가 돋은 날갯죽지가 근질거리는 느낌에 잠시 고민에 빠졌던 오베론이 말했다.

"여왕이…… 어머니가 여기에 올 확률이 얼마나 된다고 보십니까."

"요정족의 사활이 걸리지 않은 이상 불가능하겠지요."

분명 맞는 말이다. 한데 이 익숙하고 강렬한 감각은 뭐지? 오베론은 꺼림칙하게 턱을 쓸었다. 착각인가?

바로 그때, 동쪽에서 폭발이 일어났다. 치솟은 화염이 하늘 높이 버섯구름을 그리며 솟구치는 걸 남들과 똑같이 망연히 보고 있던 야셴의 표정이 찰나 허물어졌다. 그가 돌연 검도 집어넣은 채 달려가 버리자, 오베론은 미처 붙잡지 못하고 그저 지켜보았다.

대신 활활 하늘 높이 치솟아 겨울 성을 삼킬 듯 타오르는 불길을 찡그린 눈으로 다시 살펴본다. 무언가 걸린 듯 목이 막혔다.

야셴이 자리에서 이탈하여 눈먼 말처럼 달리기 시작한 이래로도 계속 격전이 일어나는 곳곳에서 비명과 병장기 소리가 들렸다. 다급함과 심장 뛰는 소리가 발보다도 앞질러 갔다.

직감이라고 해야 할까. 그에게는 그저 저곳으로 한시라도 빨리 가야 한다는 생각뿐이었다. 이유 모를 조급함과 흥분으로 가슴이 두방망이질했다. 달려드는 적을 몇 베고 서늘한 겨울 숲을 헤치고 나왔을 때, 와아아 함성이 천지를 뒤흔들었다. 노을빛 불꽃이 넘실거렸다.

그리고 그 가운데에, 그녀가 있었다.

유니콘을 몰고 검을 치켜든 붉은 머리의 요정, 브리지트가 군사들을 독려하다 불이 붙은 겨울 성을 힐끗 올려다본다.

깎아 만든 상아처럼 날카롭고 매끈하게 떨어지는 옆선이 붉은 띠를 두른 채 선명했다. 지금 그녀의 모습은 영원한 밤과 싸워 이긴 태양의 여신처럼 강렬하고 고고했다.

하루살이처럼 하늘 위로 올라가는 불티들을 거쳐 시선이 떨어진 그 자리, 익숙한 사내를 발견한 그녀의 몸이 우뚝 멈춰 섰다.

사방이 활활 타고 싸움은 계속되고 있는데 마치 시간이라도 정지한 것만 같았다. 둘 중 누구 하나 섣불리 현실을 긍정하지 못하고 있다가 마법처럼 불현듯 깨닫는다.

브리지트의 얼굴이 시시각각 일그러지고 변하더니 냅다 말에서 뛰어내렸다. 그리고 성큼성큼 걷는다. 야센은 멍청하니 굳어서 빠르게 다가오는 자신의 공주를 물끄러미 바라보았다.

꿈결 같았다. 그녀의 화난 듯 우는 듯 딱딱하고 물렁물렁한 얼굴도, 보지 못한 몇 달 동안 수척하고 더 성숙해진 뺨과 녹색 눈동자도. 현실감이 없어서 찰나 어떻게 해야 할지 몰랐다.

사실 야센은 언제고 그녀의 앞에서 어찌 입을 열어야 할지 난감해하고는 했다. 그녀는 항상 솔직하고, 감정이 뚜렷하며 화려하고 빛나서, 그처럼 낙낙하고 재미없는 사내는 어찌 장단을 맞춰 줘야 하는지 아는 게 없었기 때문이다.

공주의 어릴 적에는 소녀의 예민하고 활달한 감수성에 안 그런 척 휘둘렸고, 크고 나서는 짓궂은 장난과 심술에 무뚝뚝하게 눈을 깜박거리기만 했다.

"야!"

토라져서 본척만척하다가도 결국에는 다시 다가온다. 이렇게.

"공주님……."

"너. 너 뭐야. 너 진짜 뭐냐고!"

야센이 채 입을 떼기도 전에 지척까지 온 브리지트가 버럭 화를 냈다. 수백 가지 입 안에서 버글거리는 말을 귀퉁이도 꺼내지 못하고 야센은 자연히 도로 입을 다물었다. 그러거나 말거나 브리지트는 제 성을 내기 바빴다.

"이 멍청이 바보 자식! 금방 온다며? 별일 아니라고 했잖아! 그런데 이게 무슨 꼬락서니야? 네 멀쩡한 날개는 어디다 두고 여기서 이러고 있냐고?!"

그가 한 고뇌와 고생, 그가 포기한 것들을 아뢰자면 끝도 없을 테지만 야센은 잠자코 있었다. 그 대부분이 그녀로 인한 것이었음에도.

끝까지 차분한 얼굴에 브리지트가 울컥 화를 멈췄다. 입술이 파들거린다. 결국, 참지 못하고 그녀는 소리쳤다.

"내가 얼마나 걱정했는지 알아!?"

앞의 그 많은 화딱지는 결국 이 한 줄이었다. 걱정돼서 미치는 줄 알았다. 여왕의 기사, 요정족의 전사가 아니면 제 삶조차 없는 주제에…… 무슨 배짱으로 여왕에게 대들었는가.

물론 그녀도 한 짓이 있지만 그래도 자신은 딸이니까 그럴 수 있다. 그런데 이 자식은 도대체 무슨 생각이야. 왜 그리 겁이 없어. 얼마나 미련하면 그런 멍청한 짓을 하지?

항상 생각하다가도 복장이 터지지만, 이렇게까지 답답한 적은 없었다.

"내내 신경 쓰여서 잠도 못 자고 끙끙거렸어! 너 찾으러 왕국을 벗어나야 할까, 얼마나 고민했는지 알아? 그리고 그런 일이 있으면 나한테 연락을 해야 할 것 아니야. 나는 바보처럼 네가 그런 수모를 당할 동안 아무것도 모르고……!"

이럴 줄 알았다면 좀 더 빨리 고향으로 돌아오는 건데. 그러면 저 녀석이 배신자라고 비난받고 날개를 잃을 일도…….

"진짜…… 최악이야."

속에서 솟구친 울컥거림에 목이 막혔다. 브리지트는 부리부리하게 제 기사를 쏘아보았지만 이미 눈에 눈물이 한가득이었다.

이것도 짜증났다. 울며 화를 내다니. 얼마나 꼴불견인가. 크고 나서는 한 번도 그런 적이 없는데 이 바보 자식이 결국 이렇게 성질을 건든다.

벌건 눈에 야센이 처음으로 당황한 낯을 했다. 경직된 손이 이리저리 헤매다가 그녀의 뺨을 조심스레 감쌌다.

"죄송합니다. 제가 다 잘못했습니다."

"망할! 멍청이! 머저리!"

"죄송합니다."

야센은 딱딱하게 경직되어 있었지만 그게 속으로 쩔쩔매는 거라는 걸 이 영악한 공주도 알았다. 속이 시원하고 익숙한 안도가 느껴지면서도 한편으로는 저가 뭘 잘못했다고 사과를 하는지, 머저리가 따로 없다고 생각했다.

하지만 브리지트는 그게 좋았다. 언제나 그랬다. 결국에는. 단단한 가슴에 툭 이마를 박은 그녀가 중얼거렸다. 사과하지 마.

"내가, 내가 미안해."

야센은 낮게 한숨을 쉬며 훌쩍이는 붉은 머리를 끌어안았다. 그는 이따금, 자주 생각했지만 끝내 말로 내뱉지 못한 것을 중얼거렸다. 항상 어른인 척하는, 그의 덜 자란 공주님에게.

"걱정 끼쳐서 죄송합니다. 그리고……."

당신을 혼자 두어서.

그 말에 브리지트는 벌게진 코끝을 그의 셔츠에 비볐다. 창피함
보다 안온함이 배로 커서 이 순간은 모든 것이 무의미했다. 이 멍청
하고 두서없는 사과를 제외하면.

*　　　*　　　*

타라는 불사조의 인도에 따라 아름다운 꼬리를 좇아 달렸다. 껌
껌한 밤의 한복판, 등불을 들고 인도하는 성녀의 노랫소리 같았다.
더불어 알 수 있었다. 이것이 옳은 방향이라는 걸.

쥬다가 저곳에 있다.

그의 존재와 마력, 숨결이 피부에 닿듯이 만져진다. 흥분해서 날
뛰는 맥박이 연신 쿵쿵거렸다. 말라붙은 심장에 도로 피가 도는 듯
했다. 그러나 또렷하게 느껴지는 건 쥬다의 것만이 아니었다.

"불길한 힘이 느껴집니다."

갈랑이 중얼거렸다. 타라는 침묵으로 동의했다. 어머니의 마력
은 전과 비교할 수 없이 강해져 있었다. 아마 마레사의 눈 때문이겠
지. 어떤 원리인지는 모르나 과거 여제의 힘을 사용할 수 있음이 분
명했다. 그렇다면…….

"마레사의 눈을 빼앗는다면 어머니를 저지할 수 있을까요?"

불사조가 힐끗 그녀를 내려다보았다.

[그것도 방법이겠지.]

다만…….

[현재 그녀에게 그것은 심장과도 같을 거야. 쉽게 빼앗지 못할 거다.]

"혹시 마레사나 쥬다처럼 신체 안에 숨기고 있는 건……."

[글쎄. 그녀는 이미 두 번이나 본인보다 강한 마법사들이 그런 방식으로 실패한 것을 보았지 않느냐. 같은 방법을 썼을까?]

일리 있는 말이었다. 타라는 입술을 깨물며 생각에 잠겼다. 조용히 듣던 갈랑이 말했다.

"그러면 믿을 만한 자에게 맡기거나 숨겨 둔 건 아닐까요?"

"어머니는 그 누구도 믿지 않아요."

누구보다 멀고 사이가 좋지 않은 모녀이지만 타라의 부정은 단호했다. 항시 상냥하고 달콤하며 매혹적이지만 그녀의 심장이 진정 차가운 이유는 그 어떤 사람도 곁에 두지 않기 때문이다.

갈랑이 고개를 끄덕였다.

"그렇다면 어딘가에 숨겨 두었겠군요."

짐작 가시는 게 있으십니까? 그녀가 유년기를 이곳에서 보낸 것을 조심스레 지적하는 물음이었다. 타라는 고심해 보았지만 역시 기억나는 게 없었다.

"그녀의 최측근으로는 아인츠라는 자가 유력해 보였습니다."

"그 녀석은 어머니의 부하, 아니 장난감에 더 가까울 거예요."

타라의 기분 나쁜 표정에 갈랑은 쥬다를 배신한 비제와 아인츠의 실랑이를 떠올렸다. 하지만 이내 고개를 젓는다. 배신자에게 그런 중요한 물건을 넘겼을 리가 없지 않은가.

타라는 그의 찡그린 미간을 눈에 담고 있다가, 자연히 병석에 누운 이델을 떠올렸다. 아무리 상황이 암울해도 그녀를 잊어서는 곤란했다. 그들은 수많은 고비를 넘어 대륙을 횡단했다. 즉, 시간이 많이 지체되었다는 의미였다.

잠시 불사조의 화려한 날개를 바라본 타라가 조용히 말했다.

"갈랑. 기회를 봐서 서부로 돌아가도록 해요."

그리고 설명했다. 불사조의 심장으로 그녀가 살 수 있노라고. 갈랑은 말없이 그녀의 말을 듣더니 입을 열었다.

"그렇다면 방법은 강구하셨습니까. 영주님과 타라 님의 일 말입니다."

"그건……."

대답이 목에 턱 걸렸다. 타라는 결국 두루뭉술 말길을 돌렸다.

"네. 방법이 있대요. 그러니 걱정 말고 갈랑은 무슨 일이 있더라도 서부로 귀환하는 데만 집중해 줬으면 좋겠어요."

"정확히 말씀을 안 하시는 걸 보니 위험천만한 방법인가 보군요."

"그, 아닌데요?"

타라는 반사적으로 변명처럼 지껄였다가 바로 후회했다. 아, 이바보. 나는 왜 이렇게 거짓말을 못할까. 아니나 다를까 그가 낮은 목소리로 말했다.

"모든 일이 끝날 때까지 함께 있겠습니다."

"안 돼요. 한시가 급하잖아요!"

"그렇게 해서 어머니를 살린다 한들, 자리를 박차고 일어나자마자 저를 꾸짖으실 겁니다. 이 살얼음판에 타라 님을 지켜 드리지 않고 혼자 빠져나왔다고."

"……하지만 앞으로 저곳에서 벌어질 일들은 갈랑이 있건 없건 위험천만할 거예요."

말문이 막힌 상태에서도 그녀는 조그맣게 냉정한 현실을 지적했다. 쥬다, 아델하이트, 타라. 전부 율리아를 몇 번 뒤집어도 족할 강대한 마법사들이다.

그들이 정면으로 부딪친다면 대등한 강자가 아닌 이상 그 아수라장에 휩쓸려 크게 다칠 것이다. 그러나 이 고집스러운 늑대는 아랑곳하지 않았다.

"제 존재가 중요치 않다면 있어도 상관없겠지요."

"지금 갈랑이 위험하다고 말하고 있는 거예요."

"저도 마찬가지입니다."

"갈랑. 정말 고집불통인 거 알아요?"

"……"

이번에는 대꾸가 없었지만, 그가 앞서 한 말과 비슷한 말이 날아왔을 것 같다. 타라는 답답함에 입술을 앙다물다가 예전 일을 꺼내 툴툴거렸다.

"언제는 정말 냉정하게 지킬 수 없으니 여행에서 빠지라고 그랬 잖아요. 앞뒤가 너무 달라요, 갈랑."

"그때나 지금이나 똑같습니다."

"대체 뭐가요?"

"당신의 안위와 안전. 그게 저에게 주어진 최우선입니다."

어머니와 주군도, 나에게 절대적인 사람들이 당신을 가장 소중 히 여기니까.

타라의 속에서 걱정을 기반한 성이 올라오다가 바람 빠지듯 사 그라져 버렸다. 무장해제 되는 기분이었다. 하지만 완전히 포기하 지는 않았다.

"그럼 한 가지 약속해요. 정말 아니다 싶을 때는 빠져서 서부로 가기로. 우리가 그 여행을 떠난 건 쥬다와 나 때문만은 아니잖아요. 이러다 정말 중요한 시기를 놓칠 수도 있어요."

타라의 말이 떨어지기 무섭게 불사조의 불꽃이 한층 강렬해졌 다. 강력한 마력 파동으로 살갗이 따가운 것이, 목적지에 거의 도착 한 게 분명했다.

수천 년 겨울 성의 역사와 희고 고매한 겨울의 숲, 그 광활한 영 토를 다스렸던 역대 군주들과 신하들이 양각되어 있는 거대한 문이 눈앞에 있었다.

타라는 이곳을 알고 있었다. 고고하고 화려한 겨울 성의 홀, 타 라와는 다른 세계에 사는 듯했던 왕과 여왕, 귀족들이 춤을 추며 깃털 부채 사이로 은밀한 미소를 교환했던 곳. 하지만 그 불멸 같던 영광도 다 해지고 얼음 결정들이 먼지처럼 내려앉은 차디찬 문만이 그녀 앞에 서 있었다.

타라의 무겁게 다물린 입술과 꽉 쥔 주먹을 바라본 갈랑은 문이 열리기 직전 고개를 끄덕였다. 알겠습니다.

끼이익, 여인의 비명 같은 쇳소리와 함께 모골이 송연한 바람이 타라의 푸른 머리카락을 뒤흔들었다. 좁혀진 눈매 사이로 하얀빛이 칼날처럼 찔러 온다. 동시에 매서운 살기가 덮쳐 왔다.

타라는 가슴이 선연한 날카로운 음성을 들었다. 무너질 듯 그리웠던 그것에선 다급함과 일말의 두려움이 느껴졌다.

"피해!"

타라는 반사적으로 마법을 써서 방패를 만들고 갈랑과 함께 옆으로 굴렀다. 머리 위로 긴 꼬리와 더운 화염이 일렁이며 지나갔다.

붉은 유성처럼 앞으로 나아간 불사조가 커다란 날개를 펼쳐 강렬한 바람을 불러일으켰다. 몰아치던 눈보라가 한순간 걷히고, 방금까지 타라가 있던 곳엔 거대한 얼음조각들이 박혀 있었다. 타라는 정신없이 쥬다를 찾았다.

아.

싸라기눈과 긴 은발이 같이 흔들리다가 동시에 멎었다. 그 말라붙은 바다 같은 눈에 차고 더운 감정이 출렁거렸다.

저 눈을 보지 않고 어떻게 버텼을까.

위험천만한 순간에도 드는 생각이라고는 이런 것들이다. 저도 모르게 웃어 버렸다.

쥬다는 욕지거리를 삼키며 그들을 위협해 오는 마법을 걷어 내고 빠르게 타라에게 가까워졌다. 푸른 화염이 홀 중앙을 덮치고 충격파가 전부를 휩쓸었다. 타라 역시 휘청거리며 넘어지려는 순간. 엄청난 굉음보다 빠르게 누군가 그녀를 끌어안았다.

한차례 광풍이 지나가고, 타라가 질끈 감은 눈을 뜨자 갈급하게 금이 간 벽안이 바로 지척이었다. 풍비박산이 난 홀보다도 수척하고 창백해진 얼굴이 심장에 날카롭게 박혀 왔다.

유리 꽃이라도 삼킨 양 속이 아리다. 둘은 백 년 만에 마주한 해와 달처럼 서로를 바라보았다. 타라는 멍하니 그의 마른 뺨을 검지로 쓸었다. 너무 고대하던 순간이라 그런가, 현실감이 없었다.

"쥬다."

"다친 데는?"

그는 금방 깨질 세공품이라도 어루만지고 있는 양 불안정하게 그녀를 훑었다. 허리를 감싼 손가락이 미세하게 떨린다.

저 자신이 부서지고 있으면서도 안절부절못하는 모양새라니. 희미한 실웃음도 잠시, 마지막으로 보았던 상처가 생각난 타라의 안색이 굳었다.

"쥬다는요?"

"말랐다. 어디 상한 건가?"

"피 많이 흘렸잖아요. 이제 안 아파요?"

"혹시 굶고 다녔나? 얼굴이 반쪽이야."

"역시 아직 안 좋죠!"

"내가 먼저 물었어."

대화가 도돌이표처럼 반복되자, 쥬다가 결국 미간을 찡그렸다. 알을 빼앗기고 진정 못 하는 용처럼 안달하는 그 낯이 이상하게 만족감을 불러일으켰다. 타라는 자신에게 조금 고약한 구석이 있다고 생각했다.

"멀쩡하고 안 다쳤어요."

"나도 마찬가지야."

"거짓말."

여행 도중 타라는 어쩔 수 없이 강대한 마법을 썼다. 분명 쥬다에게 타격이 갔으리라. 그러나 쥬다는 그녀의 눈총에도 아랑곳없이 타박했다.

"봄의 땅에 도착했으면 계속 있을 일이지, 여기가 어디라고 와."

"쥬다가 여기에 있잖아요."

멍청한 소리라고 핀잔이 날아올 줄 알았다. 그러나 쥬다는 아무 말 없이 눈을 내리깔았다. 한숨이 저 밑바닥을 찧고 올라온다. 그러고는 결국 그녀의 손을 깍지 껴 잡았다. 다시는 놓지 않으려는 것처럼.

아, 수십 수백 개의 말이 필요 없었다. 그와 그녀의 마음은 같았기에.

"참, 보기 좋구나."

내가 다 안타까울 지경이야. 부드럽고 나긋한 목소리는 아주 오랜만이었지만, 모를 수 없었다.

타라는 싹 굳은 낯으로 왕좌에 앉은 어머니를 바라보았다. 그녀는 한결같이 아름다웠다.

하지만 옛날과 같은 애틋함과 애정을 원하는 비굴함은 없다. 변함없는 그녀의 두려운 미모와 매력도 타라의 눈에는 동사해서 썩지도 않는 시체, 초상화 속 박제된 조각상처럼 비칠 뿐이다. 타라는 짓씹듯이 그녀를 불렀다.

"어머니."

"많이 예뻐졌구나, 아가."

그리고 많이 컸어. 네가 나를 그런 눈으로 보다니.

자못 흥미롭고 기특하다는 어조다. 지금 이 순간에, 잘 컸다고 칭찬이라도 하는 건가. 타라는 싸늘하게 일갈했다.

"어머니에게 그런 말을 들을 줄은 몰랐네요. 항상 나를 탐탁지 않게 여기지 않았나요?"

"너에게 실망한 적이 아예 없다고는 안 하겠다. 나도 너를 쉽게 가진 건 아니라서 나름대로 기대한 게 있었거든."

"그러시겠죠."

타라는 아버지 이드를 떠올리며 노골적인 경멸감을 드러냈다. 제 야망과 욕망을 위해 타인의 인생을 망가뜨리고 난도질하는 괴물. 저것이 그녀가 태어난 본질이었다. 쥬다가 치를 떠는 그녀의 손을 더 강하게 움켜잡았다.

타라가 이를 드러내며 경고했다.

"마지막으로 충고할게요. 이 모든 미친 짓을 멈추세요."

당신의 딸로서 드리는 처음이자 마지막 부탁이에요.

아델하이트는 얕게 웃었다. 저를 닮은 희고 작은 얼굴을 보는 눈에 어린 빛이 퍽 다정해서 순간 타라는 그게 애정이라 착각할 뻔했다.

"충고라."

"정확히 말하면 협박이죠. 나도 나를 낳아 주신 분을 해치고 싶진 않아요."

타라의 정색한 낯에 그녀는 피식 웃었다. 낳아 준 어미라 싸우기 저어된다니, 순진하고 미련스러운 말이었다.

"진심이니?"

"반쯤은요. 사실 당신이 앞으로 어찌 행동하건 상관없이 나는 당신을 증오해요."

레오니다스의 말이 옳았다. 타라는 쥬다의 손을 놓고 한 걸음 나선 뒤 입술을 비틀었다.

"이쪽 똥은 이쪽이 치워야지요."

그녀의 전신에서 강력한 마력이 폭사되었다. 쿠궁, 언 벽면과 바닥이, 홀 전체가 진동한다. 푸른 머리카락 한 올 한 올이 마력을 입고 타올랐다. 그 가운데 새빨간 두 눈만이 선명하게 번뜩였다.

당신을 멈추겠다. 안 된다면 죽여서라도.

명백하고 또렷한 의지가 형상화되어 적을 위협한다. 쩌저적 저가 딛고 선 대리석까지 죄 금이 가며 강대한 압력이 옥죄어 오자 아델하이트는 나직하게 웃음을 터뜨렸다.

상황에 맞지 않게 유쾌하게 메아리치던 것이 뚝 멎는다. 쭉 찢어진 입술에 스산한 붉은빛이 번들거렸다.

"그래. 해 볼 테면 해 보렴."

"물러서!"

쥬다가 낮게 소리쳤다. 홀을 장식하던 기사의 갑옷과 조각상들이 일제히 살아 움직이듯 타라에게 달려들었다. 불사조가 다시 불꽃을 일으키고, 갈랑이 왼쪽의 기사를 넘어뜨린 후 달려드는 조각상에 몸통을 부딪쳐 부숴 버렸다. 나머지는 순식간이었다.

쥬다가 일으킨 푸른 마법의 파도가 동심원처럼 퍼지면서 단번에 모든 것들을 절단 내었다. 산산이 가루화된 조각들이 발치에 떨어지기가 무섭게, 타라는 여왕을 붙잡을 올가미를 생각해 냈다. 금세 돌바닥에서 나무줄기들이 자라나 그녀를 옭아매려 했지만 검은 불꽃이 타오르며 그것들을 불살라 버렸다.

아델하이트의 앞에 버티고 선 검은 형체를 본 타라의 눈살이 찌푸려졌다. 쾌쾌하고 괴이한 냄새. 작게 중얼거렸다.

"저 사람은……."

"그래."

"정말 어머니는 끝까지 갈 생각이군요."

사랑하는 사람의 시체를 조종하다니, 끔찍한 일이었으나 현재 보고 있는 광경이었다.

구울을 힐끗 본 쥬다가 마른 손가락을 천천히 쥐었다가 폈다. 모양새가 형편없지만 파문당한 적은 없으니 어쨌거나 스승은 맞았다. 자기 똥은 본인이 치우는 거라고 했나.

"저쪽은 내가 처리하마. 너는 네가 결심한 일을 해. 힘들면 이르고."

쥬다의 농담기라곤 없는 평이한 어조에 타라가 눈을 깜박이다 물었다.

"이르면요? 도와주게요?"

"당연한 말을."

"근데 그거 알아요? 지금은 내가 쥬다보다 강하다는 거."

"……오랜만에 만났는데 힘자랑하나?"

눈썹을 올린 쥬다가 음울하게 되물었다. 상황은 심각한데 웃음이 나왔다. 누가 강하고 약하고와 상관없이, 쥬다의 존재감이란 그랬다. 타라는 자못 기분 좋게 중얼거렸다.

"위험하다고 말릴 줄 알았어요."

"네 말대로 너를 보호할 만한 처지가 아니라서. 짐 안 되려고 발버둥치기도 바빠."

시큰둥하지만 영 마음에 안 든다는 투다. 둘은 약속이라도 한 양 서로를 등지고 각자 마력을 일으켰다. 푸른 머리카락과 은빛 머리카락이 마력 풍을 입고 허공에서 뒤섞이다 떨어졌다. 여왕을 노려보며 타라가 속삭였다.

"조심해요."

"너나 조심해."

살짝 맞물렸던 둘의 손이 떨어졌다. 동시에 각자의 상대를 향해 강력한 마법이 퍼부어졌다.

타라가 일으킨 물, 불, 바람, 나무줄기가 여왕을 덮쳤고, 쥬다가 일으킨 새파란 벌바람이 파도처럼 구울을 휩쓸었다. 새하얀 얼음과 검은 불꽃이 반격해 오며 성 전체가 진동했다.

강한 눈보라를 생성한 여왕의 손끝이 뻗어 나가자 의지를 가지고 뒤덮어 오던 식물들이 죄다 얼어 버렸다.

그러고도 남은 겨울의 입김이 무시무시하게 몸을 부풀리는 순간, 천장 끝까지 솟아오른 불사조가 날갯짓을 했다. 그러자 불의 비가 허공에서 쏟아져 내려 날카로운 얼음 파편들을 죄다 녹여 버렸다.

쥬다가 힐끗 노을과 여명 빛으로 타오르는 새의 꼬리를 바라보며 말했다.

"동부의 불사조인가."

든든한 지원군이지만, 완전히 달갑지만은 않은 존재라 쥬다의 눈이 싸늘하게 가라앉았다. 그가 지휘자처럼 손을 휘두르자 주변의 돌무더기가 응집해 커다란 거인이 되었다. 거대한 손이 까만 불꽃을 흐트러뜨리고 구울을 깨진 벽면에 패대기쳤다. 연이어 쥬다가 불러온 불꽃이 연속으로 활처럼 쏘아졌다.

연기가 피어오르는 가운데, 넝마가 된 괴물을 냉정한 푸른 눈이 무감정하게 내려다보았다. 그가 마지막 숨통을 끊으려는 순간. 검은 피를 흘린 구울이 비명 같은 소리를 내며 달려들었다. 흡사 짐승에 가까운 속도였다.

빠르게 튀어나온 갈랑이 그 앞을 가로막자 거무튀튀한 손톱을 휘두른다. 푸르고 붉은 불꽃이 동시에 구울을 공격했다. 불사조와 쥬다는 서로를 힐끗 돌아보았다.

"괜찮으십니까, 주군?"

"똥 치우는 것 정도로 안 죽어."

시니컬하게 대꾸한 쥬다의 시선이 갈랑을 거쳐 불사조를 응시했다. 눈짓을 알아들은 갈랑이 타라의 옆으로 달려가는 사이, 남은 이들 사이에는 짧은 탐색과 정적이 흘렀다. 불사조는 피처럼 붉은 눈으로 그를 바라보다 말했다.

[오랜만이군. 불사의 마도사.]

불사조는 못 본 사이 제법 사람 냄새가 나는 그가 흥미로운 듯했다. 쥬다는 그 눈길을 무시했다. 그에게 가장 중요한 것은 따로 있었다.

"타라에게 뭐라고 했지?"

[진실을 알려 줬지.]

한파가 내린 양 표정이 굳은 그에게 그녀는 가늘게 눈을 접었다.

[걱정하지 마라, 수문장이여. 모든 건 정해진 흐름대로 될 테니까. 좀 더 너 자신을 믿어 보는 건 어떤가?]

그 말을 끝으로 불사조는 휙 날아가 버렸다. 여왕과 대치한 타라가 거대한 마법을 일으키고 있었으나 특별히 큰 고통은 없었다. 아마 저 불사조 덕분이리라.

쥬다는 느리게 돌아오는 힘을 느끼며 마력을 일으켰다. 최근 들어 가장 강력한 힘이었다. 저벅저벅 걸어감에 따라 싸늘한 공기가 아지랑이처럼 휘말려 일렁였다.

나를 믿으라고.

시체가 된 스승이 괴이한 소리를 내는 걸 빤히 바라보던 그는 낮은 한숨을 쉬었다. 그건, 언제고 그래 왔다. 어떤 피 끓는 아수라장에서도 그를 지탱하고 승자가 되게 해 주었던 건 그것이었으니까.

하지만…… 이다지도 불안한 마음이 치미는 건 타라 때문인가.

"저는 어머니가 이해가 안 가요."

타라가 아델하이트에게 말했다. 그들은 이미 몇 차례 마법전을 벌인 끝에 잠시 소강상태에 접어들어 있었다. 타라의 붉은 눈이 물끄러미 아름다운 어머니를 올려다보았다.

"이렇게까지 해서 복수를 하고, 그분을 살린다 한들 행복할까요? 그 사람은 당신의 행동에 수긍할 것 같으세요?"

타라도 덴버로부터 그들의 뒤엉킨 과거 이야기를 들었고, 계속해서 고민했다.

과연 어디서부터 시작된 비극일까. 쥬다가 마레사를 죽이지 않았다면 그녀가 저렇게 광기에 취하지 않았을까? 하지만 곧 고개를 젓는다. 쥬다를 길러 낼 만큼 뛰어난 마법사가 죽음을 받아들였다면, 결국 자연의 섭리에 따라 아델하이트의 행복을 빌었을 확률이 높다.

게다가 사랑하는 사람이 죽은 자에 집착하여 온갖 금기를 범하고 자식마저 이용하는 살인귀가 되길 바라는 이가 어디 있단 말인가. 불구덩이와 가시덤불 숲을 거쳐 천국에 다다랐다 한들 그이는 이미 반시체일 텐데.

과연 아델하이트는 저가 바라는 대로 온 세상을 휘저어 놓고도 행복해 보이지 않았다. 아니, 그런 감정을 느낄 감각이 남아 있거나

한지 의문이었다.

타라의 진심이 깃든 질문에 아델하이트는 제 딸아이를 무표정하
게 내려다보았다.

"그러는 넌?"

도톰한 입술이 복사꽃 하늘거리듯 달싹거렸다.

"네 소중한 이가 죽어도 가만있을 참이니?"

"저는⋯⋯."

저도 모르게 쥬다 쪽으로 눈이 돌아갔다. 일말의 망설임을 거쳤
던 것도 이 때문이다. 어쩌면 타라도 어머니와 똑같은 선택을 할지
모른다.

"웃기지 마렴. 너도, 저 사내도 다를 게 없어. 전부 제 문제가 아
니니 나를 쉽게도 비난하는 거지."

아델하이트가 머뭇거리는 그녀를 비웃으며 공격했다. 타라의 의
지가 거센 얼음과 눈보라를 와해시켰다. 그녀는 갈등하던 눈을 들
어 제 어머니를 정면으로 바라보았다.

"저도 완전히 부정하지는 않겠어요. 하지만⋯⋯."

역시 쥬다를 위해서라면 무슨 짓이라도 하겠다. 그러함에도 고
개를 젓는 이유는, 그 들끓는 집착이 자신을 파괴하고, 그의 마음까
지 해칠 게 분명하기 때문이다.

자신의 본질을 파괴하고 부수는 건 사랑이 아니다. 떠나간 상대
를 옭아매는 것도.

"당신의 방식은 틀렸어요."

"내가 틀렸다고?"

아델하이트가 입가를 비틀었다. 타라는 찰나 섬뜩함을 느꼈다. 일그러진 웃음에 광기가 절절했다.

"쉽게도 떠드는구나. 과연 정말 그게 진실인지 봐 볼까?"

쿠르릉, 성 전체가 비명을 지르듯 울었다. 타라를 비롯한 전부가 휘청거릴 지경이었다. 지반을 받치고 있던 거인이 천천히 몸을 일으키는 것처럼 성을 비롯한 모든 곳이, 겨울의 땅이 죄 들썩거리고 금이 간다. 불길한 위기감이 뒤통수를 후려갈겼다.

여왕은 그 어느 때보다도 이성을 잃은 얼굴로 갸름하게 눈웃음 쳤다.

"다 가진 너 같은 계집아이가 무얼 알겠어."

어디, 다 잃고 나서도 같은 말을 지껄이는지 봐 주마.

"타라!"

쥬다가 저리 다급하게 부른 적이 있었나? 타라는 멍청하게 그를 돌아보았고, 이내 일그러진 그의 얼굴을 바라보았다. 이내 희고 창백한 백색의 빛의 사방을 덮치는 가운데 쥬다가 그녀를 끌어안았다.

세상이 부서지는 소리가 들렸다.

* * *

구울화된 사자 수족이 기우뚱 바닥에 쓰러졌다. 레오니다스는 시신이 점차 가루가 되어 사라지는 것을 지켜보다가 사람의 모습으로 변했다.

허울뿐이더라도 혈육을 처리하는 건 뒷맛이 씁쓸할 텐데 누군가에게 농락당한 불쾌함 빼고는 그저 그랬다. 역시 저 같은 놈은 태생이 망나니인가 보지. 레오니다스는 덥수룩한 머리를 긁적이며 한숨을 쉬었다.

"어이, 왕! 레오!"

그때 저편에서 우르르 짐승 무리가 몰려들었다. 정확히 말하면 사자 두 마리와 몇몇 갈까마귀였다. 가장 먼저 그에게 도달한 적갈색 암사자, 세냐가 뛰어옴과 동시에 인간으로 모습을 바꾸며 말했다.

"어떻게 된 거야? 갑자기 사라져서 놀랐다고요!"

"잠깐 일이 생겨서."

레오니다스가 손사래를 치며 대꾸했다. 수족의 왕을 소환할 수 있는 '왕의 갈기'는 먼 옛날 수족의 제왕이 부상당한 채로 죽어 갈 때 간호해 준 시골 처녀에게 준 징표에서 유래한다. 딱 한 번의 절대적인 도움을 상징하는 것이다.

저도 제가 살아생전에 이걸 쓸 거라고는 생각하지 못했지만……. 그는 몰라보게 자라 운명과 맞서고 있는 타라를 떠올리며 실소를 흘렸다.

"그때 그거라도 주기를 잘했지."

"뭔 소리예요?"

"아니. 한데 구울이란 이것들, 냄새가 정말 고약하군."

제 부친이든 뭐든 냄새가 너무 쾨쾨해서 못 봐 주겠다. 코를 막고 질색하는 그에게 세냐가 친절하게 대꾸했다.

"그건 그쪽 사촌 냄새니까 남 욕할 거 없어요, 전하."

"뭐? 누구?"

저도 모르게 그녀의 턱짓을 따라 돌아봤다가 이리저리 파리를 몰고 다니는 레오와 눈이 마주치자 그는 입을 다물었다.

슬며시 두어 걸음 물러선 레오니다스가 말길을 돌렸다.

"그런데 벌써 성문을 뚫었나? 왜 이리 빨리 왔어?"

"어찌 된 건지 성문이 전부 열렸어요. 전하가 손쓰신 거 아니었어요?"

"아닌데?"

쥬다 쪽 요정이 해낸 건가? 그럼 얼추 말이 된다. 생각보다 깔끔하고 빠르지만. 레오니다스는 턱을 문지르다 돌연 기우뚱 넘어질 뻔했다.

정체불명의 충격파였다. 그를 따르는 수족 모두가 휘청 바닥에 나뒹굴었다.

얼떨떨해져 뭔가를 잡고 일어나던 레오니다스가 저가 붙잡은 게 레오의 머리라는 걸 알고 에비, 괴상한 소리를 내며 손을 털었다.

"뭐야, 방금?"

"뭔지 모르겠지만…… 뭔가 광범위한 마법이……."

세냐는 말을 마무리 짓지 못하고 입을 다물었다. 하늘이 갈라지듯 먹구름이 몰려들더니 천둥 번개가 요란하게 내리치기 시작한다.

세상을 잡아먹을 듯한 폭우와 벼락이었다. 번쩍 한순간 전부를 검게 물들였다가, 작렬한 벼락 한줄기가 대지에 떨어지더니 산이 무너지는 굉음과 불길이 치솟았다.

"세상에."

레오니다스는 창문 너머로 무너지기 시작한 세계를 바라보며 망연자실 중얼거렸다.

"제길, 이건 또 무슨……."

* * *

우르르 쾅쾅! 근처에 떨어진 벼락으로 순식간에 타 죽은 기사들의 주변에서 공포에 찬 소란이 일었다. 이드는 신이 노한 양 시커멓게 뒤엉키는 하늘을 올려다보며 입술을 깨물었다.

전쟁과 피가 끝이 아니었다. 곧 불덩어리와 우박까지 함께 떨어지자 그는 다급하게 명령했다.

"전부 성으로! 성안으로 들어가라!"

무슨 수를 써서라도! 왕의 고함에 우두망찰하던 연합군의 군대는 앞다투어 겨울 성문 안으로 쏟아져 들어가기 시작했다. 그 급박한 물살에 휘청이던 오베론이 가까스로 이드의 옆으로 뛰어왔다.

"동부의 왕이여! 이건……."

"오베론 왕자. 방어막을 만들 수 있겠나?"

쩌적 갈라지기 시작한 대지를 바라보며 굳은 낯의 이드가 묻자, 오베론은 미간을 찡그리며 아비규환을 보더니 고개를 저었다.

"최선을 다하고 있습니다만 역부족입니다. 이 마법…… 이 사태는 인간의 한계를 넘어선 자연재해입니다."

"브리지트 공주는? 요정들의 마법 지원을 요구하네."

"벌써 하고 있습니다."

오베론은 모든 요정들을 규합하여 방어 마법을 구사하고 있는 브리지트를 떠올리며 대답했다. 두 남매는 그리 편한 사이가 아니었지만 이번의 조우는 조금 달랐다.

어색함도 잠시, 약간 뜸을 들이던 브리지트가 무사해서 다행이라고 하며 먼저 말을 걸었기 때문이다. 오베론은 그녀가 자신을 지나치고 나서도 저가 대체 무슨 표정을 짓고 있었는지 알 수 없었다.

그게 불과 몇 분 전이다. 방금까지만 해도 승전의 기쁨과 곧 코앞까지 다가온 전쟁의 끝에 전부 환호하고 있던 참이었다. 연합군은 겨울 성의 방어군을 전부 전멸시켰고, 진정한 승리가 목전이었다.

한데 전황은 뒤집혔고, 지금까지의 어떤 상황조차 비교 불가였다.

"어디서 이런 힘이……."

이건 마치…… 고왕국의 멸망과 흡사하지 않은가.

항시 침착하게 판단하여 최선의 결과를 내는 이드조차 절망감을 느끼지 않을 수 없었다. 군대의 전멸이 문제가 아니라 이대로라면 대부분의 종족들이 멸족할 것이다.

"여왕이 한계에 달한 모양입니다."

"어떤?"

"글쎄요. 어떤 식이든 이렇다면 우리에게도 좋지 않지요."

이러다가는 전부 죽을 테니까요. 오베론이 씁쓸하게 웃었다. 그것은 끝의 직전, 마지막 포도주를 들이켜는 사형수의 것처럼 건조했다.

"분명, 나의 고향도 마찬가지겠지요."

                    *   *   *

딸에 의해 유폐된 채로 하염없이 벽만 바라보고 있던 타니아는 바깥의 소란에 고개를 들었다.

천천히 걸어 창가로 향한다. 길고 투명한 옷자락이 맨발과 투명한 돌바닥에 스쳤다. 이내 연한 빛이 눈을 찔렀다. 얼마 만에 본 햇빛인지 모른다. 그러나 풍경은 그녀조차 단 한 번도 본 적 없는 지옥도였다.

새빨간 하늘이 비친 투명한 호수는 핏빛으로 물들고 초원을 뛰놀던 짐승들이 픽픽 죽어 갔다. 검게 시들어 가는 숲과 나무에 요정들이 비명을 지르며 자신들의 왕을 소리쳐 불렀다. 어머니! 어머니! 아아아……!

불타오르는 풍요로운 왕국을 내려다보며 그녀는 공허하게 중얼거렸다.

"결국……."

이리되는가.

저 먼 겨울의 땅에서 싸우고 있을 브리지트의 얼굴을 머릿속에서 지우며 그녀는 눈을 감았다.

                    *   *   *

아오페는 급하게 첨탑 위로 뛰어 올라갔다. 이미 평화롭던 동부의 평야는 하늘에서 떨어지는 불덩어리와 우박, 벼락으로 불바다가 되어 있었다.

앞선 전투로 주민들을 대피시키지 않았다면 피해가 막대했으리라. 봄의 땅 전체가 보이는 가장 높은 망루에 선 황금 성의 신하는 낮게 신음을 흘렸다. 맙소사.

"오, 전하……."

탄식이 터진다. 나락으로 떨어지는 절망이었다. 기름진 동부의 젖줄이던 강물이 비정상적으로 범람하고 있었다. 그 위를 싸한 한파가 몰려와 쩌저적 순식간에 얼려 갔다. 살의에 눈이 먼 마녀의 뒤엉킨 머리카락처럼 끝없이 뻗어 온다.

황금색 봄이, 삽시간에 간악한 겨울에 잡아먹혀 가고 있었다.

*　　*　　*

"세상에, 신이시여. 집사님! 이리 와 보세요!"

막 지원 갔던 전장에서 귀환한 안티오크는 개리 부인의 다급한 목소리에 양피지에 휘갈기던 깃펜을 떨어뜨렸다. 검은 잉크병이 산산이 부서지고, 까만 얼룩이 술주정뱅이 발자국처럼 엉망으로 흩뿌려졌다. 이어 지축이 뒤흔들리며 사방의 책과 찻잔 등이 바닥으로 와장창 쏟아졌다.

그는 비틀거리다 서재에서 빠져나와 비명이 들린 방으로 뛰어들어 갔다. 개리 부인이 의식을 잃은 이델의 위를 온몸으로 막고 있었다. 거대한 벽장식 시계와 화병도 넘어져 깨지고 파편이 튀었다. 온몸에 상처가 난 부인이 소리쳤다.

"이게, 이게 무슨 난리예요?!"

"기다리십시오. 주인님께 연락을……."

다시 땅이 와르르 뒤흔들렸다. 개리 부인은 눈을 꼭 감고 이뎰을 끌어안았다. 평온하게 눈을 감고 있는 이뎰을 바라본 안티오크는 이를 악물고 창가로 뛰어올랐다.

노란 눈이 크게 뜨였다. 카랑카랑한 목소리가 찢어지게 소리쳤다.

"부인! 피하세요!"

천지 사방에서 떨어지는 거대한 불덩어리가 정확히 이쪽으로 다가오고 있었다. 더 생각할 새도 없이 안티오크는 두 여인을 감싸 안았다.

이내 사방이 무너지고 부서지는 굉음이 울렸다.

*   *   *

타라!

타라는 멍청하게 굳어 있다가 찬 바다에 내던져지듯 정신을 차렸다. 온몸의 피가 비명을 질렀다. 그것은 아마도 공포감. 그녀는 본능적으로 자신이 아끼고 사랑하는 모든 이들, 그리고 이 세상이 부서지기 직전이라는 깨달았다.

세찬 눈 폭풍의 중심에서 싸늘하게 웃는 어머니의 얼굴을 바라보며 타라는 속으로 멍하게 중얼거렸다. 어떻게 해야 하지? 내가 뭘 어떻게 해야 해?

이 절망적인 상황에서, 어떻게 해야 그들을 전부 구할 수 있는가.

'정신 차려.'

슈? 타라는 제 내면에서 울리는 목소리를 들었다. 그리고 거짓말처럼 차게 식은 손발에 피가 돌았다. 고립되었던 어린 시절, 찬 바닥에서 웅크리고 잠들어도 슈의 온기를 느꼈던 것처럼.

'뭐 하는 거야? 여기서 저 여자를 멈출 수 있는 건 너밖에 없어.'

알아. 하지만 방법을 모르겠어.

'아직도 바보구나, 타라. 새가 하늘을 날고 물고기가 헤엄치는
것도 누가 가르쳐 줘야 하니?'

난…….

의지라고. 내 의지가 곧 모든 것이라 했다. 타라도 알고 있다. 하지만 그녀는 일정 범위 이상으로 제 의지를 발현해 본 적이 없었다.

저번 산사태를 일으킨 것도 거의 기적에 가까웠다. 바바로사에게 맞섰을 때도 그렇다. 얼떨결에 다급함에 밀려 해낸 것이니까. 자신조차 어떻게 그걸 해냈는지 정확히 기억나지를 않았다.

모르겠어. 제발, 도와줘.

'언제나 그렇게 내게 미룰 참이야?'

할 말이 없다. 입을 다무는 타라에게 슈가 한숨을 쉬었다.

'어리광 피우지 마. 너는 그냥 엄두가 안 나는 것뿐이라고. 겁먹지 말고 뭐든 해. 발버둥치고 악을 써. 바닥을 기고 소리를 지르란 말이야.'

애걸이든 명령이든 네 뜻을 밝혀. 그럼 모두 네게 귀를 기울일 거야.
누가?

'세계가.'

타라의 시야가 다시 밝아졌다. 어느 자욱한 안개 속을 헤매다 빠져나온 것 같았다. 깊게 숨을 들이쉬고, 천천히, 뼈와 폐를 타고 속을 긁어낸 날숨을 내뱉었다.
후우…….
그리고 그 즉시, 모든 것들의 움직임과 소리가 아주 느리게, 천천히 돌아갔다. 세상이 그녀의 말에 귀 기울이려 숨을 죽이는 것처럼.
붉은 눈에 기이한 빛이 감돌고 입술이 열렸다.

"멈춰."

우뚝.

모든 것이 정지했다. 희게 미친 듯 나부끼던 눈과 얼음도, 어머니의 싸늘한 미소도, 불사조의 찬연한 날개와 쥬다의 푸른 불꽃, 갈랑의 휘날리던 갈기까지 전부.

타라는 기묘할 정도로 차분한 기분으로 뚜벅뚜벅 정지된 세상을 걸어가 바깥의 질서가 뒤엉킨 모든 것을 바라보았다.

유성의 비처럼 쏟아지던 불덩이와 얼어붙은 눈, 벼락, 그 아래의 절규하고 피를 흘리는 인간과 수족, 요정들. 느리게, 눈을 감았다가 뜬다.

여전히 방법은 모른다. 하지만, 뭘 해야 할지는 알 것 같았다.

"그만둬요."

전부 다.

그 말에 세계가 움찔 몸을 떠는 것 같았다. 그리고 다시 눈을 떴을 때……

모두를 위협하던 것들이 죄다 변해 있었다. 우박은 조그만 빗방울로, 불덩어리는 점차 작아져 햇빛 한 줌으로, 벼락과 눈보라는 작은 꽃으로.

쩍쩍 갈라지던 땅이 새살 돋듯 아물고, 먹구름이 가득하던 하늘은 푸르게 개었다. 달콤한 바람이 불어 온다. 타라는 약하게 미소를 지었다. 그러고는 작게 인사했다.

"고마워요."

천만에. 그녀를 둘러싼 모든 것들이 그렇게 대답하는 것만 같았다.

마법이 풀렸다. 찰나이자 영원이 흐르는 동안 잠든지도 모르고 잠들어 있던 사람들은 어리둥절해서 멍청히 서로를 돌아보다가, 파랗게 빛나는 하늘에서 하늘하늘 꽃과 물방울이 내리자 넋을 잃었다.

지옥이 가득한 한 페이지를 넘겼더니 드러난 낙원 같았다. 거짓말 같은 상황에 누구도 말을 꺼내지 못했다.

그리고 잠시 후, 어느 한 명의 탄성이 공기를 타고 울렸다. 그를 시작으로 모두가 경탄하며 멍청하게 하늘을 올려다보았다. 그러고 있으면 이 모든 상황을 설명해 줄 천사라도 강림할 것처럼.

그래, 기적. 기적이었다.

타라조차 망연하게 깨진 천장 사이로 드러난 푸른 하늘을 보며 입을 벌렸다. 제 두 손을 내려다본다.

그저 희고 말간 손.

그녀는 내심 실감한다. 이 능력이 너무나 터무니없고 말도 안 된다는 걸. 그 자각 속에서 불쑥 이런 생각이 들었다. 과연 아이의 장난처럼 세계를 좌지우지하는 힘이 실존해야 하는가? 이런…… 상식을 벗어난 위험천만한 무기가?

"잘했다."

그때, 공황 같은 정적을 틈타 단단한 손이 그녀의 머리에 닿았다. 동시에 주변을 감싸는 익숙하고 청량한 향.

타라는 쥬다의 단정한 낯을 보자니, 저가 한 일이 그가 내준 숙제를 잘했다거나 앓던 이를 잘 참고 뺐다는 듯한, 평이하고 소소한 일인 것처럼 느껴졌다.

쥬다는 시종 한결같았다. 아마 타라가 작은 꽃이든 껑충한 나무이건 상관하지 않고 그에게는 그저 귀하리라. 타라는 안도감을 느꼈다.

"이제 나는 발끝에도 못 미치겠어."

쥬다가 피식 입꼬리를 올렸다. 타라는 고개를 저었다.

"이건…… 내가 가질 힘이 아니에요."

방금 마음을 굳혔다. 이런 힘은 존재해서는 안 된다. 그러니, 없애 버려야 해. 이 세상에서.

[시간이 된 것 같다.]

불사조가 천천히 타라의 앞에 앉았다. 마지막까지 그녀의 견제를 받던 아델하이트 여왕은 상황을 자각하자마자 몸을 뺐는지 보이지 않았다.

타라의 표정을 본 불사조가 고개를 흔든다. 멀리 가지 못했을 거야. 쇠약해졌을 테니까.

[이제 내 심장을 꺼내. 나는 더 이상 도움이 돼 주지 못할 거다.]

조금 전의 기적으로 봉인의 힘을 죄 소진했는지 불사조의 불꽃이 사그라들어 있었다. 예상하고 약속했지만, 마음이 아픈 건 어쩔 수 없었다. 타라가 입술을 깨무는 사이 불사조가 소곤거렸다.

[너를 만나 기뻤다.]

  부디 마지막까지 행운이 가득하기를.

  지상의 하나 남은 최후의 불사조의 몸 위로 햇빛 한줄기가 내비
쳤다. 아니, 그것은 산화되는 불꽃이었다. 서서히, 부드럽게 타오르
며 한 점 한 점, 은빛 연기처럼 흩어진다. 타라는 망연자실 고귀하
고 유일무이한 생명의 평온한 자살을 바라보았다.

  곧 모든 육체가 빛으로 사그라지고, 붉고 동그란 보석만이 남았
다. 자신의 손바닥 안으로 와 똑 하고 반으로 쪼개진 그것을, 타라는
하염없이 바라보다 움켜쥐었다. 어쩐지 바늘을 쥔 것처럼 아렸다.

  그녀는 그것을 꼭 쥔 채로 쥬다를 돌아보았다.

  "쥬다. 할 말이 있어요."

24

죽은 마법사의 탑

—넌 평생 저주받을 거야.

요정이라기보다는 물에 비친 형상이 그대로 살아 움직이는 것처럼 흐릿하고 희끄무레한 낯. 그래서 더 안달나게 하고 매달리게 하는 아스라함.

비제는 이따금 그런 얼굴을 하고 나타나 자식을 저주하는 어머니를 꿈에서 만났다.

너는 내가 아니라 그 남자를 빼닮았어. 똑같이 저열한 도둑놈이야. 더러워. 너 같은 걸 낳는 게 아니었는데.

—네가 내 전부를 빼앗았어!

그녀는 울었고, 슬퍼하다 절망하고 결국에는 항상 그를 원망했다. 하나뿐인 아들이 자신의 자유와 힘을 빼앗아 죽느니만 못한 삶을 살게 했으니 그녀의 저주는 당연한 건지도 모른다. 그럼에도 꽤 아팠다. 더 이상 어머니의 치맛자락에 매달릴 소년이 아닌 지금까지도.

그리고 또 뭐라고 했더라.

—그 누구에게도 사랑받지 못할 거야.

아, 그랬던 것 같군.

그 여자는 한참 절규하며 저주를 퍼붓다, 시퍼런 눈을 들어 어린 아들을 노려보았다.

허연 손가락이 쭉 뻗어 눈앞에 멈춘다. 확장된 동공에 반쯤 잘린 긴 손톱과 새빨간 입술이 달싹거렸다. 기묘한 웃음과 함께.

네게 이겼다고 생각하겠지?

하지만 아니야. 이제 시작이지.

너에게 영원한 편린(片鱗)의 저주를 내리마.

—평생 너를 사랑하는 사람들의 생기과 생명을 빨아먹으면서 너만 살아남을 거야. 물귀신처럼. 고독한 외톨이가 되어도 소용없어. 언젠가 네가 어떤 이를 사랑하게 된다면, 죽거나 너를 증오하게 될 테니까. 그러다 결국에는…….

어머니의 마지막 저주와 물비린내 풍기는 서늘한 그림자는 일생 비제를 쫓아왔다. 사실 한시도 잊어 본 적이 없다. 마녀의 원한이란 지독한 것이다.

그리고 아마도…… 그는 마녀에게 원한을 사는 데에 퍽 재능이 있는 모양이다.

짝! 날카로운 소리와 함께 얼굴이 획 돌아갔다. 비제는 무미건조하게 무너진 겨울 성을 내려다보던 표정 그대로 고개를 돌려, 싸늘한 아델하이트를 마주했다.

"너지?"

"뭐가?"

주륵 흐른 피를 느른하게 혀로 핥은 비제가 묻자, 아델하이트는 냉소적으로 웃었다.

"타라를 이 성 안으로 들인 사람."

"데려오라고 그리 난리를 치더니 막상 만나니까 보기 싫어?"

"눙치지 말렴."

지금 나는 꽤 화가 났거든.

순진한 소녀처럼 파랗던 눈에 광기와 살의가 번들거린다. 그녀의 어리고 유약하던 딸이 제대로 반격한 모양이다. 어쩐지 뺨을 맞고도 유쾌해진 그는 큭큭 웃으며 고개를 고양이처럼 기울였다.

"뭐 때문에 우리 여왕님이 이리 화가 나셨을까."

전부 당신 뜻대로 되고 있는 거 아니었나?

아델하이트가 비제의 말을 무시하며 날 선 어조로 힐난했다.

"불사조, 그 빌어먹을 새가 왜 그 애와 같이 있는 거지?"

"당연히 동부에 갔을 테니 함께 왔겠지."

"그게 문제란다. 그 애가 어떻게 동부까지 간 거야? 이 아델하이트의 코앞을 지나서?"

아, 그게 문제였군. 비제는 화풀이의 명분을 찾자 금세 무료해져서 장난처럼 손끝을 만지작거렸다. 평소 그의 방종함을 재미있다는 듯 지켜만 보던 아델하이트는 안타깝게도 사소한 손장난조차 봐줄 여유가 없었다. 날카로운 손톱이 그의 팔목 위를 파고들었다.

"대답해. 그 애의 추격은 너에게 맡겼을 텐데?"

"놓쳤어."

"뭐라고?"

아델하이트가 기가 막혀 옥박질렀다. 기세가 심상치 않자 그가 사과한다.

"그렇게 됐어. 미안."

크게 미안한 기색은 아니었지만.

찰나 상대를 찢어 죽일 듯이 흉악한 빛이 파란 눈에 스쳐 지나갔다. 그녀는 살의를 애써 참아 눌렀다. 지금 이자와 갈라서는 건 어떤 도움도 안 되었다. 비제에게 타라의 추적을 맡긴 것이 실책이었다.

아델하이트의 계획에 제 힘을 온전히 사용하는 타라는 없었다. 그녀가 타라의 각성에도 여유로웠던 건 쥬다라는 족쇄가 있다면 아무것도 못 할 거라는 걸 확신했기 때문이다. 한데 그 고대의 신수가 모든 걸 망쳤다.

아델하이트는 가늘게 뜬 눈으로 속 모를 사내를 주시했다.

"너 무슨 생각이니?"

"나야말로 무슨 질문인지 모르겠는데."

"그 애에게 욕심이 있잖아. 속이려 하지 말렴. 그런 욕망을 누구보다 잘 아는 건 나니까."

아델하이트가 싸늘하게 비웃었다. 그녀는 쉽게 비제가 감추고 있는 마음을 꿰뚫어 보았다. 그래서 그에게 타라를 맡긴 것이다.

 —쥬다가 줄 수 없는 걸 나는 네게 줄 수 있어. 그게 무엇이든.

네가 제 몫만 해 준다면 그 아이를 너에게 줄게.

그 의미도 포함된다는 걸 저 사내가 모를 리 없다. 실제로도 만약 모든 일이 끝나고 타라가 살아남는다면 그에게 넘길 의향이 있었다. 백치와 다를 바 없겠지만.

진짜 그 애를 원한다면 그런 게 무슨 상관인가? 아델하이트는 진심으로 그렇게 생각했다. 그녀는 인간의 욕망과 탐욕을 잘 알고 있었다. 그러니 비제를 기꺼이 받아들인 것이다.

"착각이겠지."

비제는 친절하고 냉담하게 대꾸했다. 두 새파란 시선이 상대를 주시했다. 냉혈동물의 그것처럼 온기 한 점 없다.

아델하이트가 차게 중얼거렸다. 그러니?

"그럼 그 물건은 왜 찾은 거야?"

"어떤?"

"네가 아인츠에게 찾은 물건."

타라 일행에게서 도망간 아인츠는 불행하게도 곧장 비제와 맞딱뜨렸다. 겁 많고 비열한 아델하이트의 애완 쥐새끼는 비제의 나른하고 위압적인 '부탁'에 얼마 못 가 벌벌 기었다. 그가 찾던 것은 딱 한 가지였다.

마레사의 눈.

그 쥐새끼가 벌써 일러바쳤나? 그럴 리가 없을 텐데.

그 생각에 답하듯 아델하이트가 웃음을 터뜨렸다.

"날 너무 얕보면 곤란해. 아무리 다른 곳에 신경이 쏠려 있어도 이 성에서 어떤 일이 벌어지고 있는지 정도는 살피고 있으니까."

여왕의 눈은 곳곳에 퍼져 있다. 그녀의 상징 중 하나인 공작새의 화려한 날개에 박힌 수백 개의 눈처럼.

비제는 표정 없이 먹이 앞의 뱀처럼 웅크린 여자를 바라보다가 약한 웃음을 흘렸다. 낭패라기에는 여유롭기 그지없는 그 얼굴 위를 푸른 시선이 낱낱이 훑어내렸다.

"그래, 당신 말이 맞네. 맞아, 내가 그랬어."

가면처럼 보아 오는 생기 없는 여자가 소름 끼칠 법도 하건만 웃음기가 가시지 않았다.

"당신이 아직도 내 소원을 들어줄 능력이 되는지 의문이 들었거든."

"그게 다라고?"

"할 수 있으면 내가 가질 생각도 했고."

비제는 태연자약하게 제 탐욕을 인정했다.

"방법이나 상대가 누구든 상관없지 않겠어? 그걸 가지고 거래를 해 볼까 했지. 알잖아? 내 과오를 돌이킬 수만 있다면 나는 무슨 짓이든 해."

긴 시간이 흘렀음에도 그는 아직껏 저가 죽인 혈육에게 집착했다. 혹은 그런 것처럼 보였다. 아델하이트는 인형처럼 고개를 기울였다.

"거래? 누구와?"

"저쪽에서도 절실하지 않을까."

"쥬다가?"

그녀가 비웃었다. 저를 찌르고 배신한 작자를 받아 줄 미친놈이 어디 있단 말인가. 더불어 그는 라 엔포르테의 수문장으로서 질서를 어지럽히는 금기는 범하지 못한다.

비제가 거기에 대답하듯 말했다.

"타라는 가능하겠지."

허를 찌르는 발상이었다. 과연 타라라면 가능할 것이다. 어쩌면 죽은 이를 흉내 내는 것으로 끝나는 게 아니라, 정말 그 영혼을 불러내 지상에 묶어 둘 수 있을지도 모른다.

아델하이트는 순간 강렬한 질투심에 사로잡혔다. 불공평하다. 그런 대단한 힘이 아무것도 모르는 계집아이에게 있다니. 그러나 그녀는 겉보기에 여전히 우아한 얼굴로 차갑게 입꼬리를 올렸다.

"박쥐 같은 놈."

"목적에 충실할 뿐이야."

"좋아. 한 번만 더 믿어 볼게."

길고 가는 손가락이 비제의 뺨을 움켜쥐었다. 긴 손톱이 살결을 파고든다.

"하지만 다음은 없어."

"그러시든가."

마른 검지로 아프게 찔러 오는 손을 걷어 낸 비제가 가늘게 웃었다. 그럼 이제 어디로 갈 거야? 이 성은 보아하니 끝장난 것 같은데. 그의 물음에 그녀는 꽃처럼 웃었다.

＊　　＊　　＊

타라는 천천히 내면에서부터 찰박찰박 솟구치는 불안정한 소리를 들었다. 그 소음은 점차 커져서 이제는 숫제 뇌리를 가득 채울 만큼 요란해졌다.

어떤 식으로든 내가 죽어야 한다.

기적이라며 찬양하는 어지러운 아우성 속에서 쥬다의 푸른 눈을 바라보았을 때. 찰나 심장이 멎을 듯 쿵 내려앉았던 그 순간. 그녀는 끊임없이 반복적으로 생각했다.

당신은 뭐라고 할까. 안 된다고 하겠지. 불완전한 도박에 목숨을 거느니 율리아가 망하는 게 낫다고 할 거다.

그래서 말하지 못했다. 타라는 눈을 내리깔았다. 대신 다른 것들을 이야기했다. 앞으로의 행보, 어머니의 목적, 그녀가 향한 마지막 종착지에 대해서.

쥬다는 망설이지 않고 그곳에 대해 말했다.

─망가진 탑.

분명 거기로 갔을 거다.

─서부 끄트머리에 있는 폐허지.
─거기에 무엇이 있는데요?
─없어. 아무것도.

다만,

─거기에서 모든 것이 시작되었으니까.

그곳에서 마레사가 죽었어.

끝까지 내몰린 어머니가 결국 찾은 곳이 옛 연인의 무덤이라니. 타라는 기이한 감상에 사로잡혔다가 애써 떨쳐 내었다. 어쨌든 목적지가 바로 정해졌으니 다행인 일이었다.

그러나 겨울의 땅을 단번에 넘어 서부 끄트머리까지 가기에는 시간, 체력적으로도 부족할뿐더러 타라와 쥬다 모두 온전한 힘을 쓰기에는 힘든 상태였다.

난감하던 차에 뜻밖의 조력자가 나타났다. 끝없는 겨울이 끝난 듯 눈과 흐린 하늘이 개고, 파래진 하늘의 저편에서 돌연 검은 그림자가 나타난 것이다.

기적과 승리에 긴장을 풀고 있던 연합군은 갑자기 시커멓게 드리운 거대한 그늘에 대경실색해서 벌떡 일어났다.

[뭐야. 왜 갑자기 따뜻해졌어?]

꼭 봄이 온 것 같은데. 겨울의 핵심인 겨울 성에 난데없는 봄이라니. 성벽을 짚고 서서 고개를 갸웃거리며 긴 혀를 날름거리는 건 마룡 바바로사였다.

사람만 한 눈이 도르륵 돌아가며 주변을 둘러보자 너 나 할 것 없이 정적 속에 침 삼키는 소리가 울렸다. 세상에, 이제는 하다 하다 마룡까지…… 라고, 모두가 생각했다.

다행히 사고가 나기 전에 마룡의 존재를 느낀 타라가 먼저 그와 조우했다. 그녀는 다 무너진 성에 머리를 들이밀고 코를 쿵쿵거리고 있는 바바로사를 발견하고는 놀라 소리쳤다.

"바바로사 씨? 여긴 어쩐 일이에요?"

[작은 타라 인간. 여기 이상한데. 이제 춥지 않아.]

고개를 갸웃거리는 검은 용의 머리가 이상하게도 호기심 많은 커다란 검은 개처럼 보인다. 하지만 어느 개의 발톱이 저렇게 길고 날카로우며 거대하단 말인가. 그럼에도 타라는 더 이상 이 용이 예전만큼 무섭지 않았다.

"네. 날씨가 개었네요."

[내 호수를 건넌 건가?]

용의 천연덕스러운 질문에 타라는 잘린 손가락이 다시금 허하고
아렸으나 대수롭지 않게 고개를 끄덕였다. 덕분에요. 그녀의 태연
한 기색에 바바로사는 좋은지 나쁜지 아리송한 기분으로 괜히 성벽
을 긁었다.

[흥. 운이 좋은 인간이군.]

"고마워요. 신경 쓰셨나요?"

[내가 왜?]

타라는 대답 대신 고개를 슬며시 기울였다. 말간 눈이 외려 반문
하는 것도 같고, 무언의 다독임과 질책 같기도 하다. 바바로사는 괜
히 들썩거리며 발을 굴렀다.

"어쨌든 바바로사 씨 덕분에 쥬다가 크게 다치지 않았어요. 아군
의 피해도 적었고요."

수고를 칭찬하는 듯한 뉘앙스다.

[별거 아니야.]

거래와 약속을 이행한 것뿐인 바바로사는 드물게 의기양양하

고 겸연쩍어했다. 그러다 퍼뜩 정신을 차렸다. 안 돼. 이 인간은 어딘가 특이해서 얘기를 나누다 보면 이리저리 휘둘리게 된다. 머리를 휙휙 저은 용이 노란 눈을 번뜩였다. 웃기지 마라. 또 당할 줄 알고?!

그러나 용의 검은 꼬리는 이미 툭툭 바닥을 치고 있었다. 곧 얼마 되지 않아서는 몸까지 배배 꼬았다.

타라는 의도하지 않고도 상대에게 환심을 사고 기분 좋게 들뜨게 할 줄 알았다. 그건 타고난 재능이었고 특히 동물들에게는 절대적인 영향력을 발휘했다.

그리하여 이번에도 바바로사는 어어어, 하는 사이 얼떨결에 그들을 서부까지 데려다주게 되었다.

검은 용이 하늘을 뒤덮을 듯 커다란 날개를 펴고 하늘로 날아오르자, 거대한 숲 전체가 해일이 일어난 바다처럼 넘실거렸다. 마구 흩어지는 머리카락을 짓누르며 타라가 아래를 향해 소리쳤다.

"브릿! 다녀올게요! 모두 고마워요!"

"무사히 다녀와! 본때를 보여 줘!"

브리지트가 허공에 주먹을 붕붕 휘저었고, 란쳇은 또다시 울컥해서 그렁그렁한 눈으로 주군과 그 딸을 배웅했다.

이사신을 필두로 한 늑대족은 주군을 향해 정중하게 머리를 조아렸다. 그런 아버지와 눈이 마주친 갈랑은 깊이 고개를 숙여 보였다. 그의 손에 들린 불사조의 심장 조각이 반짝 빛났다.

용의 커다란 날개가 점으로 보일 때까지 손을 흔들던 브리지트가 어깨를 늘어뜨렸다.

휘황찬란한 며칠이었다. 화살도 맞았고, 강물에 떠내려가 표류하다가 반란까지 일으켰다. 그다음에는 전쟁.

10년에 걸쳐 겪을 일을 근 몇 주일 안에 다 겪었다. 고개를 설레설레 젓고 돌아서려는데 이미 누군가가 그녀를 기다리고 있었다.

붉게 흐드러진, 똑 닮은 머리카락이 때마침 부는 바람에 갈댓잎처럼 살랑이다가 천천히 가라앉았다. 항상 그렇듯 오베론은 옅게 웃고 있었다.

풀린 날씨가 완연하다. 벌써 녹기 시작한 눈 덕에 드러난 흙바닥, 벗은 빈 가지에는 곧 싹이 트리라. 이 기적을 뒤로한 채로 그들은 퍽 오랜만에 서로를 마주했다.

머뭇 지체하는 것도 잠시, 브리지트는 머리를 긁적이고는 성큼성큼 다가가 앞에 섰다.

"우리, 얘기 좀 하자."

서로 쌓인 말이 많은 것 같으니까.

*　　　*　　　*

그곳은 이름 그대로 다 무너진 탑이었다. 거미줄이 쳐진 듯 잔뜩 금이 가고 먼지가 날리는 오래된 건축물은 늙은 짐승이 그대로 돌이 된 양 건조하고 낡은 냄새가 났다.

타라도 아는 곳이었다. 봄의 땅을 향한 여정에서 잠시 들렀던 곳이니까. 그녀는 이 신기한 우연에 눈을 동그랗게 떴다.

"여기는…… 그냥 폐허인 줄 알았는데요?"

"폐허는 맞지."

짜증나는 기억이 많아서 그렇지.

반듯한 미간에 희미하게 주름이 잡힌다. 쥬다가 다소 개인적인 감정을 드러내는 경우에는 보통 과거의 인연과 관련이 있는 경우가 많았다. 아마도 어머니와 연관된.

괜히 기분이 저조해진 타라는 쥬다의 손을 잡고 그네처럼 흔들었다. 금방 표정을 풀고 저를 바라보는 그와 눈을 마주하자 약한 심술이 사그라졌다.

쥬다가 입을 열었다. 예전에는 한가락 하는 마법사라면 누구나 탑이 있었지.

"이곳은 마레사의 탑이야."

읊조리는 목소리는 어딘가 바래 있었다.

"그가 직접 하나하나 돌과 유리를 쌓아 올렸다고 들었다. 의미가 깊다고 할까."

"그랬군요……."

"한때는 우리 셋 다 여기서 시간을 보낸 적이 많았어."

타라는 생경하게 회한에 잠긴 것처럼 보이는 쥬다를 바라보았다. 그가 제 입으로 그 시절을, 그것도 '우리'라는 단어를 쓸 거라고는 생각도 못 했다. 과거에 대한 피로와 경시 외에는 큰 감정을 보이지 않던 그가.

어쩌면 과거의 그들은 쥬다에게 조금이나마 남다른 의미였는지도 모른다. 하기야, 그렇지 않다면야 그가 지금껏 이리 방치하지도 않았겠지.

"기척이 느껴지지 않습니다."

"진짜 여기 맞긴 해?"

순찰하듯 한 바퀴 돌고 온 갈랑이 중얼거리자 레오니다스가 되물었다. 전쟁도 끝났겠다, 수족 군대를 세냐에게 맡기고 온 레오니다스는 한량처럼 가벼워 보였다.

브리지트 또한 같이 오기를 희망했으나, 종족의 수장으로서 혼란스러운 시국을 정리할 필요가 있었다. 반대와 우려에 부딪쳐 브리지트는 아쉬운 듯 단념했다.

—나도 간다.

하지만 애 아빠 기사 왕은 아니었다. 본인의 의지가 절대적인 군주는 란쳇에게 전권을 위임하고 회군을 명했다. 겨우 재회한 딸이 위험을 앞두고 있는데 떨어져 지켜볼 그가 아니었다.

그리하여 지금 그들 모두 여기에 서 있는 것이다.

타라는 폐허 안으로 들어가기에 앞서 갈랑을 돌려보냈다. 안 가겠다고 무뚝뚝하게 버틸 것 같았던 그는 의외로 큰 도움이 안 될 거라며 순순히 물러났다. 그의 시선 끝에 있는 이드와 레오니다스, 쥬다가 각각 율리아를 지배하는 군주들인 것을 생각하면 당연한 말이긴 했다.

갈랑이 고개를 숙인 후 멀어지는 걸 바라보던 쥬다가 나직하게 입을 열었다.

"그럼 가 볼까."

네 사람은 저벅저벅 무너진 탑 안으로 들어섰다. 내부는 겉보다 더 심했다. 모래 더미와 무너진 돌무더기들이 걸음마다 밟혔다. 닳아 해진 벽의 문양들과 값진 푸른 돌로 장식한 바닥, 아직까지 버티고 선 유려한 모양의 기둥만이 이 건축물의 고아함을 흐릿하게 증명했다.

타라는 어쩐지 이곳이 낯설지 않다는 생각이 들었다. 부서진 책장과 걸레가 다 된 눅눅한 책 가지들을 가만히 살펴보던 눈이 한쪽 벽면의 무너진 가장자리, 먼지가 가득 묻은 청동 장식에 닿았다.

독수리나 매 따위의 맹금류 같았다. 확실한 건 부엉이는 아닌 것 같다. 그때 레오니다스가 먼지 끼고 갈라진 통로와 거미줄을 보며 중얼거렸다.

"확실히 완전 폐허구만. 정말 조용하군."

"잠깐."

순간 모두 움직임을 멈추고 쥬다를 돌아보았다. 그의 표정이 심상치 않았다.

"뭔가 이상……."

쥬다를 보던 타라가 무심코 계단에 발을 내디디는 순간이었다. 이드가 다급하게 고함을 질렀다.

"아가! 멈춰!"

그녀가 놀라 돌아보는 찰나, 벚꽃잎 같은 하얀 눈보라가 피어올랐다. 그것은 타라와 쥬다를 차례차례 집어삼키고는 먼지처럼 사라져 버렸다.

"……."

당혹함 속에 남겨진 두 사람만이 서로를 망연자실 바라보았다. 현실을 자각하자마자 야차처럼 일그러진 이드가 대번에 검을 뽑자 맞은편의 레오니다스가 워우, 방정맞게 소리치며 두 손을 들어 올렸다.

"살살 뽑아! 맨날 전쟁터에서 보니까 나 치려고 그러는 줄 알았잖아!"

"타라는? 어디로 사라진 거지?"

이거, 왠지 나만 맨날 이런 취급 당하는 것 같아. 레오니다스가 침울한 심정으로 이드를 바라보다 말했다.

"아무래도 그 여자가 수작을 부린 것 같은데. 그 둘이 우리보다는 세니까 걱정 마. 쥬다가 조금 걸리기는 한다만……."

"지금 적진 한가운데서 그런 한가로운 소리가 나오나?"

신경이 단단히 곤두선 이드가 사납게 되물었다. 레오니다스는 피식 씁쓸하게 웃었다.

"진정하란 소리다. 너나 나나 마법에는 문외한인데 칼 들고 발광해 봤자, 손밖에 더 베여?"

"……."

눈을 내리깐 이드가 주먹을 움켜쥐더니 결국 천천히 착검했다.

다행이다. 레오니다스는 내심 안도했다. 쥬다 같으면 벌써 눈이 뒤집어져서 이 탑을 통째로 들어내니 마니 지랄했을 텐데 그래도 애 아빠 쪽은 말이 통하는군. 그나마 다행…… 까지 생각했던 찰나. 전광석화처럼 제 옆을 지나친 이드의 발이 벽면을 깨부쉈다.

단 한 합에 가루가 된 것을 레오니다스가 입을 벌리고 보는데, 시종 표정만 정갈한 기사 왕이 흉흉하게 중얼거렸다.

"미친년 같으니."

엄마야……. 순한 애가 화나면 무섭다더니. 레오니다스는 당장 사람 하나 죽일듯한 이드에게서 슬쩍 한 발짝 멀어졌다.

*   *   *

"이건 또 무슨 장난질이냐."

쥬다는 이를 뿌드득 갈며 뇌까렸다.

그가 눈을 뜬 곳은 불투명한 안개로 휩싸여 있었다.

우드득 손목을 꺾은 남자는 굳은 목을 잡고 풀면서 생각을 정리했다. 아무래도 마법으로 공간을 나눈 것 같군. 그리고 그 위의 흔적과 이음새를 환상으로 덮은 것이다.

그가 쯧 혀를 찼다. 꼭 저 같은 개수작을.

하기야 아델하이트는 눈과 얼음의 마녀지만 어릴 적에는 환상과 환각, 속임수 등 사람의 감각을 속이고 농락하는 데에 더 뛰어났다. 저 멍청한 이드도 거기에 당한 거겠지. 파훼 방법도 모른 채 섣불리 나섰다가는 낭패당하기 십상이다.

"꼴 같은 짓 하지 말고 나와."

가장 쉬운 방법은 공간 자체를 강한 힘으로 찢어 버리는 것이지만 신체적 타격이 채 가시지 않은 그에게 정공법은 핵심을 공격해 와해시키는 것이었다. 이 경우에는 아델하이트 자신이나 그녀가 마력을 끌어다 쓰는 마레사의 눈.

그러나 안개는 점차 짙어지고 있었다. 이 순간에도 타라는 혼자 있을 터다. 짧은 사이 그는 마음을 정했다. 새파란 불꽃이 번뜩이는 푸른 눈과 함께 화륵 타오른다.

"안 나오면 부수는 수밖에."

역시 일격 필살이 그의 방식이었다. 세차게 불붙은 불꽃이 콰앙 한쪽 벽을 무너뜨렸다. 그러고는 손짓 한 번으로 다른 곳도 때려 부쉈다.

여기도 아닌가. 그가 뚜벅뚜벅 몇 걸음 앞으로 내디디며 다시 마력을 끌어 올리는데, 헛웃음 섞인 목소리가 들렸다.

"몸도 안 좋으면서 너무 막 나가는 거 아닌가."

마법사인지 깡패인지 모르겠어. 웃음기가 낭랑한 음성에 쥬다는 돌아섬과 동시에 공격했다.

날카로운 검명이 울렸다. 양쪽으로 절단된 마법이 콰광 벽만 부수고 사라졌다. 과격한 한 수를 피한 비제가 바람 빠지는 소리를 내며 고개를 절레절레 저었다. 여전히 과격한 성질머리는 건강과 상관이 없는 모양이었다.

스르릉 착검한 그는 걸터앉아 있던 데서 날렵하게 뛰어내려 착지한 후 손을 털었다. 배신자와 그의 옛 주인은 서로 너무나 다른 얼굴로 상대를 마주 보았다. 비제는 사람 좋게 먼저 인사를 건넸다.

"안녕, 쥬다. 살아 있었네요?"

"너야말로 죽을 길로 간 것치고는 혈색이 좋군."

쥬다가 쌀쌀맞게 말했다. 과연 염치가 없고 뻔뻔하기로는 저놈을 따를 자가 없을 것이다. 아무리 무신경한 쥬다라도 그 모습이 약오르고 짜증스러웠다.

"입 좀 닥치지그래. 내가 그 정도로 죽지 않는다는 건 너도 알 텐데."

"알지. 그런데 걱정돼서."

미친놈이. 말이나 못 하면.

어처구니가 없어서 눈을 부리부리하게 뜨고 노려보는 그에게 비제가 고개를 숙이고 키득키득 웃었다. 허리춤에 들린 검 한 쌍이 그 서슬에 덜컥덜컥 흔들린다. 맑은 웃음소리에 뽀얀 낯이 철없는 소년 같았다.

"타라는 어디 있지?"

시냇물처럼 졸졸 흐르던 웃음이 뚝 멎었다. 쥬다는 고개를 들고 인형처럼 표정이 가신 비제를 바라보았다. 아. 그는 뺨을 긁적이며 대꾸했다.

"아마 가까이에 있을 거야. 우리가 못 느낄 뿐이지."

"그러는 넌 나를 처리하러 왔고?"

쥬다가 대놓고 이죽거리자 비제는 어깨를 으쓱했다. 다 알면서.

"그녀가 당신 목을 원해, 쥬다."

느릿느릿 검신이 드러났다. 초승달을 정성스레 닦은 것 같은 하얀 검은 아이러니하게도 검을 향한 이가 준 것이다. 배반자는 피곤한 듯 미간을 문지르며 한숨을 쉬었다. 그는 어서 빨리 쉬고 싶었다. 끝이 무엇이건 간에.

"빨리 끝냅시다. 시간이 없을 테니."

동시에 그의 옆 방향에서 나타난 검은 그림자가 쥬다에게 달려

들었다.

푸른 불꽃에 막힌 구울이 크르르 검은 입을 벌렸다. 불에 닿은 피부가 치지직 녹는데도 거무튀튀한 손톱으로 허공을 긁어내린다. 마레사라고 할 수도 없었다. 이제는 완전 괴물이었다.

겨울 성에서 쥬다에게 당한 상처들은 어느 정도 재생이 되어 있었다. 짧게 한숨을 쉰다. 귀찮게 되었군.

"대체 이 인형은 왜 자꾸 끌고 다니는 거냐."

보면 기분도 좋지 않은데. 빠르게 발검한 비제가 그의 옆으로 치달으며 대꾸했다.

"애착 인형인가 보지."

"웃기는군."

짧은 냉소가 튀어 나갔다. 쥬다가 수인을 맺자 허공에 작은 마법진이 그려지며 비제와 구울을 단번에 튕겨 내었다.

그러고도 모자라 천장에서도 나타난 마법진에서 불과 바윗돌이 쏟아져 내렸다. 쾅쾅! 바닥이 으깨지고 돌가루가 튀었다. 가까스로 물러서 치명타를 피한 비제가 쯧 짧게 혀를 찼다.

"전투 방식이 조금 바뀌었네?"

"이가 없으면 잇몸으로라도 씹어야지."

쥬다가 코웃음 치며 손가락을 튕기자 수십 개의 불화살이 만들어져 쏟아졌다.

그것을 전부 쳐 낸 비제가 뒤로 물러서 잠시 장내를 둘러본다. 두꺼운 안개는 그들의 마력과 힘의 충돌에 따라 부분부분 옅어졌다가 다시 짙어졌다.

그 찰나의 틈새, 지척에 도사린 두 눈을 발견한 비제의 입가가 한 번 말아 올려졌다. 그는 베짱이처럼 검을 빙글빙글 돌리면서 말했다.

"쥬다, 뭐 한 가지 물어봐도 됩니까?"

인간의 형상도 거의 사라진 것 같은 구울이 크게 울부짖었다. 철판을 가위로 긁듯이 소름 끼치는 소리였다. 먹먹한 한쪽 귀를 손으로 틀어막은 쥬다가 한차례 마법을 일으켜 구울은 물론, 가만히 있는 비제에게까지 불덩이를 날려보냈다.

대답 대신 날아온 공격을 흘려보내며 그가 낮게 한숨 쉰다. 아프다더니 팔팔하다 못해 여전하네. 그러고는 칼날을 비스듬히 세웠다.

"왜 그랬는지 궁금해서."

"무슨 소리냐. 헛소리할 거면 입이나 닥쳐."

신경이 분산되자 짜증나는지 쥬다가 날 선 욕설을 뱉었다. 비제는 검을 모로 잡았다.

"내가 당신을 찌른 날 있잖아."

그리고 검 자루를 쥐고 뒤로 뺀다. 도약하기 전의 맹수처럼 근육이 팽팽하게 당겨졌다. 결국 쥬다가 돌아보자 이가 다 드러난 묘한 미소와 마주쳤다.

"왜 나를 살려 둔 거야?"

죽일 수 있었으면서. 충분히.

파공성을 그리며 쏘아진 칼날이 쥬다의 옆을 아슬아슬하게 스쳐지나갔다. 은발 몇 가닥이 잘려 하늘하늘 떨어진다. 명백한 위협이었음에도 쥬다는 미동이 없었다. 마치 그날 밤 그랬던 것처럼.

어딘가에 명중한 검이 챙그랑 바닥으로 떨어지는 소리가 울렸다. 두 시선이 마주쳤다.

너무 오랜 시간 서로를 알아 온 두 사람이다. 간단한 눈짓만 봐도 어느 정도 속내 파악이 가능하다. 근래에는 불가능한 일이었지만.

긴밀한 시선이 교환되는 찰나, 구울이 쥬다에게 달려들었다. 홱 고개를 돌린 쥬다가 급히 마법을 일으켰으나 적기를 놓쳤다.

남은 검 하나가 뽑혔다. 비호처럼 내달린 비제가 쥬다를 향해 칼을 치켜들었다.

"이제 끝내자고."

*   *   *

여기는 어디지?

타라는 주춤 사방을 둘러보았다. 그녀는 순간 벨벳 성, 쥬다의 서재에 돌아온 듯한 착각이 들었다.

조금 전만 해도 폐허에 서 있었는데. 지금은 매끈하게 다듬어 윤이 흐르는 바닥부터 우아한 묵빛이 감도는 책장, 활활 타오르는 벽난로에 이르기까지 고상하고 단정한 장소에 서 있었다.

한순간 바뀐 공간에 이질감이 치밀었다. 쥬다도, 아버지와 레오니다스도 보이지 않고 저 혼자다. 불안하게 눈을 깜박이며 불길이 타오르는 벽난로를 바라보았지만, 그것은 진짜였다.

불빛이 번진 놋쇠 장식이 반들반들하게 번쩍였다. 그리고 그녀는 그 청동 빛깔 독수리와 눈이 마주치고 나서야 깨달았다. 지금 보고 있는 건 폐허가 되기 전의 탑의 모습이었다.

"멋지지 않니?"

천천히 뒤돌아본 자리에는 눈을 고아 짜낸 듯 하얀 옷차림의 아델하이트가 서 있었다. 금방이라도 그녀가 흰 비둘기가 되어 날아가 버릴 것 같은 아슬함이 느껴졌다.

풀어헤친 금발 머리카락이 노란 프리지어처럼 흔들리고, 티끌 없는 푸른 눈은 새벽 한 움큼, 곱게 모은 손은 깃털 한 조각 같았다. 장신구 하나 걸치지 않은 그녀는 권력과 광기, 한 아이의 어머니와도 연관 없는 그저 순결한 처녀처럼 보인다.

"내가 가장 좋아하던 곳이란다."

타라는 그녀가 뚜벅뚜벅 걸어가 익숙하게 난롯불에 걸린 찻주전자를 들어 찻잔에 물을 붓는 걸 지켜보았다. 여주인처럼 자연스러운 품새였다.

"그 사람과 함께 차를 마시던 곳이지."

그녀는 모락모락 피어오르는 찻물을 바라보며 읊조렸다. 그 옆얼굴이 기이하게 평온했다.

"한잔하련?"

"마음만 받을게요."

타라의 거절에도 그녀는 그저 어깨를 으쓱이고는 차를 기울였다. 오도독 쿠키까지 집어 먹는 여왕을 자세히 뜯어봤지만, 속내를 짐작하기 어려웠다.

이 갑작스러운 티타임은 뭐란 말인가. 그리고 이건 현실인가 환상인가. 가짜라고 하기에는 저 난롯불의 더위조차 지나치게 생생했다.

평온한 공기에 숨이 막힌다. 갖은 가정과 대비가 죄 쓰레기가 된 것 같았다. 수십 수백 번 최후의 접전을 상상해 보았어도 저 혼자 어머니를 대적하는 광경은 없었다. 그 안이하기 짝이 없는 사실을 그녀는 뒤늦게 깨달았다.

그럼에도, 물러설 생각은 추호도 없다. 차 한 잔이 말끔히 비워졌을 때쯤 여왕이 운을 띄웠다.

"무엇을 바라고 여기까지 왔니?"

주변의 휑한 바람 소리도, 희미하게 후각을 건드는 옛것의 마른 냄새도 일순 전부 가셨다.

"당신의 야욕을 멈추려고요."

그러자 여왕은 고개를 숙이고 작게 웃었다.

"그게 아니겠지. 너는 네가 생각하는 것만큼 정의롭지 않아. 네가 아끼는 것들의 안위가 중요할 뿐이지."

"그건 맞는 말이네요."

타라는 착하다는 말을 많이 들었지만, 사실 다른 이들보다 인내심이 많을 뿐이라 생각했다. 제 주변 이들만 무사하다면 냉큼 사랑하는 이의 손을 붙잡고 세상 끝까지 도망치는 게 더 타라다울지도 모른다.

말간 눈을 들어 저를 낳아 준 여인을 바라본다. 딸자식은 별수 없이 어미를 닮는다고 들었다. 우리도 그럴까.

"그러니 당신을 죽인다 해도 나는 후회하지 않아요."

아마도 타라의 인생에서 내뱉은 말 중에 가장 표독스럽고 잔인한 말일 것이다. 그러나 아델하이트는 그저 입가에 얕은 웃음을 그렸다.

"그거 다행이구나."

전혀 예상하지 못했던 반응에 타라는 미간을 좁혔다. 그녀가 진심이라는 게 느껴졌으니까.

천천히 다가오는 어머니를 타라는 말리지 않고 지켜보았다. 불과 한 걸음을 사이에 두고 멈춰 선 아델하이트는 꼼꼼히 딸의 얼굴을 훑었다.

타라는 대수롭지 않고도 놀라운 사실을 깨달았다. 그녀와 제 눈높이가 자로 잰 듯 같았다. 항상 우러러보아야 했던 여왕은 체감보다 아담한 체구의 여자였다. 생경한 기분이었다.

푸르고 붉은, 서로 정반대이면서도 닮은 두 쌍의 눈이 상대를 응시했다.

"넌 내 최고이자 최악의 역작이야."

아델하이트는 잠시 감상하듯 딸을 살피다가 부드럽게 말했다.

"나 또한 너를 내 손으로 죽이게 된다 해도 후회하지 않을 거란다."

모질고 잔혹한 모정이었다. 그러나 딸의 머리칼을 쓸어내리다, 조그만 귀와 뺨을 어루만지고 다정하게 끌어안는 손길은 상냥한 봄볕 같았다.

생전 처음으로 안겨 본 품은 따뜻했다. 아버지의 품과 다를 바

없이. 파충류의 그것처럼 싸늘하고 차갑기만 할 거라고 여겼기에 그 온기는 외려 이질적이었다.

타라는 한 발짝 물러서서 어머니를 가늘게 뜬 눈으로 바라보았다.

"쥬다는 어디에 있죠?"

"글쎄, 그보다는 네 걱정부터 하지 그러니?"

"웃기지 마세요. 내가 마음만 먹으면 당신 따위 아무것도 아니니까."

"후후후. 과연 그럴까?"

이제 불사조도 없는데 네 넘쳐나는 힘은 어떻게 조절하려고? 그리 말하며 아델하이트의 표정이 돌변했다. 붉은 입꼬리가 뱀의 그것처럼 길쭉하게 찢어졌다.

그녀는 딸을 비웃으면서 손을 들었다. 희고, 가늘고, 무희의 그것처럼 고운 손마디가 낭창하게 흔들렸다.

돌연 주변의 모든 것들이 뒤바뀌었다. 마치 책장을 한꺼번에 넘겨 버린 것처럼 변해 간다. 수려한 창가는 깨지고 금이 가 하늘이 찢어진 모양의 창문으로, 한때는 벽면을 예스럽게 장식했던 타일이 군데군데 떨어져 낙엽처럼 굴러다니는 바닥으로 변했다.

따뜻한 난롯불은 먼지 더미로 변하고 이끼와 담쟁이가 칭칭 감아올린 기둥과 반쯤 썩은 가구들이 서 있는 광경은 영락없는 폐허였다.

더불어 달라진 게 있었다.

푸른 피로 그린 듯 바닥에 빼곡히 그려진 마법진.

흠칫한 타라가 뒤로 물러서기도 전에 안개가 몰려왔다. 아델하이트를 쳐다보았으나 어느새 그 자리는 텅 비어 있다. 교활한 웃음소리만이 메아리처럼 남아 맴돈다.

환상 마법인가? 타라가 이를 갈며 마력을 일으켰다. 콰앙! 응집된 힘이 바닥을 때려 부술 듯이 내리꽂혔다. 일순 탑 전체가 흔들리고 가루가 떨어졌다.

먼지구름이 가시자, 쩌적 거미줄처럼 갈라진 바닥이 드러났다. 한데 기괴한 일이 이어졌다. 꼬리가 잘려도 끊임없이 재생되는 뱀처럼 파괴된 마법진이 다시 그려지는 게 아닌가? 마지막에는 돌조각 하나까지도 원래대로 돌아간다.

어머니의 불길한 웃음소리는 물기가 증발하듯 사라졌고, 하아, 하아, 자신의 숨소리만이 물감처럼 청각을 물들인다.

이대로 시간을 끌면 위험해질 거야. 한시라도 빨리 여기서 벗어나서 쥬다를 찾아야 해. 아버지는 어디 있을까. 레오니다스 아저씨는?

천천히 벽을 잡고 뒤로 물러나며 나갈 길을 찾던 타라의 발에 와삭 무언가가 밟혔다. 하마터면 나올 뻔한 비명을 입술을 씹어 삼켰다. 희끗한 시야에 허연 해골이 보였기 때문이었다. 그런데 한둘이 아니었다. 사방에 널린 시신과 백골들이 희게 드러난다.

두개골이 깨지고 사지가 찢긴 굴러다니는 머리들, 아이를 안고 죽은 어미, 허공을 바라보며 뒤집어진 시체의 눈. 살점과 허연 뼈가 떠다니는 피의 강에 철퍽 발이 잠겼다. 무덤, 지옥도, 대학살의 흔적 위에 서 있는 듯 섬뜩한 풍경이었다.

타라는 허억, 숨을 들이켜며 침착해지려 애썼다. 환상인가? 아마 그럴 것이다. 이 안개 탓이 분명했다. 그녀는 숨을 참으며 마력이 감긴 한쪽 손으로 휙 사방을 걷어 냈다.

지저분한 먼지를 빗자루 하나로 날려 버리듯 일순 끔찍한 형상들이 사라졌다. 바지런히 후퇴하는 찰나였다.

쉬이익. 뱀의 날름거림과 흡사한 소름 끼치는 소리가 귓바퀴를 핥았다. 발등을 타고 오르는 역겨운 감촉도.

"……!"

새카만 거미와 쥐 떼, 뱀이 사방에 우글거리고 있었다. 들끓듯이 저희끼리 타고 올라 파도처럼 몰려온다.

넘치다 못해 서로 밟고 잡아먹기 시작한 해충과 뱀들이 타라를 향해 혀를 날름거렸다. 눈구멍이 파먹힌 뱀이 초록색 몸을 구부리며 타라의 키만큼 커졌다. 이내 사람처럼 이를 드러내고 웃는다. 씨이익.

그녀가 정신을 차렸을 때는 강력한 불꽃이 사방을 휩쓸고, 빈 공터에 털썩 주저앉아 숨을 헐떡이고 있었다.

구역질이 치민다. 아직도 온몸에 거미와 징그러운 것들이 기어다니는 듯했다. 정신을 차리니 놀라 벌어졌던 코와 입을 타고 들어온 안개가 독처럼 싸하게 내부에 퍼지는 감각이 몸을 감쌌다.

이런! 타라는 낭패해서 이를 악물었다.

온몸이 뻣뻣하게 굳었다. 시야가 한 바퀴 빙빙 돌고, 술을 진탕 마신 것처럼 머리가 어지러웠다.

그녀는 이를 악물며 벽을 잡고 바로 서려 애썼다.

스스스…… 등골이 오싹한 뒤척거림이 사방에서 들려왔다. 살인자의 귀엣말, 시체의 들썩임, 뱀의 미끄러지는 쉿소리처럼 서늘한 것들이 귀를 후벼판다. 한둘이 아니었다. 이것도 환각일까.

억지로 눈을 떠 앞을 봤지만 모든 게 뿌옇다. 그 와중에 발을 질질 끄는 듯한 불길한 소음은 계속되고 있었다. 이내 얼굴 근처에서 어른거리는 그림자가 느껴진다. 등에 고인 식은땀이 벌레가 기어가듯이 흘러내렸다.

침착해. 생각하자. 신중하게.

주먹을 움켜쥐고 입술을 깨물며 숫자를 셌다. 하나, 둘, 셋…… 여섯, 일곱…….

그리고 정확히 열을 세자마자 쫙 손을 펼쳤다. 폭사된 마력에 다가오던 사방의 구울들이 불타 죽었다. 적시를 기다리다 최소한의 힘으로 공격과 방어를 병행한 것이다.

파스스 잿가루가 날리는 소리와 타는 냄새에 타라가 참았던 숨을 내뱉었다. 본능적으로 한고비를 넘긴 걸 알 수 있었다.

타라는 너덜너덜해진 입술을 짓씹으며 안개 저편에서 저를 지켜보고 있는 어머니의 존재를 느꼈다.

"제법이야."

반사적으로 쏘아진 마법은 허공만 꿰뚫었다. 낮은 웃음소리가 종 울림처럼 주변을 맴돈다. 키득키득…….

다시 마법이 발동되었지만, 주변만 부수고 끝났다. 또다시 아델하이트는 온데간데없었다. 타라는 까득 잇새를 짓씹었다. 이런 식으로 내 힘을 뺄 참이구나.

이대로, 이대로는 곤란해.

체온이 식어 저릿한 손을 쥐었다 펴면서 더듬더듬 품속에서 단검 손잡이를 붙잡는 순간, 갑자기 뒤에서 또렷한 목소리가 말을 걸었다.

"하지만 그렇게 해서 나를 어떻게 이기려고?"

"……!"

퍼억! 강대한 눈보라에 얻어맞은 타라가 인형처럼 튕겨 나갔다. 한순간 뇌가 다시 진탕이 되고, 기름과 불을 통째로 삼킨 듯 속이 엉망으로 뒤집혔다.

컥, 피 기침을 토하며 부딪친 벽에서 주르륵 주저앉았다. 머리가 희게 비었고, 연속으로 날카로운 얼음송곳이 바닥에서 솟구쳐 달려들었다.

타라는 무력하게 뿌예진 시야로 제 앞까지 닥친 칼날을 바라보았다. 아델하이트의 입가에 스산한 미소가 번졌다.

그러나 다음 순간, 얼음 창들이 단번에 반으로 잘려 나갔다. 동시에 아델하이트가 반대편 벽을 부수고 망가진 인형처럼 처박혔다.

"커헉!"

어떻게?! 먼지 구름이 가시고 그 사이로 피범벅이 된 타라가 헐떡이며 벽을 짚고 일어서고 있었다. 그녀의 새빨갛게 타오르는 눈이 처절하게 번뜩였다.

타라가 쩽그랑 단검을 바닥에 떨어트렸다. 가느다란 손이 피로 철철 얼룩졌다. 통증으로 환각을 덜어 낸 건가. 이 독한 계집애가.

각혈을 내뿜은 여왕이 손을 뻗어 마법을 부리려는 찰나, 거대한 나무줄기가 자라나 그녀를 바닥으로 메다꽂았다.

까아아악! 긴 울부짖음이 사방을 찢을 듯 울렸다. 타라는 이를 악물고 한 번 더 허공을 내리그었다. 부서진 거대한 탑의 파편들이 일제히 허공에 떠올라 콰과광 여왕의 위로 내리꽂혔다.

기우뚱, 마지막으로 낡은 샹들리에까지 그 위에 떨어뜨리고 나서야 타라는 내장이 상했는지 찢어질 것 같은 배를 감싸며 헉헉 쓰러지듯 주저앉았다.

언젠가 쥬다가 이런 말을 한 적이 있다. 통증만큼 제정신 차리게 하는 데 명약이 없다고. 위기의 순간 날카로운 칼날로 손바닥을 찌르자, 아픔에 찡그린 붉은 눈이 명료해졌다.

언제나 그렇듯 쥬다의 조언은 옳았다. 구역질이 나고 머리 한편이 띵했지만 피 흐르는 손바닥을 쥐어짰다. 아픔만큼 머리도 맑아졌다.

헐떡이며 조용한 돌무덤이 된 어머니를 노려본다. 죽었을까? 하지만 시체라도 믿을 수 없었다. 그녀는 그런 마녀니까.

염동 마법으로 아델하이트의 위로 떨어진 돌덩이를 들어 올렸다. 그러나…….

핏자국만 있을 뿐 시신이 없었다.

타라는 본능적으로 회피 마법을 썼다. 간발의 차로 그녀의 머리가 있던 부분에 짓이기듯 서리가 돋아나며 망가졌다.

허공에 떠오른 아델하이트가 다시 섬뜩한 눈보라를 일으켰다. 눈 폭풍을 뒤로한 그녀는 이제 더 이상 웃고 있지도 않았다.

타라를 중심으로 순식간에 자라난 나무줄기가 사방으로 뻗어 나갔다. 채찍처럼 휘몰아치며 사방을 부수자 여왕은 냉소적으로 웃었다.

이마와 입술이 찢어져 피를 흘리는 그녀는 낯빛이 파리했지만 스산했다. 하얀 얼굴을 가르고 떨어지는 붉은 핏방울 탓에 마치 피눈물을 흘리는 듯했다.

"막무가내구나."

"당신만 할까요."

차갑게 대꾸하는 딸에게 여왕은 후후 웃었다. 참 영리한 아이가 아닌가.

"하지만 아직 한참 어려."

"……!"

콰드득, 바닥부터 솟구친 얼음이 타라의 나무들을 한순간에 얼려 버리면서 타라의 발목까지 얼어붙었다. 화들짝 놀란 타라가 반사적으로 발을 빼려다 휘청거리고 얼음을 녹일 불을 불러내려 했다.

그러나 나뭇가지 자라듯 위로 올라온 결빙이 손까지 얼려 버렸다. 순식간에 포박당한 타라가 분한 눈을 치뜨자 또각또각 여왕이 걸어와 팔짱을 끼고 섰다.

"마법에는 힘만 중요한 게 아니야. 상황에 맞춰 반응하는 순간적인 감각이 더 중요하지. 그런 의미에서 너는 가능성이 무궁무진함에도 효율적으로 마법을 사용하는 법은 모르는구나."

널 가르친 쥬다와 달리. 푸른 눈이 갉아 먹힌 손톱처럼 가늘어졌다. 현재 활용할 수 있는 마력이 터무니없이 부족한 쥬다가 물러서지 않고 싸울 수 있는 것도 그런 천재적인 감각 덕분이었다.

"계속 봐 보니 습관적으로 몸짓과 언어로 네 뜻을 표현하던데."

아직 마법을 의지 자체만으로 표출하는 데 미숙하다는 뜻이다. 그렇다면 뜻을 표현할 사지와 오감을 전부 막아 버리면 어떻게 될까.

타라가 이를 악물며 마법을 쓰려는 순간. 기어코 얼음이 타고 올라와 타라를 삼켜 버렸다.

아델하이트는 어떻게 해야 작은 억압으로 상대를 찍어 누르고 공포심을 심어 주는지 아주 잘 알았다. 천부적이라고 해야 하리라. 하물며 저 아이는 제 딸이다.

"내가 만들었으니 어떻게 해야 부수기 편한지도 잘 알지."

글쎄.

"네가 할 말로는 지독히 염치없군."

이 목소리는……!

*   *   *

레오니다스는 힐끔 옆을 보았다. 이드가 팔짱을 낀 채 고개를 숙이고 있었다. 그는 몇 시간째 타라가 없어진 자리에서 망부석처럼 서 있었다.

보기만 해도 갑갑하고 속이 뒤집히는 모습이라, 몇 번 한숨 쉬다 말고 머리를 긁적이다가 다리도 떨어 본 레오니다스는 결국 참지 못하고 말을 꺼냈다.

"야. 그런다고 뭐가 해결되냐."

"……."

"자냐?"

이드가 번쩍 고개를 들자 그는 다시 흠칫 놀랐다. 깜짝이야. 절
망에 잠긴 줄 알았던 것과는 달리 또렷한 붉은 눈이 탑의 벽면을 빤
히 주시하고 있었다. 이드가 입을 열었다.

"어디서 소리 들리지 않나?"

"……무슨 소리?"

레오니다스가 앞발로 갈기를 헤치고 귀를 기울였다. 그러나 아
무 소리도 들리지 않았다. 인간보다 육체적으로 발달한 수족인 그
가 그렇다면 정말 없는 소리인 것이다.

이상한 눈초리에도 이드의 표정은 변화가 없었다.

"타라. 타라 목소리가 들렸어."

아이고 아버님. 레오니다스의 눈이 짠해졌지만 이드는 여전히
심각하게 탑을 쏘아보다 미간을 찡그렸다.

"마법이란 게 무에서 유를 창조하는 것처럼 보이지만 모든 마법
사들이 그런 신기에 가까운 재주를 가지고 있는 건 아니야. 특히 시
공간에 가까운 거라면. 쥬다라면 모를까, 아델하이트는 아니지."

"그런데?"

"뭔가 속임수가 있는 건 아닐까. 그녀는 기만의 마법에 가장 뛰
어난 마녀야."

기만과 착각. 환상이란 건 신기루일 뿐, 현실은 다르다는 걸 의미
한다. 그러니 그들이 사라졌다고 여기기에는 어쩌면 이 공간, 같은
자리에…… 가만히 듣던 레오니다스가 머리를 벅벅 긁었다.

"네 말도 일리가 있다만 우리가 이미 열 번도 넘게 탑을 샅샅이 뒤져 봤잖아? 머리카락 한 올도 못 찾았어."

"……."

이드는 가만히 정면을 바라보며 칼자루를 만지작거렸다.

"만약 이 탑을 다 부숴 버리면 어떻게 될까."

"결국 너도 그거냐?"

기가 막힌 레오니다스가 고개를 저었다.

"너무 위험하다. 타라나 쥬다가 다치면 어쩌려고?"

가만히 정곡을 찌르는 레오니다스의 말에 이드는 침묵으로 긍정했다. 그가 털썩 검도 옆에 내려 두고 자리에 앉자, 레오니다스는 잠시 그 눈치를 보다가 설렁설렁 옆에 앉았다.

단단한 사암조차 갉아먹어 갈 듯 마르고 묵직한 바람이 지나갔다. 눈물 젖은 뺨도 건조해질 것 같은 정적이었다. 물론 활발한 사자 왕은 이런 침묵을 좋아하지 않았다.

"야. 걱정 마라. 뭐든 좋게 풀릴 방법이 있을 테니까."

늘 그렇듯 레오니다스의 위로는 여전히 대책은 없어도 어쩐지 기분은 나아지게 만드는 힘이 있었다. 저랑 전장에서 싸운 게 몇 년이면서 참 털털한 인사였다. 쌀쌀맞은 쥬다가 그와의 오랜 친분을 유지하는 것도 이런 면 때문이겠지.

결국 이드도 피식 웃었다. 마른 손가락이 버석한 얼굴을 문지른다. 상황에 맞지 않는 웃음이 목구멍을 할퀴다가 천천히 말라붙었다.

"타라는…… 내게 자식 이상이다. 그 애가 내 심장이야. 만약 타라가 잘못된다면…….”

미친놈처럼 날뛰다 이번에야말로 제 손으로 죽어 버릴 것이다.

양손으로 마른세수를 하다가 완전히 얼굴을 묻어 버리는 어깨가, 쓸데없이 잎사귀가 넓어 빗물이 고이는 봄나무 같았다.

못 봐 주겠다. 레오니다스는 아직껏 자식도 없는 철없는 수컷이라 아비의 심정을 잘 모른다. 하지만 얼마나 절박한지는 알겠다.

“타라가 엄마 복은 없어도 아빠 복은 있나 보네. 하기야 후견인도 완전 속이 시커먼 늑대를 만났는데 아빠라도 좋아야지.”

늑대라니? 묘한 뉘앙스였다. 이드가 여전히 정신이 딴 데 팔린 채로 되묻자, 레오니다스가 엥 고개를 기울였다.

“그거야 쥬다랑 타라가…….”

돌연 이드가 벌떡 일어났고, 주절주절 떠들던 레오니다스는 다시 또 놀랐다. 아 젠장. 뭔 오뚝이도 아니고.

“이 물건들, 백 년 넘게 있었던 것치고는 상태가 좋지 않나?”

그의 손이 가리키는 건 오래된 벽난로와 서가 따위였다. 거의 걸레나 다름없이 부식되었지만 보통이라면 이미 썩거나 모래에 파묻혀 있어야 되는 것 아닌가.

나름대로 그럴듯한 말에 레오니다스가 고개를 끄덕였다. 그건 그렇군.

“특히 이것…….”

이번에는 벽난로에 장식으로 달려 있는 새 장식을 가리킨다. 녹이 슬고 먼지가 잔뜩 껴 독수리인지 부엉이인지 헷갈렸다. 오직 푸르스름한 눈만 알아볼 수 있을 뿐. 이드가 무표정하게 그것을 보고 있자, 성격 급한 레오니다스가 정신 사납게 되물었다.

"아, 뭔데?"

"그 마레사의 눈이라는 것, 다룰 수 없는 마법도 다루게 해 준다고 하지 않았나?"

"그랬지?"

돌연 검이 뽑혔다. 단박에 새 장식이 산산조각이 나서 부서지자 레오니다스는 생각했다. 신중한 놈인 줄 알았더니 계속 보니까 행동파라고. 이런 건 쥬다랑 비슷…… 어라.

주변의 풍경이 바뀌었다. 다른 층으로 가는 계단이 나타나자 그들은 더 이상 할 말이 없었다. 진짜 해냈다. 이 마법 바보들이.

이드는 새의 잔해에서 조그만 푸른 눈 조각을 주워서 챙겨 넣었다. 그의 착각이 아니라면 분명 관련이 있을 것이다. 그들은 두말할 것 없이 새로 나타난 통로로 들어갔다.

"그런데, 아까 하다 만 말은 뭐지? 쥬다와 타라가 어쨌다고?"

"응? 아니, 쥬다가 도둑놈이라고."

"도둑이라니? 그가 뭘 훔쳤나?"

"걔네 연인이잖아. 몰랐어?"

"뭐?!"

이드의 비명 같은 반문이 울려 퍼졌다.

*　　*　　*

먼저 서부 벨벳 성으로 출발하기로 했던 갈랑은 어쩐 일인지 돌아가지 않고 탑 근처에 머무르고 있었다.

그는 기척을 죽이고 침착하게 주변을 살피기 좋은 언덕에 올라 폐허를 지켜보았다.

— 한 가지 약속해요. 정말 아니다 싶을 때는 빠져서 서부로 가기로.

갈랑은 깊은 고뇌에 잠겼다. 어머니와 타라의 얼굴이 떠오르고, 또다시 신뢰와 의심이 교차한다. 아직 그는 어떤 것도 결정하지 않았다.

그리고 결국, 갈랑은 자리를 뜨지 않았다.

피처럼 붉은 황혼이 내리고 땅거미가 깔리기 시작할 때쯤 검은 인영 하나가 삐죽 무너진 탑에서 나와 종종걸음으로 멀어졌다.

갈랑의 검은 눈이 미끄러지듯 그를 쫓다가 더 이상 시선만으로 쫓아가기 어려운 거리에서야 상체를 들고 천천히 움직임을 재개했다.

새카만 늑대의 신형이 소리 없이 비탈길을 내려가 황무지에 납작 몸을 붙인다. 사막 위를 횡단하는 배처럼 미끄러지듯 목적지까지 도달한 그는 느릿느릿 소리를 죽이고 상대를 바라봤다.

다소 부산스레 왔다갔다하는 신형은 머뭇머뭇 왔던 길을 돌아보다가 결국 되돌아갈 듯 몸을 기운다. 그러나 그럴 기회도 없이, 곧바로 갈랑이 번개처럼 달려들어 그를 덮쳤다.

"으아악!"

얼굴을 가렸던 후드가 툭 떨어지고 드러난 얼굴은 금발의 미청
년, 아인츠였다.

그는 제 목 위로 이를 드러내는 거대한 늑대를 보고 공포에 질렸
다. 본능적으로 마법을 부리려 했으나 수인을 맺기도 전에 날카로
운 이빨이 손목을 물어뜯었다.

끔찍한 고통이 닥쳤다. 으악, 또다시 악을 쓰며 뒹굴뒹굴 구른
다. 너무 아파 제정신이 아닌 상태에서도 그는 허우적허우적 생각
한다. 도대체 이 늑대가 왜 여기에 있는 거지?

늑대가 피가 잔뜩 묻은 주둥이로 음산하게 으르렁거렸다.

"내가 말했지."

"으으으!"

아인츠는 기겁을 하며 기어가려 했지만, 발톱 선 무거운 발이 그
를 짓이겼다. 벌레처럼 내장이 터질 것 같다.

퍼렇게 질려 이를 딱딱 부딪치는 남자를 갈랑이 사납게 노려봤
다. 검은 음영이 진 거대한 짐승이 눈을 번뜩이는 모습은 공포 그
자체였다.

"늑대족은 반드시 빚을 갚는다고."

희고 날카로운 송곳니가 번뜩이고, 비명이 터졌다.

*　　　*　　　*

쩌정! 날카로운 검풍이 휘몰아쳐 타라의 얼음 포박을 정확히 베
어 내고 장내를 통째로 절단 내었다.

타라는 바닥에 무너지며 쿨럭쿨럭 기침을 했지만 금세 단단한 품이 저를 받아 내는 걸 느꼈다. 낯설면서도 그리운 향기. 아주 오랫동안 잊고 살았던 봄의 체취였다.

그녀가 더듬더듬 저를 안은 팔을 잡고 고개를 들자, 딱딱하게 굳어 있는 아버지의 얼굴이 보였다.

이드는 타라를 꼭 안아 들고 아델하이트에게 검 끝을 겨눴다. 언제 나타났는지 청금색 사자가 여왕의 뒤에서 이를 드러냈다. 아델하이트는 순식간에 포위되었다. 그녀는 뒤틀린 미소와 함께 중얼거렸다.

"여기는 어떻게 온 거지?"

만약 일이 틀어지더라도 쥬다라면 모를까, 이들이 들이닥치는 건 예정에 없었다. 아인츠는 대체 뭘 하고 있단 말인가?

"내가 왜 안 오겠나. 내 딸이 여기에 있는데."

이드가 서늘하게 이를 드러냈다. 어떤 집념과 오래 묵은 증오가 뒤섞인 눈이었다. 타라는 으슬으슬한 한기가 아버지의 체온으로 가시는 기분이 들었다. 아주 희미하게, 예전에도 이런 적이 있었던 것만 같은 가슴을 쑤시는 안도감이 치밀었다.

타라가 저도 모르게 매달리듯 아버지의 소맷자락을 움켜쥐자, 상처 많은 손길이 그녀의 등을 쓸고 머리 위로 내려앉았다. 그녀는 울컥 눈물이 나올 뻔했다.

그 부녀를 보는 아델하이트의 얼굴이 드물게 일그러졌다. 금이 가서 녹아 없어질 듯 아슬아슬한 그림자가 창백한 낯에 드리웠다. 그녀는 부드럽게 빈정거렸다.

"언제 봐도 참 대단하네요, 오라버니. 그런데 그거 알아요? 당신 애정은 정상이 아니야. 그건 자연스러운 부정이 아니라 집착 아닌가? 다리가 잘려서 평생 절뚝거리고 살면서 애써 괜찮다 위안하고 자위하는 거랑 뭐가 달라요?"

"네 까짓 게, 내 감정을 재단하나?"

이드가 흔들림 없이 맞받아쳤다. 시종 굳은 표정은 변화가 없었다. 그러나, 타라는 아니었다.

아버지의 품에 안겨 있었으나 그녀를 낳아 준 여자의 서릿발 같은 목소리는 여과 없이 심장을 찔러 댔다. 타라의 마음 깊숙이에 남아 있는 트라우마를 여지없이 건드린다.

"맞잖아? 겁탈당해 낳은 자식을 모성애로 치장하고, 위대한 어머니인 척 착각하는 여자나 당신이나 다를 바가 없어. 마음 한구석은 영원히 끔찍한 주제에."

"입 닥쳐."

흠칫거리는 타라를 느낀 이드가 안은 손에 힘을 주며 으르렁거렸다. 아델하이트는 그 위협을 가볍게 비웃었다. 킬킬거림이 광인 같았다.

"왜, 내가 너무 맞는 말을 했나?"

"너는 천년이 걸려도 이해 못 할 거다."

분노로 이글거리던 붉은 눈에 찰나 흐릿한 뭔가가 스쳐 지나갔다. 아델하이트의 입가가 굳었다. 그 익숙하고도 낯선, 역겨운 연민. 기름에 불씨가 떨어진 듯 속이 뒤집힌다.

"한때 너를 아꼈던 혈육으로서 말하겠다. 넌 정상이 아니야. 행복조차 못 느끼면서 도대체 뭘 위해 그렇게 스스로를 망치는 거냐?"

새삼스러운 사실이지만,

"다른 곳에 화풀이하지 마라. 불행을 자초하고 만드는 건 너야."

그녀는 저 남자가 미치도록 싫었다. 웃기지도 않아. 아델하이트는 텅 빈 웃음을 흘렸다. 그럼 이건 어때?

"좋아. 내가 당신을 이해할 수 없는 건 사실이니까. 하지만 당연한 거 아닌가? 그렇게 절절하게 사랑했던 이리포사는 다 잊은 거예요? 죽은 아내가 저 애를 싸고도는 당신을 보면 기함할걸. 그럼 다시 탑에서 뛰어내리려나?"

정확히 상대방의 다친 영혼을 짓밟는 지껄임이었다. 이드의 표정이 찰나 무너지는 성처럼 허물어졌다. 전멸해 가는 군사, 멸망을 앞둔 왕국을 보는 군주의 얼굴도 그보다 비참하고 고통스러울 수는 없으리라.

그리고 타라는 아버지의 눈에 스치는 절절한 통증을 생생히 봐 버렸다. 저를 감싼 손끝이 싸늘하게 식는 감각도.

스스로의 심장에 칼을 박고 싶은 참담함이었다.

"진짜 못 들어 주겠네."

그때 레오니다스가 달려들어 이죽거리는 아델하이트의 뒤통수를 후려갈겼다. 그녀는 가까스로 피했으나, 이내 머리로 들이받는 것까지 막을 수는 없었다.

벽에 처박힌 여자를 곤죽으로 만들기 위해 그가 앞발을 들어 올렸으나, 하얀 눈보라로 변한 여왕은 이미 사라지고 없었다. 다시 허공에 나타난 아델하이트는 바닥을 아예 깨부숴 버린 사자 왕을 보고는 사납게 웃었다.

"무식하고 천박한 수족 같으니."

"뭐라는 거야. 천박하고 사악한 년이."

레오니다스가 두꺼운 발톱으로 제 귀를 긁으며 콧방귀를 뀌었다. 그가 까딱 목을 돌리자 우드득 위협적인 소리가 났다.

"남의 고통을 즐기는 미친년인 건 원래도 알았지만, 신나서 나까지 잊으면 곤란하다고."

"타라. 여기에 있어라."

레오니다스와 아델하이트가 대치하는 사이, 이드가 조심스럽게 타라를 내려놓고 벽에 기대앉게 부축했다.

어리광인 줄 알면서도 순간 타라는 그를 붙잡고 싶어졌다. 떨어지기 싫었다. 특히 아버지의 찢어진 속내를 적나라하게 본 지금은.

하지만 타라는 착한 아이처럼 하염없이 이드의 두 눈을 바라보다가 천천히 고개를 끄덕였다. 피도 많이 흘렸고, 아직 둔한 오감이 다 돌아오지 않았다. 이 상태로는 방해만 될 것이다.

한 틀에서 찍어 낸 것처럼 비슷하나 크기가 다른 손마디가 느릿하게 떨어졌다. 그 순간, 살점이 떨어져 나가는 듯 가슴에 퍼지던 상실감을 누구도 모르리라.

타라는 멍하니 돌아서는 아버지의 등을 보았다. 심장이 불안하게 뛰었다.

"애초에 여기까지 올 필요도 없는 일이었다."

검을 뽑은 이드가 나직하게 뇌까렸다. 언제 쩍 갈라졌냐는 양 평정을 찾은 눈이 서늘하게 가라앉았다.

"내가 제때에 너를 죽였어야 했는데. 그럼 이런 고통도 없었겠지."

검 끝에 새파란 예기가 일렁거렸다. 그 반대편에서 사자 왕이 날카로운 이를 번뜩였다. 황금 사자의 포효가 쩌렁쩌렁 탑을 울린다. 이드의 붉은 눈은 바다에 침몰한 태양처럼 그저 차가웠다.

"내 손으로 너를 죽이는 게 맞아."

"그거 영광이네."

아델하이트가 빙긋 대꾸했다. 동시에 마법과 검, 야수의 발톱이 굉음과 함께 뒤섞였다. 율리아의 세 군주가 내뿜는 파괴력에 연신 공기가 찢어져 고막이 얼얼하고 바닥이 갈라지며 파편이 튀어 올랐다.

쿵쿵 지진 난 것처럼 울리는 땅에서 손을 떼며 타라는 그들의 움직임을 눈으로 좇으려 애썼지만 소용이 없었다. 세 가지 색깔의 번개가 지상에 내려와 뒤엉키는 것 같았다. 그녀는 입술을 깨물었다. 이쪽은 영주가 두 명이고 저쪽은 한 명이다. 유리하지 않을까?

하지만 어머니에게는 마레사의 눈이 있다. 하필 상성도 좋지 않다. 무력 중심인 기사 왕과 사자 왕은 마법 방어력이 높았지만 환상과 기만의 마법에는 취약했다. 아니나 다를까 전투가 길어지자 하나둘 생채기를 입은 사자 왕이 잠시 뒤로 물러섰다. 그 또한 같은 생각을 한 모양이었다. 그가 짐짓 짜증난다는 듯 말했다.

"속전속결로 가자. 길어지면 우리가 불리할 거야. 이럴 때 쥬다가 있으면 좋을 텐데."

이드는 부정하지 않았다. 그가 칼을 늘어뜨리고 털어 내자 붉은 핏방울이 투둑 떨어졌다. 눈보라를 뚫고 아델하이트의 어깨를 베어 낸 결과였다.

대가로 얼음 창을 받아 내야 했는데도 그는 왼손으로 그걸 받아 내며 상대의 목을 노렸다. 맨손으로 부러뜨린 얼음을 내던지며 이드가 대꾸했다.

"같은 생각이다."

눈송이들이 흩어지더니 이어서 안개가 몰려왔다. 이 안개의 위력을 알고 있는 그들은 경계하듯 물러서며 타라의 주변을 지켰다. 어느 정도 회복한 타라가 비치적거리며 일어섰다.

"저도 같이해요."

"괜찮겠어?"

타라는 가만히 고개를 끄덕였다. 만일의 경우, 쥬다가 이곳에 올 수 없다면 셋이서 결판을 내야 했다. 그녀가 심호흡하자 거센 바람이 휘몰아치며 푸른 불꽃이 화륵 피어올랐다. 좁은 장소에 맞춰 인간형으로 변한 레오니다스가 휘파람을 불었다.

"그래, 믿을만 하네."

"이렇게 해요."

타라가 신중하게 입을 열었다.

"내가 어머니의 마법을 몰아낼게요. 그럼 레오니다스 아저씨는 그녀의 주의를 끌어 주세요. 공격을 한다거나. 저도 도울게요. 그사이에 아버지가……."

짧게 심호흡하고 타라는 이드를 마주 봤다.

"그녀를 노리세요."

타라와 이드는 무언의 시선을 주고받았다. 이내 그가 고개를 끄덕였다.

다시 겨울 한 자락 같은 추위가 닥쳤다. 순식간에 발치까지 눈이 쌓여 갔다. 타라는 미간을 찡그린 채 정면을 노려보며 숨을 가다듬었다.

의지. 내가 절실히 바라는 것. 아주 짧은 몇 초의 순간 세상이 멈춘 것만 같은 착각이 일고, 그녀의 말을 기다리듯 주위의 공기가 숨을 죽였다. 곧 그녀가 바란 대로 눈과 안개, 모든 것들이 일시에 물러갔다. 천 자락을 걷어 낸 듯이.

그들을 노리던 공격들도 일시에 사라졌다. 경이적인 변화였다.

지금이에요! 날카로운 외침과 동시에 레오니다스가 무너진 벽을 박차고 아델하이트에게 주먹을 휘둘렀다. 파공성에 벼락이 찢어지는 듯했다. 그가 일으킨 바람만으로도 탑 전체에 할퀴듯 금이 갔다.

여왕은 비스듬히 피했으나 맞은 것과 다름없는 피해를 입어 얇은 피를 튀기며 휘청거렸다. 쉴 새 없이 타라가 내뻗은 강력한 힘들이 쏟아지고, 마법으로 불러낸 나무를 밟고 다시 도약한 레오니다스가 그녀를 걷어찼다.

공격이 먹히기 직전 다시 하얀 눈으로 변한 아델하이트가 홀연히 타라 근처에 나타나 손을 뻗었다.

"내 앞에서 그 애를 해칠 생각을 했나?"

푸욱, 하얀 칼날이 여왕의 몸뚱이를 뚫었다가 가차 없이 빠져나왔다. 살이 도려져 나가는 소리가 소름 끼쳤다.

이드가 섬뜩하게 달아오른 눈으로 피를 토하는 누이를 내려다봤다. 피 웅덩이 속에서 바르작거리던 그녀는 그와 눈이 마주치자 피식 웃었다. 삽시간에 표정이 굳었다.

"무슨……."

"아버지!"

타라의 고함, 레오니다스가 급하게 달려오는 소리가 어지럽게 뒤섞였다. 온몸이 얼어붙었다. 급박한 그 몇 초의 시간, 이드와 타라의 눈이 서로를 향한 건 본능이었다.

죽어 가던 여왕의 모습이 눈으로 변해 녹아 사라지고, 날이 선 얼음 파편들이 한꺼번에 이드의 몸에 쑤셔 박혔다. 타라는 숨 쉬는 것도 잊은 채 굳었다.

무너지는 이드의 위로 이델의 모습이 겹쳐졌다. 아. 기시감 있는 정적이었다. 타라는 이 불온한 감각을 이미 알고 있다. 이미 한번 겪어 봤으니까.

또다시…… 이런…….

그러나, 한번 알았다 한들 그 격통이 모자라거나 쇠해지지는 않았다. 처참하게도.

"빌어먹을!"

레오니다스가 광분하며 아델하이트에게 달려들었다. 타라는 주변의 소란과는 하등 상관없이 기듯이 뛰어가 검을 잡고 휘청 스러지는 이드를 안아 들었다. 놀랄 만치 시야가 깨끗했다.

차라리 얼린 것처럼 머리도 멀쩡했다. 그렇게 멀쩡하기 짝이 없는데, 피를 토하며 헐떡이는 아버지를 붙잡는 손은 덜덜 떨리고 있는 게 이상했다.

"괜찮아. 괜찮다, 아가."

"안 돼요."

타라는 고개를 저으며 필사적으로 그를 살릴 방법을 생각했고, 아주 당연하게 저가 갖고 있는 불사조의 심장을 꺼내 들었다.

그것을 눈이 감긴 아버지의 입에 밀어 넣는 데는 조금의 망설임도 없었다. 그게 제 목숨이라 해도 상관없는 것처럼.

아버지.

"사랑해요."

피가 철철 흐르는 가슴께를 누르며 소곤거렸다. 타라는 아비의 피로 엉망인 얼굴로 옅게 웃었다. 자신이 어린 계집아이고, 그는 그 애를 안고 달래던 그 시절로 돌아간 것처럼, 한순간의 영원 같은 평화가 붉은 눈에 맺혀 반짝거렸다. 어쩔 수 없이, 더할 나위 없을 만큼 만족했으므로.

어느덧 피가 멎고 있었다.

"타라!"

그녀를 부르는 소리는 다급했다. 타라가 이드를 놓고 일어섬과 동시에 새파란 불꽃이 아델하이트를 노렸다. 찰나 깨달았다. 소모할 수 있는 마법의 한계에 달해 있다고.

이 이상은 쥬다의 생명력을 갈아 써야 할 것이다. 얼음을 깨부수고 주먹을 날리는 레오니다스와 타라의 눈에 절박함과 악이 담겼다.

쾅광! 탑이 무너지는 소리가 울렸다. 천장이 무너지고, 거대한 돌무더기들이 그들을 덮친다. 타라는 본능적으로 이드에게 달려가 온몸으로 그를 감싸 안았다.

하늘이 무너지는 것처럼 어둠이 몰려왔다. 이마가 찢어졌는지 피가 눈가를 찔렀다. 타라는 헐떡이며 눈을 감은 이드를 내려보다, 미약하게 뛰는 심장 소리를 확인하고 주변을 둘러보았다.

레오니다스가 피를 흘리며 쓰러져 있었고, 아델하이트는······.

"참 이상하구나, 넌."

"······!"

쩌엉! 순식간에 자란 얼음이 타라를 호박 구슬 안의 나비처럼 가둬 버렸다. 홀연히 나타난 아델하이트가 또각 그 앞에 멈춰 섰다. 경련하듯 얼굴을 찡그린 여왕은 지친 듯 한숨을 쉬었다.

"과연, 그의 유품이 아니었으면 난 벌써 죽었을 거야."

하지만 결국 내 승리지.

피식 입꼬리를 올리던 여왕은 흠칫 제 얼굴께로 주륵 흐르는 피를 닦았다. 그새 뺨이 쩍 갈라져 피가 철철 흐르고 있었다.

어떻게? 그녀는 믿기 힘들다는 듯 얼어붙은 타라를 돌아보다 손을 내렸다. 얼음에 갇히는 찰나의 순간 머리를 공격한 건가. 조금만 느렸다면 이쪽이 외려 물어뜯길 뻔했다.

"미숙한 줄만 알았더니, 이빨이 매섭기는 하구나."

아델하이트는 긴 손톱 끝으로 눈을 부릅뜬 타라의 얼굴을 매만졌다. 찬 얼음 너머로 동결한 고통이 생생히 느껴졌다. 그녀는 힐끗 의식을 잃은 기사 왕을 곁눈질하더니 고개를 기울였다.

"그래. 네 마음이 갸륵하니 네 아비는 살려 줄게."

여전히 얼음 속의 타라는 표정이 없었다. 속으로 분노하고 무서워하고 있으려나. 딸의 눈동자에 무감한 제 낯이 비친다. 그녀는 거울 같은 타라의 뺨에 짧게 입 맞췄다.

"가엾게도. 빨리 끝내 주마."

더 고통스럽지 않게.

나비가 춤추듯 하얀 손이 허공에서 나부꼈다. 그들을 중심으로 푸른 정맥처럼 거대한 마법진이 스산하게 타올랐다.

고왕국의 언어가 빼곡히 박힌 수식이 거미줄처럼 기하학적으로 얽혔다. 맥동하듯 번뜩이는 그것을 보며 희열감이 치솟는다. 이제 다 왔다. 다 끝난 거야. 가는 손에 얼음이 뭉쳐진 칼날이 생겨났다.

아예 숨통을 끊거나 가사 상태로 만들어 영혼을 산 채로 빼내면 될 것이다. 번뜩인 얼음 칼이 사납게 빛났다가 단박에 내리꽂힌다.

"아악!"

하지만 내지른 비명은 타라의 것이 아니었다. 타라에게 칼끝이 박히기 직전, 그녀의 손등을 날카로운 단검이 꿰뚫었다. 피범벅이 된 손을 감싸 쥐고 뒤로 물러선 아델하이트의 눈이 크게 떠진다.

"네놈?!"

"안녕, 여왕님. 그 애에게서 좀 떨어져 주겠어?"

죽여 버리기 전에. 새파란 물빛 눈이 친절하지 않게 생글거렸다. 아델하이트는 날카롭게 소리쳤다.

"이 배신자 놈이!"

"배신은 무슨. 애초에 믿지도 않았잖아?"

팔베개를 한 비제가 심드렁하게 툴툴거리자 그녀는 이를 악물고 얼음과 눈보라를 불렀다. 그러나 죄 잿가루처럼 단번에 사그라졌다. 부질없이 스러진 마법에 입술을 깨문다. 설마······.

"내가 죽었기를 바란 표정인데."

안개가 걷히고 까만 망토가 나부끼다 천천히 내려앉았다. 서늘한 낯의 쥬다가 손가락을 튕기자, 해일처럼 온 사방에 푸른 불꽃이 솟구치더니 장내의 모든 것을 휩쓴다.

타라의 결빙도 쩌적 금이 가더니 쨍그랑 산산조각이 난다. 갈랑. 그의 낮은 부름에 재빨리 달려나간 갈랑이 의식을 잃은 타라를 안고 이드와 레오니다스가 쓰러져 있는 뒤쪽으로 물러섰다.

"쥬다!"

여왕이 분노하며 가장 강력한 눈보라를 일으켰다. 한순간 팔을 들어 막은 비제나 갈랑이 상체를 숙이고도 주욱 몇 걸음 밀려날 정도의 위력이었다.

그러나 쥬다가 내리친 푸른 마력이 마그마처럼 들끓으며 순식간 폭발을 일으켰다. 냉기와 화기가 뒤엉킨다. 한순간에 여왕의 모든 마력이 전부 와해되었다. 압도적이었다.

조용해진 정적 속에서 쥬다의 냉소 섞인 목소리가 울렸다. 마침 애도 자고 잘됐군.

"찢어 죽여 줄까, 태워 죽여 줄까."

*　　*　　*

칼날은 마법처럼 직각으로 방향을 틀어 구울의 심장을 찔렀다.

커헉, 검은 피를 내뱉은 괴물이 무릎을 꺾자 이내 물 흐르듯이 목까지 베어 냈다. 뎅겅 날아간 머리가 데구루루 바닥을 굴렀다. 휙 칼에 묻은 살점을 털어 내는 비제와 쥬다의 눈이 마주쳤다.

쥬다는 미간을 찡그리고 있었지만 그건 당혹보다는 짜증에 가까웠다.

"다 튀잖아."

"아, 미안."

비제가 사과했다. 이 난데없는 상황과는 어울리지 않은 머쓱함이었다.

안개가 멎고 그들이 싸우던 공간의 실체가 드러났다. 바깥으로 창과 문이 뻥 뚫린 탑의 고층이었다. 둘 다 그다지 놀랍지 않은 낯으로 입을 열었다.

"아델하이트는 아직 모르나."

"눈을 부쉈으니 아직 모를걸."

아까 전 비제가 날린 칼에 맞아 절명한 뻐꾸기를 턱 끝으로 가리켰다. 거기서 시선을 돌린 쥬다가 새삼 생각났는지 냉랭하게 말했다. 아까 했던 대화의 연장선이었다.

"왜 안 죽였냐고? 그거 연기인가?"

"아니, 진심인데."

진짜 궁금해하는 눈치라 쥬다는 어디서 어이없어해야 할지 잘 몰랐다.

"참 시답지도 않은 걸 묻는구나. 그러는 네놈은 왜 그랬는데?"

당시 칼날은 심장을 정확히 찌르기는 했으나 회복 불가능한 치명적인 부위는 미세하게 빗나가 있었다. 애초에 깊이 찌르지도 않았다. 모두의 예상보다 그의 회복이 빨랐던 것도 이와 관련 있었다. 이가 빠득 갈릴 만치 고통스러운 건 어쩔 수 없었지만.

"당신이 내 주인이잖아. 어떻게 죽여?"

죽여도 안 죽을 거면서. 비제가 어린애처럼 투덜거렸다. 그래서, 서운하기라도 하단 말인가. 머리 한 대 갈기고 싶을 만큼 꼴 보기 싫은 모양새였다. 쥬다는 골이 아픈 듯 관자놀이를 꾹꾹 눌렀다.

"주인 물고 달아나 놓고도 주둥아리는 여전히 살아 있군그래."

"이해해 줘. 그간 나도 내키지 않는 짓 하느라 피곤했다고요."

"지금이라도 죽여도 되나?"

쥬다가 음산하게 묻자, 비제는 그제야 입을 다물었다.

짧은 침묵은 소란했다. 당장 심장에 칼을 찔러 오는 놈을 왜 안 죽였냐고? 정말 내키지 않았지만 한 마디 했다.

"너 같은 의지박약 겁쟁이가 감히 제 목줄 자르고 도망가서 멀쩡하고 행복하게 살 생각을 할 리가 없으니까."

"……그거 나 믿었다는 말이지?"

그런데 왜 이렇게 기분이 더럽지. 더 성나는 건 쥬다가 거칠게 표현하기는 했으나 그 핵심이 아예 틀리지 않다는 걸 본인이 더 잘 알기 때문이다.

비제는 두 팔을 뒤로 팔베개를 하고 킬킬 웃었다. 그의 말이 맞았다. 자신은 무의미한 도전을 하기에는 영리하고, 답지 않게 미련도, 정도 많다.

아델하이트는 비제에게 과거 속에 사는 자라고 했다. 저와 똑같이. 맞는 말이다. 그러나 죽은 숙부가 비제에게 있어 되돌릴 수 없는 과거라면 쥬다는 현재진행형이자 살아 있는 과거였다. 뭐가 더 중한지는 계산해 보지 않아도 뻔하지 않은가.

그들은 악어새와 악어 같은 관계였다. 일전에 타라가 그들의 알 수 없는 신뢰를 한눈에 눈치챘던 대로.

쥬다가 무리해서라도 겨울 성으로 진격한 것도, 겨울 땅에서의 타라의 안위를 확신하고 있었던 것도 같은 연장선이었다. 예상대로 비제는 아델하이트를 피해서 타라를 지키고 무사히 봄의 땅으로 인도했다. 그 아이의 안전을 위해 저놈이 무슨 짓이든 할 거라는 걸 알았으니까.

감히 제 손아귀를 벗어날 생각도 못 하던 놈이 저를 베는 미친 짓까지 벌였다. 그런데 무슨 짓이든 못 할까.

"겁쟁이 주제에 답지 않은 짓을 했어."

그 대가로 대륙 전체가 전쟁에 휩쓸렸다. 수많은 이들이 희생되고 죽은 걸 따지면 언뜻 배보다 배꼽이 커 보인다.

마레사의 눈은 그만한 가치가 있었고, 그렇기에 아델하이트 또한 미심쩍어하면서도 비제를 완전히 의심하지는 못했다. 상식적으로 당연한 셈이었다. 그러나 그의 목적 의지는 단순했다. 비제는 뺨을 긁적이며 하하 웃었다.

"어차피 당신은 제약 때문에 마레사의 눈을 제대로 사용하지 못해. 그럼 미끼로 사용하는 게 낫지. 여왕이 미쳐 날뛰면 빈틈이 보일 테고, 큰 공을 세울 나를 옆에 둘 게 뻔하잖아."

단순 무식하지만 가장 효과적인 방법이다. 지리멸렬하던 상황이 퍽 빠르게 진행되어 시간을 아꼈으니까. 그대로 가다가는 타라는 점차 강해졌을 테고 그만큼 쥬다의 수명은 깎여 갔을 터다.

결과적으로 율리아 네 영주의 힘을 하나로 모으는 데 성공했고, 겨울 성을 함락했으며, 아델하이트를 여기까지 몰아세웠다. 타라가 동부로 향하는 건 예상하지 못했지만.

서부와 쥬다, 타라의 입장만 보았을 때는 의외로 유리한 전개였다. 그러나 자칫하면 대륙이 망할 뻔했다. 물론 그는 하등의 양심의 가책이 없어 보였다.

"말도 없이 이딴 짓을 벌여?"

"그걸 따라 준 당신도 할 말 없지 않나."

"대답이나 해. 건방진 놈."

"순순히 허락 안 해 줬을 거잖아요? 그리고 나도 성내의 내부자를 의심했어."

안티오크가 벨벳 성 침입 사건에 대해 비제를 의심한 것과 마찬가지로, 비제는 성 내부의 아델하이트의 영향력에 대해 미심쩍어했다.

마법적인 방화와 침입자들. 대체 어떻게? 시기도 공교로웠다. 쥬다가 마침 봉인을 강화하기 위해 잠깐 자리를 비운 참이었으니까. 마치 훤히 들여다보고 있는 것처럼.

"처음에는 왕자 오베론을 의심했는데, 그는 정말 아니더군. 그럼 대체 누굴까. 라 엔포르테에 출입하는 건 당신이 직접 관리하니까 아무도 모르는 게 당연하잖아? 숙부님은 말할 것도 없지. 하나하나 소거해 보니까 매우 말이 안 되지만, 그녀가 정보를 얻는 방도가 당신 그 자체라면?"

쥬다의 벽안이 서늘하게 굳었다. 이건 물론 말이 안 된다. 하지만.

"그것도 아니라면 당신은 모르는 라 엔포르테에 대한 뭔가를 아델하이트는 알고 있을지도 몰라. 마레사와 그녀는 가까웠잖아. 아주 사소하고 별거 아니어서, 주의조차 기울이지 않았다든가."

"라 엔포르테의 수문장."

"뭐?"

뭔가를 깨달은 시선이 상대를 꿰뚫었다.

"수문장 말이다. 문을 지키는 사람이란 뜻이지. 가정해 보지. 문은 이쪽에서만 열리는 게 아니야."

문은 반대쪽에서도 열린다. 만약 이 유서 깊고 오래된 봉인의 문에 다른 통로가 있다면, 하다못해 아주 작은 틈이라도 있다면?

마치 열쇠 구멍처럼, 안에서 무슨 일이 일어나는지만 확인할 수 있어도 그것은 사용하기에 따라 치명적인 정보가 된다.

"그래. 이제 알겠어."

"난 모르겠는데."

"어떤 방식으로 마레사를 부활시키려 하는지도. 다 맞춰지는군."

"아니, 난 모르겠다니까?"

"그 통로가 이 탑이라는 얘기다."

봉인을 중심으로 어그러진 사계절, 성내의 과거와 현재, 미래가 고여 있는 불사의 마도사의 비밀 정원 라 엔포르테. 여기 어딘가에 라 엔포르테와 연결된 통로가 있는 게 분명했다.

의식 장소로 고른 이유가 마레사와의 추억의 장소이기 때문만은 아닌 모양이다. 하긴 그 작자가 아무 의미 없는 곳에 심혈을 기울여 제 탑을 세웠을 리가 없다.

"통로라 할지라도 미세한 틈새에 가까울 거야. 마레사는 그걸 봉합하고 연구할 목적이었겠지."

그런데 내게는 왜 얘기하지 않은 거지? 아델하이트에게는 말하고, 저에게는 침묵했다고? 말이 되지 않는다. 그는 자신의 최후를 알고 있었고, 제 뒤를 이을 자로 쥬다를 염두에 두고 있었다.

쥬다는 미간을 찡그린 채 바스라진 탑 머리를 주시하다 번개처럼 깨달았다. 무너진 창가에는 초저녁의 파르란 낮달이 걸려 있었다. 언제고 달이 떠 있는 환상의 정원처럼.

"봉합이 목적이 아니로군."

길을 만드는 게 목적이었어.

그러나 어중간하게 실패했으므로 굳이 말하지도 않은 것이다. 봉인의 힘을 이용해 불로불사하며, 신이 되려던 마레사에게 작은 틈새 정도는 성에도 안 찰 테니까.

쥬다는 그가 무슨 생각으로 그런 실험을 했을지 바로 짐작되었다. 그는 위험천만한 연구도 서슴지 않았고, 실패하면 시간과 노력이 얼마나 걸렸건 폐기하고 돌아보지도 않는 성정이었다.

그러나 너무 미세해서 영혼 하나 정도만 간신히 오고 갈 만한 틈새라도 아델하이트에게는 이용 가치가 충분했겠지.

쥬다는 타라가 언령을 사용했을 때부터 그녀가 고왕국의 마지막 후계자라는 건 알았지만 아델하이트가 어떻게 그 잠들어 있던 오래된 영혼을 불러들여 제 딸로 태어나게 했는지 정확한 방법은 몰랐다.

봉인이 소멸하지 않은 이상 존재할 수 없는 아이가 아닌가. 어린 타라에게 했던 말들은 다 사실이었다. 너는 자연의 이치에 어긋난 존재라고.

마레사의 연구는 완성 직전에 멈추었고, 쥬다는 그 불길한 마법의 소산들을 전부 불태워 버렸다. 생사를 되돌리고, 죽은 자의 영혼을 불러내어 인위적인 환생을 조작하는 건 불가능한 영역이라고 결론 내렸던 것이다. 그러나 타라의 존재가 그것이 가능함을 증명한다.

─하지만 이건 어떨까. 이 세계 시공간의 틈 어딘가에서 떠돌고 있을 그의 영혼을 불러오는 건? 마치 내 딸처럼 말이야. 너도 그 아이의 정체가 뭔지 알아챘겠지?

"시공간, 시간(時間)인가."

시간은 모두에게 공평한 유일한 것. 죽은 자든 산 자든 거기에 뒤엉켜 돌고 돈다. 막연하던 모든 것이 뚜렷해졌다. 이 탑에 있는 그 조그만 틈새를 거슬러 올라가서 죽은 자의 혼을 끌어낼 수만 있다면, 사자의 부활은 가능하다.

쥬다의 설명에 비제가 고개를 끄덕였다. 사실 때려 맞춘 거긴 한데 나도 비슷한 생각을 했어.

"타라에 대해 가장 잘 아는 건 당신이 아니라 아델하이트야. 그녀의 힘을 탐하고 이용하려 혈안이 되어 있는 건, 반대로 그걸 빼앗는 방법도 안다는 소리지. 그걸 역이용하면 타라나 당신이 죽지 않아도 되지 않나."

비제는 나서부터가 이기적인 어미와 비열한 아비의 피를 물려받아서 저에게 중한 인사들의 안위 외에는 관심 없었다. 그 무관심에는 제 목숨 또한 포함된다. 무모하기 짝이 없는 계획에 쥬다가 혀를 찼다.

"만약 네 생각이 틀렸다면?"

"더 나쁠 것 있나? 어차피 마땅한 방법이 없었다고."

그런데 그거 알아?

우리 모두 가장 중요한 걸 놓치고 있어.

"요지는 죽은 자를 살리겠다는 거잖아."

"그래서?"

"그 부활의 마법을 당신이나 타라가 사용하면?"

발상의 전환이었다. 쥬다조차 할 말을 잃고 천연덕스러운 놈을 빤히 바라보았다. 그렇다. 어차피 둘 중 하나가 죽어야 한다면……. 다시 되살리면 된다. 부활하는 자가 굳이 마레사일 이유는 없지 않은가?

물론 그게 금기된 최악의 마법이며, 아델하이트와 다를 바 없는 짓이었지만 비제의 눈은 '그래서?'라고 말하고 있었다. 이것은 아마도 마법과는 거리가 먼 기사이기에 가능한 사고방식이었다. 무식하니 용감하다고, 단순 명쾌하지 않은가.

"이 부활 의식에서 필요한 건 타라의 언령과 생명, 매개체가 될 마레사의 눈, 시전자의 강대하고 순수한 마력이지. 그 마법이 발동되는 순간, 대가로 언령이 소멸될 거라더군. 타라의 영혼은 그 마법으로 역소환하면 되지 않나."

"이런 건 어디서 생각해 냈나."

"필사적으로."

태어나 지금껏 이렇게 치열한 적이 있었나 싶을 만큼.

비제는 이번만큼은 언제나처럼 웃지 않았다. 반대로 적막하게 가라앉은 그를 보며 쥬다는 피식 웃었다.

"비제."

"응?"

"부탁 하나만 하자."

*　　*　　*

아델하이트가 돌연 웃음을 터뜨렸다. 낭랑한 쾌소가 짜랑짜랑 빈공간에 울렸다.

"날 몰아붙였다고 생각해?"

어처구니가 없구나.

악에 받친 노골적인 비웃음과 함께 다시 비와 우박이 섞인 눈보라, 그리고 먹구름이 몰려왔다. 실내임을 초월했는지 천둥 번개까지 치는 걸 올려다보던 비제가 미간을 찡그렸다.

"왠지 예전에 타라가 열받아서 이성을 잃었던 때가 생각나는데."

"추억 회상하나?"

짧게 핀잔을 준 쥬다가 허공에 둥글게 원을 그렸다. 푸른빛을 띠고 확 번진 마법의 방패가 그들 전부를 감싸서 보호했다. 타라를 부축한 갈랑이 그사이 제 군주에게 부복했다.

"주군."

"벨벳 성으로 가기로 한 것 아니었나."

"내가 가지 말라고 했어."

비제가 손을 들며 끼어들자, 쥬다는 나직한 한숨을 쉬었다. 사실 어느 정도는 예상했다. 별로 놀랍지도 않은 듯이 돌아보는 시선에 갈랑이 공손히 아뢰었다.

"포로로 잡혀 탈출했을 때 저치가 저를 도왔습니다. 그리고 제안을 했습니다."

─그녀는 끝에 다다르면 겨울 성을 버리게 될 거야. 그때 네가 해줄 일이 있어.

─당신을 어떻게 믿습니까?

─믿어. 별수가 없으니.

의심 가득한 상대 앞에서 평온한 물빛 눈이 그저 속없이 웃었다. 그렇게 그가 반신반의하던 찰나 느슨해진 족쇄를 풀고 감옥 밖으로 나왔을 때는 이미 문이 열려 있었다.

갈랑은 겨울 성 앞으로 연합군이 집결되어 있다는 걸 알았고, 그의 말대로 동부에서 돌아온 타라와 재회했다.

모든 게 들은 대로였다. 그래서 찝찝하지만, 폐허 근처에서 숨어 있던 아인츠를 붙잡았다. 어차피 그에게는 개인적인 원한이 있기에 망설일 것도 없었다.

"그래서 이걸 찾았습니다."

그가 입에 물고 있는 것은 마레사의 눈이었다. 정확히 말하면 반으로 갈린.

"여왕은 완벽히 누군가를 신뢰하지도, 확실한 한 가지 방법을 선택한 것도 아니었습니다. 그래서 두 가지 방법 다 선택한 것 같습니다."

─그러면 믿을 만한 자에게 맡기거나 숨겨 둔 건 아닐까요?

갈랑이 타라에게 넌지시 의견을 내었던 건 사실 비제에게 미리 들은 내용이었다. 아마 둘 중 하나가 가짜이거나 둘로 나눴을 거라고. 그가 아델하이트의 성향이나 심리를 꿰뚫어 보고 있었기에 가능한 추측이다.

쥬다가 미처 입을 열기도 전에 비제가 브이 자를 그리며 말했다.

"나 잘했지?"

"……그래. 그 주둥아리가 상을 다 까먹는다만."

쥬다가 짜게 식은 눈으로 대꾸했다. 그는 두 동강이 나 돌아온 청색의 돌을 받아 들고 움켜쥐었다. 일시적으로 쥬다가 여왕을 능가할 수 있었던 것도 돌의 회수와 맞물린 탓이다. 타라가 정신을 잃은 것도 컸지만.

힐끗 비제가 타라를 조심스럽게 눕히는 걸 보며 정면으로 고개를 돌렸다. 아델하이트의 새파란 눈이 섬뜩하게 그를 노려보고 있었다.

"타라 님과 레오니다스 님 전부 큰 이상은 없습니다. 기사 왕께서는……."

갈랑이 부상자들을 살피다가 찰나 얼어붙듯 침묵했다. 이드는 죽지 않는 게 이상할 정도였지만 아직 살아 있었다. 목과 심장을 동시에 꿰뚫렸는데도. 필수적인 처치를 하자마자 숨도 고르게 돌아온다. 아무리 그가 다섯 맹주 중 하나인 고귀족이라도 비이성적인 회복 속도였다. 갈랑의 굳은 손이 타라의 망토를 뒤졌지만 주머니는 텅 비어 있었다.

"죽지 않으실 겁니다."

그건 불사조의 심장을 썼다는 이야기였다. 쥬다는 잠시 침묵했지만 무심하게 고개를 끄덕였다.

"그런가."

아주 짧고, 대수롭지 않게, 겨울날 쏟아지는 햇살의 무게처럼 가벼운 수긍이었다.

와장창 와르르 사방의 돌과 유리가 깨지며 여왕과 불사의 마도사 사이로 떨어졌다. 금발 머리칼이 부서진 태양처럼 반짝 휘날렸다. 그녀 뒤편의 창백한 밤하늘과 하얀 달이 눈물 젖은 태피스트리처럼 섬뜩하게 시야에 박혀 왔다.

무너진 탑을 넘어온 달빛이 그녀의 얼굴께를 비추는 순간, 쥬다의 눈빛이 변했다. 월광에 얼핏 드러난 그녀의 두 눈의 색이 달랐다.

찾았다.

"타라가 일어나면 이걸 바로 부수도록 해."

나는 할 수 없을 테니. 비제는 휙 쥬다가 뒤로 던진 푸른 보석을 받아 들며 방어막 밖으로 걸어나가는 쥬다의 뒷모습을 바라보았다.

"그 전에 저 여자는 내가 죽인다."

쥬다가 온몸의 마력을 일으켰다. 오랜만에 충만해진 마법의 힘이 전신에 흘러넘쳤다. 구둣발 아래의 타일이 조각조각 부서지고 서늘한 바람이 휘몰아친다. 다시 거대한 마법과 마법이 충돌했다.

눈이 부풀어 거대한 공작새가 되어 아가리를 벌리고, 거기에 대항해 쥬다의 푸른 불꽃이 용으로 변해 불을 뿜었다.

뒤엉켜 싸우는 강대한 주문들에 지반이 흔들리고 눈과 불의 비가 내렸다. 태초의 신들이 다툼을 벌이는 듯 사방이 갈라지고 진동한다.

역사에 남을 대마법사들의 싸움이었다. 인간형으로 변해 타라를 끌고 뒤로 물러선 갈랑이 저도 모르게 중얼거렸다.

"장관이군."

우르르 쾅, 갑작스레 근처의 오래 묵은 기둥이 무너지며 그들 위를 덮치려는 순간 번뜩이는 섬광과 함께 두 동강이 났다. 검을 든 비제가 옆에 착지하며 핀잔을 줬다.

"조심하라고."

"감사합니다."

얼결에 인사했다가 뒤늦게 인상을 쓰는 갈랑을 힐끗 본 비제가 낄낄거리며 그의 밤톨처럼 짧은 머리칼을 헤집었다. 머리가 엉망이 되는 만큼 그의 기분도 구겨졌다. 사방이 무너지고 갈라지며 부서지는데 이곳만 평화로운 듯 착각이 들었다.

갈랑이 아직도 정신을 차릴 기미를 보이지 않는 타라를 추스르며 인간이 아닌 것 같은 이들의 싸움을 지켜보았다. 잠깐의 침묵 후 자연히 나오는 질문은 이랬다.

"누가 이길 것 같습니까."

그 안에 숨은 뜻은 뻔했다. 우리가 이길 수 있을까요? 비제는 찰나 말이 없다 대꾸했다.

"그러길 바라야지."

어지간하면. 뒷말은 소리 없이 일렁이는 공기 중에 흩어졌다. 마법의 불로 이뤄진 용이 공작새의 긴 목을 물어뜯었다. 눈과 얼음의 결정이 주렴처럼 늘어진 새가 비명을 지르며 발버둥친다.

그 서슬에 서쪽 벽면이 완전히 무너졌다. 쥬다는 곧 완전히 무너질 게 뻔한 금이 간 탑을 올려다보다 고개를 떨어뜨렸다. 추락한 행성처럼 빛을 잃어 가는 여왕이 그곳에 서 있었다. 그들 사이에는 주변의 모든 난장과 파괴음과도 상관없는, 아주 짧은 적막이 내려앉았다.

찰나의 먼지처럼 가볍고 눈에 보이지 않으나, 분명히 존재하는. 아델하이트가 먼저 입을 열었다.

"날 죽일 거니?"

쥬다는 잠시 그녀를 바라보았다. 언제나처럼 무감하고 또한 답지 않은 긴 응시였다. 그가 답했다.

"그래."

그녀는 피식 웃었다.

"오랜 세월 그렇게 자비를 베풀더니 기어코 네가 변했구나."

"......."

"다행이야."

무엇이 다행인지는 그도, 그녀도 묻거나 답하지 않았다. 공작새가 마지막 비명을 지르며 무너져 내렸다. 아델하이트가 스산하게 웃었다.

"미련 없이 죽일 수 있겠어. 너나 내 딸도."

공작새가 산산이 부서짐과 동시에 하얀 눈이 되었고, 그것은 거센 눈 폭풍이 되었다. 그것이 파묻어 죽여 버릴 듯 사방을 얼린다.

푸른 화룡도 안간힘을 쓰다 스러졌다. 한순간 쥬다조차 폭설에 휩싸이는 듯했다. 그러나 그의 신형이 안개처럼 사라지더니 모든 눈이 이슬로 변했다. 그것조차 바닥부터 솟구친 새파란 화염에 증발하고, 폭발이 탑 내부 전체를 불살랐다.

아델하이트의 신형이 수백 개의 하얀 뻐꾸기로 변해 흩어졌다. 그러나 날개가 채 위로 솟구치기도 전에 그 앞을 막아선 쥬다가 손가락을 튕겼다.

먹구름이 몰려와 벼락이 내리꽂힌다. 수많은 새는 전부 벼락에 타 죽었다. 꺼멓게 탄 깃털들이 하늘하늘 흩어지려는 찰나, 날카로운 화살로 변해 쥬다에게 쏘아졌다.

그 순간, 그들을 둘러싼 공간이 일그러지며 모든 공격이 튕겨 나갔다. 이번에는 그것들이 전부 하얀 나비로 변해 사방으로 날아간다.

새파랗게 일렁이는 화염의 바다, 타 죽을 듯 팔랑이는 하얀 점들. 바다 위에서 길을 잃는 흰 나비처럼 몽환적이고 환상적인 광경에 누구나 시선을 빼앗길 만했다.

잠시 정적이 흐르는 동안 바닥에 내려선 쥬다가 입을 틀어막았다. 젠장, 아직 무리인가. 울컥 올라오는 핏물에 속이 뒤집힌다. 이를 악물려는 순간 무력한 점 중 하나가 쥬다의 눈에 꽂혔다.

"비제!"

모든 것은 순식간에 일어났다. 공중에서 백색 여우로 변한 여왕이 방어막이 없어진 타라를 노렸다. 갈랑이 앞을 막아서고, 푸른 화염의 창이 여우의 몸을 꿰뚫었다. 그러나 그것은 환상이었다.

아뿔싸, 갈랑이 다급하게 뒤에 둔 타라를 돌아본다. 여우가 무력한 가는 목을 향해 아가리를 벌렸다. 푸욱 몸이 꿰뚫리는 소름 끼치는 소리가 울렸다.

25

노을

아델하이트는 눈살을 찌푸렸다. 그녀의 희고 가는 손이 피에 흠뻑 젖어 살덩이를 통과해 밖으로 삐져나와 있었다. 점차 붉게 번지는 얼룩에 허연 마디들이 뚫고 나온 모양이 핏물 먹고 싹튼 허연 나무 같았다.

망가진 심장이 질척하게 젖어 가는 게 느껴졌다. 그러나 그것은 타라가 아니었다. 그녀는 멀뚱히 타라를 감싸고 제 심장을 고스란히 내준 마법사를 바라보았다. 눈을 깜박여도 그를 꿰뚫은 제 손은 변하지 않았다.

현실이되, 현실 같지 않은 광경이었다. 긴 일생과 과거를 복기해도 쥬다가 없는 시간은 드물었다. 그들은 너무 오랜 시간 평행선을 그리며 걸었다. 종래에는 미움조차 친근한 일상이 될 만큼.

무언가 저 안쪽에서부터 산산조각 나는 기분으로 아델하이트는 피식 웃었다.

"기어코 바보짓을……."

쿨럭. 피가 쏟아진다. 그러나 쥬다의 것이 아니었다. 그녀는 멍하게 제 가슴팍을 꿰뚫은 검을 내려다본다. 비제의 검이었다. 역시 거짓말 같다.

입술에 다시 바람 빠진 조소와 핏물이 함께 터졌다. 우습다. 손으로 더듬 칼날을 움켜쥐다가 힘이 빠져 툭 떨어졌다. 얕은 웃음과 함께 푸른 눈에 빛이 꺼졌다. 타라와 쥬다의 모습을 끝으로 암전이 찾아왔다.

선혈을 흘리며 털썩 무릎을 꿇는 그녀의 뒤에 선 비제가 검을 회수할 생각도 못 한 채, 타라를 안아 든 쥬다를 커진 눈으로 응시했다. 안면 근육이 제멋대로 움직였다. 뇌에 물이 가득 찬 듯 이명이 울렸다.

　　—만약의 순간에, 나와 타라 둘 중 하나만 지켜야 할 때가 온다
면…….

죽인다, 가 아닌 지킨다였다. 같은 뜻이나 확연한 차이에 비제는 돌연 목이 막혔다.

그런 그에게 쥬다가 잔잔한 목소리로 '부탁' 했다.

　　—나를 택하지 말고 그 애를 택해라.

―……:

―불사조와 오래된 고왕국의 유지가 타라를 가호하더라도 그것
이 그 애가 사랑하는 모든 것들에게도 통할 리 만무하니까.

타라는 모를 줄 알았겠지만 쥬다는 둘로 쪼개진 불사조의 심장
이 각각 어디에 쓰일 것인지 꿰뚫어 보고 있었다. 그가 굳이 불사조
에게 묻지 않은 것도 일맥상통했다.

그래, 완벽한 해결책이 아닌가. 그들이 주어진 고난만 뛰어넘는
다면. 하지만 쥬다는 운명이란 게 잔인한 구석이 있다는 걸 이미 알
고 있었다.

그 저주 같고 고약하며 심술궂은 그것이, 과연 그런 절대적인 해
피엔딩을 허락할까. 운명의 천칭은 냉정하다. 과거에 한 명이 죽었
듯이, 현재에도 한 명이 죽는 게 무게가 맞을 것이다.

―왜, 그런 말을 해?

침묵하던 비제가 되물었다.

―둘 다 살면 되잖아.
―완벽한 확률 같은 건 존재하지 않아.
―재수없는 소리 좀 안 하면 안 되나.
―어리광 부리지 마.

쌀쌀맞게 정떨어지는 말을 지껄인다. 하기야 원래도 냉정하기 짝이 없는 인간이다. 하지만 그게 진정으로 싫은 적은 없었다. 이렇게 잔인하기 짝이 없는 명령을 내릴 때조차도.

　—네 행동에 내 안위를 두지 마라.

너만 할 수 있는 일이 있다면 주저 없이 해.

설사 내가 죽더라도.

쨍그랑! 피 묻은 검이 바닥에 떨어졌다. 쓰러진 여왕을 휘청휘청 흔들리는 시야로 지나쳤다. 그들의 앞에 주저앉은 기사가 인생에서 가장 멍청한 얼굴로 콸콸 흐르는 피, 뻥 뚫린 심장, 죽을 듯 각혈을 토하는 제 주인을 바라보았다.

그가 힘을 주어 어깨를 움켜쥐었다. 형편없게도 덜덜 떨리고 있다는 걸 이제야 알았다. 공포가 영혼을 마비시킨다.

안 돼.

"멍청아. 정신 차려."

날카로운 핀잔은 평상시와 하등 다를 게 없어서, 정말 이 모든 게 착각인 것 같았다. 쥬다는 죽은 아델하이트를 확인한 후 낮고 짤막한 한숨을 내쉬었다. 그녀는 잠든 듯 죽어 있었다. 무명의 외로운 짐승이 길가에서 숨을 거둔 듯이, 외롭고 추레하게 눈을 감았다.

천 년에 걸친 길고 지루한, 그래서 천천히 목을 졸라 오던 따분한 이야기의 대단원이었다. 허무하고 보잘것없다. 그게 다였다.

생의 모든 끝이 그러하듯이.

그는 잠든 타라를 끌어안고 이마에 입술을 문 채 눈을 감았다. 탁한 피로가 쏟아진다. 그러나 편안했다. 내 품에 네가 있으니. 이 이상 뭐가 필요해.

타라. 내 작은 새끼 여우.

"눈 한 번만 떠서 나 좀 봐 주지."

그것만이 퍽 아쉬웠다. 세상에 단 하나뿐인 그 눈이 얼마나 귀하고 예쁜지, 네가 알까.

모를 것이다. 아무리 설명해 줘도, 토씨 하나 빼먹지 않고 귀 기울여 들어도, 네가 놀랄 만큼 똑똑하다 할지라도, 내가 느끼는 경이를 너는 끝내 완전히 알지 못할 거다. 너는 내게 그만한 크기였다.

한낱 생명 하나가 세계를 전부 말로 담을 수 없는 것처럼.

지독한 수마가 쏟아졌다. 창백한 푸른 빛깔의 나비가 날개를 접듯 긴 속눈썹이 닫혔다. 어디선가 아주 먼 곳에서, 천진한 계집아이의 나지막한 부름이 들려왔다.

*   *   *

타라는 눈을 뜨자마자 세계의 불완전함을 느꼈다. 어쩌면 지극히 개인적인 감상일 것이다. 가장 중요하고 귀한 것을 잃은 것만 같았다. 뭐라 정의 내릴 수 없는 결핍감이었다.

그녀는 쥬다가 고개를 떨굼과 동시에 그를 안아 들었다. 가슴속 깊은 곳에 얼음이 자라난다. 물을 주지도 않았는데 점차 불어나 가득 채웠다. 본능적으로 깨닫는다.

이 사람이 나를 두고 떠났어.

어린아이가 어미의 부재를 귀신같이 알아차리듯, 물고기가 물이 증발한 호수 바닥에서 뻐끔거리듯이, 타라는 가만히 쥬다의 빈 껍데기를 안고 한참 눈을 깜박거렸다.

그거 아는가. 너무 믿기지 않는 현실은, 이따금 이해조차 거부한다.

멍한 눈에 누군가와 눈이 마주친 것도 같다. 아는 사람이다. 무척 미워하던 사람인데 신기할 정도로 아무렇지도 않았다. 모든 감정과 감각, 색깔을 죄다 빼앗긴 듯이.

뭐라 외치는 비제를 외면하며 눈을 감았다. 심장 소리가 거짓말 같았다.

　—타라.

이거 현실인가?

저 안에서 들려온 목소리는 무미건조한 물음에 말없이 긍정했다. 타라는 침묵하다 말했다.

어떻게 해야 살리지?

　—타라.

아니. 어떻게 해야 나도 죽지?

그래, 당연한 걸 고민하고 있었다. 나도 죽으면 될걸. 어떤 고뇌나 슬픔 따위도 없이 평온하게 나온 결론이었다. 이 진공 상태가 끝나면 사지를 찢어발기듯 악랄한 고통이 몰려오리라.

이번에야말로 영혼이 찢어질지도 모른다. 그 전에 끝내야겠다. 그래. 그러면 돼.

"타라!"

그러니 제발 나를 내버려 둬.

"정신 차려. 네가 그를 살릴 수 있을지도 몰라!"

한순간 확 빛이 돌아온 붉은 눈이 어깨를 잡고 흔드는 비제를 노려보았다. 불 꺼진 태양 같은 눈에 투둑 눈물이 떨어졌다.

비제는 제 심장이 찔린 듯 얼굴을 일그러뜨리다가 그녀의 뺨을 잡고 숨을 불어넣듯 속삭였다. 살릴 수 있어. 할 수 있다고. 대가나 운명 따위, 그게 다 무어야. 그의 손이 절박하게 제 손에 무언가를 넘겨줬다. 달그락거리는 두 개의 파란 돌이 보였다. 마레사의 눈.

"할 수 있어. 나를 봐."

우리를 봐. 그를 봐. 넌 해야 돼. 아니 할 수 있어.

내가 널 도와줄게.

……는 한이 있더라도.

"타라."

마주 잡은 손안에서 달이 부서지듯 섬광이 터졌다.

*   *   *

쥬다는 천고의 현자라고 불렀으나 그조차 실상 죽음에 대해 전부 아는 건 아니었다. 물론 죽어 본 적이 없기 때문이다. 어쨌건 그는 산 자였으니 망자의 길에 대해 모르는 건 당연했다.

막연하게 마레사나 이제 얼굴도 기억나지 않는 부모님, 그가 죽인 수많은 이들이 기다리고 있으려나 빈정거리듯 중얼거린 적은 있으나, 생사의 선을 넘고 나니 보이는 건 아무것도 없었다. 생각보다 죽음이란 건 담백했다. 번잡스럽지 않아서 그건 다행인가.

대신 라일락 향기가 났다. 선선히 불어오는 바람에 고개를 돌리니, 그는 어느새 물결치는 푸른 들판과 보랏빛 하늘 아래 서 있었다.

쥬다는 흥미롭다는 듯 팔짱을 꼈다. 그의 가설이 증명된 셈이다. 역시 그 탑에 라 엔포르테로 연결되는 틈새가 있었어. 대마법사는 이 와중에 그것이 조금은 흡족했다.

달콤한 바람이 그의 머리칼을 나부끼다가 빙글빙글 주변을 맴돌았다. 푹푹 잠기는 풀밭의 이슬에 망토 자락이 눅눅하게 젖었다. 사자가 느끼기에는 모순적인 생동감이다.

그의 흐린 푸른 눈이 타라가 좋아하던 색색의 꽃 무리를 되감듯이 훑었다. 그 아이의 머리칼에 묻어 있던 하얀 들꽃들. 그 향과 색채까지 달짝지근하게 오감에 감겨 왔다.

신기루를 쫓는 여행자처럼 무릎까지 젖을 만큼 계속 걸었다. 거의 저물어 가는 달이 그를 내려다보며 따라왔고, 그는 삭막하게 서 있는 비석 일곱 개를 지나쳤다.

그러다 야트막하게 벌어진 문을 발견했다. 막 맺힌 별빛과 반딧불이의 불빛으로 색칠해 그린 것처럼 현실감이 없었으나 이미 눈에 뜨였다. 쥬다는 답지 않게 충동적으로 걸어가 문고리를 잡았다.

이미 죽었는데 무엇인들 어떠랴.

끼이익. 오랫동안 닫힌 문이었던 것처럼 낡은 소음이었다. 조그만 문이라 허리를 숙여야 했다. 마치 어린아이의 비밀스러운 아지트를 몰래 침입하는 기분이다.

그가 뒤에서 덜컹거리며 닫히는 문을 뒤로한 채 몸을 폈을 때, 들어선 공간은 완벽히 다른 곳이었다. 아주 익숙한 장소기도 했다.

그곳은 벨벳 성이었다. 잠시 그는 죽음을 잊고 여기가 현실인 양 가만히 서 있었다.

온통 노을이 지고 있었다. 붉고 낙낙하며 찬연한 황혼이 쏟아져 내리는 가운데, 까마득한 계단과 수백 개의 창문, 두꺼운 석벽이 은근히 노을빛에 잠겨 있었다.

─쥬다도 슬플 때 석양을 좋아하나요?

언젠가 어떤 꼬맹이가 이리 물은 적이 있다. 저가 뭐라 대답했는지는 기억이 나지 않지만 분명 터무니없는 소리라고 했을 테지. 그에게는 해가 지고 기우는 것 따위 아무것도 아니니까.

그러나…… 언젠가부터 하늘이 울음을 삼키듯 붉게 물든 걸 보면, 그 꼬마와 나누었던 별거 아닌 대화, 다 자란 그녀와 석양 밑에서 함께였던 기억들이 점점이 심장 밑에서 떠올랐다. 그리 점박이처럼 붉은 꽃잎으로 덮이다 결국에는 온통 노을빛으로 물든다.

그러니 내게 석양이란 너일 것이다. 다만 그것이 슬픔은 아니리라. 너는 어떨지 모르겠지만, 나는 그렇다.

쥬다는 아득하게 자신이 과거를 보고 있다는 걸 깨달았다. 먼발치에서 해 질 녘 빛에 흠뻑 잠긴 옛날의 쥬다와 타라가 서로를 바라보며 조곤조곤 이야기를 나누고 있었다.

그녀는 조그마했다. 어깨에 닿는 푸른 머리칼이 달랑달랑 흔들렸다. 이윽고 나풀나풀 자리를 뜬다. 쥬다는 홀린 듯 소녀의 뒤를 따라가다가 멈춰 서서 눈으로 그 자취를 좇았다. 제 가슴 위를 밟고 가 버린 것처럼 멍 자국 같은 얼룩이 발자국마다 푸르게 눈에 밟혔다.

결국 못 참고 다시 쫓아가다 길을 잃었다. 수백 년 이상 제 성이었던 곳에서 길을 잃다니. 말이 되지 않는다. 아니, 정확히는 너를 잃었다. 쥬다는 그녀가 없어진 자리에서 우두커니 멈춰 섰다.

노을마저 다 가셨다. 땅거미와 어둑한 그림자가 드리우는데 이번에는 왼편에 새로운 문이 생겼다. 달로 무두질한 양 은은한 문이었다. 그는 주저 없이 열었다.

쥬다는 더 어린 시절의 눈물 많은 타라, 술을 마시고 화를 내던 타라, 먼저 입을 맞추고는 어쩔 줄 몰라 하던 타라, 제 집무실에 새 둥지처럼 담요를 둘둘 말고 자고 있는 타라를 보았다.

모든 순간이 숨통을 지그시 누를 만치 애틋했다. 그리 하염없이 보다, 다른 문이 열렸다. 푸르고 보랏빛이 도는 문은 중간 키에 딱 맞는 높이였다.

이번에도 마법사는 머리를 부딪치지 않게 고개를 숙이고 들어갔다. 꼴이 엉거주춤 우습지만 한숨도 나오지 않았다. 허리를 펴자마자 역시나 아는 광경이 밀려들어 왔기에.

아늑하고 풋풋한 소녀의 향기, 여기저기 손때가 묻어 있는 곳, 타라의 방이었다. 그가 시원한 밤 그늘에 잠긴 정경을 둘러보다 침대 위에 볼록하게 솟은 자그마한 언덕을 발견했다.

그녀의 숨소리가 그 어느 때보다도 가까웠다. 이에 다가간다. 잠든 타라의 흰 얼굴이 개울가의 물진주처럼 영롱했다. 자세히 보고 싶은데, 영 희미한지라 자연히 불을 켜려다 말았다. 아이가 깨면 어쩌나. 그는 대신 타라의 보송한 머리카락에 손을 얹었다.

"쥬다?"

쥬다는 침묵하다 자연스레 말했다.

"내가 깨웠나?"

"으응, 아니요."

거짓말이었다. 분명 깊이 잠든 얼굴이었는데. 쥬다는 수백 번 넘게 그녀가 얕고 깊은 꿈에 빠지는 걸 보아 왔기에 감은 눈두덩이만 봐도 알 수 있었다.

나지막한 숨결도. 눈을 말똥거리는 타라가 사랑스러워 이불 위를 다독거렸다. 그녀는 이미 잠기운이 완전히 달아난 듯했다.

"어쩐 일이세요?"

"그냥."

차마 망자로서 너를 보러 왔다는 말은 나오지 않았다. 이조차 환상인 것을.

쥬다는 저가 어떤 낯으로 그녀를 보고 있을지 이번만큼은 상상조차 되지 않았다. 그런 그를 빤히 살피던 타라가 불쑥 말했다.

"쥬다와 꼭 가고 싶었는데."

"뭘."

"소풍이요."

기시감이 들었다. 쥬다는 찰나 그녀를 다독이던 손을 멈추고 타라의 순진한 눈을 주시했다. 소풍. 소풍이라고.

떠오르는 기억이 있었다. 날 좋은 때, 예쁜 옷을 입은 그 아이와 나들이를 가기로 했는데 가지 못하게 됐다. 그리고 그날은 아마도…….

쥬다는 얼얼하고 뻐근한 눈으로 타라를 바라봤다. 아, 그렇군. 이건 과거의 일이 아니었다. 아니, 타라에게는 과거의 생일날 밤의 일일지라도 그에게는 현재의 일이었다.

그들은 시간선이 다름에도 이렇게 한번 잠시 스치듯 만난 적이 있었다. 언젠가 타라가 말했던 '생일 선물'이 이제야 이해가 된다. 앞으로 그가 해야 할 일도.

그가 이미 정해진, 그리고 방금 떠오른 말을 입에 올렸다.

"더 좋은 날에 가자."

"좋아요."

"그래."

비록 현재의 나는 못 갈지라도.

"비 오는 날도 좋고, 안개 낀 날도 좋아요."

바보같이 순한 계집애는 다 좋다고 헤헤 웃는다.

"그 정도 지났으면 이제 싫은 것 안 좋은 것 가릴 때도 되지 않았나?"

괜히 핀잔을 줬지만 이후 나올 말을 알 것도 같다. 그녀는 제 모든 것을 좋아해 줄 만큼 상냥하므로.

"쥬다랑은 뭐든 좋은데요?"

나도 마찬가지야.

이리 말하지 못했다. 분명 볼썽사나운 모습을 보일 테니까.

쥬다가 자연스레 눈을 피하며 작은 몸을 안아 들었다. 그리고 꼼꼼히 챙겨 손을 잡고 걷는다. 손안의 작은 온기가 기적 같다.

어디를 가냐는 물음에 좋은 곳을 간다 답했다. 기실 좋은 곳인지는 모르겠다. 그저 그곳으로 가야 한다는 것만 알았다. 네가 그 정원에서 나에게 그 말을 들었다고 했으니까.

"그런데요, 쥬다. 어떻게 이 깊은 지하에 저런 달이 뜰 수 있어요?"

하얀 손가락이 콕콕 달을 가리켰다. 금방이라도 쏟아질 듯 커다란 보름달이 신기하다며.

쥬다는 침묵하며 제 눈에는 거의 소멸해, 가장자리만 앙상하게 남은 달을 응시했다. 시간이 얼마 남지 않았다는 걸 느낀다. 무감각하게 대꾸했다. 달이 차면 기우는 건 당연하다고.

지금의 그처럼.

그러자 그녀는 역시 슬프다 말했다. 자연의 사소한 모든 것들에 섬세한 감상을 느끼는 성정이니 그럴 것이다. 아니면 제 목소리에서 그의 절박한 아쉬움을 느꼈을지도 모른다.

그러나 태연함을 가장했다. 현실의 네가 울지라도, 이날의 너는 웃었으면 한다.

"저건 진짜 달이 아니잖아요."

"진짜 맞아."

쥬다는 그녀의 아름다운 두 눈을 들여다보며 말했다. 보고 또 봐도 미련이 남은 듯이.

현실에 존재하고 누군가에게 진실된 의미를 가진다면 진짜겠지.

"그러니 나의 시간, 너의 시간, 너와 나의 시간도 여기에 고여 가고 있는 거야."

그래. 그러니 과거의 나와 미래의 내가 만나서, 이렇게 눈을 맞추고 이야기를 나누고 있는 게 아니겠는가. 마치 기적처럼.

쥬다는 처음으로 저가 수문장이 된 것을 감사하게 생각했다.

"그러니 저 달도 진짜다. 너와 내가 허상이 아니듯이."

지금 그가 담은 절박함을 이 어린 타라는 끝내 모르리라. 떨어지는 모래시계의 모래 한 알에 마저 안타까워 몸서리쳐지는 이 처절함을. 그러나 알리고 싶지도 않았다.

그저 하염없이 타라만을 바라보았다. 아깝고 안타까웠다. 영영 이 공간에 매여서 죽지도 살지도 못한다 하더라도 지금 당장 이 순간에서 시간이 멈췄으면 좋겠다. 저 달처럼 너만 보면 족할 듯싶다.

그의 속도 모르고 짐짓 고민을 거듭하던 소녀가 물었다.

"쥬다. 내가 자라는 게 싫어요?"

종알종알거리는 얼굴에는 순진한 고민거리가 가득했다. 이맘때의 너는 이런 걱정을 했나. 대강 알고는 있었으나 이리 직접 물어볼 정도로 신경 쓰고 있을 줄은 몰랐다. 그가 저도 모르게 불쑥 답했다. 아니. 난 항상 네가 자라는 걸 기다려 왔다고.

"예뻐. 성인이 된 너는 예쁠 거다."

당연하다. 직접 봤으니까.

발그레해진 뺨이 탐스럽다. 그는 제 심장을 죽이는 기분으로 희미하게 웃었다.

"타라. 생일 축하한다."

오늘은 그녀의 열아홉 번째 생일이었다. 기록에도 남지 않아 오직 타라 혼자 품고 있던 특별한 날.

쥬다는 시간의 마법으로 이를 알았다. 역시나 어찌 알았냐는 질문에 너스레를 떨었다. 다 아는 방법이 있다면서.

눈물이 스며 붉은기가 꽃물처럼 올라와 말갛게 웃는 얼굴이 어여뻤다. 천진한 그 낯을 내려다보는 벽안이 별수 없이 흔들렸다. 시간이 끝나 간다.

아…… 영원의 형벌을 받더라도 좋다. 단 오 분만. 아니 일 분만. 부스러기 같은 몇 초라도. 나에게는 그조차도 허락이 안 되나. 제발. 태어나 이리 간절해 본 적이 없는데.

사멸해 가는 사막을 가슴에 품은 채로 절박하게 입을 맞췄다. 보드라운 눈꺼풀에 짧게 온기를 겹치고는 떼어 낸다.

그러고는 돌아서서 휘청휘청 멀어졌다. 다시 뒤돌아보고 싶다. 달려가 안아 보고 싶었다. 상상해 볼 필요도 없다. 그는 제 얼굴이 형편없이 일그러져 있다는 걸 알았다. 결국 얼마 안 가 멈춰 섰다. 그리고…….

"쥬다!"

*　　*　　*

타라는 자신이 그 신비로운 정원에 서 있다는 걸 알았다. 달콤한 꽃과 시원한 달빛의 냄새. 초록빛 반딧불이가 제 주변을 맴돈다.

그녀는 본능적으로 이곳 어딘가에 존재하는 그를 숨 쉬듯이 느꼈다. 그리고 정처 없이 걷는다. 뛰지도 않았는데도 숨이 차오른다. 다소 조급해졌다.

"쥬다."

공허한 메아리만이 다시 돌아왔다. 영원 같은 시간이었다. 이 공간 전체가, 대자연의 섭리가 은근한 압박으로 타라를 밀어내고 있었다.

이를 악물고 걷다가 개울가에 발이 빠지고 다시 걷고 뛰고 한참을 그러다가 휘청 넘어졌다. 무너진 김에 애써 끌어 올린 정신도 무너진 것처럼, 지치고 절박한 붉은 눈이 앞에 희미하게 보이는 무언가를 응시했다. 까만 돌무더기인가 싶었다. 한데 아니다.

그건 무덤이고 비석이었다. 오래된 언어가 그 주인을 가리켰다.

쥬다.

타라는 절로 눈물이 핑 돌았다. 아, 잔인해라. 이런 식으로 확인시켜 줄 필요는 없는데.

언젠가 쥬다가 말했었다. 그 또한 이곳에 묻힐 거라고. 화를 내자 난감하고 우스워하더니 그래, 죽지 않겠다고 달랬다.

그게 이런 의미인 줄 알았더라면.

그때, 팔랑팔랑 빛을 띤 푸른 나비가 비석 주변을 맴돌더니 느릿느릿 타라의 손등에 내려앉았다. 깜박거리는 속눈썹이 교차하며 그 빛을 담았다. 흐려진 탓일까. 찰나 얇은 푸른빛이 쥬다의 눈처럼 보였다.

타라는 다시 일어났다. 숨이 가빴지만 참고 인내하며 주변을 주시한다. 그녀가 명령하듯 뇌까렸다.

"쥬다는 어디 있지?"

살랑살랑 불던 바람이 멎었다. 바쁘게 제 할 일만 하던 군중들이 일제히 그녀를 돌아보는 것처럼. 눈치를 보는 듯한 침묵을 짓밟듯이 외면하며 다시 걷기 시작했다.

그러다 나무 밑 그늘에 숨은 작은 문을 발견했다. 동화 속 흰 토끼가 지나다니는 길처럼 앙증맞을 정도다. 그 문고리에 앉은 푸른 나비를 빤히 주시했다.

"여기로 가라고?"

답이 없었다. 타라는 주저 없이 문을 열었다.

그리고 그들의 과거를 보았다. 지난날의 저에게 희미하게 웃는 쥬다를 발견한 순간 달려가 그 팔을 부여잡았다. 공기를 잡은 것만 같았다. 저를 지나쳐 멀어지는 그들을 망연히 바라보다 우선 뒤따라갔다. 그렇게 타라는 여러 과거를 보았다. 아련함과는 다르게 초조함이 올라왔다.

어디 있어. 어디 있는 거야. 설마, 나를 두고 정말 갈 생각은 아니죠?

끝이 없는 신의 형벌을 받는 것 같았다. 그리 이를 악물다가, 어느 순간 저 홀로 남아 있었다. 벨벳 성의 서재였다.

쥬다와 타라가 가장 많은 시간을 함께 보낸 곳. 아득한 노을이 지고 있었다. 타라는 쥬다가 자주 앉던 의자를 만져 보다, 저가 좋아하는 담요와 쿠션 따위를 발견했다.

주인 없는 흔적들을 지나쳐 뚜벅뚜벅 창문가로 걸어갔다. 장미에 황금을 녹인 듯 주홍색이 강렬했다. 그녀는 눈매를 살짝 좁혔다.

'결국 여기까지 왔구나.'

그리고 돌아본다. 아는 이였고, 그리운 사람이기도 했다. 슈. 타라가 짧게 부르자 슈는 고개를 기울였다.

노을 묻은 금발이 살랑거렸다. 한때 동경하고 사랑했던 고운 머리칼과 타라와 똑같은 붉은 눈이 반짝거린다. 항상 소녀였던 어린 시절의 상상 친구는 키가 몰라보게 자라 성인이 된 타라와는 달리, 아직도 덜 자란 계집아이였다. 그들의 시간이 그녀만 남겨 두고 간 것처럼.

'어쩔 생각이니.'

"그를 데리고 나갈 거야."
슈는 잠시 침묵했다.

'그게 세상의 규칙을 어기는 거라고 해도?'

타라는 저도 모르게 짧게 웃었다. 고개를 들어 정면으로 응시하는 붉은 눈이 투명하고 날카로웠다.

"내가 그런 걸 신경 쓸 거라고 생각해?"

'그러겠지.'

질문했던 것과 달리 그녀는 그럴 줄 알았다는 듯 고개를 끄덕거렸다. 웃는 얼굴인데 이상스레 쓸쓸해 보였다.
"그는 어디 있어? 알려 줘."

'너와 그의 시간이 겹치는 교차점에.'

수수께끼 같았다. 타라는 미간을 좁혔다. 슈는 장난치듯, 그러나 부드럽게 일렀다.

'네 영혼과 마음이 그에게로 인도할 거야. 따라가 보면 알게 돼.'

"그러면 왜 내 앞에 나타난 거야?"
조급하게 되물었다가 불현듯 깨달았다. 불사조의 불꽃과 흡사한 빛이 친구의 두 눈에 어른거리는 걸 발견한 순간, 타라는 자신이 치러야 할 대가를 알았다.
그녀는 우두커니 제 어린 시절의 신, 한동안 퍽 그리웠으나 결국 잊어버리고, 자라 버려서, 무심하게 내버려 두었던 동무를 바라보았다.
무슨 말을 해야 할지 몰랐다. 그리 좋아하더니 흥미가 사라져 상자 안에 처박아 두었다가, 훗날 불태울 불쏘시개가 필요할 때 그 어린 날의 인형을 조우한 듯이 목에 둔탁한 것이 걸렸다.

낡은 인형처럼 빛을 잃은 눈동자를 보자니 심장이 욱신거렸다. 형언할 수 없는 서글픔이었다. 아무 말도 못 하는 타라를 물끄러미 보던 슈가 다가와 그녀의 손을 잡았다.

마주 겹치던 그들의 손가락은 이제 크기조차 너무도 달라졌다.

'가 봐.'

"슈."

'이제 완벽히 어른이 될 때야.'

조그마한 손이 등을 떠민다. 힐끔힐끔 미련스레 뒤돌아보는 타라에게 슈가 엄하게 말한다. 시간이 없다고. 그가 기다리고 있으니 어서 가 보라고 을러댄다. 미적거리던 타라는 결국 발걸음을 뗐다.

홀로 남은 소녀는 항상 타라가 앉던 자리에 대신 앉아 다리를 흔들며 침몰하는 석양을 바라보았다. 그 붉고 슬픈 빛이 완벽히 질 때까지.

굳이 슬플 필요는 없다. 지는 해는 새로 뜨는 해를 의미한다. 굳이 왜 슬퍼해야 하는가.

사멸해 가는 노을이란 저렇게 아름다운 것을.

*   *   *

타라는 신음도 없이 부서져 가는 달을 바라보았다. 그 밑으로 멀어져 가는 그의 뒷모습도.

"쥬다!"

그가 거짓말처럼 멈춰 섰다. 타라는 놓칠세라 허겁지겁 쫓아갔다.

당신보다 너무나 작았던 어린아이는 당신의 큰 걸음을 따라잡기 버거웠다. 그러나 나는 더 이상 어리지 않다. 그러니, 이렇게……

천천히 그가 뒤돌아보자마자 근처에 도달한 타라가 쥬다를 끌어안았다. 그는 난생처음 보는 표정이었다. 울 듯 일그러진 얼굴. 이해가 불필요했다. 아마 자신도 다르지 않으리라.

그녀는 다급하게 그의 목을 끌어안고 저를 부르는 입술에 키스했다. 악착같이 매달린다. 떨어지면 당장 죽어 버릴 것처럼. 저를 무방비하게 내주던 사내가 허리를 휘감고 마주 온기를 섞어 왔다.

천천히 사(死)가 밀려나고 생(生)이 되살아난다.

저 자신을 죽여 가듯이 상대에게 함몰되어 가던 그들은 천천히 눈을 떠 사랑하는 이를 바라보았다. 그들을 둘러싼 세계가 부서져 가고 있었다. 수천 년의 시간이 엉겨 있던 견고한 문에 금이 간다. 쩌저적. 동시에 그녀 안에 고여 있던 불가사의한 힘이 빛을 잃어 가는 것이 느껴진다. 타라는 헐떡이듯 환하게 웃었다.

그녀가 눈물 고인 눈으로 속삭였다.

"나랑 가요."

나와 함께 있어. 계속. 끝까지.

쥬다는 형언할 수 없는 눈으로 그녀를 내려다보다가, 무너지듯 고개를 숙여 이마를 맞대었다. 두 손이 마주 얽히고, 숨결이 구분할 수 없이 뒤섞인다.

그가 낮게 웃었다.

……기꺼이.

*　　　*　　　*

이제까지 본 적이 없던 경이적인 아침이었다. 푸르고 붉고 하얀 여명이 무너진 탑 위로 쏟아질 무렵, 타라는 새로운 세계에서 눈을 떴다. 온몸이 이상할 정도로 가벼웠다.

그녀가 몸을 일으켰을 때 밤을 지새운 듯 피로해 보이는 갈랑이 찢어져라 눈을 크게 뜨고, 불피울 장작을 친히 주워 오던 레오니다스는 그걸 죄다 떨어뜨리고는 엉엉 울었다.

친근하고 눈물과 웃음이 함께 나오는 광경을 지나, 벽에 비스듬히 기대 잠들어 있는 이드와 여태껏 죽은 듯 눈을 감고 있는 쥬다를 발견했다.

다급히 뛰어가 가슴께에 귀를 대니 쿵쿵 뛰는 심장 소리가 귀를 적셨다. 그가 돌아왔다. 다시 나에게로.

더불어 타라는 완벽히 제 언령의 힘이 사라진 것을 느꼈다. 그녀는 쥬다의 가슴팍에 얼굴을 기댄 채 피식 웃었다. 고요하던 그의 손이 천천히 올라와 그런 타라의 머리를 툭 덮었다. 아침 빛이 뽀얗게 흐드러졌다.

아직 얼얼하나 분명 안온하고 찬연했다. 이것이 곧 반짝이는 행복으로 자라날 것을 믿어 의심치 않았다.

모든 것이 끝났다.

그녀는 하아, 작은 숨 한 움큼을 내쉬었다. 길고 느리게.

'행복하니?'

착각일까. 슈의 조그만 목소리가 봄바람처럼 지나갔다. 그래. 그녀의 작은 손이 뺨을 스치는 것처럼 하얀 햇볕이 살갗에 묻었다. 타라가 조그맣게 속삭였다.

고마웠어.

안녕.

나의 여리고 작았던 내 안의 소녀.

〈미운 노새 이야기〉 完

epilogue

전쟁은 많은 것들을 바꿔 버렸지만 차차 다시 회복될 것임을, 혹은 더 나아질 거라는 걸 모두 알고 있었다. 우선적으로 가장 큰 변화는 계절이 변했다.

언령의 힘이 완벽히 소멸하자, 세계는 점점 고왕국 시대의 기후처럼 돌아가기 시작했다. 영원한 겨울과 여름도, 봄도 차츰 흐려졌다. 경계선이 모호해지고 사계절이 순환하기 시작한다.

속도는 느렸다. 다섯 해가 지나도록 아직 모든 땅에 또렷한 계절이 찾아온 것은 아니었다. 오랫동안 정체되어 있던 것들이 녹이 슨 태엽을 힘겹게 돌리기 시작한 것처럼.

각 영주국들은 이 몇천 년 만의 격동에 처음에는 혼란스러워했으나, 곧 서로의 기후 문화를 받아들이고 협력하며 변화에 적응해

나갔다.

북부로 되돌아간 수족들은 날씨가 서늘해졌다고 연신 툴툴거렸다. 타라에게 놀러오겠다는 약속을 꼭꼭 받아 낸 이드는 귀환하자마자 농민들의 차후 농업 체계에 대해 부산스레 회의에 들어갔다.

실질적으로 멸망하여 자치 도시 국가가 된 겨울 왕국을 제외한다면, 가장 크게 바뀐 건 남부의 요정 왕국이었다. 여왕 타니아는 유폐가 풀렸으나 굳이 제자리를 찾으려 하지 않았다. 동시에 저를 찾아오는 딸을 만나 주지도 않았다.

믿었던 딸에게 배신당했으니 그럴 만하지. 브리지트는 웃으며 씁쓸한 말을 했다. 저 같은 불효녀가 어디에 있냐고. 그 태평한 얼굴을 보고 있자니 타라는 괜히 제 가슴이 저려 와서 친구의 손을 꼭 움켜쥐었다.

"그래도 포기 안 해."

요정 왕국의 새로운 수장은 씩 아이처럼 웃었다. 영원히 변하지 않을 철없는 소녀처럼. 남부의 여름은 사라졌으나 그녀는 여전히 찬연한 여름이었다.

"난 여전히 엄마를 사랑해. 그러니 계속 사랑할 거야. 받아들이든 외면하든 이건 내 마음이야."

씩씩하게 말하던 브리지트는 쌓인 일이 너무 많으니 농땡이 그만 피우라며 무뚝뚝한 요정 기사에게 한소리 듣고는 끌려 나갔다. 짜증내는 소리가 길게 메아리쳤다.

야셴은 새 여왕에게 새로운 날개를 받았다고 했다. 옥신각신하는 그들이 예전보다 더 가까워진 것 같아, 타라는 오묘하게 웃었다.

물론, 다른 의미로.

"타라 님. 케이크를 구워 봤어요."

이델이 똑똑 노크를 하고는 싱긋 머리를 내밀었다. 불사조의 심장으로 완벽하게 회복한 그녀는 외려 이전보다 더 건강하고 체력이 좋아졌다. 안티오크는 눈을 가늘게 뜨며 보양식을 먹은 것 같다고 툴툴대고는 했다.

맛 좋은 케이크 냄새가 풍기자 발치에서 늘어지게 자고 있던 쥰이 고개를 내밀었다. 반기는 타라를 향해 이델이 흐뭇하게 고개를 기울였다.

"내정 관리도 좋지만 쉬엄쉬엄하세요."

"하지만 재미있는걸요?"

타라는 벨벳 성의 내정을 돌보기 시작했다. 어렵기는 했지만 쥬다와 안티오크가 도와줘서 이제는 잘 따라잡고 있었다.

무너지고 금이 간 성도 보수하고 다쳤던 사용인들도 전부 일상으로 돌아왔다. 말도 많고 탈도 많은 전쟁 후 북부와 동부, 남부 모두 진통을 앓았으나 가장 변화가 없는 건 서부 같았다. 그녀는 그것이 감사했다. 물론 바뀐 게 아예 없는 건 아니지만.

타라는 길게 자라 얼마 전에 조금쯤 잘라 다듬은 머리카락을 검지로 빙빙 감았다. 가을 하늘처럼 푸르르던 머리카락의 색이 변해 있었다.

언령이 사라져서인가, 타라의 머리칼은 점점 푸른빛이 옅어지고 대신 화사한 금빛이 싹트기 시작했다. 하루 자고 일어나면 달라져 있었다.

제 청발이 희귀한 색이며 고왕국에 근원을 두었다는 건 알고 있었으나 이리 바뀔 줄은 꿈에도 몰랐다. 연하게 물이 빠지더니 요즘은 완연한 백금발로 보였다.

북부 사자 성에서 또다시 사촌에게 일거리를 맡기고 벨벳 성으로 놀러온 레오니다스는 타라를 보더니 눈을 크게 뜨며 말했다.

"뭐야, 이드 판박이네!"

조금쯤 뒤숭숭했던 타라는 그 말을 듣자마자 바로 마음을 바꿨다. 새 머리 색도 괜찮은 것 같다.

확실히 레오니다스의 평대로 주변에서 슬슬 그녀가 생각보다 이드와 많이 닮았다는 감상이 나오고 있었다. 아버지는 뭐라 하실까. 당연히 좋아하겠지?

얼마 전, 황금 성에 갔을 때 마지막까지 움찔거리다 성문 앞에서야 '아빠'라고 부르면 안 되냐고 묻던 그를 떠올리니 웃음이 절로 나왔다.

어색하면 천천히 해도 된다고, 아니 지금도 나쁘지 않은 것 같다 횡설수설하던 이드는 타라가 거침없이 '아빠'라고 부르자, 얼굴이 벌게지더니 황급히 들어가 버렸다.

곁에서 그 꼴을 보던 아오페가 끌끌 혀를 찼다. 남부 브리지트 여왕과 교역 문제로 만남이 잦더니 그녀가 바람을 넣은 것 같다면서. 타라는 키득키득 웃어넘겼다.

어찌 되었던, 가장 그녀가 신경 쓰는 당사자, 쥬다는 물끄러미 한참 동안 타라를 바라보더니 무덤덤하게 말했다.

예뻐, 라고.

"그럼 왜 바로 말 안 해요? 얼마나 조마조마했는데!"

긴장이 풀린 타라가 투덜거렸다. 그녀는 틈만 나면 제 머리칼에 입 맞추던 쥬다가 물망초 빛깔의 청발을 얼마나 사랑했는지 알고 있었다. 그러자 비슷한 대답이 나왔다.

너무 예뻐서.

타라가 아닌 척 얼굴을 붉히자, 쥬다는 피식 옅게 웃더니 턱을 들어 올리고 부드럽게 키스했다. 나른한 속삭임이 머리를 어지럽게 만들었다. 끌끌 혀를 찬다. 아직도 모르나?

"나는 네가 어떤 모습이든 귀해."

그의 품에 코를 박고 나른한 한숨을 쉬었다. 이 사람은 왜 이렇게 저를 들었다 놨다 할까. 그게 싫은 건 아니지만.

내정 외에도 타라는 새로 배우는 것이 있었다. 바로 검술. 일생 동안 감히 상상도 못 했는데, 아버지의 말에 따르면 그녀는 의외로 나쁘지 않은 재능을 지녔단다.

무언가에 제법 특출한 재능이 있다는 소리는 처음 들어 본 타라는 신이 났다. 그 때문에 황금 성으로 갈 일이 많아진 덕에 쥬다는 내심 불만스러워했지만 말리지는 않았다. 아버지와 보내는 오붓한 시간에 연인이 흠뻑 취해 있는 게 뻔히 보였기 때문이다.

이드는 여전히 쥬다가 타라를 마음에 두는 걸 용납은커녕 이름만 나오면 눈에 불을 켜며 으르렁거렸기에 — 꺼져! 고양이한테 생선을 맡겼지! 이 도둑놈의 새끼! — 당연히 그의 황금 성 출입은 대외적으로 금지 상태였다.

물론 쥬다는 그에 아랑곳하지 않고 꼬박꼬박 직접 타라를 데리러 왔지만.

타라는 시큰둥하게 그를 무시하는 쥬다와 이를 아득아득 갈며 검을 뽑는 이드 사이에 무슨 일이 일어날까 항상 신경을 곤두세웠다.

하지만 레오니다스는 호탕하게 웃으며 별일 없을 거라 했다. 둘 다 네 눈치 보느라 상대에게 상처를 입히지 못할 거라나.

그렇다면 다행이지만. 그녀는 짧게 한숨을 쉬었다.

"타라 님."

무표정한 얼굴의 갈랑이 문을 두드렸다. 그러고 보니 오늘은 소풍을 가기로 했는데.

타라가 턱을 두드리던 깃펜을 내려놓고 방긋 웃었다. 이델도 빙그레 웃으며 채비를 하겠다고 말했다. 그사이 갈랑은 쿠션에 누워 있는 검은 개의 머리를 쓰다듬었다.

준이 한쪽 눈만 들어 그를 보더니 다시 눈을 감았다. 그들은 함께 여행한 후 묘한 친근함이 형성된 것 같았다. 타라 외에는 그 누구도 거들떠보지 않던 준으로서는 의외였다.

가끔 검은 늑대로 변한 갈랑이 한적한 정원에서 낮잠을 자고 있으면 준이 그 옆으로 가 누워 있을 때도 많았다. 그 모습이 마치 형제 같아서 이델과 타라는 턱을 괴고 키득거리며 구경했다.

갈랑은 종전 후 일족과 함께 북부로 올라갔지만 이내 다시 벨벳 성으로 돌아왔다. 뭔가 특별한 말이나 오가는 의견도 없었는데, 그는 자연스럽게 타라의 곁을 지켰다.

쥬다나 이델도 딱히 지적하지 않았다. 타라는 내심 늑대족의 후계자인 그가 바쁜데 시간을 빼앗길까 조심스레 쥬다에게 말해 보았지만 그는 그녀의 상냥한 뺨을 쓸어 줄 뿐이었다. 본인이 주인을 정한 것에 누가 무어라 하겠는가, 라고 했던가.

과분하다 여겼지만 내심 기뻤기에 타라는 그저 수줍게 웃었다. 사실 그녀도 다정한 늑대와 떨어지고 싶지 않았다. 그의 어머니도 차지하고 있으면서 이러면 욕심이겠지만.

"소풍이라고요?"

반듯한 나비넥타이, 까만 벨벳 조끼에 외알 안경까지 쓴 고양이 집사가 홍차를 따르다 말고 흠, 앞발로 턱을 쓸었다. 노란 꼬리가 살랑살랑 봄바람처럼 흔들린다.

타라는 내심 그가 들떴다는 걸 느꼈지만 모른 척했다. 노란 고양이 집사님은 여전히 부끄러움이 많았다. 본인은 인정하지 않았지만.

"주인님도 아십니까?"

"며칠 전에 말해 두었어요."

"알았습니다. 제가 전달하죠."

안티오크는 우아하게 궁정식 절을 하고는 후다닥 쥬다의 집무실로 뛰어갔다. 타라는 싱글벙글 웃었다.

내정을 도맡으면서 가장 좋은 것 중에 하나는 깐깐한 고양이 집사와 함께 일하게 되었다는 것인데, 퍽 오래 지나도 타라는 그가 진지한 얼굴로 서류 꾹꾹이를 하는 모습이 귀엽고 우스워 죽을 것 같았다. 역시 안티오크는 모르겠지?

"주인님."

"들어와."

집사가 똑똑 문을 두드리자 집무실에서 허락이 떨어졌다. 한창 서류를 보고 양피지에 서신을 쓰던 쥬다는 안티오크의 말에 열이 올랐던 눈가를 꾹꾹 눌렀다. 그러고 보니 벌써 그날인가.

"타라 님이 황금 성으로 가시기 전에 소풍을 가고 싶으신 모양입니다."

"아, 황금 성."

쥬다는 돌연 짜증이 몰려오는 걸 느꼈다. 검술도 검술이지만 십여 년 만에 재회한 부녀가 계속 함께 있고 싶어 하는 건 어쩌면 당연했다. 그래서 이해해 주자, 싶으면서도 거슬리는 건 어쩔 수 없었다.

제길, 어르고 달래 예쁘게 자라는 걸 지켜보고 돌본 건 난데 제일 좋을 시기에 꼴에 아비랍시고 제 것을 빼돌려 간단 말인가.

뻔뻔한 자식. 표정 관리를 하던 타라 앞에서와는 달리 서늘하게 굳은 그를 곁눈질하던 안티오크가 짐짓 조심스레 말했다.

"아무래도 기사 왕께서 타라 님에게 후계자 교육을 시킬 참이 아닐는지요?"

"누구 맘대로."

저쪽은 친부인데도 쥬다는 가당치도 않다는 듯 콧방귀를 꼈다. 사실 타라 모르게 이 만만치 않은 두 남자는 종전 이후 쉴 새 없이 기 싸움을 벌이고 있었다.

이드는 할 수 있다면 쥬다의 멱살을 잡고 바닥에 패대기치고 싶어 했고, 소유욕 강한 쥬다도 그에 못지않았다. 굳이 그러지 않은 건 역시나 타라 때문이다. 그녀 앞에서는 그들도 제법 데면데면하게 굴었다. 어디까지나 그들의 시점에서는.

당장 황금 성으로 날아가 요절을 낼 태세에 안티오크는 갸름하게 눈을 기울이며 꼬리를 흔들었다.

"그야 현재로써는 타라 님이 유일한 후계니까요? 부친에게서 검술의 재능도 물려받으셨고요."

"웃기는군. 아직 한창인 놈이 빨리 장가들어서 애나 하나 더 낳으라그래."

"주인님. 따지고 보면 장인이십니다."

"어쩌라고."

가계도를 박살 내는 패륜적인 막말이었다. 거침없는 기색과 달리 정작 쥬다는, 타라가 진짜로 황금 성의 정식 후계가 될 경우 아예 거기에 뿌리를 박을까 봐 노심초사하고 있었다.

서부와 동부는 너무 멀다. 제기랄. 이제 그는 타라가 옆에 없으면 잠도 안 올 지경이었다. 품에 꼭 안고 있어야 안심이 되었으니까.

타라도 종종 그들이 겪은 '죽음' 때문에 쥬다가 제 곁에서 떨어지면 불안해 어쩔 줄을 몰라 했지만, 그건 제 속내를 모르니까 하는 소리였다. 절절하게 자각하고 난 뒤에는 어렴풋이 덮는 것도 불가능했다.

쥬다는 할 수만 있다면 그녀를 조그맣게 축소해서 주머니에 넣고 다니고 싶었다. 그 정도로 가끔 자신이 정말 제정신이 아니구나 싶은데, 뭐? 동부라고?

"절대 안 돼."

"그러니까 그건 내정 간섭……."

"입 다물어."

초조하게 어깨를 들썩이는 주인을 본 안티오크는 충실하게 주둥이를 다물었다.

하아, 그놈의 검술. 차라리 타라가 마법에 재능이 있다면 좋을 텐데 언령이 사라진 후 그녀는 거의 모든 마법적 능력을 잃었다.

대신 두각을 나타낸 게 그리워하는 아버지와 닮은 검술이었으니 타라가 뛸 듯이 좋아하는 것도 당연했다. 신경질적으로 머리칼을 헤집던 쥬다는 불쑥 저도 모르게 중얼거렸다.

"차라리 비제 녀석이 가르쳐 주면 좋을 텐데."

내뱉고 나서야 그는 저가 무슨 말을 했는지 깨달았다. 무감각하게 가라앉은 그를 눈치채지 못한 고양이 집사가 고개를 갸웃거렸다. 예?

"비제가 누굽니까?"

"……."

물끄러미 보아 오는 쥬다의 눈길에 안티오크는 기묘한 위화감을 느꼈다. 그는 잠시 잊고 있던 폐허를 실수로 밟은 사람 같은 얼굴을 하고 있었다. 이내 그런 기색은 씻은 듯이 사라졌다.

"됐다. 나가 봐."

어쩐지 더 저조해진 주인을 힐끔거리던 집사는 정중하게 고개를 조아리고 나갔다.

적막이 흘렀다. 쥬다는 망부석처럼 앉아 눈을 내리깔다 창가로 시선을 돌렸다. 모든 것이 원래대로 돌아왔으나, 딱 하나만 없었다. 그 어디에도 비제는 존재하지 않았다. 누구도 그에 대해 묻는 이가 없다.

아무도 그를 기억하지 못했다. 원래부터 없었던 사람인 것처럼.

*　　　*　　　*

　―이 부활 의식에서 필요한 건 타라의 언령과 생명, 매개체가 될 마레사의 눈, 시전자의 강대하고 순수한 마력이지.

조건은 다 갖춰졌다. 단지, 시전자여야 할 쥬다가 죽었기에 딱 하나가 비었다.

강대하고 순수한 마력.

타라가 쥬다의 영혼을 찾아서 시공간의 틈으로 들어간 사이 비제는 물로 지운 듯 무감한 낯으로 생사의 기로에 서 있는 두 사람을 내려다보았다.

읽기도 정의하기도 힘든 무언가가 그 얼굴에 베일처럼 드리워져 있었다. 갈랑은 본능적으로 형언할 수 없는 직감을 느꼈다.

아마도, 그를 말려야겠다는 생각이.

"이게 어떻게 된 겁니까."

당신, 뭘 결심한 거야?

좀 밉살맞다 싶을 만큼 항시 웃던 인사인데 돌아보는 얼굴은 그저 무표정했다. 불길함이 들불처럼 번진다. 갈랑은 저도 모르게 덥

석 그의 손을 잡고 고개를 저었다.

"하지 마십시오."

"겁 많은 늑대네. 내가 뭘 할 줄 알고?"

그제야 비제가 너스레를 떨었지만 갈랑은 굳은 채로 고개를 저었다. 한 번, 두 번, 세 번. 덩치가 저보다 크고 굳건한 눈인데도 찰나 비제의 눈에는 그가 옛날의 꼬마 늑대처럼 보였다.

그는 현재 벌어질 일에 대한 것을 알아채고 불안해하고 있었다. 물끄러미 그 눈을 바라보다 손을 놓았다. 툭, 맥없이 떨어진다.

"이게 가장 좋은 길이야."

예전에 이델에게 말했던 대로, 역시나 결론은 이리 되나 보다. 하나가 죽어야 한다면…… 굳이 이들일 필요가 있나.

사실 정확히 치러야 할 대가는 그도 몰랐다. 평생 꽁꽁 숨겨 두었던 어머니의 마력을 사용한다면 필시 좋은 결과는 없으리라.

신비하고 강력한 힘을 지닌 물의 요정은 잔인하고 복수를 찬미하며 반드시 상대에게 대가를 치르게 만든다. 그게 누구든지, 한평생을 소비하든 백 년, 천 년에 걸치든, 세상 끝까지 쫓아온다.

늙어 회게 머리가 셀 때가 돼서야 안심한 이의 목덜미를 물어뜯는 그네들의 저주는 한계가 없었다. 비제만큼 이를 잘 아는 자는 없으리라. 그의 일생이 그러했으니.

이번에도 어김없이 이렇게 따라붙는구나. 제 저주가 유용할 때도 있다니. 이래서 생은 아이러니다.

비제는 갈랑의 머리를 쓰다듬어 주고는 그를 지나쳤다.

저물어 가는 흐드러진 봄빛, 묽게 번진 황혼의 물빛을 닮은 뒷모습이 멀어진다. 그는 이번에도 변함없이 먼 사람이라서 잡기도 저어했다. 잡더라도 뒤돌아 주지 않을 걸 알았다. 허무와 후련함이 뚝뚝 발걸음마다 떨어졌으니. 언제고 사그라들기를 스스로 기다렸던 화려한 불꽃 같았다.

"이델에게 전해."

그는 피식 웃었다. 그래도 깨어 있는 얼굴을 보고 싶었는데.

"나 같은 거랑 친구 해 줘서 고맙다고."

그리고 천천히 무릎을 꿇으며 타라의 손을 잡았다.

무서운가? 별로. 슬픈가? 글쎄. 아쉬움도 슬픔이라면. 그러나 아깝지 않다. 그는 쥬다와 타라를 바라보며 나직하게 혼잣말했다.

그거 알아?

"나는 당신들을 제외하면 살 이유가 없는걸."

영원한 편린(片鱗)의 저주.

결국 홀로 말라 죽을 운명이었다. 언젠가부터 사람과 가까이하지 못했다. 물귀신 같은 놈이라 재수 옴 붙을 테고 정말 저주처럼 주변 모든 이들이 죽거나 불구가 되거나 그를 증오하며 피하게 되었다.

그가 의도하든 그러지 않든. 사랑할수록 더 심하게.

그것이 수백 년 이상 반복되고 나니 스스로도 어떻게 마음을 주는 건지 잊어버렸다. 상실이 계속되면 근본적인 존재의 유무도 상실하게 된다. 날 때부터 그런 건 아닌가 싶게 나중에는 담담해졌다. 주변에 아무도 들이지 않으면 절망도 없다.

한데 우스운 게 무언지 아는가. 그런 주제에 저도 사람이라고 외롭지 않은 건 아니더라.

그래서 색이 바래지 않는 쥬다가 좋았고, 사계절의 찬란함을 품은 너를 사랑했다. 벌은 내가 받아야 한다. 당신들이 아플 이유는 없지.

가진 마력을 바닥까지 죄 긁어서 건넨다. 속이 텅 비고 기다렸다는 듯 저주가 목을 얽매어 오는 걸 느낀다. 그래도 이번에는 그들이 아닌 내가 사라져서 다행이다. 이만하면 행운이었다.

낮게 웃으며 고개를 수그렸다. 바스라지는 웃음이 허하게 울렸다.

안녕.

안녕…….

*   *   *

이번의 소풍은 처음부터 끝까지 완벽했다. 안 웃는 이들이 없었고, 타라는 그 어느 때보다 행복해 보였다. 쥬다는 물끄러미 산호 바다처럼 살굿빛으로 물든 하늘을 올려다보며 말이 없다가 그녀와 눈이 마주치면 얕게 웃고는 했다.

타라는 술래잡기를 하다가도 이따금 홀로 고요한 그를 돌아보았다. 그는 어쩐지 삭막한 겨울나무처럼 허해 보였다. 원래도 온도가 높은 이는 아니었으나, 어느 때부턴가 쥬다는 아주 가끔 소리 없는 상념에 잠겼다.

그게 뭔지 넌지시 돌려 말했으나 그는 그저 가만히 타라의 눈을 들여다보며 머리칼을 매만지기만 했다. 그럴 때의 그 무표정한 얼굴이 이상하게도 슬퍼 보여서, 아무 질문도 할 수 없었다. 사실 슬픔과는 전혀 어울리지 않는 사람인데.

그 쨍한 겨울 하늘 같은 눈에서 이유 모를 고독이 일렁였다. 아니, 고독이라고 해야 할까. 그것은 본인의 감정이 아니라 타인의 것을 반쯤 퍼 와서 대신 안고 있는 것 같았다. 타라는 쥬다가 걱정스러웠지만 그가 말해 줄 때까지 기다려 주기로 했다.

그리고 그날 밤, 타라는 꿈을 꾸었다.

인어의 눈처럼 반짝이는 별들이 하늘에 총총히 박혀 있었고, 검푸른 강물에 발을 담그고 있던 타라는 예쁜 별자리들을 찾아 제 치마폭에 담았다.

활을 든 요정 사냥꾼 자리, 가지처럼 뻗은 뿔이 아름다운 겨울 사슴 자리와 춤추는 붉은 여왕, 눈물짓는 인어 자리까지. 차곡차곡 쌓인 별들이 넘쳐나 강물에 흘려보냈다. 이윽고 강 위에도 밤하늘이 내렸다.

까르르 웃으며 흘러가는 지상의 은하수를 바라보다, 강 너머 맞은편에 서 있는 사람을 발견했다.

그 사람은 고요히 서서 이쪽을 바라보고 있었는데 얼굴이 보이지 않았다. 그저 까맣게 늘어진 그림자뿐이다. 발치에서 타닥타닥 타오르는 모닥불도 그를 비춰 주지 못했다. 그래서 더 추워 보였다.

타라는 여기로 넘어오면 좋을 텐데, 잠깐 그런 생각이 들었다. 그러나 그는 강을 건너올 의지가 없어 보였다.

잠시 후 작은 모닥불마저 꺼지고 완연한 어둠이 찾아왔다. 이제 건너편에서 보이는 건 별과 달이 그리는 실루엣이 다였다.

한참 그녀를 바라보던 남자는 돌아서서 멀어졌다. 아. 타라는 벌떡 일어나 그를 불렀지만 그는 뒤돌아보는 법이 없었다.

거기 서! 목청껏 외쳤는데도 닿지 않는 것처럼. 화가 난다. 눈물이 났다. 무정하고 나쁜 사람. 뭐라고 변명이라도 해 보라고. 왜 항상 그렇게 오해하든 말든 상관없다는 것처럼 구는데?! 저도 모르는 원망이 쏟아졌다.

점점 멀어진다. 타라는 직감적으로 깨달았다. 이제 다시는 보지 못할 것이다. 황급히 강에 뛰어들어 쫓아갔다. 무르팍이 흠뻑 젖어도 상관없었다.

처음 물장구를 치는 물새처럼 다급하게 전진한다. 좁아 보이던 강폭이 왜 이리 넓은 건지. 유유히 흐르는 물살도 그녀의 발목을 잡고 놓아주지 않았다. 타라는 결국 멈춰 서서 엉엉 울음을 터뜨렸다.

돌아와. 돌아와서 설명해. 화를 내든 용서하든 들어 줄 테니까 돌아오라고.

그녀의 눈물을 먹은 강물이 순식간에 불어나 목까지 잠겼다. 그래도 울었다. 시위하듯이. 나 보라고. 그러다 울컥 강이 그녀를 삼켰다.

수면 위로 흐릿한 별자리와 달빛이 넘실거렸다. 점점 깊이 빠져 들어 간다. 그녀가 느리게 눈을 깜박거리다 까무룩 감기려던 순간 첨벙 강물이 흔들렸다.

처음에는 인어인가 했다. 영롱하게 빛나는 푸른 두 눈이 이야기

속의 인어와 똑같았으니까.

가까이 물살을 헤치며 빠르게 다가온 하얀 손이 그녀를 끌어안고 별빛이 일렁이는 수면으로 올라갔다.

그 순간 타라는 둔탁하게 알아차렸다.

이 사람은 언젠가 한 번 더 나를 구해 준 적이 있다.

이리 아름답고 슬픈 눈을 과거 어느 순간, 보았노라고. 내면의 목소리가 속삭인다.

그럼…… 대체 그는 누구인가.

잠에서 깨고 나니 온 뺨이 눈물범벅이었다. 마치 그 강물에 빠졌던 것이 진짜였던 것처럼. 가슴이 뻥 뚫린 것처럼 허한 공허감이 머리를 때렸다.

가슴께를 두드린다. 외로운 물고기가 그 속에서 헤엄치는 것만 같았다. 잡으려 해도 잔상만 남아 손가락 사이로 흩어졌다. 그녀는 이유도 모를 눈물을 훌쩍이며 무릎을 끌어안았다. 안타깝고 아렸다.

비틀거리며 일어난 타라는 가벼운 외투를 걸치고 아버지가 준 얇은 검을 허리에 찬 채 방을 나왔다. 혼자서 감정을 추스르고 싶다가도 공연히 외로워서 누구에게든 이야기를 하고 싶은 모순이 싹텄다.

문제는 그녀조차도 왜 이런 싱숭생숭함이 치미는 건지 잘 알지 못했다.

악몽 때문인가. 하지만 그게 악몽이 맞나?

뭔가 중요한 것을 잃어버린 기분이었다. 조용한 정원을 지나다 말고 멈춰 서서 푸른 달을 응시했다. 밤의 벨벳 성은 낮과 달리 위험하다 했던가.

하지만 타라는 제 한몸 지킬 자신은 있었다. 아버지와 황금 성의 기사들조차 그녀의 일취월장에 감탄했는걸.

그러다 미간을 찡그렸다. 밤의 벨벳 성이 위험하다고? 이걸 누가 말해 줬더라?

그녀는 자연스레 저만 아는 뒷문을 통과해 밖으로 나갔다. 어떻게 알게 됐는지는 기억이 희미했으나 언젠가부터 자주 이용하는 문이었다. 이델이나 안티오크도 잘 모르는 눈치길래 속으로 흐뭇하게 제 비밀의 문으로 정했다.

문을 나서자마자 어슴푸레하게 월광에 얇은 윤곽이 은은하게 떠오른 밤의 정경이 펼쳐졌다. 광활하고 아름다웠다. 들썩이던 마음이 고요해지는 걸 느끼며 타라는 발을 내디뎠다. 밤이슬에 젖은 풀이 묻어 왔다.

얕은 숨이 서늘하게 식은 공기 중에 흩어졌다. 생각보다 다소 추웠다.

"조금 배도 고파."

주방에 들릴 걸 그랬다. 그래도 돌아갈 생각은 들지 않았다. 그녀는 어깨를 감싸 안고 자주 가는 언덕의 나무 아래에 앉았다.

첫 소풍 때 이곳으로 온 기억이 난다. 여기서 새벽달이 뜨는 것을 보고 싶었다. 그녀는 무릎에 턱을 괴고 풀벌레와 나지막한 바람 소리를 듣다가, 깜박 얕은 잠이 들었다. 아주 찰나에 불과할 것이다. 한데 어깨 위로 누군가 두툼한 외투를 덮어 주는 것에 불현듯 잠기운이 달아났다.

타라가 번쩍 고개를 들었을 때 인기척은 멀어지고 있었다. 그녀는 저도 모르게 다급히 소리쳤다.

"저기요!"

그는 잠시 멈춰 섰다. 그러나 돌아보지 않았다. 그녀는 벌떡 일어나다, 저에게 둘러져 있던 여행자의 망토가 바닥에 떨어진 걸 멍하니 바라보았다.

그사이 그 사람은 다시 멀어졌다. 타라는 갑갑하다 못해 울컥 화가 날 지경이었다. 거칠게 망토를 잡아채고 냅다 밤의 평지를 내달렸다.

그는 마치 새나 수면을 가르는 물고기 따위 같았다.

서두르지 않는 것 같은데 지나치게 빠르다. 이제는 오기가 발동했다. 이래 봬도 황금 성에서 가장 빠른 쾌검을 가진 게 바로 타라였다. 그건 즉, 몸놀림이 바람처럼 빠르다는 뜻이었다.

타라는 기를 쓰고 쫓아가 그의 팔을 낚아챘다. 우뚝 멈춰 선 그 덕에 넘어질 뻔했지만 가까스로 균형을 잡았다.

"이봐요! 사람이 부르면 대답을 하든가 기다려야지, 무시하고 가는 건 대체 무슨 예의예요?"

다다다 쏘아붙이던 타라는 허공에 내밀어졌던 손을 발견하고 어, 입을 다물었다. 자세나 각도가 넘어질까 부축해 줄 생각이었던 게 분명했다. 타라가 머뭇 그와 눈을 맞췄다. 그리고 놀랐다.

여우 수족? 요정? 어쨌든 순수한 사람은 아닌 것 같았다. 그렇지 않고서야 어떻게 저리…….

"저기 그러니까……."

타라는 물끄러미 보아 오는 푸른 눈빛에 홀릴 것 같았다. 이렇게 보자마자 시선이 사로잡히는 건 쥬다 외에 처음인 것 같았다.

정체불명의 남자는 눈을 데굴데굴 굴리는 그녀를 무표정하게 응시하다가 입을 열었다. 알았으니까……,

"이것 좀 놔줄래?"

이번에는 소름이 돋았다. 귓바퀴에 떨어지는 빗물처럼 깨끗하게 공명하는 목소리였다. 세이렌의 나른한 노랫소리 같다. 타라는 잠깐 멍해졌다가 엉겁결에 잡은 팔을 놔주었다.

그는 미련 없이 그녀를 떨어뜨려 놓고 뒤로 한 걸음 물러섰다. 명백히 선을 긋는 태도에 기분이 이상해졌다. 혹시 나한테서 땀 냄새 나나. 정적이 길어질수록 타라는 초조해졌다. 왜 이러는지 저도 몰랐다. 어쨌든 이대로 이 사람을 보내면 후회할 것 같았다.

"저어, 망토 주신 거 고마워요."

먼저 감사 인사부터 했다. 그는 힐끔 그녀가 내미는 망토를 보더니 얄팍하게 웃었다. 물결 같은 찰나의 희미함이었는데도 남긴 색채는 짙었다.

"안 돌려줘도 되니 너 가지렴."

역시 나한테 냄새 나나. 타라는 자신감이 없어졌다.

"저는 타라예요."

"……."

그는 말없이 그녀를 바라보기만 했다. 아주 오래전 잃어버린 이를 하염없이 바라보는 것처럼.

마주하고 있으면 저절로 기분이 이상해지는 눈이었다. 검푸르게 일렁이는 바다가 제 위로 끝없이 밀려오는 것만 같았다. 그러나 어느 반가움과 그리움이 저리 냉정하고 시리단 말인가. 그녀는 제 착각이라고 생각했다.

"저쪽 벨벳 성에서 살죠. 아저씨는 누구세요?"

그는 늘씬하고 다부진 체격에 희고 말간 얼굴을 지녔다. 타라 또래처럼 보이는 외견이었으나 눈빛이나 풍기는 분위기가 결코 적은 나이가 아니리라. 역시 수족이나 요정의 피가 섞였을 거라고 타라는 짐작했다.

"……비제."

듣기 좋은 목소리가 한층 낮고 건조하게, 더운물처럼 귓가에 부어졌다.

그들은 밤바람조차 잊은 채 서로를 바라보았다. 희고 푸른 별빛이 머리맡을 맴돌고, 그것이 그의 눈동자에도 어려 맴돌고 있었다. 정말 이상했다. 왜 저리 찬 얼굴이 우는 것처럼 보일까.

"당신……."

그때 참 듣기 민망한 소리가 정적을 깨뜨렸다. 꼬르륵. 타라의 얼굴이 시뻘게졌다. 아, 왜 하필 지금. 어쩔 줄 몰라 하며 끙끙거리느라 비제가 비스듬히 그녀를 내려다보며 달 안개처럼 흐릿한 웃음을 짓고 있다는 걸 알지 못했다.

"배고파?"

"안 고파요."

"고픈 것 같은데."

"아니라니깐요!"

다시 배에서 약한 소리가 났다. 암담했다. 위장이 그녀를 배신한 게 분명하다. 우울해 보이는 타라를 잠시간 더 보다 비제는 먼저 몸을 돌렸다.

"이봐요!"

"따라오련?"

그가 그녀를 반쯤 돌아보며 권유했다. 응하든 그렇지 않든 상관없다는 듯이. 타라는 그를 빤히 보다 고개를 끄덕였다. 모르는 이였지만 왠지 그래도 될 것 같았다.

"어디 가요?"

하지만 곧 못 참고 물었다. 이상하게 이 사람과 대화하면 평소보다 인내심이 짧아지는 기분이다.

"맛있는 거 먹으러."

"여기서요?"

허허벌판인데? 비제는 평온하게 대꾸했다.

"다 방법이 있지."

그녀를 단정한 평지로 인도한 그는 손쉽게 금방 모닥불을 피웠다. 부싯돌을 써 손으로 하는 걸 분명 보았는데도 마치 마법 같았다. 쥬다처럼.

비제는 여기서 잠깐 기다리라고 했고, 근처의 자갈을 주워 들었다. 저걸로 뭘 어쩌게?

그러고는 거짓말처럼 어둠 속에서 퍽, 하는 소리와 뭔가가 넘어지는 소리가 났다. 그가 죽은 토끼를 덜렁 들고 오자 타라는 기절할

듯 놀랐다. 세상에. 입을 떡 벌린 그녀에게 단검을 든 비제가 턱짓했다.

"눈 돌려 줄래?"

"네? 네?"

"볼 수 있으면 보든가."

이제는 괜찮으면. 뒤이은 혼잣말은 거의 들릴락말락했지만 타라는 계속된 수련으로 귀가 매우 밝았다. 타라가 미간을 찡그린 사이 비제는 주저 없이 토끼의 가죽을 벗겼다. 그 순간 흠칫하며 그녀는 하늘을 바라보았다.

아니 그런데 왜 나는 처음 보는 사람과 밤중에 여기에 앉아서 토끼 고기를 먹으려 하고 있는 거지? 뭔가, 아니 아주 많이 이상했다.

"먹어."

토끼 고기는 금방 익었다. 소금과 허브만 뿌렸는데도 냄새가 기가 막혀서 타라는 미심쩍음도 저절로 가라앉아서는 군침을 삼켰다.

조심스레 고요한 남자와 고기를 힐끗거리다가 한입 베어 물었다. 그러고는 충격을 받았다. 맛있어…….

"맛있지?"

고개를 열렬히 끄덕였다. 세상에. 그는 요리의 신이 분명했다. 세상에서 이델이 해 주는 밥이 제일 맛있었는데, 이건 거기에 필적했다. 허겁지겁 먹으며 기름 묻은 손가락을 빤 타라가 진지하게 말했다.

"요리사셨군요."

비제가 돌연 고개를 숙이며 웃음을 터뜨렸다. 타라는 깜짝 놀랐다. 그는 미간을 문지르더니 처치 곤란한 이를 보듯 타라를 응시했다. 희고 말간 미소였다.

물안개처럼 읽기 힘든 사람인 것 같았는데 아이처럼 웃는 게 그건 또 아닌가 싶었다.

"가끔은……."

그가 부드럽게 말했다.

"변하지 않고 그대로인 것들이 있어 괴로워."

그는 즐겁게 웃으면서 저가 고통스럽다 말하고 있었다. 뭐가 진심인지는 몰랐다. 둘 다인가.

비제는 마른 손으로 얼굴을 가린 채 한참을 웃었다.

이상하고 기묘한 밤이었다. 새벽달이 뜨고 모닥불도 꺼졌다. 남청빛으로 물을 탄 듯 엷어진 세상에서 하늘을 힐끗 올려다본 비제가 말했다. 데려다주겠다고.

어쩐지 말을 붙이기 힘들어 타라는 얌전히 고개를 주억거렸다. 자박자박 두 사람분의 발소리가 새벽의 정적을 깨뜨렸다. 새소리가 들렸다. 곧 해가 뜰 것이다.

"이제 돌아가."

아나나 다를까 갓 밝아 오는 투명한 질감의 붉은 햇빛이 상대방의 머리칼을 비추었다. 타라는 그의 머리칼이 황혼과 비슷한 색이라는 걸 이제야 알게 되었다. 헤어져야 하는 게 당연함에도 왠지 여명 아래 홀로 서 있는 그에게서 돌아서기가 쉽지 않았다. 이유는 모른다. 감정이니 이것을 어찌 논리로 재단하겠는가.

"저기요, 아저씨."

타라는 용기를 내서 물어보았다.

"혹시 우리 예전에 만난 적이 있나요?"

비제는 물끄러미 그녀를 바라보았다. 그러고는 입매를 늘어뜨렸다. 인어의 꼬리 같은 곡선이었다.

"아니."

잘 모르겠는데.

"어서 들어가 봐. 널 걱정할 거야."

그는 부드럽게 일렀다. 뻗어 온 손이 멈칫 머리맡에서 맴돌다가 조심스레 쓰다듬는다. 손쉽게 망가질 꽃이 된 기분이었다. 그 정도로 아쉽고 겁 많은 손이다.

타라는 문 안으로 들어서면서도 힐끗 다시 그를 돌아봤다. 그는 여전히 서 있었다. 낯선 방랑자의 뒤로 붉고 푸르고 황금빛의 하늘이 드리워져 있었다.

색채가 흡사한 사람이라서일까. 순식간에 거기에 녹아 흩어져버릴 것만 같았다. 무색무취의 물방울처럼.

그녀가 충동적으로 다시 돌아 나왔다.

"비제 아저씨."

그녀의 부름에 비제는 대꾸하지 않았다. 감히 대답할 새도 없이 굳은 것처럼.

"우리 성에 놀러올래요?"

"……"

"전부 아저씨를 좋아할 거예요. 이델도, 갈랑도, 쥬다도요. 쥰은 겁이 많은 개인데, 먹이를 주면 은근 좋아해요. 안티오크는 집사라서 손님이 오면 신경 쓰겠지만 결국 챙겨 줄 게 뻔해요. 알고 보면 정이 많은 사람이라서요."

미동 없던 물빛 눈이 얕게 파동이 이는 게 가까이 선 그녀에게는 훤히 보였다. 평생 바다를 보는 게 허락되지 않은 물고기에게 물길을 열어 준 듯이, 적막한 동요였다.

타라는 머뭇 그의 손을 잡았다. 모르겠다. 하나 확실한 건······.

이 사람을 홀로 내버려 두기 싫었다. 처음 보는 떠돌이에게 이러는 저가 이해가 가지 않았지만.

"기다릴게요."

그리고 타라는 그를 떠났다.

남자는 한참 동안 그 자리에 서 있었다. 완연히 해가 새벽 기운을 떨치고 나서야 천천히 돌아선다. 발이 무겁다. 질척하게 물을 삼킨 듯이.

저벅저벅, 질질 젖은 발자국이 남을 것만 같다. 아니, 그게 아니라 미련이겠지. 있는지도 몰랐던 찌꺼기에 스스로 당혹할 지경이었다. 비제는 황량한 눈가를 문질렀다. 가슴은 덥고 몸은 구리 추를 단 듯하고 머리는 차갑다.

반십 년 만의 귀환이었다. 물론 그를 기다리는 이도, 반기는 이도 없었다. 모든 곳에서 물러간 겨울은 아직껏 그에게만 남아 있었다.

─ 언제까지 떠돌 거냐.

유일무이하게 이 세계에서 그를 기억하는 쥬다가 처음 보자마자 내뱉은 말이었다. 마법의 대상이라서일까, 쥬다는 그를 잊지 않았다. 그저 대답 없이 웃기만 했다.

날카로운 힐난은 외려 반가웠다. 욕설조차 근래에 받아 본 적이 없다. 저주의 대가로 모든 이들과의 끈을 끊어 버린 후로 비제는 굳이 그것을 다시 이으려 노력하지 않았다. 다시 풀릴 게 뻔한 줄을 재차 묶는 자는 없다.

쓰게 웃으며 재차 느려진 걸음을 옮겼다.

―억지로 잡아 두지는 않으마.

아직은.

―결국 돌아와야 할 곳이 어디인지는 너도 알고 있을 테니까.
―저주는 수명이 다했어. 대체 뭐가 무서운 거냐.
―기억 따위 다시 쌓으면 그만이야.
―기다릴게요.

우뚝 멈췄다. 비제는 타라가 들어간 자리를 뒤돌아보았다. 새로 뜬 아침이 찬연했다. 눈이 부셨다. 그는 왔던 길을 되감았다.

연어가 회귀하듯 역행한다. 문고리에 손을 올렸다. 찰나의 고뇌와 갈등. 결국……

끼이익, 문이 열린다.

그렇게 새 이야기가 시작되었다.

〈에필로그 끝〉